. E. BRADDON

TESTAMENT

DE

JOHN MARCHMONT

ROMAN ANGLAIS

TRADUIT AVEC L'AUTORISATION DE L'AUTEUR

PAR

CHARLES BERNARD DEROSNE

NOUVELLE ÉDITION REVUE ET CORRIGÉE

TOME SECOND

PARIS

LIBRAIRIE DE L. HACHETTE ET Cie

BOULEVARD SAINT-GERMAIN, N° 77

LE TESTAMENT

DE

JOHN MARCHMONT

ROMANS DE M. E. BRADDON

TRADUITS PAR

CHARLES BERNARD DEROSNE

ET EN VENTE CHEZ LES MÊMES ÉDITEURS

(à 1 franc le volume)

Le Capitaine du Vautour. — 1 volume.
L'intendant Ralph. — 1 volume.
Lady Lisle. — 1 volume.
La Trace du Serpent. — 2 volumes.
Le Secret de lady Audley. — 2 volumes.
Aurora Floyd. — 2 volumes.
Le Triomphe d'Éléanor. — 2 volumes.
Le Testament de John Marchmont. — 2 volumes.
Rupert Godwin. — 2 volumes.
Henry Dunbar. — 2 volumes.
La Femme du Docteur. — 2 volumes.
Le Brosseur du Lieutenant. — 2 volumes.
Le Locataire de sir Gaspard. — 2 volumes.
L'Allée des Dames. — 2 volumes.

COULOMMIERS. — Typographie A. MOUSSIN.

M. E. BRADDON

LE TESTAMENT

DE

JOHN MARCHMONT

ROMAN ANGLAIS

TRADUIT AVEC L'AUTORISATION DE L'AUTEUR

PAR

CHARLES BERNARD DEROSNE

NOUVELLE ÉDITION REVUE ET CORRIGÉE

TOME SECOND

PARIS

LIBRAIRIE DE L. HACHETTE ET Cie

BOULEVARD SAINT-GERMAIN, No 77

1869

LE TESTAMENT

DE

JOHN MARCHMONT

CHAPITRE I

Face à face.

Il n'est pas facile de s'imaginer qu'un jeune et bouillant officier de cavalerie, dont la belle conduite dans le
Punjaub avait mérité des éloges de Napier et d'Outram,
puisse s'évanouir comme l'héroïne d'un roman en apprenant de mauvaises nouvelles, mais Edward, qui
n'avait quitté son lit de malade que pour faire un long
et pénible voyage, contrairement à l'avis des médecins,
ne fut pas assez fort pour supporter la lecture de cette
terrible affiche collée aux portes de Marchmont Towers.

Il chancela et il serait tombé si les bras étendus du
valet de confiance de son père n'avaient pas été heu-
reusement à portée de le recevoir et de le soutenir.
Mais il ne perdit pas connaissance.

— Mettez-moi dans la voiture, Morrison, — cria-
t-il; — conduisez-moi vers cette maison là-bas. On a
torturé et tourmenté ma femme pendant que j'étais
étendu comme une bûche sur mon lit à Dangerfield. Au
nom du ciel, conduisez-moi là-bas aussi vite que vous
pourrez.

Morrison avait lu le placard collé au pilier par-dessus
l'épaule de son jeune maître. Il souleva le Capitaine,

le mit dans la voiture, cria au postillon d'avancer, et s'assit à côté du jeune homme.

— Je vous demande pardon, monsieur Edward, — dit-il avec douceur, — mais cette jeune dame peut avoir été retrouvée à l'heure qu'il est. Cette affiche est collée là depuis plus d'un mois, voyez-vous, monsieur, et il est plus que probable que Mlle Marchmont est revenue il y a longtemps.

Le malade passa sa main sur son front, d'où découlaient de grosses gouttes de sueur froide.

— Donnez-moi un peu de brandy, — murmura-t-il, — faites-moi avaler un peu de brandy, Morrison, si vous avez quelque compassion pour moi; il faut que je prenne des forces pour la lutte que je vais avoir à soutenir.

Le valet tira de sa poche une petite bouteille recouverte en osier et en mit le goulot aux lèvres d'Edward.

— Il se peut qu'on l'ait trouvée, Morrison, — murmura le jeune homme après avoir avalé une bonne gorgée du spiritueux réconfortant; il aurait volontiers bu du feu dans son désir de se procurer la force dont il avait besoin en cette crise. — Oui, vous avez raison, il se peut qu'on l'ait trouvée. Mais dire qu'elle a été poussée à fuir de chez elle ! dire que ma pauvre et tendre jeune femme a été forcée de quitter une seconde fois la maison qui est à elle! oui, à elle, en vertu de la loi et de son droit. Oh! l'implacable démon, l'impitoyable démon !... Quel peut être le motif de sa conduite ? Est-ce la folie ou la cruauté infernale du génie du mal incarné ?

Morrison pensa que le cerveau de son jeune maître avait été dérangé par le choc qu'il venait de subir et que ces folles paroles n'étaient que du délire.

— Du courage, monsieur Edward, du courage, — murmura-t-il avec douceur, — vous pouvez y compter; la jeune dame aura été retrouvée.

Mais Edward n'était pas dans une situation d'esprit à écouter les consolantes remarques de son valet. Il avait mis la tête à la portière et ses yeux étaient fixés sur les fenêtres faiblement éclairées du salon occidental.

— Le salon dans lequel John, Polly et moi nous avions coutume de nous réunir à mon premier retour de l'Inde, — murmura-t-il; — comme nous étions heureux! comme nous étions heureux!

La voiture s'arrêta devant le portique en pierre, et le jeune homme en descendit de nouveau avec l'aide de son domestique. Sa respiration était oppressée, maintenant qu'il se trouvait sur le seuil. Il écarta le valet qui vint ouvrir la porte familière au coup de sonnette, et il pénétra dans le vestibule. Un feu était allumé dans le vaste foyer, mais l'atmosphère de la grande chambre dallée était humide et froide.

Le Capitaine alla tout droit à la porte du salon occidental. C'était là qu'il avait vu de la lumière aux fenêtres; c'était là qu'il comptait trouver Olivia.

Il ne se trompait pas. Une lampe à abat-jour brûlait faiblement sur une table auprès du feu. Il y avait à côté de cette table un fauteuil de malade, un livre ouvert sur le plancher et un châle indien, cadeau fait par lui à sa cousine, jeté négligemment sur des oreillers. Le feu, mal entretenu, était presque éteint dans la vieille grille de forme antique, et au-dessus de la pâle lueur que projetait le foyer se dessinait la silhouette d'une femme grande tout en noir, et d'un aspect sombre.

C'était Olivia, dans son vêtement de deuil qu'elle avait, sauf un intervalle de quelques jours, constamment porté depuis la mort de son mari. Son profil était tourné vers la porte par laquelle Edward entra dans le salon; ses yeux étaient rivés sur le tas de cendres de la grille. Même à cette lueur douteuse, le jeune homme put voir que les traits de sa cousine étaient amaigris, et qu'un froncement habituel avait contracté ses sourcils noirs et durs.

Dans cette attitude immobile, dans cette pose dont la tranquillité ressemblait à la mort, cette femme avait l'air d'une vestale coupable, forcée malgré elle de veiller sur un feu sacré et songeant tristement à ses fautes.

Elle n'entendit pas le bruit que fit la porte en s'ouvrant; elle n'avait pas même entendu celui des sabots des chevaux ou le roulement des roues sur le gravier devant la maison. Il y avait des moments chez elle où le sens des choses extérieures était pour ainsi dire suspendu et absorbé par l'intensité de son désespoir obstiné.

— Olivia! — dit le soldat.

Mme Marchmont releva la tête au son de cette voix accusatrice, car Edward mit dans la simple prononciation de ce nom quelque chose qui ressemblait à une accusation ou à une menace. Elle le regarda, la terreur peinte sur la figure, et la vue de ce visiteur inattendu lui fit l'effet d'une apparition. Ses joues pâles, ses lèvres tremblantes, et ses yeux dilatés n'auraient pas mieux exprimé une horreur complète si le jeune homme qui était tranquillement debout devant elle eût été un cadavre tout récemment sorti de la tombe.

— Olivia, — dit le Capitaine après une courte pause, — je suis venu ici pour y chercher ma femme.

La femme passa ses mains tremblantes sur son front, écartant les cheveux noirs qui couvraient ses tempes et regardant toujours avec la même épouvante la figure de son cousin. Plusieurs fois elle essaya de parler, mais les syllabes expirèrent dans son gosier en sons rauques et inarticulés. Enfin, les paroles se firent jour avec un grand effort.

— Je.... je.... ne comptais pas vous revoir, — dit-elle; — j'ai appris que vous étiez très-malade, j'ai appris que....

— Vous avez appris que j'étais mourant, — interrompit Edward, — ou que si je vivais, je traînerais péniblement le reste de mon existence dans un état d'idiotisme incurable. Les médecins avaient aussi cette pensée, il y a une semaine, mais l'un d'entre eux, plus habile que les autres, je pense, a eu le courage de tenter une opération qui m'a rendu la raison. La mémoire et mon bon sens me sont revenus par degrés. Le voile épais qui me cachait le passé a été déchiré, et la première image qui s'est offerte à moi a été celle de ma jeune femme telle que je l'avais vue dans la soirée de notre séparation. Pendant plus de trois mois, j'ai été mort. Je suis revenu soudain à la vie. J'ai demandé à ceux qui m'entouraient des nouvelles de ma femme. Avait-elle cherché à me retrouver ? m'avait-elle re-

joint à Dangerfield ? Non. Ils n'ont su rien me dire.
Ils m'ont cru dans le délire et ils ont essayé de me
calmer avec des paroles compatissantes, des mensonges dictés par la pitié et la promesse que je reverrais
ma bien-aimée. Mais j'ai bientôt deviné le secret qu'ils
me cachaient avec peine. J'ai vu la pitié et l'étonnement
sur le visage de ma mère, et je l'ai suppliée d'avoir
compassion de moi et de m'avouer la vérité. Elle a eu
compassion et m'a dit tout ce qu'elle savait, ce qui
n'était pas grand'chose. Elle n'avait jamais entendu
parler de ma femme. Elle n'avait jamais su mon mariage
avec Mary. La seule communication qu'elle eût reçue
de ses parents avait été une lettre de mon oncle Hubert
en réponse à la sienne qui lui annonçait mon état désespéré. Tel a été le choc qui m'assaillit quand je suis
revenu à la vie et au souvenir. Je n'ai pu supporter d'être
emprisonné dans un lit de malade. J'ai senti qu'il me
fallait une seconde fois me lancer dans le monde à la
recherche de ma chère femme et en dépit des médecins, malgré les supplications de ma pauvre mère, qui
s'est figuré que mon départ de Dangerfield était un suicide, je suis venu ici. C'est ici que je viens tout d'abord
chercher ma femme. J'aurais pu m'arrêter à Londres
pour voir Paulette. J'aurais pu me procurer plus vite
des nouvelles de ma bien-aimée, mais je suis venu ici ;
je suis venu sans m'arrêter en route, parce qu'un instinct plus fort que moi, une impulsion non réfléchie
m'a dit que c'était ici que je devais venir la chercher.
Me voici, moi, son mari, son seul défenseur légitime, et
malheur à ceux qui se mettront entre ma femme et moi !

Il avait parlé rapidement dans son animation et il
s'arrêta épuisé par sa véhémence, et tomba lourdement sur une chaise auprès de la table éclairée par la
lampe et à quelques pas seulement de la veuve.

Alors pour la première fois depuis qu'il était là, Olivia
vit complétement la figure de son cousin et le terrible
changement qui s'était opéré dans le beau militaire, depuis cette belle matinée du mois d'août où il était parti
de Marchmont Towers. Elle vit les traces d'une longue
et terrible maladie, tristement visibles sur son teint
jaune, ses joues creuses, ses yeux ternes et ses lèvres

pâles et sèches. Elle vit tout cela, cette femme dont le seul grand péché avait été d'aimer cet homme avec folie, avec rage, malgré la voix de sa conscience, malgré sa fierté native; elle vit le changement qui avait fait du jeune Apollon un invalide brisé et tremblant. Et cette vue produisit-elle en elle un revirement de sentiments, une transformation pareille s'opéra-t-elle dans son cœur et vint-elle lui prouver la bassesse de son amour?

Non, mille fois non! Il n'y eut aucun tressaillement de dégoût, quelque passager qu'il pût être, il n'y eut pas même un frisson de surprise douloureuse, une angoisse de regret de femme. Non! Au lieu de ces émotions, un sentiment de tendresse passionnée surgit dans l'âme hautaine de cette femme, et les ténèbres de son esprit furent envahies par un flot de compassion soudaine. Elle aurait voulu se jeter à genoux aux pieds du malade et s'humilier par amour. Elle aurait voulu lui crier tout haut au milieu de sanglots passionnés :

— O mon amour, mon amour! Vous m'êtes cent fois plus cher après ce cruel changement. Ce n'était pas vos beaux yeux bleus brillants ni votre chevelure brune, ce n'était pas votre belle figure, votre noble tournure de soldat que j'aimais. Mon amour n'était pas vil à ce point. Je me suis infligé un cruel outrage à moi-même quand j'ai cru que j'étais follement éprise d'une belle figure. Quelque mauvaise que j'aie été, mon amour du moins a été pur. Mon amour est pur, quoique je sois vile. Je ne le calomnierai plus jamais, car je sais maintenant qu'il est immortel.

Dans la violence soudaine de ce flux d'amour et de tendresse, toutes ces pensées traversèrent l'esprit d'Olivia. Au milieu de tous ses péchés et de son désespoir, elle n'avait jamais été aussi vraiment femme qu'alors. Elle n'avait peut-être jamais été aussi près d'être une bonne femme qu'elle l'était en ce moment. Mais ces tendres émotions furent chassées loin d'elle l'instant d'après par les premières paroles d'Edward.

— Pourquoi ne répondez-vous pas à ma question? — dit-il.

Elle reprit cette attitude droite et raide qui lui était devenue presque habituelle. Toute trace de sentiment féminin s'effaça de sa figure, aussi rapidement que le soleil disparaît derrière le noir nuage qui le cache tout à coup.

— Quelle question? — demanda-t-elle avec une indifférence glacée.

— La question qui m'a fait venir dans le comté de Lincoln, la question qui m'a poussé à exposer ma vie peut-être, — s'écria le jeune homme, — où est ma femme?

La veuve se tourna vers lui avec un horrible sourire.

— Je n'ai jamais appris que vous fussiez marié,— dit-elle. — Qui est votre femme?

— Mary, la maîtresse de cette maison.

Olivia ouvrit de grands yeux et le regarda avec une surprise à demi sardonique.

— Ce n'était donc pas une fable? — dit-elle.

— Qu'est-ce qui n'était pas une fable?

— La malheureuse jeune fille disait donc vrai, quand elle avouait que vous l'aviez épousée dans quelque église écartée de Lambeth.

— Vrai! oui, elle disait vrai, — s'écria Edward. — Qui a osé dire qu'elle pouvait avouer autre chose que la vérité?... Qui a osé ne pas la croire?

Olivia sourit de nouveau; ce fut le même sourire horrible, presque trop horrible pour un être humain, quoiqu'il ne manquât d'une certaine grandeur sombre et triste. Satan devait sourire ainsi, lorsque dans son désespoir il défiait l'archange saint Michel.

— Malheureusement, — dit-elle, — personne n'a cru la pauvre enfant; son histoire était tellement absurde et elle n'avait aucune preuve pour lui donner du poids.

— O mon Dieu! — s'écria Edward, joignant les mains au-dessus de sa tête, dans le paroxysme de la fureur et du désespoir : — je vois tout ce qui s'est passé, je vois tout, ma bien-aimée a été poussée par les tortures à recourir à la mort. Olivia! — ajouta-t-il, — êtes-vous possédée de mille démons? Ne vous reste-t-il donc dans le cœur aucun sentiment de compassion; s'il y a en vous une seule étincelle de pitié féminine, je lui fais appel. Je vous demande ce qu'est devenue ma femme.

« Ma femme, ma femme! » La répétition de ce mot familier était pour Olivia comme un coup de poignard perpétuel sur une blessure saignante. Chaque coup frappait l'endroit sensible et infligeait la même agonie.

— L'affiche collée sur les portes de cette maison peut vous en dire aussi long que j'en sais, — répondit-elle.

La pâleur de spectre du jeune soldat lui révéla qu'il avait vu l'affiche dont elle parlait.

— On ne l'a donc pas retrouvée? — dit-il d'une voix rauque.

— Non.

— Comment a-t-elle disparu?

— Comme elle disparut dans la matinée où vous vous mîtes à sa recherche. Elle s'éloigna de la maison sans laisser cette fois ni lettre, ni message, ni explication d'aucune sorte. Ce fut au milieu du jour qu'elle sortit; pendant quelque temps son absence n'alarma personne, car elle avait l'habitude de se promener seule au dehors quand cela lui plaisait. Mais après plusieurs heures de disparition, on s'occupa d'elle et on la chercha avec inquiétude de tous côtés.

— Où?

— Partout où elle avait coutume d'aller dans ses promenades : dans le parc, dans le bois, le long du sentier, sur le bord de l'eau, à la ferme de Pollard, à la maison d'Hester à Kemberling, dans tous les endroits où on pouvait raisonnablement supposer qu'il y eût chance de la trouver.

— Et toutes ces recherches furent sans résultat?

— Sans résultat.

— Pourquoi s'éloigna-t-elle d'ici? Que Dieu vous protége, Olivia, si c'est votre cruauté qui a causé son départ!

La veuve ne prit pas garde à la menace que renfermaient ces paroles. Y avait-il sur terre quelque chose qu'elle pût craindre maintenant? Non, rien. N'avait-elle pas enduré sa dernière douleur, il y avait longtemps, en endurant le mépris d'Edward? Elle n'avait pas peur d'une lutte avec cet homme ou avec n'importe qui au monde, elle n'avait pas même peur du monde entier

ligué contre elle, qu'elle braverait s'il le fallait. Parmi
tous les tourments des sombres profondeurs où était
descendue son âme, la peur n'existait pas. Cette lâcheté n'est connue que des gens riches et prospères
qui ont quelque chose à perdre. Cette femme était par
nature indomptable et résolue comme le héros de quelque poëme classique, mais dans son désespoir elle
avait le courage terrible et insouciant du loup que la
faim talonne. La main de la mort pesait sur sa tête,
peu lui importait la manière dont elle mourrait.

— Je vous suis très-reconnaissante, Edward, — dit-
elle avec amertume, — de la bonne opinion que vous
avez toujours eue de moi. Le sang des Dangerfield Arun-
dels a dû, je m'imagine, être souillé par quelque goutte
de poison, avant de donner naissance à une vile créature comme moi, et pourtant j'ai toujours entendu dire
que ma mère était une bonne femme.

Le jeune homme se tordit d'impatience sous la torture que lui faisaient éprouver les paroles réfléchies de
sa cousine. Ce délai insupportable ne toucherait-il
donc jamais à sa fin? Même maintenant, maintenant
qu'il était dans cette maison, face à face avec la femme
qu'il était venu questionner, il semblait qu'il n'obtien-
drait jamais des nouvelles de sa femme.

C'était ainsi que bien souvent dans ses rêves, alors
qu'il commandait une colonne d'attaque contre les Afghans, que les échelles de l'assaut étaient dressées
contre le mur et que ses hommes étaient derrière lui
à le pousser vers l'ennemi, il s'était senti paralysé, immobile et tenant dans sa main sans vigueur son sabre
qui tremblait comme un jonc au vent.

— Au nom du ciel, Olivia, ne jouons pas avec les
mots; pas de paroles inutiles entre nous, — s'écria-t-il:
— si ma femme a souffert par vous ou par quelque autre
personne, le règlement des comptes sera terrible. ¯
Mais nous aurons le temps de parler de cela plus tard.
Vous avez devant vous un homme qui sort d'un lit de
douleur où il est resté couché plus de trois mois,
aussi mort pour le monde et tous ceux qu'il aimait, que
si le *De profundis* eût été chanté autour de son cercueil.
Cet homme vous demande compte de ce qui s'est

passé dans cet intervalle. Si vous transigez avec lui, si vous le trompez, il en conclura que vous craignez d'avouer la vérité.

— Craindre !

— Oui, et il y a de quoi, si vous avez maltraité Mary. Pourquoi a-t-elle quitté cette maison ?

— Parce qu'elle ne s'y trouvait pas bien, je suppose. Elle s'enfermait dans sa chambre et refusait de se laisser gourverner, diriger ou consoler. J'ai essayé de faire mon devoir envers elle ; oui, — s'écria Olivia, élevant tout à coup la voix comme si elle eût été contredite avec véhémence, — oui, j'ai essayé de faire mon devoir envers elle. J'ai insisté pour qu'elle écoutât la voix de la raison ; je l'ai suppliée de renoncer à ce niais mensonge d'un mariage avec vous à Londres.

— Vous n'avez pas cru à ce mariage ?

— Non, — répondit Olivia.

— Vous mentez, — s'écria Edward ; — vous saviez bien que la pauvre enfant disait la vérité. Vous la connaissiez.... vous me connaissiez.... moi aussi, assez bien pour être sûre que je ne l'aurais pas retenue loin de chez elle une heure, un seul instant, si ce n'avait été pour en faire ma femme.... et me donner le droit de l'aimer et de la défendre.

— Je ne savais rien de tout cela, Capitaine Arundel; vous aviez eu bien soin de me cacher vos secrets, Mary et vous. Je ne savais rien de vos plans, de vos intentions. J'aurais pensé qu'un Dangerfield Arundel regarderait comme une souillure à son honneur un mariage secret avec une héritière bien loin de sa majorité et confiée légalement à sa belle-mère, chargée du rôle de tutrice. Je ne crus donc pas l'histoire que me raconta Mary. Une autre personne, beaucoup plus expérimentée que moi, ne crut pas non plus au motif par lequel la malheureuse jeune fille expliquait son absence.

— Une autre personne. Quelle autre personne ?

— M. Marchmont.

— M. Marchmont !

— Oui, Paul Marchmont.... le cousin germain de mon mari.

. Un cri de rage et de douleur s'échappa tout à coup des lèvres d'Edward :

— O mon Dieu ! — s'écria-t-il, — l'avertissement contenu dans la lettre de John Marchmont n'était donc pas sans fondement. Et moi qui en riais, moi qui me moquais des craintes de mon pauvre ami.

La veuve regarda son parent avec un étonnement muet.

— Paul Marchmont a-t-il mis les pieds ici ? — demanda-t-il.

— Oui.

— A quelle époque ?

— Il est venu souvent. Il vient constamment. Il habite Kemberling depuis ces trois derniers mois.

— Pour quel motif ?

— Pour son plaisir, je pense, — répondit Olivia avec hauteur ; — ce n'est pas mon affaire de sonder les motifs de M. Marchmont.

Arundel grinça des dents dans un accès de fureur impossible à réprimer. Ce n'était pas contre Olivia, c'était contre lui-même qu'il était furieux cette fois-ci. Il se haïssait pour la folie arrogante, la présomption obstinée avec laquelle il avait ridiculisé et traité à la légère les craintes vagues que causait à John Marchmont son cousin Paul.

— Ainsi donc, cet homme est venu ici.... il y vient constamment, — murmura-t-il. — Évidemment il est tout naturel qu'il se tienne dans le voisinage. Et vous êtes sans doute bons amis, vous et lui ? — ajouta-t-il en se tournant vers Olivia.

— Bons amis ! pourquoi ?

— Parce que vous haïssez tous deux ma femme.

— Que voulez-vous dire ?

— Vous la haïssez tous deux : vous, parce que vous enviez bassement sa fortune, parce que vous êtes jalouse de ses droits plus forts que les vôtres qui vous ont reléguée au deuxième plan dans cette maison, peut-être aussi.... non il n'y a plus d'autre motif à votre haine ; et Paul Marchmont, parce qu'elle l'empêche d'hériter d'un beau domaine. Que Dieu la protége ! que Dieu protége ma pauvre, douce et innocente bien-aimée ! A coup sûr, le Ciel a dû avoir pitié d'elle pendant que son mari était absent.

Le jeune homme laissa couler les larmes qui l'aveuglaient. C'étaient les premières qu'il versait depuis qu'il avait quitté son lit, où bien des gens le regardaient comme déjà mort, pour se mettre à la recherche de sa femme.

Mais ce n'était pas le moment de pleurer et de se lamenter. La froide détermination succéda bientôt à la tendre pitié et à l'amour compatissant. C'était le moment de la résolution et de la promptitude.

— Olivia, — dit-il, — il y a eu quelque lâcheté au fond de tout ceci. Ma femme est absente depuis un mois, et pourtant, quand j'ai demandé à ma mère ce qui s'était passé ici pendant ma maladie, elle n'a rien pu me dire. Pourquoi ne lui avez-vous pas annoncé la fuite de Mary ?

— Parce que Mme Arundel ne m'a jamais fait l'honneur de cultiver mon amitié et d'établir aucune intimité entre nous. Mon père écrit de temps en temps à sa belle-sœur. Moi, je n'écris presque jamais à ma tante. En outre, votre mère n'avait jamais vu Mary, et il n'y avait pas à compter qu'elle prît beaucoup d'intérêt à sa manière d'agir. Je n'avais donc aucune raison pour envoyer une lettre particulière annonçant le chagrin qui m'était survenu.

— Vous auriez pu écrire à ma mère au sujet de mon mariage. Vous auriez pu vous adresser à elle pour avoir la confirmation de l'histoire à laquelle vous ne croyiez pas.

Olivia sourit.

— L'aurais-je reçue cette confirmation ? — dit-elle ; — non, j'ai vu les lettres de votre mère à mon père. Il n'y est pas question de mariage, pas question de Mary. Cela seul aurait suffi pour confirmer mon manque de croyance. Était-ce chose raisonnable que de m'imaginer que vous vous seriez marié sans faire part à votre mère de cet acte important de votre vie ?

— O mon Dieu ! viens à mon aide ! — s'écria Edward, en se tordant les mains. — Il me semble que ma folie, mes viles tergiversations ont amené ce malheur sur la tête de ma femme. Olivia, ayez pitié de moi. Si vous haïssez cette enfant, votre haine doit être satisfaite à l'heure qu'il est. Elle a assez souffert. Ayez pitié de moi et aidez-moi s'il vous reste quelque sentiment. Elle a quitté cette maison parce que la vie lui était insupportable ici, parce qu'elle voyait qu'on doutait d'elle, qu'on ne la croyait pas et qu'elle se trouvait dans le premier mois de son mariage veuve, complétement abandonnée et sans amis. Une autre femme aurait enduré toutes ces misères. Une autre femme aurait su faire valoir ses droits et se défendre au milieu de sa désolation et de sa douleur ; mais ma pauvre femme est une enfant, une toute petite enfant en ce qui concerne l'expérience du monde. Comment pouvait-elle se protéger elle-même contre ses ennemis ? Son seul instinct a été de fuir ses persécuteurs.... de se dérober aux regards de ceux qui lui jetaient le doute et le déshonneur à la face. Je comprends tout maintenant, je comprends tout. Olivia, cet homme, Paul, a de bonnes raisons pour être un misérable. Les motifs qui ont pu vous pousser à malfaire sont peu de chose en comparaison des siens. Il joue, je crois, un jeu infâme, mais il joue pour un enjeu considérable.

Un enjeu considérable ! N'avait-elle pas joué son âme à ce coup de dé ? N'avait-elle pas risqué son bonheur éternel à ce jeu de hasard ?

— Aidez-moi donc, Olivia, — dit Edward d'un ton de supplication ; — aidez-moi à retrouver ma femme. Expiez le mal que vous avez pu faire par le passé, il n'est pas trop tard.

Sa voix s'adoucit en parlant. Il se tourna vers elle les mains jointes et attendit une réponse avec anxiété. Peut-être cet appel fut-il le dernier cri de son bon ange, qui essayait de la sauver des mains des démons. Mais les démons étaient maîtres d'elle depuis trop longtemps. Ils se levèrent en elle arrogants, sans pitié, et l'endurcirent contre cette voix suppliante.

— Comme il l'aime ! — se dit Olivia, — comme il l'aime ! Pour elle, pour elle il consent à s'humilier devant moi.

Ensuite, sans qu'il y eût dans sa voix ou dans ses

manières le moindre changement favorable, elle dit
résolûment :

— Je ne puis que vous répéter ce que je vous ai déjà
dit. L'affiche que vous avez vue à la porte du parc en
sait aussi long que moi. Mary s'enfuit. On la chercha
de tous côtés, mais sans succès. M. Marchmont, qui
est un homme du monde et plus capable que moi de
faire pour le mieux en un cas pareil à celui-ci, con-
seilla d'envoyer chercher M. Paulette. On écrivit donc
à l'avoué. Il vint et fit faire de nouvelles recherches.
Il fit aussi imprimer une affiche qu'il répandit dans le
pays. Des annonces furent insérées dans le *Times*
et dans d'autres journaux. Pour une raison quelconque.... que j'ai oubliée....; le nom de Mary ne figura
pas dans ces annonces. Elles furent conçues de telle
sorte que la publication du nom n'était pas nécessaire.

Edward passa la main sur son front.

— Paulette est venu ici ? — murmura-t-il à voix basse.

Il avait toute confiance en l'avoué, et un froid mortel
le glaça à la pensée que cet homme de loi à tête calme
n'avait pas réussi à découvrir l'absente.

— Oui, il est resté ici deux ou trois jours.

— Et il ne put rien faire ?

— Rien que ce que je vous ai dit.

Le jeune homme glissa sa main sous son gilet pour
étouffer les cruels battements de son cœur. Une terreur soudaine s'était emparée de lui, une horrible peur
de ne plus jamais revoir la figure de sa jeune femme.
Pendant quelques minutes il y eut dans la chambre un
silence de mort, interrompu seulement une fois ou
deux par les cendres qui tombaient de la grille. Arundel était assis la figure cachée derrière sa main. Olivia
était toujours, comme l'avait trouvée son cousin en entrant dans la salle, droite, sombre, et à côté de la cheminée à l'antique.

— Il y avait quelque chose sur cette affiche, — dit
enfin l'officier d'une voix rauque et altérée; — il y avait
quelque chose ayant trait à l'apparition de ma femme
sur le bord de l'eau, où elle a été vue pour la dernière
fois. Qui l'y a vue?

— M. Weston, médecin à Kemberling, beau-frère de Paul Marchmont.

— N'a-t-elle pas été vue par d'autres personnes?

— Si, elle a été vue à peu près à la même heure, un peu plus tôt ou un peu plus tard, je ne sais au juste, par l'un des valets de ferme du fermier Pollard.

— Et elle n'a plus été vue depuis?

— Jamais, c'est-à-dire que nous n'avons pas entendu dire que quelqu'un l'eût aperçue.

— A quelle heure de la journée la vit ce M. Weston?

— Vers le crépuscule, entre cinq et six heures...

Edward porta tout à coup la main à sa gorge comme pour en chasser une sensation pénible qui l'empêchait de parler.

— Olivia, — dit-il, — ma femme a été vue en dernier lieu sur le bord de la rivière? Quelqu'un a-t-il pensé que, par quelque déplorable accident, par quelque terrible fatalité, elle s'égara dans les ténèbres et tomba à l'eau, ou bien quelqu'un soupçonne-t-il que.... ô mon Dieu! ce serait trop horrible!.... qu'elle se soit noyée volontairement?

— On a dit bien des choses depuis sa disparition, — répondit Olivia; — les uns supposent ceci et les autres cela.

— Et on a supposé qu'elle.... qu'elle s'était jetée à l'eau?

— Oui, bien des gens ont eu cette pensée. La rivière a été draguée pendant que M. Paulette était ici et après son départ; les hommes employés à ce travail ont dragué pendant plus d'une semaine.

— Et ils n'ont rien trouvé?

— Rien.

— Y a-t-il eu quelque raison pour faire supposer que.... que ma femme s'est jetée à l'eau?

— Une seule.

— Laquelle?

— Je vais vous la montrer, — répondit Olivia.

Elle tira un paquet de clefs de sa poche et s'approcha d'un vieux bureau placé à l'autre extrémité de la chambre; elle ouvrit la partie supérieure de ce bureau, tira

l'un des tiroirs et y prit quelque chose qu'elle apporta
à Edward.

Ce quelque chose était un petit soulier, un petit soulier en peau mordorée, décoloré par l'humidité et la
mousse, et déformé d'un côté comme si celle qui l'avait
porté eût fait beaucoup de chemin sans avoir l'habitude
de la marche.

Edward se souvint que, dans cette courte lune de
miel où ils avaient été heureux comme des enfants au
petit village, près de Winchester, il avait souvent ri
de la tendance de sa femme à se promener dans des
prairies humides avec des petits souliers délicats, qui
étaient plutôt faits pour une salle de bal. Il se souvint
qu'elle avait le pied si petit qu'il pouvait le prendre
dans sa main. Ce faible petit pied se fatiguait facilement à errer sur les bords des ruisseaux à truites du
comté de Southampton; mais il n'en avait pas moins
héroïquement résisté à la fatigue tant que lui, son maître, avait eu la velléité de ne pas se reposer.

— Ceci a-t-il été trouvé sur le bord de l'eau? — demanda-t-il en regardant piteusement le soulier que
Mme Marchmont avait mis dans sa main.

— Oui, on l'a trouvé parmi les roseaux du rivage, à
un mille au-dessous de l'endroit où M. Weston aperçut
ma belle-fille.

Edward plaça le petit soulier dans son sein.

— Je ne le croirai pas! — s'écria-t-il tout à coup. —
Je ne croirai pas que ma chère bien-aimée soit perdu
pour moi. Elle était trop bonne, beaucoup trop bonn
pour songer au suicide, et la Providence n'aura pa.
souffert que ma pauvre femme abandonnée en ait ét'
réduite à aller chercher une triste mort dans cett
affreuse rivière. Elle s'est enfuie pour se cacher parm
ceux qui auraient confiance en elle, en attendant qu
son mari vînt la chercher. Je croirai tout au monde
mais pas à sa mort, et, tant que je n'aurai pas vu so
cadavre, tant que ma main ne se sera pas posée su
son sein refroidi pour s'assurer que son cœur a cess(
de battre, je ne croirai pas qu'elle se soit noyée. Il y :
quatre mois, je partis d'ici pour me mettre à sa re
cherche; je vais repartir de nouveau pour le mêm

motif. Ma chère, ma chère et innocente femme, j'irai jusqu'au bout du monde pour vous retrouver!

La veuve grinça les dents en écoutant les paroles passionnées de son cousin. Pourquoi la poussait-il toujours au mal en faisant parade devant elle de son amour pour Mary? Pourquoi la forçait-il à ne jamais oublier combien elle avait de motifs de haine contre la jeune héritière.

Le Capitaine se leva et fit quelques pas en s'appuyant sur sa canne.

— Vous coucherez ici ce soir, n'est-ce pas? — dit Olivia.

— Coucher ici!....

Son ton disait clairement qu'il avait une horreur profonde de la maison.

— Oui; où iriez-vous donc si vous ne restez ici?

— J'avais l'intention de m'arrêter à la première auberge venue.

— La première auberge se trouve à Kemberling.

— Cela ferait bien mon affaire, — répondit le jeune homme avec indifférence. — Il faut que je sois à Kemberling demain de bonne heure pour y voir Paul Marchmont. Je ne comprends encore rien à la fuite de ma femme, malgré ce que vous m'avez dit. C'est à Paul Marchmont que je vais m'adresser maintenant. Que Dieu le garde s'il essaye de me cacher la vérité!

— Vous verrez M. Marchmont ici aussi facilement qu'à Kemberling, — répondit Olivia; — il vient tous les jours.

— Quoi faire?

— Il a construit une espèce d'atelier de peinture sur le bord de la rivière, et il dessine chaque fois qu'il fait du soleil.

— Ah! — s'écria Edward, — il s'installe donc à Marchmont Towers comme chez lui?

— Il en a le droit, je suppose, — reprit la veuve d'un air d'insouciance. — Si Mary est morte, la maison et la propriété sont à lui; moi, je ne suis ici que momentanément.

— Il a pris possession, alors?

— Au contraire, il s'y refuse.

— Et il fait bien. J'en atteste le ciel, — s'écria

2

Edward, — personne ne s'emparera de ce qui appartient à ma chère femme ; aucun infâme complot de ce misérable artiste ne la dépouillera de ce qui est à elle. Dieu sait que je ne tiens pas à la fortune ; mais je me défendrai jusqu'à mon dernier soupir contre ceux qui voudront voler ma femme. Non, Olivia, je ne coucherai pas ici ; je n'accepterai pas l'hospitalité de M. Marchmont. J'ai beaucoup trop de soupçons sur lui.

Il se dirigea vers la porte ; mais avant qu'il y fût arrivé, la veuve s'approcha de l'une des fenêtres et écarta les jalousies.

— Écoutez comme il pleut, — dit-elle. — N'entendez-vous pas l'eau qui ruisselle sur les dalles ? Je ne mettrais pas un chien à la porte par une nuit pareille à celle-ci, et vous.... vous êtes si malade.... si faible. Edward Arundel, me haïssez-vous donc au point de ne pas vouloir dormir sous le même toit que moi pour une nuit ?

Rien n'est difficile à croire pour un homme qui n'est pas fat comme la simple idée qu'il est aimé par une femme qu'il n'aime pas, et à laquelle il n'a jamais fait la cour en aucune manière : sans cela Edward eût certainement découvert le secret de sa cousine par suite de cette explosion de tendresse soudaine et du piteux appel qu'elle lui fit.

Il ne découvrit rien, il ne soupçonna rien ; mais il fut touché par le son de sa voix, bien qu'il ne comprît rien à ce changement de langage, et il répondit avec douceur :

— Si vous le désirez réellement, Olivia, je resterai, soyez-en sûre. Je prends le ciel à témoin que je ne souhaite pas d'être en mauvais termes avec vous. J'ai besoin de votre aide, de votre pitié peut-être. Je suis tout disposé à croire que les paroles cruelles adressées par vous à Mary vous furent dictées par la mauvaise humeur du moment. Je ne puis me figurer que vous ayez un cœur vil. J'attribuerai même votre manque de croyance en la nouvelle de mon mariage, que vous annonça ma pauvre femme, à l'étroitesse des préjugés de la petite ville de province où vous avez été élevée. Soyons amis, Olivia.

Il lui tendit sa main; sa cousine y plaça le bout de ses doigts glacés, et il frissonna comme s'il se fût trouvé en contact avec un cadavre. Il n'y eut rien de bien cordial dans cette étreinte. Leurs mains retombèrent inertes en se séparant, comme pour témoigner d'une façon muette qu'entre ces deux personnes toute sympathie, toute union était impossible.

Mais le Capitaine accepta l'hospitalité de sa cousine. Il en avait réellement grand besoin; car il s'aperçut que son valet, comptant le voir rester pour la nuit à Marchmont Towers, avait renvoyé la voiture à Swampington. Un plateau, chargé de viandes froides et de flacons de vin, fut apporté au salon pour le jeune officier. Il but un verre de madère et essaya d'avaler quelques bouchées pour ne pas être impoli à l'égard d'Olivia; mais il mangea presque machinalement. Triste et silencieux, il réfléchissait à la terrible secousse qu'il venait d'éprouver et au mystère qui enveloppait les événements survenus pendant cet horrible intervalle de trois mois, durant lesquels il n'avait pas plus été à même de défendre sa femme que s'il eût été mort.

Cent fois elle lui revint à l'esprit, et chaque fois avec une douleur nouvelle, la cruelle pensée que, s'il avait écrit à sa mère pour lui raconter l'histoire de son mariage, ce qui était arrivé n'aurait jamais eu lieu. Mary aurait été protégée et abritée par une bonne femme au cœur aimant. Cette pensée, cet horrible remords était la plus amère des douleurs pour le jeune homme.

— C'est une punition trop grande, — se dit-il. — Je suis trop cruellement puni d'avoir tout oublié dans mon bonheur avec ma chère femme.

La veuve était assise dans une chauffeuse auprès du feu et fixait les yeux sur les charbons enflammés; la grille avait été regarnie et la lueur de la flamme du foyer mettait en relief les traits hagards d'Olivia. Edward, échappant pour un moment à ses propres pensées, fut surpris du changement qui s'était opéré en quelques mois chez sa cousine. L'air de tristesse qu'il avait souvent remarqué sur sa figure était devenu son expression habituelle; chaque ligne avait grossi comme si elle eût enduré dix ans de fatigue au lieu de quelques mois seulement. Olivia avait vieilli avant le temps, et ce n'était pas là le seul changement. Il y avait quelque chose d'indéfini et d'indéfinissable dans ses grands yeux gris lumineux, dont l'éclat, actuellement surnaturel, éveillait chez Edward un vague sentiment de terreur, une terreur qu'il ne voulait pas, qu'il n'osait pas essayer d'analyser. Il se souvenait de la peur irréfléchie que Mary avait de sa belle-mère, et il s'en étonnait à peine maintenant. Il y avait quelque chose de magique, de surhumain dans l'aspect de cette femme assise en face de lui autour du vaste foyer. Aucune couleur ne se voyait sur sa sombre figure, une étrange lueur brillait dans ses yeux, et les grands plis de sa robe noire n'avaient aucun éclat.

— Je crains que vous n'ayez été malade, Olivia, — dit le jeune homme au bout d'un moment.

Un autre sentiment avait pris naissance en lui, côte à côte avec celui de la terreur vague ; il s'était figuré qu'il existait peut-être quelque motif pour lequel sa cousine était à plaindre.

— Oui, — répondit-elle avec autant d'indifférence que si le sujet de conversation choisi par Arundel n'eût pas porté sur elle; — oui, j'ai été très-malade.

— J'en suis désolé.

Olivia le regarda et sourit; son sourire était le plus étrange qu'il eût jamais vu sur une figure de femme.

— J'en suis désolé. De quoi avez-vous souffert?

— D'une fièvre lente, a dit M. Weston.

— M. Weston?

— Oui, le beau-frère de M. Marchmont. Il a pris la clientèle de M. Dawnfield, à Kemberling; il m'a soignée, ainsi que ma belle-fille.

— Ma femme a donc été malade?

— Oui, elle a eu une fièvre cérébrale dont elle s'est guérie; mais la force ne lui est pas revenue. Son abattement m'effraya et je crus bien faire, ce fut aussi l'avis de M. Marchmont, en consultant un médecin.

— Et que dit cet homme, ce M. Weston?

— Peu de chose. Il déclara que Mary n'avait rien; il lui donna une potion, mais seulement pour fortifier son système nerveux. Mais toutes les potions du monde ne pouvaient faire aucun effet, parce qu'elle s'obstinait à vivre seule dans sa chambre et à ne voir personne.

Le jeune homme courba la tête. L'image de sa jeune femme désolée s'offrit à lui, et cette image la lui représentait triste et souffrante, se tenant à l'écart de ses persécuteurs, abandonnée, solitaire, désespérée. Pourquoi était-elle restée à Marchmont Towers? Pourquoi avait-elle consenti à y revenir après lui avoir redit cent fois combien elle avait horreur de sa belle-mère? Pourquoi n'avait-elle pas plutôt suivi son mari dans le Devon? Pourquoi n'avait-elle pas réclamé la protection de ses parents? Était-il admissible que cette jeune femme aimante fût restée tranquillement dans le Lincoln, alors que l'homme qu'elle aimait avec tant de dévouement était dans l'Ouest entre la vie et la mort?

— Elle est si enfant, — se dit-il, — si enfant dans son ignorance du monde. Je ne puis raisonner à propos d'elle comme à propos d'une autre femme.

Puis l'émotion fit affluer le sang à sa figure, une idée nouvelle avait surgi dans son cerveau.

— Si on avait retenu la malheureuse jeune femme par force à Marchmont Towers, Olivia, — s'écria-t-il, — de quelque bassesse que ce Paul Marchmont soit capable, vous du moins vous êtes au-dessus de toute faute préméditée. J'ai cru en vous toute ma vie, et je vous ai respectée comme une honnête femme. Dites-moi donc la vérité, par pitié. Rien de tout ce que vous pourrez m'avouer ne remplira le vide qu'a fait dans ma vie cet horrible intervalle qui s'est écoulé depuis ma maladie. Mais vous pouvez me venir en aide. Quelques mots de vous peuvent dissiper les ténèbres. Comment avez-vous découvert ma femme? Comment l'avez-vous décidée à revenir ici? Je sais qu'elle avait une peur irraisonnée de revenir à Marchmont Towers.

— Je l'ai trouvée par l'intermédiaire de M. Marchmont, — répondit tranquillement Olivia, — j'eus quelques difficultés à la faire revenir, mais après avoir appris votre accident....

— Comment lui apprit-on cette nouvelle?

— Elle l'apprit par un journal qu'un hasard malheureux lui fit tomber sous les yeux.

— A qui était ce journal?

— A M. Marchmont.

— Où cela se passa-t-il?

— Dans le comté de Southampton.

— Ah! Paul Marchmont y était donc allé avec vous?

— Oui. Il me fut très-utile dans cette crise. Après qu'elle eut vu le journal, ma belle-fille fut atteinte d'une fièvre cérébrale. Elle n'avait pas sa connaissance quand on l'a ramenée à Marchmont Towers. Ma vieille servante Barbara la soigna, et les meilleurs médecins furent mandés. Je ne crois pas qu'il fût possible de faire davantage,

— Non, — répondit Edward avec amertume, — à moins qu'elle n'eût été aimée par vous.

— On ne peut commander à ses affections, — dit la veuve d'une voix dure.

Une autre voix intérieure semblait lui dire tout bas :

— Pourquoi me reprochez-vous de ne pas avoir aimé ma belle-fille? Si vous m'eussiez aimée, moi, le monde entier eût été bien différent.

— Olivia, — dit le Capitaine, — de votre propre aveu vous n'avez jamais eu au cœur d'affection pour l'orpheline. Ce n'est pas mon affaire de m'appesantir sur ce fait qui est presque extraordinaire, vu les circonstances particulières dans lesquelles cette enfant vous a été confiée. Il est inutile que je cherche à comprendre pourquoi votre cœur a été fermé à ma pauvre femme. Ne parlons plus de cela. Mais je crois toujours que, quelle qu'ait été la nature de vos sentiments à l'égard de la fille de votre défunt mari, vous n'êtes coupable envers elle d'aucune trahison préméditée. Je crois cela de vous, mais non pas de Paul Marchmont. Cet homme est l'ennemi naturel de ma femme. S'il est venu ici pendant sa maladie, ç'a été pour tramer quelque complot contre elle pour essayer de lui nuire. Elle est le seul obstacle entre lui et ce domaine. Il y a bien longtemps, à l'époque où j'étais un écolier insouciant, mon pauvre ami John Marchmont me dit que si jamais un jour venait où les intérêts de Mary seraient en lutte avec ceux de son cousin, cet homme serait pour elle un terrible et cruel ennemi, d'autant plus terrible peut-être qu'il saurait se donner les apparences de l'amitié.

Le jour est venu, et moi, moi qui avais reçu comme un legs sacré le soin de défendre l'héritière, je n'étais pas auprès d'elle. Mais j'ai quitté ce lit que bien des gens croyaient devoir être mon lit de mort, et je suis venu avec une résolution indomptable, unique en moi, la résolution de trouver ma femme et de punir comme il le mérite l'homme qui lui a fait du tort.

Le Capitaine parlait à voix basse, mais sa colère n'en était pas moins terrible parce qu'il supprimait les symptômes extérieurs qui la révèlent d'habitude. Il retomba dans le silence et la réflexion.

Olivia ne répondit à rien de ce qu'il avait dit. Elle le regardait fixement et sa figure trahissait une admiration respectueuse. Comme il était beau, ce jeune héros, même dans sa faiblesse et sa maladie! Comme sa figure rayonnait sous l'éclat de ses beaux yeux bleus où se lisaient un courage et un dévouement chevaleresques !

L'horloge sonna onze heures pendant qu'Edward et Olivia étaient assis en face l'un de l'autre, séparés seulement physiquement par la largeur du tapis du foyer, mais à cent milles de distance par l'esprit, et le jeune soldat fut arraché à sa triste rêverie.

— Si j'étais un homme robuste, — dit-il, — je verrais Paul Marchmont ce soir, mais je suis forcé d'attendre jusqu'à demain matin. A quelle heure vient-il à son atelier de peinture?

— A huit heures quand les matinées sont belles, mais plus tard quand il fait mauvais temps.

— A huit heures ! Dieu veuille qu'il fasse beau demain! Dieu veuille que je n'aie pas longtemps à attendre avant de me trouver face à face avec cet homme! Bonne nuit, Olivia.

Il prit une bougie sur la table près de la porte et l'alluma presque machinalement. Il trouva Morrison qui l'attendait, à moitié endormi, dans une grande chambre à coucher où Edward n'avait jamais mis les pieds; cette chambre à coucher était un sombre appartement meublé avec les splendeurs fanées du passé, et si l'occupant avait le sommeil difficile, il pouvait s'attendre à voir le fantôme d'une femme revêtue d'un linceul,

qui venait s'accroupir devant la cheminée et chauffer
ses mains diaphanes à la flamme du foyer.

— Ce n'est pas un endroit extraordinairement confortable après Dangerfield, — murmura le valet d'une
voix mélancolique, — et tout ce que je désire, monsieur
Edward, c'est que les draps du lit ne soient pas humides. Je remue le feu et je le bourre de charbon depuis
une heure. Il y a un lit pour moi dans le cabinet de
toilette, à portée de la voix.

Le Capitaine entendait à peine ce que son valet lui
disait. Il était debout sur le seuil de la grande chambre et son regard plongeait dans un long corridor à
plafond bas, où il venait de rencontrer Barbara, la
servante de confiance de Mme Marchmont, la femme à
figure impassible et indéchiffrable qui, au dire d'Olivia,
avait soigné Mary pendant sa maladie.

— Était-ce là la plus tendre des figures qui se pen-
chaient sur le lit où souffrait ma chère petite femme,
— se dit-il, — j'aurais presque autant aimé qu'une
goule eût été installée au chevet de ma bien-aimée.

CHAPITRE II

L'atelier de peinture sur le bord de la rivière.

Edward resta éveillé la plus grande partie de cette
nuit de novembre, écoutant la pluie, qui tombait sans
relâche sur la terrasse, et songeant à Paul. C'était à
cet homme qu'il devait demander compte de sa femme.
Rien de ce qu'Olivia lui avait dit n'avait affaibli cette
détermination. Le petit soulier trouvé sur le bord de
l'eau, le placard collé au pilier couvert de mousse de
l'entrée du parc, l'histoire d'un suicide probable ou
d'un accident plus probable encore, tout cela n'était
rien à côté des soupçons du jeune homme sur Paul. Il

s'était moqué des craintes du pauvre John en ce qui concernait son parent et l'avait cru faible et déraisonnable, et maintenant, sans des motifs plus sérieux, il était prêt à condamner cet homme qu'il n'avait jamais vu, comme traître et faiseur de complots envers sa jeune femme.

Il se tourna et retourna·dans son lit toute la nuit, faible et fiévreux, avec de grosses gouttes de sueur froide inondant son visage, et dormit parfois quelques instants d'un sommeil agité par des rêves sans suite, où figurait constamment Paul, tantôt d'une façon, tantôt d'une autre. Ces rêves manquaient complétement de bon sens, car quelquefois Edward et l'artiste luttaient l'épée au poing, et avaient tous deux soif du sang de son.adversaire, et un moment après, ils étaient amis, et l'avaient été, semblait-il, depuis des années.

Le jeune homme s'éveilla en sursaut de l'un de ces derniers rêves avec de bonnes paroles d'amitié aux lèvres, et vit la lueur du jour pénétrer dans sa chambre à travers l'étroite ouverture des rideaux en damas de la fenêtre. Morrison étalait déjà l'attirail de toilette de son maître sur la table en chêne sculpté qui servait à cet usage.

Le Capitaine s'habilla aussi vite qu'il put avec l'assistance de son valet, et se dirigea ensuite vers le grand escalier en s'appuyant sur sa canne, dont il avait bien besoin, car il était aussi faible qu'un enfant.

— Il vaut mieux que vous me donniez le flacon de cognac, Morrison, — dit-il, — je sors avant de déjeuner. Vous ferez même bien de venir avec moi, car je ne crois pas pouvoir aller loin sans le secours de votre bras.

Dans le vestibule, Arundel trouva l'un des domestiques. La porte occidentale était ouverte, et cet homme était sur le seuil à interroger le ciel. La pluie avait cessé, mais la journée ne promettait pas d'être bien belle, car le soleil ne brillait pas plus qu'une boule de cuivre bruni à travers le pâle brouillard de novembre.

— Savez-vous si M. Marchmont est venu au chalet ? — demanda Edward.

— Oui, monsieur, — répondit cet homme, — je viens

justement de le rencontrer dans le quadrangle. Il a pris une tasse de café avec ma maîtresse.

Edward tressaillit. Ils étaient donc amis. Paul et Olivia!.... amis, mais non pas alliés! Quelque misérable et vil que fût cet homme, Olivia, du moins, était incapable d'une trahison préméditée.

Le Capitaine prit le bras de son valet, entra dans le quadrangle et du quadrangle pénétra dans le bois humide, où les arbres rabougris avaient un aspect fantastique, tant ils étaient laids et noirs sous leurs feuilles. Tout faible qu'était le jeune homme, il marcha rapidement sur le terrain en pente qu'avaient détrempé des pluies presque continuelles. Il était soutenu par son ardent désir de se trouver face à face avec Paul. La sauvage énergie de son esprit était plus forte que n'importe quelle faiblesse physique. Il renvoya Morrison aussitôt qu'il fut en vue du chalet, et continua son chemin tout seul, s'appuyant sur sa canne et s'arrêtant de temps en temps pour reprendre haleine et maugréer contre sa faiblesse.

Le chalet et le pavillon qui était au-dessus avaient été remis en état par quelques ouvriers campagnards. Une poignée de plâtre çà et là, une petite maçonnerie en briques neuves et une boiserie de fenêtre raccommodée en étaient la preuve. Les volets en bois vieux et lourds avaient été réparés, et une bonne partie de l'œuvre, commencée du temps de John Marchmont, avait été complétée d'une façon grossière. L'endroit, qui jusqu'alors avait semblé destiné à tomber en ruine, avait été garanti des intempéries et rendu habitable ; la fumée noire, qui s'élevait lentement dans les airs au-dessus de la cheminée couverte de lierre, annonçait que l'intérieur était occupé. En outre, un grand appentis en bois avec une large fenêtre ouvrant au nord avait été construit à côté du chalet. Edward devina sur-le-champ que cet appentis grossier était l'atelier de peinture que l'artiste avait construit pour lui.

Il s'arrêta un moment devant la porte de cet appentis. La voix d'un homme, une voix de ténor un peu grêle et métallique, chantait un air de Rossini, de l'autre côté de la fragile cloison.

Edward cogna contre la porte avec la poignée de sa canne. La voix cessa de chanter pour crier :

— Entrez !

Le soldat ouvrit la porte, franchit le seuil, et se trouva face à face avec Paul dans l'appentis en bois brut. Le peintre avait encore son costume de travail : son habit et son gilet se trouvaient sur une chaise auprès de la porte. Il avait mis une jaquette en toile et passé sur son pantalon de toilette un autre pantalon très-large en toile. En ce qui concernait la jaquette et le pantalon pleins de taches de couleur, rien n'était plus malpropre que l'extérieur de Paul, mais quelques nuances de fantaisie recherchée apparaissaient dans le bonnet de velours noir qui contrastait avec la blancheur argentée de sa chevelure, et la faisait ressortir, aussi bien que dans la courbe délicate de sa moustache couleur d'ambre. Une moustache n'était pas un ornement très-commun en 1848. C'était même une excentrité réservée aux artistes, et on leur permettait cette fantaisie comme à des gens qui ne sont pas responsables de leurs actions et soumis aux lois qui gouvernent les gens raisonnables et respectables.

Edward scruta avec soin la figure et la personne de l'artiste. Il jeta un rapide regard sur les murs tout bonnement recrépis de l'appentis, essayant d'y découvrir quelque indice à l'aide duquel il pût se faire une idée du caractère du peintre. Mais il n'y avait pas grand'chose à glaner dans les détails de la chambre presque vide. Un poêle noir en fonte avec un tuyau courbé se dressait dans un coin. Une plaque de fer-blanc clouée sur un volet en bois se balançait contre la fenêtre, au nord, au souffle du vent qui pénétrait par les fentes de la boiserie mal jointe de l'appentis. Un grand chevalet occupait le centre de la chambre, des cadres en toile étaient empilés contre le mur, et çà et là quelques tableaux achevés : un paysage à la Turner aux reflets rougeâtres, avec un ciel noir et gros d'orage, un défilé de montagne teint en rouge sang par le soleil couchant, était accroché à la boiserie blanche. Des fragments de dessins à l'aquarelle de deux teintes, de vieilles lithographies, des esquisses déchirées et

froissées, des coins de rochers et de feuillage étaient
éparpillés sur le sol et sur une table grossière en bois
blanc, de construction bizarre et grossière et toute
tachée de couleurs; il y avait les tubes remplis de couleurs, les palettes, les brosses, les éponges, les linges
sales et les plaques en étain graisseuses qui forment
l'attirail d'un artiste. En face de la fenêtre au nord
était l'escalier en pierre couvert de mousse qui menait
au pavillon supérieur du chalet. Marchmont avait bâti
son atelier de peinture contre le flanc du pavillon, de
manière à boucher l'escalier et la porte qui en était la
seule entrée. Son excuse pour cet étrange plan d'architecture était l'impossibilité d'obtenir d'une autre
manière la lumière du nord, si nécessaire pour éclairer
son primitif atelier.

Telle était la chambre dans laquelle Edward trouva
l'homme auquel il venait demander compte de la disparition de sa femme. L'artiste était évidemment tout
préparé à recevoir son visiteur. Il ne fit pas semblant
d'être pris à l'improviste comme aurait pu le faire un
homme moins habile. L'une des maximes de Paul était
que de même qu'un imbécile est seul capable d'employer
du cuivre, là où il peut facilement employer de l'or,
de même aussi un imbécile seul est capable de mentir
quand il ne lui en coûte pas davantage de dire la vérité.

— Le Capitaine Arundel, je crois? — dit-il en avan-
çant une chaise à son visiteur. — Je regrette d'avoir à
vous dire que je vous reconnais à votre extérieur
maladif. Mme Marchmont m'a prévenu que vous dési-
riez me voir. Ma pipe vous fatigue-t-elle? Je la quitte-
rais dans ce cas. Non; alors, si vous le permettez, je
continue à fumer. Il y a des gens qui prétendent que
le tabac à fumer donne du ton à leurs peintures. Si
cela était vrai, les miennes devraient être des Rem-
brandts pour la couleur.

Edward se laissa tomber sur la chaise qui lui avait
été offerte. S'il lui avait été possible d'aller jusqu'à refuser cette avance hospitalière de Paul, il l'aurait refusée; mais il était trop faible pour rester debout et il
savait que son entrevue avec l'artiste serait longue.

— Monsieur Marchmont, — dit-il, — ma cousine

Olivia.vous a prévenu que vous pouviez vous attendre à ma visite aujourd'hui; elle a probablement ajouté autre chose encore. Vous a-t-elle dit que je venais vous demander compte de la disparition de ma femme ?

Paul haussa les épaules comme quelqu'un qui aurait voulu dire : « Cet homme est malade, je ne dois pas me trouver blessé de ses absurdités. » Puis ôtant sa pipe de sa bouche, il la déposa et s'assit à quelques pas d'Edward, sur la dernière des marches moussues qui conduisaient au pavillon.

— Mon cher Capitaine, — dit-il gravement, — votre cousine m'a répété une bonne partie de votre conversation d'hier soir. Elle m'a dit que vous aviez parlé de moi avec une violence, naturelle peut-être chez un jeune soldat à tête chaude, mais nullement justifiée par nos relations. En venant me demander compte de la disparition de Mary, vous agissez à peu près aussi raisonnablement que si vous me rendiez responsable de la maladie de poitrine dont mourut son père. Si, au contraire, vous venez me demander de vous aider à éclaircir le mystère de sa disparition, vous me trouverez tout disposé à faire de mon mieux. J'ai autant d'intérêt que vous à la solution de la question.

— Et en attendant vous prenez possession du domaine.

— Non, Capitaine. La loi m'y autoriserait, mais je refuse de toucher un shilling du revenu de ce domaine ou d'agir en propriétaire jusqu'à ce qu'on ait éclairci le mystère de la disparition ou de la mort de Mary.

— Le mystère de sa mort? — dit Edward. — Vous croyez donc qu'elle est morte?

— Je ne suppose rien, je ne crois rien, — répondit l'artiste, — je me contente d'attendre. Les mystères de la vie sont si nombreux et si incompréhensibles.... les histoires que lit chaque jour l'homme qui se donne la peine de parcourir un journal sont si étranges et ressemblent si bien aux improbabilités des folles fictions qu'inventent les romanciers... que je suis prêt à croire n'importe quoi. Je fus frappé la première fois que je vis Mary de son manque de force et d'esprit. Donc rien de ce qu'elle a pu faire ne m'étonnerait. Elle a pu aller se cacher au loin sous l'impulsion de quelque fantaisie excentrique. Elle a pu tomber entre les mains de gens intrigants. Elle a pu laisser avec intention son soulier sur le bord de l'eau pour éveiller l'idée d'un accident ou d'un suicide; elle a pu aussi le perdre en cet endroit par hasard et être allée nu-pieds à la station la plus rapprochée. Elle avait déjà agi déraisonnablement avant de s'éloigner de Marchmont Towers; elle a pu agir de même une seconde fois.

— Vous ne pensez donc pas qu'elle soit morte?

— J'hésite à formuler une opinion; je refuse positivement d'en exprimer une.

Edward rongea furieusement les bouts de sa moustache. La froideur imperturbable de cet homme qui n'avait rien de la douceur étudiée de l'hypocrisie et ressemblait au contraire à la franchise d'un homme du monde qui ne feint pas un sentiment qu'il n'éprouve pas, déjouait et rendait furieux le jeune soldat passionné. Etait-il possible que cet homme qui l'accueillait avec tant de calme et n'évitait en aucune façon de discuter la disparition de Mary, eût traîtreusement participé à ce malheur? Olivia avait l'air d'une coupable, mais Paul semblait l'innocence en personne, non pas l'innocence furieuse et indignée de ce qu'on soupçonne sa parole, mais l'innocence pratique et ordinaire de l'homme du monde qui est beaucoup trop habile pour jouer un périlleux jeu de vilain.

— Vous pourrez peut-être répondre à la question que voici, monsieur Marchmont, — dit Edward; — pourquoi a-t-on douté de ma femme quand elle a raconté l'histoire de son mariage?

L'artiste sourit, se leva et alla prendre un portefeuille dans une poche de son habit sur la chaise.

— Je puis répondre à votre question, — dit-il, en choisissant un papier parmi plusieurs autres que contenait le portefeuille; — tenez, ceci m'évitera la peine de parler.

Il tendit le papier à Edward. Ce papier était un lettre pliée en long et annotée ainsi : « De Mme Arundel 31 août. » A l'intérieur était un autre papier annoté également : « Copie de lettre écrite à Mme Arundel, 28 août.

— Vous feriez bien de lire la copie tout d'abord, — dit Marchmont, en voyant Edward regarder le premier papier.

La copie était très-courte et ainsi conçue :

« *Marchmont Towers, 28 août 1848.*

« Madame,

« On m'a donné à comprendre que votre fils, le Capitaine « Arundel, quinze jours avant son triste accident, avait con- « tracté un mariage secret avec une jeune femme, dont je « préfère, pour plusieurs raisons, ne pas vous donner le nom. « Si vous pouvez m'obliger en m'écrivant au sujet du plus « ou moins de fondement de cette assertion, vous accorderez « une très-grande faveur

« A votre obéissant serviteur,

« PAUL MARCHMONT. »

La réponse à cette lettre, écrite par la mère d'Edward, était également courte.

« *Dangerfield Park, 31 août 1848.*

« Monsieur,

« En réponse à votre demande, je vous informe que le « bruit auquel vous faites allusion est sans fondement aucun. « Mon fils a trop d'honneur pour contracter un mariage se- « cret, et quoique l'état malheureux dans lequel il se trouve « maintenant m'empêche d'en recevoir l'assurance de sa « propre bouche, ma confiance en ses principes justifie ma « dénégation de la nouvelle qui fait le sujet de votre lettre. « Je suis, monsieur, votre très-humble,

« LÆTITIA ARUNDEL. »

L'officier resta muet et confondu, la lettre de sa mère à la main. Il semblait que tout le monde s'était ligué contre la jeune fille sans défense, qu'il avait choisie pour sa femme. Chaque main s'était levée pour la pousser hors de la maison qui était à elle, et la laisser dans un monde qu'elle ne connaissait pas, pour qu'elle y errât en paria et y mourût peut-être misérablement.

— Vous ne devez pas être étonné qu'une pareille lettre ait confirmé en moi l'idée que l'histoire du mariage de Mary était inventée par son cerveau un peu malade en tout temps, mais plus affaibli encore à cette époque par la fièvre qui la dévorait.

Edward garda le silence. Il froissa la lettre de sa mère dans sa main. Sa mère elle-même, sa mère elle-même, cette femme tendre et compatissante, dont il avait promis la protection dix ans auparavant dans le couloir de Drury Lane à la fille sans mère de John Marchmont, sa mère elle-même, par quelque horrible fatalité, avait contribué à couvrir de honte et à martyriser la pauvre Mary. Toute cette histoire de la disparition de sa jeune femme semblait enveloppée de ténèbres épaisses à travers lesquelles il ne voyait pas clair. Il se sentait enserré dans une toile mystérieuse dont il ne pouvait sortir pour découvrir la vérité. Il faisait question sur question et recevait des réponses qui n'avaient rien de louche, mais l'histoire n'en était pas moins obscure. Quelle conclusion tirer de tout cela ! Où était le fil à l'aide duquel il se guiderait dans ce dédale ? Était-il probable que cet homme, que ce Paul, affairé parmi ses tableaux inachevés et ayant, soit en paroles, soit en action, l'allure facile d'un franc soldat de fortune, fût coupable de quelque trahison subtile envers la jeune femme absente ? Il n'avait pas cru à son mariage, mais il avait eu ses raisons pour douter d'un fait dont la nouvelle ne pouvait lui être très-agréable.

Le jeune homme se leva et se tint debout comme un homme irrésolu qui réfléchit sur certaines difficultés.

— Allons ! Capitaine, — s'écria Paul cordialement, — croyez bien que, quoiqu'il ne reste plus en moi beaucoup de sentimentalité après ma longue lutte avec le monde, je puis cependant encore sympathiser avec vos regrets au sujet de cette pauvre folle enfant. J'espère, pour vous, qu'elle existe toujours et se cache quelque part avec un entêtement déraisonnable. Peut-être que maintenant qu'il vous est possible de prendre part à cette affaire, vous serez plus heureux que nous dans vos recherches. Je suis assez vieux pour être votre père, et je suis tout prêt à mettre à votre disposition l'expérience du monde que j'ai acquise durant ma vie. Voulez-vous accepter mon aide ?

Edward réfléchit un moment, la tête courbée et les yeux fixés sur le sol. Puis se redressant tout à coup, il regarda l'artiste bien en face en lui répondant,

— Non ! — s'écria-t-il. — Votre offre peut vous être dictée par de bonnes intentions, et s'il en est ainsi je vous en remercie, mais personne n'aime Mary comme moi, et personne n'a autant de droits que moi à la protéger et à la défendre. Je chercherai ma femme tout seul et sans l'aide de qui que ce soit, excepté de Dieu à qui je demande de vouloir bien me secourir.

CHAPITRE III

Perdu dans l'obscurité.

Edward revint lentement aux Towers, faible de corps, inquiet d'esprit, déjoué, désappointé et très-malheureux; le jeune mari, qui n'avait vécu avec sa femme que pendant une courte lune de miel, revint dans cette sombre et triste maison dans les murs de laquelle Mary avait souffert et s'était désespérée.

— Pourquoi est-elle restée ici ? — se dit-il. — Pourquoi n'est-elle pas venue vers moi. J'aurais cru que sa première impulsion l'aurait entraînée de mon côté. J'aurais cru que ma pauvre enfant bien-aimée aurait parcouru à pied l'espace qui la séparait de son mari, si besoin en eût été.

Il se traîna péniblement à travers le bois sans feuilles et la végétation pourrie qui se changeait en fumier au pied des arbres dénudés. Il se traîna vers la sombre façade orientale de la grande maison en pierre, la figure toujours tournée vers les fenêtres sans rideaux percées dans les murs décrépis.

— Oh! s'ils pouvaient parler! — s'écria-t-il dans sa perplexité et son désespoir, — s'ils pouvaient parler! Si ces murs cruels pouvaient parler et me dire ce que ma femme a souffert dans leur enceinte! S'ils pouvaient me dire pourquoi elle s'est désespérée et est allée se cacher loin de son mari et de son protecteur! S'ils pouvaient parler!

Il grinça les dents dans un accès de rage.

— Je ne gagnerais pas plus à questionner ce mur en pierre là-bas qu'à causer avec ma cousine Olivia, — se dit-il ensuite. — Pourquoi cette femme nourrit-elle une haine si venimeuse contre mon innocente Mary? Pourquoi ne puis-je, soit par menaces, soit par supplications, rien obtenir d'elle.... rien? Elle me déjoue aussi complétement par ses réponses mesurées, qui ont l'air de se rapporter à mes questions et qui cependant ne m'apprennent rien, que si elle était une idole en métal dressée sur un autel par un peuple païen et ignorant et muette en l'absence d'un prêtre imposteur. Elle me déjoue, quel que soit mon acharnement à la questionner. Et Paul, lui aussi.... qu'ai-je appris par lui? Suis-je donc un imbécile, que ces gens-là puissent se moquer de moi et me mentir de la sorte? Ma tête n'a-t-elle aucun bon sens, et mon bras n'a-t-il aucune force, que je ne puis faire sortir la vérité de la gorge menteuse de ces misérables?

Le jeune militaire se mordit les lèvres, tant il était furieux.

Oui, c'était comme un rêve, cela ne ressemblait qu'à un rêve. Dans ses rêves, il avait souvent éprouvé ce terrible sentiment d'impuissance, quand il luttait pour arriver à quelque résultat. Mais jamais, étant éveillé, le jeune soldat n'avait subi de sensation de ce genre.

Il s'arrêta irrésolu, presque égaré, se retourna pour regarder le chalet, qui n'était plus qu'un point noir perdu au loin sur le bord de la rivière, puis il ramena de nouveau les yeux sur la rangée monotone des fenêtres de la façade orientale de Marchmont Towers.

— J'ai laissé aujourd'hui cet homme se jouer de moi,

— songea-t-il, — mais le jour du règlement des comptes arrivera. Nous n'en avons pas fini l'un avec l'autre.

Il se dirigea vers l'arche basse qui donnait accès dans le quadrangle.

La chambre qui avait servi de cabinet à John et que sa veuve avait pris l'habitude d'occuper depuis sa mort avait vue sur ce quadrangle. Edward vit la tête sombre de sa cousine penchée sur un livre, ou peut-être sur son pupitre, derrière les vitres.

— Qu'elle prenne garde à moi, si elle a fait du mal a ma femme, — se dit-il. — A laquelle de ces deux personnes faut-il que je demande compte de la disparition de ma femme? A laquelle des deux dois-je m'adresser? Que le ciel me guide vers celle qui est coupable, et qu'il prenne en pitié la malheureuse créature lorsque le jour du règlement des comptes arrivera; car, moi, je serai impitoyable.

Olivia, en regardant par la fenêtre, vit la figure de son cousin au moment où il avait cette pensée dans l'esprit. L'expression de cette physionomie était si terrible, si dure, si sublime dans sa beauté vengeresse, que sa figure à elle devint encore plus pâle qu'elle ne l'avait été depuis quelque temps.

— Ai-je peur de lui? — se demanda-t-elle en appuyant son front contre la vitre froide et en dominant le tremblement convulsif qui s'était tout à coup emparé de son corps. — Ai-je peur de lui? Non! Quel mal peut-il me faire après celui qu'il m'a fait déjà? S'il pouvait me traîner à l'échafaud et me remettre entre les mains du bourreau, il ne me ferait pas plus souffrir que je n'ai souffert depuis le premier moment où je le vis. Il ne pourrait m'infliger des tortures et des supplices plus cruels que ceux auxquels il m'a habituée. Il ne m'aime pas. Il ne m'a jamais aimée. Il ne m'aimera jamais. Voilà le mal qu'il m'a fait, voilà le mal dont je me venge!

Elle releva la tête qu'elle avait courbée en l'appuyant contre la vitre, et regarda le jeune officier qui s'avançait lentement vers le côté occidental de la maison.

Alors, avec un sourire, le même horrible sourire

qu'Edward avait vu rayonner sur sa physionomie la
soirée précédente, elle murmura entre ses dents serrées :

— Faut-il que je me désole, parce que cette vengeance s'est offerte à moi? Faut-il que je me repente
et que j'essaye de défaire ce qui est fait? Faut-il que je
me jette entre M. Arundel et les autres? Faut-il que je
me fasse, moi, l'alliée et la protectrice de ce galant soldat qui ne me parle que très-rarement sans m'insulter
ou sans m'accabler de reproches? Non, il lui a plu de
me menacer, il lui a plu d'avoir sur moi de vils soupçons. De son indifférence première, il en est venu à
l'insolence. Qu'il débrouille ses affaires tout seul.

Edward ne vit pas les yeux qui le regardaient avec
rage. Il songeait toujours à sa femme absente, il éprouvait toujours, et avec une intensité presque insupportable, ce sentiment d'impuissance et de prostration qui
ressemblait aux sentiments de ses rêves.

— Que dois-je faire? — se dit-il. — Irai-je éternellement de ma cousine Olivia à Paul, questionnant tantôt
l'un tantôt l'autre, et ne me rapprochant jamais de la
vérité?

Il s'adressa cette question, parce que l'extrême angoisse, la vive anxiété qu'il avait endurée semblaient
avoir grandi à ses yeux les plus petits événements et
multiplié cent fois les heures. Il lui semblait qu'il avait
déjà passé une moitié de sa vie à la recherche de la
fille de John Marchmont.

— O mon ami, mon ami! — pensa-t-il en songeant au
maître qui lui avait enseigné les mathématiques dix-huit
ans auparavant, parce que l'aspect de la maison où il
se trouvait avait ravivé ses souvenirs, — mon pauvre
ami, si cette pauvre fille n'eût pas été aimée par moi et
ne fût pas devenue ma femme, la mission dont vous
m'avez chargé aurait certainement suffi pour que je la
vengeasse sans pitié de ses ennemis.

Il entra dans le vestibule et pénétra ensuite dans le
salon occidental occupé, ce triste salon, avec sa
splendeur fanée, ses vieux meubles tout d'une pièce,
avait l'air d'avoir appartenu à une époque passée et à
des gens qui étaient morts, parce que la jeunesse et

l'innocence n'étaient pas là pour l'orner. Tel dut être l'aspect de ces maisons enfouies sous la lave dans les villes d'Italie, lorsque les portes s'ouvrirent et que les premiers regards des vivants se fixèrent sur la demeure des morts.

Edward se promena de long en large dans le salon. Les pièces en ivoire du jeu d'échecs qu'il avait rapporté de l'Inde se trouvaient sous une vitrine auprès de la fenêtre. Combien de fois Mary et lui n'avaient-ils pas joué dans l'embrasure de cette même fenêtre, et combien de fois n'avait-elle pas perdu ses pions et laissé ses fous et ses cavaliers sans défense pendant qu'elle tentait quelque coup impossible avec sa reine ! Le jeune homme foula et refoula le vieux tapis à bordure qui couvrait le parquet en songeant à ce qu'il devait faire. Il se disait qu'il fallait tracer quelque plan dans son esprit. Il croyait fermement qu'il y avait eu quelque lâcheté de commise, et c'était à lui de découvrir le motif de cette lâcheté et la personne qui l'avait faite.

Paul !.... Paul!....

Son esprit revenait toujours à ce point de départ. Paul était l'ennemi naturel de Mary. Paul était donc, à coup sûr, l'homme à soupçonner, l'homme qu'il fallait traquer et vaincre.

Et pourtant, à en juger par les apparences, c'était Olivia qui témoignait le plus d'inimitié à la jeune femme absente ; c'était Olivia que Mary avait redoutée, c'était Olivia qui avait poussé déjà une fois la fille de John Marchmont à fuir sa maison et qui pouvait l'avoir bannie de nouveau à l'aide des mêmes moyens tyranniques qu'elle avait employés jadis pour torturer une nature faible et docile.

Ou peut-être encore Paul et Olivia haïssaient-ils tous les deux la jeune femme et avaient-ils comploté entre eux une infamie contre sa bien-aimée.

— Oh ! qui me dira la vérité au sujet de ma chère Mary, — s'écria Edward, — qui m'aidera à retrouver celle que j'aime ?

Sa Mary, sa femme aimée! C'était ainsi que le jeune homme parlait de l'absente. Cette sombre pensée qui

lui avait été suggérée par les paroles d'Olivia, par le
témoignage du petit soulier ramassé sur le bord de
l'eau, n'avait jamais pris racine chez lui et n'avait fait
que traverser son esprit. Il ne voulait pas, et plus encore, il ne pouvait pas croire que sa femme fût morte.
Dans tous ses rêves confus et désolants de cette sombre nuit de novembre, il n'avait jamais vu un tableau
pareil. Aucune image de mort n'était apparue au milieu
des visions chimériques qui avaient troublé son sommeil.
Aucune figure blanche ne l'avait regardé à travers le
voile des eaux vaseuses. Le bruit d'aucun courant n'é-
tait venu retentir à ses oreilles avec les voix nombreuses qu'il avait entendues. Non, il craignait toutes sortes de malheurs inconnus, il entrevoyait vaguement des
difficultés innombrables qu'il lui faudrait surmonter
sans guide avant de pouvoir serrer sa femme dans ses
bras, mais il ne songea jamais qu'elle fût morte.

Tout à coup l'idée lui vint que c'était en dehors de
Marchmont Towers, loin des murs de ce lugubre château enchanté qui semblait hanté par les génies du
mal, qu'il devait chercher la trace qui le mènerait à la
retraite de sa femme.

— Il y a Hester, cette jeune fille qui aimait Mary,
— se dit-il ; — elle pourra peut-être me dire quelque
chose. J'irai à elle.

Il descendit dans le vestibule pour s'enquérir de son
valet le fidèle Morrison, qui venait de faire un copieux
déjeuner avec les domestiques des Towers (déjeuner
qui avait été accompagné, en guise de sauce, d'une discussion prolongée sur les faits ayant trait à la disparition de Mary et à ses rapports avec Edward) et qui
parut, à la voix de son maître, portant sur sa figure
souriante les traces de graisse laissées par les rôties
chaudes et le jambon.

— J'ai besoin d'une voiture, Morrison, et d'un garçon
pour la conduire à quelques milles, — dit le jeune officier, — à moins que vous ne puissiez me conduire vous-
même ?

— Certainement, monsieur Edward, j'ai souvent conduit votre père quand nous voyagions ensemble ; je
vais voir s'il y a un phaéton ou un char à bancs qui

puisse vous convenir, un véhicule quelconque ayant des ressorts souples.

— Trouvez n'importe quoi, — murmura Arundel; — pourvu que vous ne perdiez pas de temps, cela me suffit.

Toute allusion, toute inquiétude relative à sa santé ennuyait le jeune homme. Il sentait sa tête tourner de fatigue et d'agitation; son bras, ce bras droit nerveux qui lui avait rendu service deux ans auparavant dans une rencontre avec une tigresse, était aussi faible que le poignet entouré d'un bracelet d'une femme délicate. Mais il se révoltait contre des réflexions sur sa faiblesse; il s'emportait contre tout ce qui semblait devoir l'empêcher d'arriver au but qui absorbait son esprit.

Morrison fit mine de s'éloigner rapidement; mais il ralentit le pas dès qu'il ne fut plus à la portée des yeux de son maître. Il se rendit tout droit aux écuries, où il eut une conversation agréable avec les grooms et les domestiques qui flânaient, et il s'amusa à passer en revue tous les chevaux des écuries de Marchmont. avant de choisir un poulain à robe grise qu'il se sentait capable de gouverner, et un vieux gig antique à carcasse jaune et à roues noires et jaunes qui ressemblait fortement à quelque guêpe monstrueuse.

Pendant que le fidèle serviteur à qui Mme Arundel avait confié le soin de veiller sur son fils était ainsi occupé, le soldat demeurait dans le vestibule, regardant le triste paysage d'hiver et se désolant d'avoir à traverser tant de mares boueuses avant d'arriver au village où il espérait avoir des nouvelles de celle qu'il cherchait. Il était assis sur un siége en chêne dans la profonde embrasure de la fenêtre, contemplant la perspective nue où n'apparaissait qu'une vaste étendue de terrain plat et de ciel gris de plomb, lorsqu'il entendit un bruit de pas derrière lui et en se retournant il vit la servante de confiance d'Olivia, Barbara, la femme qui avait veillé au chevet du lit de Mary, la femme qu'il avait comparée à une goule.

Elle traversait lentement le vestibule, se dirigeant vers l'appartement d'Olivia où un coup de sonnette

venait de l'appeler. Mme Marchmont était devenue depuis peu nerveuse et capricieuse et ne voulait être servie que par cette femme qui la connaissait depuis l'enfance et était habituée à ses bizarreries de caractère.

Edward avait décidé qu'il ferait appel à toute créature vivante qui pouvait savoir quelque chose sur la
disparition de sa femme, et il profita de la première
occasion de questionner cette femme.

— Arrêtez, madame Simmons, — dit-il en quittant
la fenêtre, — j'ai à vous parler au sujet de ma femme.

La femme tourna vers lui sa figure pâle, et son regard sans expression pouvait indiquer, soit une surprise véritable, soit une détermination bien arrêtée de
ne pas comprendre ce qu'on lui dirait.

— Votre femme, Capitaine Arundel ?.. — dit-elle d'un
ton froid et mesuré, mais où perçait l'étonnement.

— Oui, ma femme, Mary, ma femme légitime. Écoutez-
moi, madame Simmons, si vous ne voulez pas croire la
parole d'un soldat, d'un honnête homme, vous vous en
rapporterez sans doute au témoignage de vos yeux.

Il tira de sa poche un agenda en maroquin qui était
bourré de lettres, de cartes, de billets de banque et
d'une foule de papiers de toutes sortes et choisit dans
le tas le certificat de son mariage qu'il avait placé là
par hasard le matin de la cérémonie et qui était resté
depuis lors dans sa poche sans qu'il y eût songé.

— Regardez, — s'écria-t-il en mettant le document
sous les yeux de la servante et en montrant l'écriture
d'une main tremblante, — vous croyez à ceci, je présume?

— Oh! oui, monsieur, — répondit Barbara après avoir
lu le certificat avec attention, — je n'ai pas de raison
pour ne pas y croire, je n'ai aucun désir de ne pas y
croire.

— Je m'imagine que non, en effet, — murmura Edward, — à moins que vous ne soyez liguée, vous aussi,
avec Paul.

La femme ne tressaillit pas à cette accusation; elle
répondit au jeune homme avec ce ton lent et sans émotion qu'aucun changement de circonstances ne semblait
pouvoir altérer.

— Je ne suis liguée avec personne, monsieur, — dit-elle froidement, — je ne sers personne, excepté ma maîtresse, Mlle Olivia..... Mme Marchmont, veux-je dire.

La sonnette retentit de nouveau pendant qu'elle parlait.

— Il faut que j'aille vers ma maîtresse, — dit-elle, — vous entendez, elle sonne pour moi.

— Allez et faites que je vous voie à votre retour. Je vous dis que j'ai à vous parler, il le faut. Chacun ne cherche qu'à m'éviter. Il me paraît qu'aucun de vous n'ose répondre directement à mes questions. Mais je saurai tout ce qu'on peut savoir au sujet de ma femme, entendez-vous, madame Simmons, je le saurai.

— Je vais revenir auprès de vous immédiatement, monsieur, — répondit tranquillement Barbara.

Le calme des manières de cette femme irrita Edward outre mesure. En face de la froideur glacée de sa cousine Olivia, il s'était replié sur lui-même comme en présence d'une montagne de glace, mais de temps en temps quelque étincelle avait jailli de cette masse froide et la montagne de glace s'était pour un moment transformée en une femme passionnée et colère qui pouvait dans sa vive émotion trahir les noirs secrets de son âme. Mais les manières de la servante offraient une barrière infranchissable que le jeune officier ne pouvait pas plus traverser qu'on ne traverse du regard un bloc de pierre.

Olivia ressemblait à quelque château noir et massif dont les fenêtres barrées défiaient l'assiégeant, mais laissaient percer les rayons de la lumière qui brillait à l'intérieur et permettait de deviner les mystères cachés dans la citadelle.

Barbara ressemblait à un mur blanc qui se dresse impitoyablement devant le voyageur curieux et l'empêche de voir le pays inconnu qui s'étend de l'autre côté.

Elle revint presque aussitôt après être restée quelques minutes seulement dans la chambre d'Olivia, pas assez longtemps certainement pour consulter sa maîtresse sur ce qu'elle devrait dire ou cacher, et s'approcha d'Arundel.

— Si vous avez quelques questions à m'adresser,
monsieur, sur Mlle Marchmont.... sur votre femme, je
me ferai un plaisir d'y répondre, — dit-elle.

— J'ai cent questions à vous adresser, — s'écria le
jeune homme, — mais répondez d'abord franchement à
celle-ci ; où croyez-vous que soit allée ma femme?...
que pensez-vous qu'elle soit devenue ?

La servante se tut pendant quelques instants, puis
elle répondit gravement.

— Je préfèrerais ne pas dire ce que je pense, monsieur.

— Pourquoi?

— Parce que ce que j'ai à dire pourrait vous faire de
la peine.

— Y a-t-il quelque chose qui puisse me rendre plus
malheureux que les réponses évasives qu'on me fait de
tous côtés ? — reprit Edward. — Si quelqu'un voulait
être franc avec moi.... en se souvenant que je viens ici
comme un homme qui sort de la tombe et ne compte
pas sur les autres pour obtenir des renseignements
plus précieux pour lui que n'importe quoi sur terre....
ce quelqu'un serait pour moi le meilleur ami que j'aie
rencontré depuis que j'ai quitté mon lit de souffrance
pour venir ici. Vous ne pouvez avoir aucun motif.....
si vous n'êtes pas vendue à Paul... pour être cruelle
envers ma pauvre femme. Dites-moi donc la vérité,
parlez et parlez sans crainte.

— Je n'ai rien à craindre, monsieur, — répondit Barbara, jetant sur la figure inquiète du jeune homme un
regard qui semblait dire : je n'ai fait aucun mal et je
ne recule pas devant ma justification, — je n'ai rien à
craindre, monsieur, j'ai été pieusement élevée et j'ai
toujours tâché de faire mon devoir dans toutes les po-
sitions où il a plu à la Providence de me placer. Ma vie
n'a pas été très-heureuse, monsieur, car il y a trente
ans je perdis tout ce qui pouvait me donner du bonheur en perdant ceux que j'aimais et qui avaient le
droit de m'aimer. Je me suis attachée à ma maîtresse,
mais il ne me convient pas d'espérer qu'elle s'abais-
sera jusqu'à moi ni de vouloir me rapprocher d'elle
plus que ne le doit une servante.

Il n'y avait aucun accent hypocrite ou affecté dans ces paroles prononcées d'une voix ferme. Il semblait qu'en ces quelques mots la femme racontait toute l'histoire de sa vie, l'histoire courte et sans ornement d'une existence désolée, d'où l'amour et le soleil s'étaient envolés de bonne heure, ne laissant derrière eux qu'un vide affreux qui n'était pas destiné à être rempli par l'affection de la jeune maîtresse si longtemps et si patiemment servie.

— Je suis fidèle à ma maîtresse, — reprit Barbara, — et je fais mon possible pour remplir mes devoirs. Je ne dois rien à personne autre.

— Vous devez quelque chose à l'humanité, — répondit Edward. — Croyez-vous que le devoir se mesure à la règle et au compas? Le Christ vint pour sauver les brebis égarées d'Israël, mais eut-il moins de pitié pour la Chananéenne qui vint déposer ses douleurs à ses pieds ? Vous et votre maîtresse vous avez inventé à votre usage de rigides préceptes et vous vous y êtes conformées. Vous essayez de limiter l'étendue de votre charité chrétienne et de faire le bien dans un certain rayon. Le voyageur tombé parmi les voleurs serait mort de ses blessures s'il eût été étendu en dehors de votre cercle, car vous ne lui auriez pas porté secours. Ne savez-vous donc pas encore que la charité est cosmopolite, illimitée, inépuisable et n'est soumise ni aux lois de l'espace ni à celle du temps ? Votre devoir envers votre maîtresse est acheté et payé.... c'est un vil marché conclu dès que vous avez touché vos gages, votre devoir envers toute créature malheureuse qui se trouve sur votre chemin est une dette sacrée dont Dieu vous tiendra compte.

Pendant que le jeune soldat parlait ainsi, se laissant emporter par son agitation passionnée qui le rendait éloquent, tant elle était vive, un changement s'opéra sur la figure de Barbara. Il n'y eut pas de trace d'émotion palpable sur cette physionomie massive, mais une lueur passagère, qui ressemblait à la peur, illumina ces traits sans expression.

— J'ai essayé de faire mon devoir envers Mlle Marchmont aussi bien qu'envers ma maîtresse, — dit-elle,

— je l'ai soignée fidèlement pendant qu'elle était malade. J'ai passé six nuits de suite au chevet de son lit et je n'ai pas quitté mes vêtements de toute une semaine. Les domestiques peuvent l'attester.

— Dieu sait que je vous en suis reconnaissant et que je vous récompenserai de la pitié que vous pouvez avoir témoignée à ma pauvre femme, — répondit le jeune homme d'un ton radouci, — seulement si vous avez pitié de moi et si vous voulez m'aider, parlez et parlez franchement. Que pensez-vous que soit devenue Mary?

— Je ne saurais vous dire, monsieur. Aussi vrai que Dieu me voit et me juge, je vous déclare que je n'en sais pas plus que vous, mais je crois....

— Vous croyez quoi?

— Que vous ne reverrez plus jamais Mlle Marchmont.

Edward tressaillit aussi violemment que si cette phrase eût été la dernière de toutes celles qu'il s'attendait à entendre. Son tempérament sanguin, franc et vigoureux parce que sa jeunesse n'avait pas été souillée, ne pouvait se faire à l'idée du désespoir. Il lui était possible de devenir fou de colère contre les obstacles qui le séparaient de sa femme, mais il ne pouvait s'imaginer que ces obstacles fussent insurmontables. Il ne voulait pas douter de la puissance de son dévouement et de son courage qui devaient lui rendre sa femme perdue.

— Ne plus jamais.... la.... revoir ?

Il répéta ces mots comme s'ils eussent été en langue étrangère et qu'il essayât de comprendre leur signification.

— Vous croyez, — reprit-il d'une voix rauque après une longue pause, — vous croyez... qu'elle... est morte ?

— Je crois qu'elle est partie d'ici dans une situation d'esprit déplorable. Elle a été vue.... non par moi, car j'aurais pensé qu'il était de mon devoir de l'arrêter si je l'avais vue.... elle était tout en larmes au moment où elle s'éloigna dans l'après-midi.

— Et personne ne l'a revue?

— Pas moi, du moins.

— Et vous pensez qu'elle est partie d'ici avec l'intention de.... de.... se détruire ?

Les mots se convertirent en un sifflement inintelligible et ce ne fut que par le mouvement de ses lèvres que Barbara comprit ce que le jeune homme avait voulu dire.

— Je le pense, monsieur.

— Avez-vous quelques motifs particuliers pour croire cela ?

— Pas d'autres que ceux que je vous ai racontés.

Edward courba la tête et s'éloigna pour cacher la pâleur de sa figure. Il essayait instinctivement de cacher cette souffrance mentale comme il avait parfois caché la torture physique dans un hôpital de l'Inde, parce qu'il cédait à l'impulsion involontaire de l'homme courageux. Mais quoique les paroles de la servante eussent été pour lui comme un coup de foudre, il ne croyait pas à ce qu'elles avaient exprimé. Non, sa jeune ardeur luttait contre cette terrible certitude et la repoussait. D'autres pouvaient penser ce qu'ils voudraient, mais lui était mieux informé qu'eux. Sa femme n'était pas morte. La vie avait été pour lui si douce, si heureuse, si prospère, si riante, qu'il n'était pas étrange de le voir sceptique à propos du malheur et se refusant à l'étreinte d'une idée si horrible que la catastrophe du suicide de Mary.

— Elle m'a été confiée par son père, — se dit-il, — elle m'a donné sa foi devant l'autel divin. Elle ne peut avoir péri corps et âme, elle ne peut s'être résolue à mourir volontairement parce que mon bras lui manquait pour la protéger. Dieu est trop bon pour permettre une pareille calamité.

La piété du jeune soldat était excessivement simple en elle-même et n'admettait pas la discussion. Il croyait fermement qu'une bonne cause devait toujours finir par triompher avec cette même foi aveugle qui l'avait souvent poussé à murmurer à la hâte une prière avant de se précipiter au milieu du carnage dans l'Inde et à avoir confiance en la justice céleste, qui ne permettrait jamais à des Afghans païens de vaincre des Anglais chrétiens ; il croyait maintenant que dans le mo-

ment le plus douloureux de la vie de Mary; le bras de
Dieu l'avait retenue sur le bord du sombre abîme, du
péché impardonnable, du suicide.

— Je vous remercie de m'avoir parlé franchement, —
dit-il à Barbara, — je crois que vous avez été de bonne
foi, mais je ne pense pas que ma chère femme soit à jamais perdue pour moi. Je prévois la douleur et l'anxiété,
le désappointement et la défaite pour quelque temps...
pour longtemps peut-être, mais je sais que je la trou-
verai à la longue. Ce sera dorénavant le but de ma vie
que de la chercher partout.

Les yeux immobiles de Barbara épiaient attentivement la figure du jeune homme pendant qu'il parlait.
L'anxiété et même la crainte pouvaient se lire dans ce
regard et être palpables pour ceux qui savaient interpréter les faibles indices visibles sur la physionomie
impassible de cette femme.

CHAPITRE IV

Le paragraphe dans le journal.

Morrison amena le gig et le poney vers le porche
occidental pendant qu'Arundel parlait à la servante de
sa cousine, et quelques instants après la voiture emporta le malade à travers la plaine qui s'étend entre
les Towers et la grande route de Kemberling.

L'ancienne favorite de Mary, la fille du fermier Pollard, apparut sur le seuil d'une boutique rustique au
moment où le gig s'arrêta devant la porte de la maison de son mari. Cette bonne Hester au cœur tendre,
revêtue maintenant de la dignité d'une matrone, sous
le nom de Mme Jobson, tenait un enfant dans ses bras
et portait un capuchon en basin qui formait une espèce
d'auvent au-dessus de sa figure rose. Mais à la vue

d'Arundel, presque toutes les couleurs roses disparurent des joues potelées de la campagnarde et elle contempla avec étonnement ce visiteur inattendu, croyant presque, si le gig et le poney n'avaient pas été choses trop naturelles pour appartenir au monde des esprits, que c'était le fantôme seulement d'Edward qu'elle apercevait devant elle.

— O monsieur! — dit-elle, — ô Capitaine! est-ce réellement vous?

Edward mit pied à terre avant qu'Hester fût revenue de la surprise que lui causait cette apparition.

— Oui, madame Jobson, — dit-il, — puis-je entrer chez vous? je désire vous parler.

Hester fit la révérence et s'écarta pour laisser passer son visiteur. Les manières de la jeune femme furent froidement respectueuses, et elle regarda l'officier d'un air de reproche qu'il n'avait jamais vu sur cette figure. Elle introduisit le Capitaine dans un petit salon, sur le derrière de la boutique, appartement propret et garni de meubles en acajou verni, de boîtes en coquillages achetées pendant la tournée faite par Hester avec son mari dans une des villes d'eaux du Lincoln, à l'époque de leur lune de miel, et de volumineuses broderies au crochet. C'était une chambre somptueuse, affectée aux prières du jour du sabbat, et ayant vue à travers une rangée de pots de géraniums sur un jardin bien tenu, même en cette triste saison de novembre.

Mme Jobson avança un fauteuil peu moelleux, rembourré de crin et recouvert d'un travail au crochet représentant un paon dans un berceau de roses. Elle offrit ce siége luxueux au Capitaine qui, dans sa faiblesse, fut bien aise de s'y laisser tomber.

— Je suis venu vous demander de m'aider à chercher ma femme, Hester, — dit Edward d'une voix à peine intelligible.

Il n'est pas permis à l'esprit le plus énergique d'échapper complétement à l'empire du corps et de le défier. Le soldat commençait à comprendre qu'il était à bout de ses forces et qu'il serait bientôt réduit à une prostration résultant de l'épuisement.

— Votre femme! — s'écria Hester avec empressement; — monsieur, est-ce vrai?

— Quoi?

— Que cette pauvre Mlle Mary était votre femme
légitime.

— Elle était, — répondit Edward sèchement, — ma
femme légitime. Que vouliez-vous qu'elle fût, madame
Jobson?

La fille du fermier fondit en larmes.

— O monsieur! — dit-elle en sanglotant avec violence; — ô monsieur! si vous saviez tout ce qui s'est
dit ici et aux Towers contre la pauvre Mary. Si vous
saviez ce qu'on a dit! Cela me fait mal rien que d'y
songer, et je tremble en réfléchissant à tout ce qu'à dû
souffrir ma pauvre jeune maîtresse. Et ces cancans
m'indisposèrent contre vous, monsieur; je crus que
vous étiez un homme méchant et sans cœur.

— Qu'a-t-on dit, — s'écria Edward, — qu'a-t-on osé
dire contre elle ou contre moi?

— On a dit que vous l'aviez entraînée loin de chez
elle et que.... que.... il n'y avait pas eu de mariage;
que vous aviez trompé la pauvre innocente pour la
faire venir avec vous; que vous l'aviez abandonnée
ensuite, que l'accident du chemin de fer avait été
comme une punition d'en haut, et que Mme Marchmont
avait trouvé la pauvre Mary toute seule dans une auberge de village et l'avait ramenée aux Towers.

— Mais quand même on aurait dit cela, — s'écria le
Capitaine, — ne pouviez-vous réfuter ces cruelles ca-
lomnies; ne pouviez-vous prendre la défense de ma
pauvre femme?

— Moi, monsieur?

— Oui, vous. Ma femme avait dû vous dire elle-même
la vérité.

Hester recommença à pleurer à ces mots d'Edward.

— Oh non, monsieur, — dit-elle, — et ce fut ce qu'il
y eut de plus cruel. Je ne pus voir Mlle Mary, on ne
voulut pas me laisser arriver jusqu'à elle.

— Qui, ne voulut pas?

— Mme Marchmont et M. Paul. Je me rendis aux
Towers dès que le bruit se fut répandu que Mlle Mary

était de retour. La chose fut tenue secrète et on dit
que Mme Marchmont était vivement affectée par le malheur de sa belle-fille. Mon enfant vint au monde à peu
près à cette époque, monsieur; mais aussitôt que je
pus me lever, je courus aux Towers avec l'espoir de
voir ma pauvre chère demoiselle; mais Mme Simmons,
la servante de Mme Marchmont, me dit que Mlle Mary
était malade, très-malade, et que personne ne pouvait
la voir, excepté ceux qui la soignaient et qu'elle était
habituée à voir. Je priai, je suppliai les larmes aux
yeux qu'on me permît de la voir, car mon cœur saignait
à cause d'elle, la pauvre chérie, en songeant à tout ce
qui se disait d'elle, et en reconnaissant que, malgré
qu'elle fût riche et savante, il se trouvait des personnes
qui osaient parler d'elle comme on n'aurait pas osé
parler de moi, la femme d'un homme pauvre. J'eus
beau retourner plusieurs fois aux Towers, ce fut inutile, et à ma dernière visite Mme Marchmont vint dans
le vestibule me dire que j'étais importune et indiscrète,
et que c'était moi et des gens de mon espèce qui
avaient propagé le scandale au sujet de sa belle-fille.
Mais je ne me décourageai pas pour cela. J'y revins et
je vis M. Paul, qui fut très-bon, très-franc et très-
familier envers moi, presque comme vous, monsieur,
et il me dit que Mme Marchmont était un peu sévère,
un peu dure à l'égard de la pauvre jeune dame; il parla
avec bonté et compassion de la pauvre demoiselle
Mary, et qu'il ferait son possible en ma faveur afin que
je pusse voir ma chère maîtresse dès qu'elle aurait
repris un peu de courage et serait en état de me recevoir. Revenez dans une semaine, me dit-il.

— Et qu'arriva-t-il au bout d'une semaine?

— Au bout d'une semaine, — dit en sanglotant la
femme du charpentier, — je repris le chemin des Towers. C'était le 18 octobre, et Mlle Mary s'était enfuie la veille. Tout le monde était sur pied pour la
chercher de tous côtés. Je vis Mme Marchmont un
moment dans cette après-midi; elle était aussi blanche qu'un linge; elle tremblait de la tête aux pieds,
et elle marchait comme quelqu'un qui a perdu l'esprit.

4

— Coupable, — pensa le jeune soldat, — coupable
de quelque manière. Dieu seul sait comment.

Il se couvrit la figure à deux mains et attendit ce que
Hester avait encore à lui dire. Il n'avait pas besoin de
questionner ici, il ne rencontrait ni réserve ni mensonge. Avec presque autant de regret qu'il avait pu en
éprouver lui-même, la femme du charpentier lui raconta tout ce qu'elle savait concernant la triste histoire
de la disparition de Mary.

Personne ne fit grande attention à moi, monsieur, au
milieu du désordre qui régnait dans la maison, — continua Mme Jobson; — il y a aux Towers une servante
nommée Suzan Rose, qui avait été ma camarade d'é-
cole dix ans auparavant, et je m'adressai à elle pour
tout savoir. Elle me dit que la pauvre Mlle Mary avait
été toujours faible et souffrante depuis qu'elle était
guérie de sa fièvre cérébrale; elle s'enfermait toute
seule dans sa chambre et ne voulait voir personne, excepté Barbara et Mme Marchmont; mais le 17 octobre,
Mme Marchmont lui fit demander de venir dans son cabinet. La pauvre jeune dame y alla, et Suzan pense qu'il
y eut de gros mots entre Mme Marchmont et sa belle-
fille, car au moment où Suzan traversait le vestibule,
Mlle Mary sortait de chez sa belle-mère la figure couverte de larmes, et elle criait en entrant dans le vestibule: « Je ne puis endurer cela plus longtemps, ma vie
« est trop malheureuse, mon sort est trop affreux. »
Ensuite elle monta chez elle et Suzan la suivit jusqu'à
sa porte et écouta en dehors. Elle entendit la pauvre
enfant qui sanglotait et répétait sans cesse : « O papa,
« papa, si vous saviez ce que je souffre ! O papa, papa,
« papa.... » Bref, elle criait si affreusement, que si
Suzan avait osé, elle serait entrée pour la consoler, mais
Mlle Mary avait toujours été très-réservée envers tous
les domestiques, et Suzan craignait de l'importuner.
Il était tard dans la soirée quand on s'aperçut de l'absence de la jeune dame et les domestiques furent envoyés à sa recherche.

—Et vous, Hester.... vous qui connaissiez ma femme
mieux que tous ces gens-là.... où pensez-vous qu'elle
soit allée?

Hester regarda tristement le questionneur.

— Oh! monsieur, — s'écria-t-elle, — ne me le demandez pas, je vous en prie...., je vous en prie ne me
le demandez pas.

— Vous croyez comme les autres, qu'elle s'est éloignée des Towers pour se détruire.

— Oh! monsieur, que voulez-vous que je croie, sinon
cela? Elle fut aperçue en dernier lieu sur le bord de
l'eau et l'un de ses souliers fut ramassé parmi les roseaux. On chercha partout, une récompense fut offerte,
on inséra des annonces dans les journaux, on fit tout
ce qu'il était possible de faire et on n'eut pas de nouvelles, monsieur, on ne découvrit pas une seule trace
de son existence, personne ne vint attester que ma
maîtresse avait été vue après la tombée de la nuit. Que
voulez-vous que je croie, monsieur, sinon que....

— Sinon qu'elle s'était jetée dans la rivière qui coule
au nord de Marchmont Towers.

— J'ai essayé de croire autre chose, monsieur, j'ai
essayé d'espérer que je reverrais ma pauvre douce maîtresse, mais je n'ai pas pu, je n'ai pas pu. Je porte son
deuil depuis trois semaines, monsieur, car il me semble
que ce serait un péché et un manque de respect envers elle que de mettre une robe de couleur, et d'aller
en toilette à l'église où je l'ai vue si longtemps si douce
et si belle.

Edward courba sa tête sur ses mains et pleura en
silence. Il était plus affligé qu'il n'osait se l'avouer à
lui-même de ce que cette femme croyait à la mort de
Mary. Il avait bravé Olivia et Paul comme des ennemis
qui tentaient de lui imposer une fausse conviction,
mais il ne pouvait ni douter ni se défier de cette honnête créature au cœur tendre qui pleurait au souvenir
des malheurs de sa femme. Il ne pouvait douter de
sa sincérité, mais il refusait toujours d'accepter la
croyance qu'on lui imposait de toutes parts. Il refusait
toujours de croire que sa femme fût morte.

— La rivière fut draguée pendant plus d'une semaine, — dit-il tout à coup, — et le cadavre de ma
femme n'a jamais été retrouvé.

Hester secoua tristement la tête.

— Ceci ne signifie pas grand'chose, monsieur, — répondit-elle, — la rivière est pleine de trous, m'a-t-on dit. Mon mari a eu un apprenti qui s'est noyé dans cette rivière, il y a sept ans, et qu'on n'a jamais retrouvé.

Edward se leva et se dirigea vers la porte.

— Je ne crois pas que ma femme soit morte, — s'écria-t-il. — Puis il tendit la main à la femme du charpentier. Que Dieu vous bénisse! — dit-il, — je vous remercie de tout mon cœur de la tendresse que vous avez témoignée pour ma pauvre femme.

Il remonta dans le gig sur lequel l'attendait Morrison, qui trouvait un peu ennuyeuse l'occupation de sa matinée.

— Il y a une auberge un peu plus bas dans la rue, Morrison, — dit le Capitaine, — je vais y descendre.

Le valet regarda son maître avec stupéfaction.

— Et vous ne retournez pas à Marchmont Towers, monsieur Edward?

— Non.

Edward avait mis la nature en défi pendant plus de vingt-quatre heures, et la nature outragée prit maintenant sa revanche en couchant le jeune homme sur un lit à la simple auberge de Kemberling, et en l'y retenant prisonnier pendant trois affreuses journées, dont les longues et interminables soirées étaient, à défaut de mieux, employées par le Capitaine à songer à ses malheurs, tandis que Morrison lisait le *Times* d'une voix monotone et nasillarde, pour égayer son maître.

Comme ce pauvre prisonnier, lié pieds et mains par la nature qui exerçait ses représailles, détestait les articles politiques, et la correspondance étrangère du journal Leviathan! Comme l'anglais de Printing House Square lui donnait des nausées en passant par les lèvres de Morrison! Les grands noms qui apparaissaient de temps en temps, au milieu de ce flux d'éloquence, ne faisaient aucune impression sur l'esprit du malade. Que lui importait que la gloire de l'Angleterre fût en danger et que la liberté d'un vaillant peuple fût dans la balance! Que lui importait la famine qui désolait l'Irlande et les attaques que les Sikhs perfides et entêtés méditaient sur nos possessions de l'Inde lointaine? Cela lui

était bien égal à lui, que les cieux fussent sur le point
de s'effondrer, et que la terre tremblât sur sa base.
Qu'avait-il besoin de se préoccuper de toute autre catastrophe que celle dont sa jeune et innocente femme
avait été la victime.

— J'ai manqué à ma mission! — murmurait-il parfois
à la grande épouvante de son valet de confiance, — j'ai
manqué à ma mission !

Mais pendant les jours que le Capitaine Arundel
passa dans la meilleure chambre du *Taureau-Noir*, la
principale auberge de Kemberling et jadis un splendide endroit d'amusement public, à l'époque où les di-
ligences du Nord traversaient ce paisible village, il ne
resta pas sans le secours d'un médecin qui l'aida faiblement avec des ordonnances et des drogues à lutter
contre la nature offensée. Je ne sais pas trop si ce médecin, quelque bien intentionné qu'il fût, ne prêta pas
plutôt main-forte à l'ennemi, car à cette époque (l'année 1848 nous paraît bien loin, en mesurant le temps
par la science) les médecins de campagne étaient sujets
à se mettre du côté de la maladie, plutôt que de celui
du malade, et à venir en aide à la mort avec leurs pur-
gatifs et leurs saignées.

C'eût été de cette façon que Weston, le médecin de
Kemberling et l'obéissant mari de la sœur de Paul, eût
procédé à l'égard du militaire malade, sous prétexte que sa peau était sèche et brûlante et que ses
lèvres blanches étaient desséchées par la fièvre, mais
Arundel protesta vivement contre un pareil traitement.

— Vous ne m'ôterez pas une once de sang, — dit-il,
— et vous ne me donnerez pas un seul médicament
qui puisse m'affaiblir. Ce que je veux, c'est de la force,
de la force pour me lever, quitter cette triste chambre
et m'en aller à mes affaires. Quant à la fièvre, — ajouta-
t-il avec mépris, — tant que je resterai couché ici et que
je ne pourrai exécuter le seul projet que j'ai en tête,
elle fera bouillonner mon sang quand même, et toutes
les drogues des apothicaires réunies ne sauraient la
dompter. Donnez-moi des réconfortants. Inventez-moi
quelque chose, monsieur Weston, n'importe quoi, si

vous pouvez. Mais je vous préviens que si vous me retenez longtemps ici, j'en sortirai mort ou fou.

Le médecin, en prenant le thé avec sa femme et son beau-frère, une demi-heure plus tard, rapporta la conversation qu'il avait eue avec son malade et interrompit son récit par bon nombre de : « je lui dis, » et « dit-il, » et pas mal de commentaires brochant sur le tout.

Lavinia regardait son frère, pendant que le médecin narrait son histoire.

— Il est donc au désespoir au sujet de sa femme, ce jeune et brillant capitaine ? — dit ensuite Marchmont.

— Oh! c'est épouvantable, — répondit le médecin; — tout-à-fait épouvantable. Je n'ai jamais rien vu de pareil. Réellement il n'en faut pas plus qu'un spectacle de ce genre pour vous mettre sens dessus-dessous. Il m'a adressé toutes sortes de questions sur la durée de la maladie de Mlle Marchmont, et sur les noms que je lui donnais et sur ce qu'elle me disait; il a voulu savoir si elle semblait bien malheureuse, etc. Ma parole, monsieur Paul, bien que je sois très-content de vous voir hériter du domaine et très-reconnaissant des généreuses promesses que vous nous avez faites à Lavinia et à moi, j'ai presque souhaité que la jeune fille ne se soit pas noyée.

Mme Weston haussa les épaules et jeta un regard vers son frère.

— Imbécile, — murmura-t-elle en français.

Elle était habituée à parler très-librement à son frère en mauvais français d'écolière, sous le nez de son mari, qui n'entendait rien à cette langue, et admirait l'instruction supérieure de sa femme.

Il la contemplait maintenant, en mangeant une rôtie au beurre, avec tant de plaisir, que cela seul suffisait pour le désigner comme un homme à fouler aux pieds.

Quatre jours après son entrevue avec Hester, Edward fut assez fort pour quitter sa chambre du *Taureau-Noir*.

— J'irai à Londres par le train de ce soir, Morrison, — dit-il à son valet, — mais avant de m'éloigner, il faut que je retourne encore une fois à Marchmont To-

wers. Vous pouvez rester ici et faire mon portemanteau en mon absence.

. Un vieux cabriolet vermoulu, que les habitants de
Kemberling regardaient comme quelque chose de merveilleux, fut mis à la disposition d'Edward, par l'aubergiste du *Taureau-Noir*; et le militaire prit de nouveau le chemin de cette sombre maison qui avait été
la demeure de sa femme.

A peine arrivé, il fut introduit, sans retard, dans le
cabinet où Olivia passait la plus grande partie de son
temps.

L'après-midi touchait à sa fin et les ombres du soir
descendaient déjà sur la terre. Un feu lent brûlait dans
. la vieille grille, et une bougie allumée était placée sur
un antique secrétaire, où la veuve était assise au milieu d'un tas de papiers déchirés qui couvraient le parquet autour d'elle.

Les tiroirs ouverts du secrétaire, les chiffons éparpillés et les liasses mal ficelées, jetées négligemment
dans les différentes cases, révélaient le désordre d'esprit dans lequel Olivia vivait depuis quelque temps. La
sombre châtelaine des Towers elle-même appuyait
son coude sur le secrétaire et contemplait d'un air distrait la confusion qui l'environnait.

— Je suis trop fatiguée, — dit-elle, en montrant une
chaise à son cousin, — j'ai essayé d'arranger mes papiers et de trouver les notes à payer et les reçus. On
s'adresse à moi pour tout, cela me fatigue.

Ses manières étaient changées. L'air de défi avec
lequel elle avait fait face à son parent était remplacé
par une faiblesse qui inspirait presque de la pitié. Elle
appuyait sa tête sur sa main, et répétait à voix
basse:

— Oui, je suis trop fatiguée.

Edward regarda attentivement sa figure fanée, si fanée en comparaison de sa fière beauté d'autrefois, que
malgré ses doutes sur cette femme, il ne put s'empêcher d'éprouver quelque compassion pour elle.

— Vous êtes malade, Olivia? — dit-il.

— Oui, je suis malade, harassée, fatiguée de la vie.
Pourquoi Dieu n'a-t-il pas pitié de moi et ne me dé-

barrasse-t-il pas du fardeau de l'existence? Je l'ai
porté trop longtemps.

Elle dit ces paroles pas tant pour son cousin que
pour elle. Elle ressemblait à Job dans son désespoir et
elle adressait tout haut à l'Être suprême de tristes
protestations contre son angoisse.

— Olivia, — dit Edward très-sérieusement, — qu'est-
ce qui vous rend malheureuse? Le fardeau que vous
portez pèse-t-il sur votre conscience? L'ombre noire
qui assombrit votre vie, est-ce un coupable secret? La
cause de votre malheur est-elle ce que je pense? Auriez-vous dans un moment de folie consenti à vous liguer avec Paul contre ma pauvre et innocente femme?
Par pitié, parlez et défaites ce que vous avez fait. Vous
ne pouvez vous être rendue coupable d'un crime. Il y a
eu quelque lâcheté, quelque complot, quelque machi-
nation, et ma femme a été trompée par la ruse de cet
homme qui l'a entraînée quelque part. Mais il n'aurait
pu s'emparer d'elle sans votre aide. Vous la haïssiez,
Dieu seul sait pour quel motif, et dans un moment
d'oubli vous avez prêté la main à ce misérable, et
maintenant vous regrettez ce que vous avez fait. Mais
il n'est pas trop tard, Olivia ; Olivia, il n'est pas trop
tard assurément. Parlez, parlez, Olivia, et réparez le
mal auquel vous avez participé. Au nom de ce Dieu
sur la miséricorde duquel vous comptez, réparez le
passé. Je n'exigerai de vous aucune expiation. Paul,
ce traître doucereux, ce véritable homme du monde
qui m'a défié le sourire aux lèvres, subira seul le châtiment ; c'est lui seul que je rendrai responsable du
tort fait à Mary. Parlez, Olivia, par pitié, — s'écria le
jeune homme, en se jetant aux genoux de sa cousine .
— Vous êtes du même sang que moi, vous devez avoir
un peu d'estime pour moi, ayez pitié de votre parent,
ou bien ayez pitié de votre âme coupable qui périra à
tout jamais, si vous me cachez la vérité. Ayez pitié,
Olivia, et parlez.

La veuve s'était levée de sa chaise et s'était éloignée
du soldat agenouillé devant elle; une lueur terrible
brillait dans ses yeux et donnait seule de la vie à sa
figure cadavéreuse.

Tout à coup elle leva les bras au-dessus de sa tête et tendit les mains vers le plafond.

— Par le Dieu qui m'a reniée et abandonnée, — s'écria-t-elle, — je déclare que je n'en sais pas plus que vous sur le sort de Mary. Depuis le jour où elle a quitté cette maison, le 17 octobre, jusqu'à l'heure présente je ne l'ai plus revue, je n'ai plus entendu parler d'elle. Si je mens, Edward, — ajouta-t-elle en laissant retomber ses bras et en parlant avec calme, — si je mens en vous disant cela, que les tortures que j'endure soient doublées... si tant est que dans l'infini de la souffrance il existe une douleur pire que la mienne en ce moment.

Edward réfléchit un moment sur cette étrange réponse à son appel. Pouvait-il ne pas croire sa cousine ?

C'est chose commune pour certaines gens d'affirmer sans honte des mensonges impies et forcés en face du ciel même qu'elles insultent. Mais Olivia était une femme qui, au moment le plus terrible de son désespoir, ne savait pas hésiter dans sa foi en ce Dieu qu'elle avait offensé.

— Je ne puis refuser de vous croire, Olivia, — dit le Capitaine un instant après, — je crois en vos protestations solennelles et je ne compte plus sur vous pour m'aider dans mes recherches de ma femme perdue. Je vous absous de tout soupçon concernant son sort dès qu'elle a eu quitté la maison ; mais tant qu'elle est restée sous votre toit elle a été sous votre garde, et je vous rends responsable de tous les malheurs qui peuvent l'avoir assaillie. Olivia, vous avez dû contribuer en quelque sorte à chasser cette malheureuse jeune fille de chez elle.

La veuve avait repris sa place auprès du bureau ouvert. Elle était assise, la tête penchée, la bouche pincée et rigide, et sa main gauche jouait machinalement avec les papiers éparpillés autour d'elle.

— Vous avez déjà lancé cette accusation contre moi à l'époque où Mary a quitté cette maison pour la première fois, — dit-elle d'un ton de mauvaise humeur.

— Et vous étiez coupable alors, — répondit Edward.

— Je ne puis me regarder comme responsable des

actions des autres. Mary est partie cette fois-ci comme
elle était partie jadis, de son plein gré.

— Chassée par vos cruelles paroles.

— Il faut qu'elle ait été bien faible, — répondit Olivia avec un ricanement, — si quelques paroles dures
ont suffi pour l'éloigner de sa demeure.

— Vous niez donc avoir été la cause coupable de la
fuite de cette pauvre enfant trompée?

Olivia demeura quelques instants dans un morne silence, puis, relevant tout à coup la tête, elle regarda
son cousin bien en face.

— Je le nie, — s'écria-t-elle, — et si quelque autre
qu'elle est coupable d'un acte qui lui est propre, je ne
suis pas ce quelqu'un.

— Je comprends, — dit Edward, — c'est la main de
Paul qui l'a poussée à errer toute seule dans un monde
de désolation. C'est le cerveau de Paul qui a comploté
contre elle; vous n'avez été qu'un instrument secon-
daire, un jouet volontaire entre les mains de cet adroit
misérable. Mais il m'en rendra compte.... il m'en rendra
compte.

Le soldat prononça ces dernières paroles les dents
serrées. Ensuite le menton courbé sur la poitrine, il
demeura assis, songeant à ce qu'il venait d'entendre.

— Comment cela s'est-il passé, — murmura-t-il; —
comment cela s'est-il passé? C'est un coquin trop accompli pour avoir eu recours à la violence. Ses manières
de l'autre matin disaient clairement que la loi était pour
lui. Il n'a rien fait qui puisse le mettre en mon pouvoir
et il m'a bravé. Comment cela s'est-il donc passé?
Par quels moyens a-t-il poussé ma chère femme à
fuir?

Pendant que le Capitaine songeait à tout cela, la
main droite de sa cousine jouait toujours avec les papiers sur son pupitre, tandis que, le menton appuyé
sur son autre main, et les yeux fixés sur le mur devant
elle, elle regardait la flamme de la bougie qui se réfléchissait sur la boiserie en chêne poli. Ses doigts errè-
rent çà et là sans but aucun parmi les papiers épars,
jusqu'à ce que quelques-uns d'entre eux qui étaient les
plus rapprochés du bord du bureau glissèrent en dehors

du maroquin uni et tombèrent sur le parquet en voltigeant.

Edward, dont l'esprit était aussi distrait que celui de
sa cousine, se baissa involontairement pour ramasser
ces papiers. Le premier de ceux qui avaient roulé était
un extrait d'un journal de province coupé aux ciseaux,
auquel était fixée par une épingle une lettre ouverte de
quelques lignes seulement. Le paragraphe contenu
dans cet extrait était encadré dans une double ligne à
l'encre tracée par une main ferme. Presque involontairement, Edward regarda ce paragraphe encadré. Il était
très-court.

« Nous regrettons d'avoir à annoncer qu'une autre des
« victimes de l'accident arrivé en août dernier sur le South-
« Western a succombé aux blessures reçues en cette occa-
« sion. Le Capitaine Arundel, de H. E. I. C. S. [1], est mort dans
« la nuit du vendredi à Dangerfield Park, Devon, résidence
« de son frère aîné. »

La lettre était presque aussi courte que le paragraphe.

« Kemberling, 17 octobre.

« Ma chère madame Marchmont,

« La nouvelle ci-jointe m'arrive à l'instant. Espérons
« qu'elle n'est pas vraie. Mais au cas où elle le serait, il
« faudrait la soumettre *immédiatement* à Mlle Marchmont.
« Il vaut mieux qu'elle l'apprenne par vous que par un
« étranger.
« Votre sincère,

« PAUL MARCHMONT. »

— Je comprends tout, maintenant, — dit Edward,
déposant les deux papiers devant sa cousine, — c'est
avec ce mensonge imprimé que vous et Paul avez
poussé ma femme au désespoir.... peut-être à la mort.
Ma chère, chère femme!... — s'écria le jeune homme
dans un élan de douleur qu'il ne put réprimer, — j'ai
refusé de croire jusqu'ici encore que vous étiez morte,
je refuse de penser que vous êtes à jamais perdue pour
moi. Non, malgré les apparences, je ne puis le croire,
je ne puis le croire.

1. Service de l'Honorable Compagnie des Indes-Orientales.

CHAPITRE V

Le désespoir d'Edward.

Oui, en dépit de lui-même, Edward devait croire maintenant à un malheur complet; il devait croire que sa jeune femme, en apprenant la nouvelle de sa mort, avait follement couru se détruire, parce qu'elle était trop désolée, trop abandonnée de tout le monde et trop malheureuse pour supporter le fardeau de ses douleurs.

Mary avait causé avec son mari avec la confiance et l'abandon du bonheur et de l'amour pendant leur lune de miel; elle lui avait parlé de la mort de son père, de l'horrible chagrin qu'elle lui avait causé, de son serrement de cœur et de son violent désir d'être couchée dans la même tombe pour y dormir du même sommeil éternel.

— Je crois que j'ai essayé de me jeter par la fenêtre la nuit d'avant les funérailles de papa, — avait-elle dit; — mais je m'évanouis. Je sais que c'était très-mal d'agir ainsi; mais j'étais folle. Ma douleur m'avait fait perdre la raison.

Il se souvenait de cela. N'était-il pas possible que cette jeune femme, cette enfant sans appui, dans la première explosion de sa douleur, eût couru vers la sombre rivière pour cacher à tout jamais son désespoir dans ses ondes vaseuses.

Dès lors ce fut avec un nouveau sentiment qu'Edward chercha sa femme absente. Son jeune et énergique courage, qui avait lutté contre la conviction de tous, qui avait conservé avec opiniâtreté ses idées consolantes, en dépit des sinistres prédictions des autres, avait disparu en présence de la preuve qui lui était fournie par le faux paragraphe du journal de province;

ce paragraphe était la clef du sombre mystère de la disparition de Mary.

Son mari pouvait comprendre maintenant pourquoi elle s'était enfuie, pourquoi elle avait désespéré et comment, dans sa douleur et dans son désespoir, elle avait pu mettre promptement fin à sa courte existence.

Ce fut donc dans de nouvelles dispositions qu'il se mit à sa recherche. Il n'était plus en colère ni impatient, car il ne croyait plus que sa jeune femme vécût pour soupirer après sa venue et souffrît faute de sa protection ; il ne se la représentait plus errante, seule, chassée de la maison qui lui appartenait, et, dans son ignorance enfantine, s'éloignant de plus en plus de celui qui avait le droit de la secourir et de la consoler. Non, il songeait à elle maintenant le désespoir au cœur ; il songeait à elle sans espérer de la revoir ; il songeait à elle avec ce regret amer et poignant que nous n'éprouvons que pour les morts.

Mais cette douleur n'était pas le seul sentiment que renfermât la poitrine du jeune soldat ; plus fort encore que sa douleur était son sauvage désir de vengeance, sa soif brûlante de représailles.

— Je regarde Paul comme le meurtrier de ma femme, — dit-il à Olivia, dans cette soirée de novembre où il lut le paragraphe inséré dans le journal ; — je regarde cet homme comme l'assassin délibéré d'une pauvre malheureuse enfant, et il me rendra compte de sa vie. Il me rendra compte de chaque torture qu'elle a endurée, de chaque larme qu'elle a versée. Que Dieu prenne en pitié la pauvre âme de Mary qui a erré, et me vienne en aide pour me venger de son meurtrier !

Il leva les yeux au ciel en parlant, et une ombre solennelle couvrit sa pâle figure comme un nuage noir qui dérobe à la vue le paysage d'hiver.

J'ai déjà dit qu'Edward n'épouvait plus qu'une impatience furieuse de découvrir le sort de sa femme ; la triste conviction qui avait fini par s'emparer de lui ne laissait pas de place à l'impatience. La pâle figure qu'il avait aimée était cachée quelque part sous ces eaux noirâtres. Il n'en doutait plus ; il n'était pas besoin de chercher une autre solution du mystère de la disparition de sa femme. Ce qu il avait à chercher, c'était la preuve de la culpabilité de Paul.

Le jeune et franc militaire, dont la nature était transparente comme l'âme sans tache d'un enfant, allait entrer en lice avec un homme qui différait tellement de lui, qu'il était presque difficile de croire que ces deux individus appartinssent à la même espèce.

Le Capitaine retourna à Londres et se rendit aussitôt à l'étude de MM. Paulette, Paulette et Mathewson. Il avait l'idée, commune à bon nombre de gens de sa classe, que tous les hommes de loi, quelques droits qu'ils aient à la considération, sont tous en quelque sorte passés maîtres dans l'art des infamies et, par conséquent, tout à fait à même de lutter avec un misérable.

— Richard Paulette pourra m'aider, — se disait le jeune homme. — Richard a deviné Paul, je présume.

Mais Paulette n'eut pas grand'chose à dire à ce sujet. Il avait connu le père d'Edward et le jeune officier lui-même dès s plus tendre enfance, et il semblait prendre une vive part à la douleur de son client; mais il n'avait rien à dire contre Paul.

— Je ne vois pas quel droit vous avez de soupçonner M. Marchmont d'avoir trempé dans la disparition de votre femme, — dit-il. — Ne croyez pas que parce qu'il est notre client je veuille le défendre. Vous savez que nous sommes assez riches et assez honorables pour refuser de faire les affaires de quiconque serait à nos yeux un misérable. Quand je suis allé dans le comté de Lincoln, M. Marchmont a fait tout ce que pouvait faire un homme pour témoigner son désir de trouver sa cousine.

— Oh! oui, — répondit Edward avec amertume, — c'était là une conséquence de son diabolique artifice; cela entrait dans son plan. Il voulait attester ce désir et il avait besoin que vous fussiez témoin des recherches consciencieuses faites par lui au sujet de ma pauvre femme !

Sa voix et ses manières changèrent pour un moment tandis qu'il parlait de Mary.

Paulette secoua la tête.

— Préjugé, préjugé, mon cher Arundel, — dit-il; — tout cela n'est que préjugé de votre part, je vous assure. M. Marchmont s'est conduit avec une honnêteté et une candeur parfaites. « Je ne vous dirai pas que je suis « désolé d'hériter de cette fortune, disait-il, parce « que vous ne me croiriez pas. Quel homme dans son « bon sens voudrait croire qu'un pauvre diable de « peintre de paysages regrette d'hériter d'un re « venu de onze mille livres sterling par an? Mais je « suis bien peiné du malheureux sort de cette pauvre « petite femme. »

— Et je crois, — ajouta Paulette d'un ton décisif, — qu'il était réellement chagriné.

Edward poussa un gémissement.

— O mon Dieu, ceci est trop terrible, — murmura-t-il, — tout le monde aura confiance en cet homme plutôt qu'en moi. Comment me vengerai-je du misérable qui a causé la mort de ma chère femme?

Il causa longtemps avec l'avoué, mais sans résultat. Paulette regardait la haine du jeune homme pour Paul comme une conséquence naturelle de la douleur que lui causait la mort de Mary.

— Je ne puis être étonné que vous soyez mal disposé envers M. Marchmont, — dit-il, — c'est naturel, ce n'est que naturel ; mais croyez-moi, vous avez tort. Rien de plus franc et même de plus délicat que sa conduite. Il refuse de prendre possession du domaine ou de toucher à un liard du revenu. Non, » m'a-t-il dit, « quand je lui ai suggéré qu'il avait le droit d'entrer en « possession; non, nous ne renoncerons pas à toute « espérance. Ma cousine se cache peut-être quelque « part ; elle peut reparaître plus tard. Attendons un an ; « si au bout de ce temps elle ne revient pas, et si dans « l'intervalle nous ne recevons pas de ses nouvelles, « rien qui nous prouve son existence, nous pourrons « conclure avec raison qu'elle est morte, et je pourrai « bel et bien me considérer comme le légitime pro- « priétaire de Marchmont Towers. En attendant, vous « agirez comme si vous étiez toujours l'agent de Mary « Marchmont. Vous garderez en dépôt les sommes qui « lui appartiennent, et elles me seront remises au bout

« d'un an, à dater du jour de sa disparition. » Je
ne pense pas qu'on puisse imaginer rien de plus
franc que cela, — ajouta Paulette en forme de conclusion.

— Non, — répondit Edward avec un soupir, — cela
paraît très-franc. Mais l'homme qui est capable de frapper une femme abandonnée au moyen d'un mensonge
imprimé dans un journal....

— M. Marchmont peut avoir ajouté foi à ce paragraphe.

Edward se leva avec un geste d'impatience.

— Je suis venu implorer votre aide, monsieur Paulette, — dit-il, — mais je vois que vous n'avez pas l'intention de m'aider. Bonjour.

Il quitta l'étude avant que l'avoué eût eu le temps de
lui faire des observations. Il s'éloigna la rage au cœur
contre l'univers entier.

— Comme le monde est doucereux et menteur ! — dit-
il. — Qu'un homme réussisse dans le plus infâme complot et personne ne songera à lui demander comment
il a réussi. De quelles armes puis-je me servir contre
ce Marchmont, qui emploie pour arriver à son but la
franchise et l'honnêteté, et déguise son infamie sous le
voile de la candeur ?

De Lincoln's Inn Fields, le Capitaine se rendit, par
le pont de Waterloo, à Oakley Street. Il allait à la boutique de Mᵐᵉ Pimpernel sans y espérer l'heureuse surprise qu'il y avait trouvée quelques mois auparavant. Il
croyait fermement que sa femme était morte, et partout
où il la cherchait un désespoir complet l'accompagnait.
Ce n'était que le désir d'accomplir son devoir jusqu'au
bout qui le poussait à cette démarche.

L'honnête marchande à la toilette pleura à chaudes
larmes quand elle apprit de quelle triste façon avait
fini la lune de miel du Capitaine. Elle aurait été contente de garder le jeune officier toute la journée et de
se lamenter sur les infortunes qui l'avaient assailli. Elle
reconta à Edward, qui ne s'en doutait guère, les étranges pensées, les rêves horribles et les inexplicables
pressentiments de malheur qui l'avaient tourmentée
avant et pendant le jour du mariage, et dont elle avait

parlé à cette époque à plusieurs amis et connaissances.

— Je n'oublierai jamais combien je frissonnais en
voyant la voiture s'éloigner, tandis que la pauvre chère
enfant me regardait en souriant par la portière. Je dis
à Mme Polson, dont le mari est cordonnier à deux portes plus bas, je lui dis : « J'espère que la femme du
Capitaine Arundel arrivera saine et sauve au terme
de son voyage. » Je sentais un frisson dans le dos juste
comme je l'avais senti une quinzaine avant lors de la
mort de ma pauvre Jane, et je ne pouvais m'ôter de
l'idée qu'il arriverait quelque chose.

De Londres, Arundel alla à Winchester, au grand dé-
plaisir de son valet, qui était habitué à mener une
agréable vie de fainéant à Dangerfield Park, et qui ne
trouvait pas du tout à son goût ce mouvement perpétuel d'un endroit à l'autre. Peut-être restait-il quelque
faible rayon d'espoir dans l'esprit du jeune homme
quand il approcha de la petite auberge du village
dans laquelle il avait été si heureux avec sa jeune
femme. Si elle ne s'était pas suicidée, si elle avait erré
dans la campagne, essayant de supporter son malheur
avec une douce résignation chrétienne ; si elle avait
cherché quelque asile où elle fût à l'abri de ceux qui la
tourmentaient, l'instinct de son cœur aimant ne l'aurait-il pas amenée ici?.... ici, au milieu de ces prairies
basses et de ces ruisseaux au cours sineux que gar-
daient et entouraient les sommets des collines ver-
doyantes, et qu'abritaient des arbres balancés par la
brise?.... ici où elle avait été si heureuse avec le mari
de son choix ?

Mais, hélas! cette espérance nouvelle qui avait fait
battre le cœur du militaire et affluer le sang à ses joues
était aussi trompeuse que bien d'autres espérances
qui attirent les hommes et les femmes dans leur triste
pèlerinage sur cette terre. Le maître d'auberge du
Cerf-Blanc répondit à la question d'Edward avec une
indifférence stupide :

— Non ; la jeune dame est partie avec sa mère et un
gentleman venu avec sa mère. Elle a beaucoup pleuré
la pauvre enfant et elle a paru très-désolée (ce fut par

la servante qu'Edward apprit ceci), mais sa mère et
le gentleman semblaient très-pressés de l'emmener.
Le gentleman disait qu'une auberge de village n'était
pas un endroit convenable pour elle, et il était très-
affligé de la trouver là. Il avait amené une voiture dans
laquelle il a fait monter les deux dames et il les a con-
duites à l'*Hôtel George*, à Winchester, en attendant le
départ pour Londres. La jeune femme pleurait en s'é-
loignant, et elle était pâle comme la mort, la pauvre
chérie !

Ce fut là tout ce que gagna le Capitaine à son voyage
à Milldale. Il se rendit aussitôt chez les fermiers de
Reading, chez les parents pauvres de sa femme; mais
ils n'avaient pas entendu parler d'elle. Ils avaient été
étonnés en effet de ne pas recevoir de lettres de Mary,
car elle avait été très-bonne pour eux. Ils furent cruellement peinés quand il leur raconta sa disparition.

C'était là sa dernière espérance. Maintenant tout
était fini. Edward ne pouvait plus lutter contre l'horrible vérité. Il ne pouvait plus que venger les chagrins
de sa femme. Il reprit la route du Devon, vit sa mère
et lui raconta la triste histoire de la fuite de Mary;
mais il ne voulut pas rester à Dangerfield, bien que
Mme Arundel le suppliât de ne pas s'éloigner avant d'a-
voir recouvré la santé. Il courut à Londres, fit tous les
arrangements avec son agent pour que sa commission
fût vendue aux officiers ses camarades; puis, abandon-
nant cette carrière qu'il avait aimée beaucoup plus que
la vie, il se dirigea de nouveau vers le comté de Lincoln, par une sombre journée d'hiver, pour épier et y
attendre patiemment, si besoin en était, le moment des
représailles.

Il y avait dans un endroit assez solitaire, entre Kemberling et Marchmont Towers, un cottage isolé qui
avait été longtemps à louer parce qu'il avait grande-
ment besoin de réparations et que l'aspect n'en était
pas du tout attrayant. Edward loua ce cottage. Toutes
les réparations et tous les changements nécessaires
furent exécutés sous la direction de Morrison, qui devait
demeurer à ce poste fixe au service du jeune homme.
Arundel logea deux chevaux dans ses nouvelles écu-

ries èt prit à gages un jeune campagnard qui remplirait le rôle de groom sous les ordres du factotum. Morrison, ce groom et une servante formaient le personnel de la maison d'Edward.

Paul releva ses sourcils blonds quand il entendit parler du nouveau locataire de Kemberling Retreat. Le cottage isolé avait été baptisé Kemberling Retreat par un locataire sentimental, qui avait plus tard levé le pied en oubliant de payer trois termes de loyer. L'artiste laissa voir sa surprise en gentleman à ce nouveau caprice d'Edward, et exprima publiquement sa pitié pour l'étourdi jeune homme.

— Je suis bien fâché que le pauvre garçon se sacrifie à une douleur romanesque au sujet de ma malheureuse cousine, — dit Marchmont dans la salle commune du *Taureau-Noir*, où il daignait paraître de temps en temps avec son beau-frère pour se populariser parmi les personnages importants et les fermiers de Kemberling, qui le regardaient sinon comme leur seigneur actuel, du moins comme leur maître futur ; — je suis réellement peiné à cause du pauvre garçon. Il est bien de sa personne, bouillant, énergique, et je regrette qu'il ait été assez faible pour briser son avenir en se retirant du service de la Compagnie des Indes. Oui, je le regrette de tout cœur.

Marchmont traita ce sujet très-légèrement dans la salle commune du *Taureau-Noir*, mais il garda le silence en rentrant avec le médecin, et Weston, qui interrogeait de l'œil son beau-frère, vit que quelque chose allait de travers et qu'il fallait se taire.

Paul causa ce soir-là très-avant dans la nuit avec Lavinia, après que le médecin se fût couché. Le frère et la sœur, très-rapprochés l'un de l'autre, s'entretinrent à voix base devant le feu qui s'éteignait, et à en juger par leurs figures où se lisait presque la peur, la question discutée était très-grave.

— Il faut qu'il prenne la chose terriblement au sérieux, — dit Paul, — ou sinon il n'aurait jamais sacrifié sa position. Il s'est installé ici tout près de nous avec l'intention de nous surveiller. Il nous faudra être très-prudents

Au commencement de la nouvelle année, Edward compléta tous ses arrangements et prit possession de Kemberling Retreat. Il savait qu'en quittant le service de la Compagnie des Indes-Orientales, il avait renoncé à la perspective d'une brillante et glorieuse carrière, sous le commandement de quelques-uns des plus braves généraux qui aient jamais combattu pour leur pays. Mais il avait fait ce sacrifice volontiers, comme une offrande à la mémoire de son amour perdu, comme une expiation pour son manque de parole à John Marchmont. Car c'était une de ses plus grandes douleurs que de se souvenir que son imprévoyance avait été la première cause des malheurs de Mary. S'il avait tout confié à sa mère, s'il l'avait décidée à revenir d'Allemagne pour être présente à son mariage et pour accepter l'orpheline comme sa fille, Mary ne serait plus retombée au pouvoir d'Olivia. Son imprudence, sa témérité avaient jeté cette pauvre enfant sans amis précisément dans les mains de cet homme, contre lequel John Marchmont l'avait mis en garde par un avertissement solennel, et cet avertissement Edward aurait dû ne pas l'oublier. Mais qui aurait pu prévoir l'accident du chemin de fer, qui aurait pu s'attendre à une séparation en pleine lune de miel? Edward avait eu confiance en sa force pour protéger sa femme contre tous les malheurs qui pouvaient l'assaillir. Dans l'orgueil de sa jeunesse et de sa vigueur, il avait oublié qu'il n'était pas immortel, et la dernière chose à laquelle il lui fût venu à l'idée de songer, c'était la pensée qu'il serait frappé tout à coup par le malheur et rendu bien plus faible encore que la jeune fille qu'il avait juré de défendre et de secourir.

Le noir hiver s'écoula lentement et les vents aigus de mars sifflaient à travers les branches sans feuilles des arbres du bois situé derrière Marchmont Towers. Ce bois était ouvert à tout piéton qui avait la fantaisie de passer par là, et Edward se promenait souvent sur les bords de la rivière au cours lent et à côté du chalet, à l'ombre duquel il avait fait sa cour à sa jeune femme pendant l'été dernier. L'endroit avait pour le eune homme un charme douloureux à cause du souvenir du passé, et une fascination très-vive d'un genre différent, à cause de la venue fréquente de Paul dans son atelier grossièrement construit.

Dans une situation d'esprit ne visant à rien et mal assise, Edward surveillait l'homme qu'il haïssait, sachant à peine pourquoi il le surveillait et ce qu'il espérait, mais croyant vaguement qu'il découvrirait quelque chose; que quelque accident lui permettrait de dire à Paul:

— C'est par votre trahison que ma femme a péri, et c'est vous qui avez à me rendre compte de sa mort.

Edward n'avait pas vu sa cousine Olivia pendant ce triste hiver. Il s'était tenu à l'écart des Towers, c'est-à-dire il ne s'y était jamais présenté en visiteur, quoiqu'il eût souvent erré à cheval ou à pied dans le bois à côté de la rivière. Il n'avait pas vu Olivia, mais il avait entendu parler d'elle par son valet Morrison, qui tenait beaucoup à faire bénéficier son silencieux et indifférent maître des bavardages de Kemberling.

— On dit que M. Paul Marchmont va épouser Mme John Marchmont, monsieur, — raconta Morrison charmé d'avoir à communiquer une nouvelle si importante, — on dit que M. Paul est constamment aux Towers en visite chez mistress John, qu'elle prend conseil de lui pour tout ce qu'elle fait, et qu'elle ne songe qu'à lui.

Edward regarda son valet avec une surprise non déguisée.

— Ma cousine Olivia épouser Paul! — s'écria-t-il, — vous ne devriez pas écouter d'aussi stupides cancans, Morrison. Vous savez ce que sont les gens de la province, ils ne peuvent laisser leur langue en repos.

Morrison prit ce reproche pour un compliment sur la supériorité de son intelligence.

— Ce n'est pas souvent que je les écoute, monsieur, — dit-il, — mais cela m'a été répété vingt fois pour une, et je l'ai entendu dire aussi au *Taureau-Noir*, monsieur Edward, où M. Marchmont va quelquefois avec le mari de sa sœur. L'aubergiste m'a déclaré que le fait avait été commenté en présence de M. Paul et qu'il ne l'avait pas nié.

Edward réfléchit mûrement à tous ces commérages des gens de Kemberling. Ce n'était pas en somme tout à fait improbable. Olivia n'occupait Marchmont Towers que provisoirement. Il pouvait se faire que, plutôt que de se voir réduite à quitter cette majestueuse demeure, elle consentît à accepter la main du légitime propriétaire. Elle épouserait Paul peut-être comme elle avait épousé son cousin, pour sa fortune et sa position. Elle avait reproché à Mary sa richesse et maintenant elle cherchait à en avoir sa part.

— Oh! l'infâme.... l'infâme.... — s'écria le soldat, — tout cela est un tissu de trahisons et de crimes. Un mariage entre eux deux doit être une conséquence du complot. A eux deux, ils ont poussé ma chère femme à la mort, et ils vont maintenant se partager les bénéfices de leur œuvre coupable.

Le jeune homme résolut de découvrir s'il y avait quelque fondement dans ces commérages de Kemberling. Il n'avait pas revu sa cousine depuis le jour où le paragraphe du journal était tombé sous ses yeux, et il se rendit aux Towers avec l'intention de demander à Olivia ce qu'il y avait de vrai dans les bruits qui étaient arrivés jusqu'à lui.

Il se dirigea à pied vers la lugubre maison. Il avait reconquis ses forces à cette époque, et sa bonne mine lui était revenue, mais il avait perdu quelque chose de la fraîcheur de sa jeunesse; l'éclat resplendissant de sa beauté s'était un peu terni. Il n'était plus le jeune Apollon descendu du ciel tout frais et tout radieux. Il avait souffert et la souffrance avait laissé ses traces sur sa figure. Ce sourire plein d'espoir, cette suprême confiance en un avenir brillant, qui est la virginité de la beauté, s'était flétrie sous l'influence desséchante de la douleur.

Mme Marchmont n'était pas aux Towers. La servante dit qu'elle était allée au chalet avec Paul et Mme Weston.

— Je les verrai ensemble, — pensa Edward; — je verrai si ma cousine ose m'avouer qu'elle a l'intention d'épouser cet homme.

Il prit à travers le bois la direction du bâtiment solitaire sur le bord de la rivière. Les vents de mars soufflaient parmi les arbres dénudés, et ils agitaient la surface des mares noirâtres que la pluie avait formées dans chaque emplacement creux; la fumée qui s'échappait de la cheminée de l'atelier de Paul luttait contre le vent, et était refoulée contre le toit au-dessus duquel elle essayait de s'élever. Tout cédait devant l'impitoyable vent du nord.

Edward frappa à la porte de l'édifice en bois construit par son ennemi. Il attendit à peine qu'on lui répondît; il souleva le loquet et franchit le seuil sans y être invité, sans personne pour l'accueillir.

Il y avait quatre personnes dans l'atelier. Deux ou trois d'entre elles semblaient avoir dû être en train de causer ensemble, lorsqu'Edward avait frappé, mais la conversation avait cessé brusquement et un silence complet régnait dans la salle quand il se montra.

Olivia était debout sous la grande fenêtre au nord; l'artiste était assis sur l'une des marches menant au pavillon, et à quelques pas de lui sur une vieille chaise en jonc, près du chevalet, se trouvait Weston, le médecin dont la femme s'accoudait sur le dos de sa chaise. Ce fut sur ce dernier qu'Edward fixa le plus longtemps ses regards qu'attirait l'étrange expression de sa figure. Les traces d'une vive agitation ont une force particulière vues sur une physionomie habituellement stupide. Les figures mobiles sont sujettes à exagérer l'émotion qu'elles ont à exprimer. Nous nous habituons à leur expression changeante, à leur vivace reproduction de chaque sensation qui les agite. Mais la physionomie de cet homme était du nombre de celles qui ne sortent de leur calme apathique que par quelque tremblement de terre moral, dont la commotion fait sortir de sa stupide imperturbabilité le plus impénétrable des hébétés. Une commotion de ce genre avait tout récemment ébranlé Weston, le paisible médecin de Kemberling, le mari humble et soumis de la sœur de Paul. Sa figure était pâle comme la mort; tout son corps épais tremblait lentement; avec une de ses grosses mains charnues, il tirait de sa poche un mouchoir en coton, et essuyait en tremblotant la sueur de son front. Sa femme se penchait vers lui, et lui murmurait quelques paroles à l'oreille, mais il secouait la tête d'un air piteux comme pour attester qu'il ne pouvait la comprendre. Il n'était pas possible qu'un homme donnât des signes de violente agitation intérieure plus visibles que ceux fournis par le médecin.

— C'est inutile, Lavinia, — murmura-t-il avec désespoir lorsque sa femme essaya de lui parler de nouveau, — c'est inutile, ma chère, je ne puis m'y faire.

Mme Weston jeta sur son frère un regard rapide, moitié suppliant, moitié désespéré, et l'instant d'après elle recouvra son calme par un de ces efforts dont sont capables seulement les femmes fortes ou les femmes méchantes.

— Oh ! les hommes, — s'écria-t-elle de son ton le plus enjoué, — oh ! les hommes, quels gros enfants stupides, quelles créatures nerveuses vous êtes! Allons, George, je ne veux pas que vous vous laissiez aller ainsi, parce qu'un verre ou deux du bon vin vieux de Mme Marchmont vous aura peut-être brouillé les idées. Il ne faut pas croire qu'il boive, monsieur Arundel, — ajouta la dame se tournant avec gracieuseté vers Edward, et caressant de la main les robustes épaules de son mari; — il n'est qu'un pauvre médecin de village, à revenu très-mince, à tête très-faible et tout à fait inaccoutumé au vin vieux. Allons, monsieur Weston, venez prendre l'air et nous verrons si le vent de mars vous rendra la raison.

Et sans plus de façons, Lavinia entraîna son mari qui se dirigea comme un somnambule vers la porte de l'atelier, et elle ferma la porte derrière elle.

Paul se mit à rire dès que son beau-frère fut sorti.

— Pauvre George, — dit-il d'un ton d'indifférence ; — j'avais bien vu qu'il en usait un peu trop librement avec le vin vieux. Il n'est pas de taille à supporter un verre de vin, et c'est la plus stupide des créatures quand il est gris.

Quelque bien jouée que fût cette comédie, Edward ne s'y laissa pas prendre.

— Cet homme n'était pas gris, — se dit-il, — il avait peur; qu'est-ce qui a pu le mettre dans cet état ? Quel est le mystère que ces gens-là cachent parmi eux ? et que peut-il avoir de commun avec ce mystère, ce médecin?

— Bonsoir, Capitaine Arundel, — dit Paul; — je vous félicite du changement survenu en vous depuis votre dernière visite ici. Vous me semblez vous être remis complétement des suites de ce terrible accident du chemin de fer.

Edward se redressa sèchement pendant que l'artiste lui parlait.

— Nous ne pouvons nous rencontrer que comme ennemis, monsieur Marchmont, — dit-il; — ma cousine vous a sans doute répété ce que j'ai dit de vous lorsque j'ai découvert le paragraphe menteur que vous fîtes voir à ma femme.

— Je n'ai fait que ce que tout autre eût fait à ma place en pareille occasion, — répondit tranquillement Paul; — j'ai été trompé par une fausse nouvelle d'un journaliste à un sou la ligne. Comment pouvais-je prévoir l'effet que produirait cette nouvelle sur ma cousine?

— Je ne puis discuter cette question avec vous, — s'écria Edward, la voix tremblante de colère; — je suis presque fou quand j'y pense. Je ne suis pas sûr de moi, je n'ose me fier à mes impressions. Je vous regarde comme l'assassin calculateur d'une pauvre femme sans appui; mais vous avez été si habile, que la vengeance de Dieu peut seule vous atteindre. Je le prie nuit et jour dans l'espoir qu'il m'entendra et vengera la mort de ma femme. Aucune loi sur terre né peut m'aider, mais j'ai confiance en Dieu, j'ai confiance en Dieu.

Il y a en ce monde fort peu de gens qui soient athées positivement et quand même; Paul était un philosophe de l'école sceptique, un disciple de Voltaire et des encyclopédistes, et un croyant de l'époque libérale du règne de la terreur, où dans des cafés des Français discutaient Dieu, qu'ils appelaient l'Être suprême ; mais il devint un peu plus pâle lorsqu'Edward, les yeux rayonnants et la main levée, déclara sa foi en un divin Vengeur.

L'artiste sceptique pensait peut-être :

— S'il y avait en somme quelque réalité dans cette croyance à laquelle s'attachent tant de niais confiants s'il y *avait* un Dieu qui ne puisse permettre l'impiété ?

— Je suis venu ici pour vous, Olivia, — dit tout à coup Edward,—j'ai une question à vous adresser; voulez-vous venir dans le bois avec moi ?

— Oui, si vous le désirez, — répondit tranquillement Mme Marchmont.

Ils sortirent ensemble de l'atelier, laissant Paul tout seul. Ils firent quelques pas en silence.

— Quelle est la question que vous êtes venu m'adresser? — demanda brusquement Olivia.

— Les gens de Kemberling ont fait circuler sur vous un bruit qui ne vous serait que très-peu agréable, je m'imagine, — répondit Edward; — jai peine à croire que vous souhaitiez bénéficier de la mort de Mary, le voudriez-vous, Olivia?

Il fixa sur elle un regard scrutateur. Sa figure exprimait si bien en tout temps les soucis rongeurs, les cruelles tortures mentales, qu'il n'y restait que fort peu de place pour une émotion nouvelle. Son cousin y chercha en vain quelque changement.

— Bénéficier de sa mort!— s'écria-t-elle; — comment pourrais-je bénéficier de sa mort?

— En épousant l'homme qui hérite de ce domaine. On dit que vous allez vous marier avec Paul.

Olivia le regarda avec l'expression de la surprise.

— Dit-on cela de moi, — demanda-t-elle, — le dit-on réellement?

— Oui, on le dit, Olivia. Est-ce vrai ?

La veuve se tourna vers lui presque avec fureur.

— Que vous importe que ce soit vrai ou non? En quoi cela vous touche-t-il que j'épouse cet homme, ou que je ne l'épouse pas?

— En ceci, — répondit Edward, — que je ne voudrais pas que votre réputation fût compromise par les commères de Kemberling. Je vous mépriserais si vous épousiez cet homme. Mais si vous n'avez pas l'intention de vous marier avec lui, vous n'avez pas le droit d'encourager ses visites. Vous traitez à la légère votre bonne réputation. Vous devriez partir d'ici, et donner ainsi un démenti à tous les faux bruits qui courent sur votre compte.

— Partir d'ici, — s'écria Olivia avec un rire amer; — partir d'ici! O mon Dieu! si je pouvais, si je pouvais aller m'enterrer quelque part à l'autre bout du monde, et oublier... et oublier!

Elle dit cela comme si elle eût parlé à elle-même, comme si ces paroles eussent été un cri de désespoir échappé malgré elle; puis se tournant vers Edward, — elle ajouta d'un ton plus calme :

— Je ne pourrai sortir d'ici que pour être portée au cimetière. J'y suis prisonnière à vie.

Elle se détourna de lui, et s'éloigna lentement, la figure tournée vers le soleil qui disparaissait dans le ciel à l'occident.

CHAPITRE VI

Les visiteurs d'Edward.

Peut-être jamais sacrifice plus grand n'avait-il été fait par un gentleman anglais que celui qu'Edward offrit comme une expiation de son manque de promesse, comme un hommage à sa femme perdue. Brave, ardent, généreux, et d'une nature franche, ce jeune officier voyait devant lui un brillant avenir dans la profession qu'il aimait. Il voyait la gloire et les distinctions lui faisant signe de loin et il tournait le dos à ces belles sirènes. Il renonça à tout dans le vague espoir de faire expier tôt ou tard à Paul les infortunes de Mary.

Il ne se vanta à personne, pas même en lui-même de ce qu'il avait fait. Sa mémoire lui représentait sans cesse le jour où il avait déjeuné dans Oakley Street et traversé le pont de Waterloo avec le comparse de Drury Lane. Chaque mot que John avait dit, chaque regard triste et confiant, chaque expression de sa figure pâle

et pensive, chaque pression de sa main amaigrie qui
avait serré celle de son élève avec une affection re-
connaissante et une confiance amicale, tout revint à
l'esprit d'Edward après un laps de dix années à peu
près, et à ces souvenirs se joignirent de pénibles remords.

— Il me confia sa fille, — se disait le jeune homme.
— Ces derniers mots de la lettre du pauvre John han-
tent mon esprit : « Le seul legs que je puisse faire au
« seul ami que je possède est le legs d'une enfant sans
« appui. » Et j'ai traité à la légère cet avertissement
solennel, je n'ai pas répondu à la confiance qu'il avait
en moi.

Avec son sentiment scrupuleux de l'honneur, le soldat se reprochait aussi amèrement cette imprudence
qui avait causé tant de mal qu'un autre homme aurait
pu se reprocher une trahison volontaire. Il ne pouvait
se pardonner son imprévoyance. A chaque instant il se
répétait mentalement cette courte phrase dont se servent
généralement pour exprimer leurs regrets les hommes
qui ont erré : « Si j'avais agi différemment; si j'avais
fait autrement, ceci ou cela ne serait pas arrivé. » Nous
nous égarons perpétuellement au milieu des déviations
sans nombre d'un labyrinthe, nous trouvons des cre-
vasses, des précipices, des sables mouvants et des
bourbiers à chaque tournant du pénible sentier et nous
regardons en arrière à la fin de notre voyage pour découvrir un chemin droit et agréable, que nous aurions
pu choisir, si nous avions été assez sages pour cela, et
qui nous aurait fait arriver sains et saufs sans fatigue à
notre destination.

Mais la Sagesse nous attend au terme de la course
au lieu de nous accompagner en chemin. C'est une divinité que nous ne rencontrons que très-tard dans la
vie, quand nous sommes trop près de la fin de notre
long pèlerinage pour que ses conseils nous soient bien
profitables. Nous ne pouvons que les transmettre à de
plus jeunes que nous, qui, ne les recevant pas de
l'expérience, n'appécient que très-peu leur valeur.

Le jeune Capitaine de cavalerie des Indes-Orientales
souffrit très-cruellement du sacrifice qu'il avait fait.

Jour après jour, sa vie s'écoula lente, ennuyeuse, monotone, sans incidents, et rien ne vint le rapprocher du but qu'il poursuivait, aucune promesse de succès futur ne récompensa son héroïque abnégation. Au loin retentissaient les clameurs de la guerre, il entendait parler de dangers terribles, de conquête et de gloire. Son régiment était au plus fort de la mêlée, ses compagnons d'armes faisaient des prodiges de valeur. Chaque paquebot apportait la nouvelle d'un triomphe éclatant.

Il relisait les comptes rendus de la guerre jusqu'à ce que chaque scène lui apparût, comme un tableau éblouissant de couleurs, d'une beauté grandiose, d'une sublime horreur. Les mots mêmes de ces bulletins dans les journaux semblaient resplendir sur le papier où ils étaient écrits, tant les images qu'ils évoquaient dans l'esprit du jeune soldat étaient palpables. Il attendait avec une impatience fiévreuse l'arrivée de chaque nouveau paquebot, le bulletin qui ferait suite à la guerre indienne. Il était comme le lecteur qui dévore des romans ; il lisait une histoire émouvante page par page et il lui tardait d'arriver au chapitre suivant. Il ne rêvait plus que bataille, victoire, danger, triomphe et mort, et il s'éveillait souvent le matin épuisé par l'excitation de ces luttes imaginaires, de ces terreurs fantastiques.

Son sabre était suspendu au-dessus de la cheminée, dans sa modeste chambre à coucher. Il le décrochait quelquefois, et tirait la lame du fourreau. Peu s'en fallait qu'il ne pleurât de voir ce sabre oisif. Il levait le bras et l'arme sifflait avec bruit pendant qu'il décrivait un grand cercle dans l'espace vide. La tête d'un infidèle eût été enlevée à sa vile carcasse dans ce moulinet rapide de la lame bien affilée. Le bras du soldat était aussi fort que jamais, son poignet aussi agile, et la souffrance morale n'avait pas épuisé sa vigueur musculaire. Il remercia Dieu de cette faveur, mais après ce remercîment, son bras retomba inerte, et le sabre inutile s'échappa de sa main ouverte.

— Il me semble que je suis un poltron, — s'écria-t-il, — je n'ai pas le droit d'être ici,... je n'ai pas le droit d'être ici pendant que les autres se battent là-bas. O Dieu! ayez pitié de moi! la tête me tourne parfois, et je me demande quel est le parti que je dois choisir de préférence : rester ici pour surveiller Paul ou aller dans l'Inde combattre pour mon pays et ma reine.

Il y eut plusieurs phases dans cette fièvre mentale. Parfois le jeune homme devenait d'une jalousie sauvage à l'égard de l'officier qui l'avait remplacé comme capitaine. Il s'attachait au nom de cet homme, suivait tous ses mouvements, et trouvait sans cesse à redire à sa conduite. Il était envieux au possible des triomphes particuliers de cet officier, quelque modestes qu'ils fussent. Il ne pouvait, dans l'amertume de son oisiveté forcée, se sentir généreusement disposé envers cet heureux successeur.

— Quelles occasions a cet homme! — se disait-il, — je n'ai jamais eu ces chances-là, *moi*.

Il m'est presque impossible de décrire fidèlement les tortures qu'infligeait à l'impétueux jeune homme cette existence monotone. La carrière du soldat a cela de particulier, qu'elle le rend la plupart du temps impropre à tout autre genre de vie. Il ne peut se défaire des vieilles habitudes. Il ne peut passer du bruit tumultueux de la guerre au calme plat de l'existence journalière, et même lorsqu'il se figure qu'il est fatigué, usé, et qu'il demande à se retirer du service, son âme est émue par le récit de toute lutte lointaine, absolument comme l'est le cheval de bataille par le son du clairon. Mais la carrière d'Edward avait été arrêtée tout à coup au moment même où elle lui promettait le plus de gloire future. C'était comme si un torrent qui se précipite du haut d'une montagne eût été arrêté subitement, et que ses eaux eussent été condamnées à la stagnation sur un terrain uni. Les eaux rebelles bouillonnaient et écumaient de fureur. Le soldat ne pouvait se soumettre avec tranquillité à sa destinée. Il pouvait se dépouiller de son uniforme et accepter un vil métal pour prix des épaulettes qui lui avaient coûté si cher, mais il restait soldat quand même par le cœur. Quand il reçut la somme fournie par les officiers de grade inférieur au sien, pour prix de sa commission, il lui sembla presque qu'il avait vendu le sang de son frère.

L'été était alors arrivé. Dix mois s'étaient écoulés depuis son mariage avec Mary, et rien n'avait transpiré concernant la disparition de sa jeune femme. Personne n'entretenait plus le moindre doute sur son sort. Elle avait péri dans cette rivière solitaire qui coulait derrière Marchmont Towers et allait au loin se jeter dans la mer.

L'artiste avait tenu parole, et n'avait pas encore fait une seule démarche pour entrer en possession du domaine dont il héritait par la mort de sa cousine. Mais Paul passait une grande partie de son temps aux Towers, et une plus grande encore dans l'atelier sur le bord de l'eau, où l'accompagnait parfois sa sœur.

Les commères de Kemberling n'avaient pas cessé de bavarder sur Olivia et le nouveau maître de Marchmont Towers. Au contraire, les voix qui discutaient sur la conduite de Mme Marchmont étaient beaucoup plus nombreuses qu'auparavant; en d'autres termes, la veuve de John Marchmont *était sur le tapis*. Cette phrase résume tout. On disait à peine quelque mal d'elle; mais ce qu'il y avait de fâcheux, c'était qu'on en parlait beaucoup plus qu'il n'est permis à une femme de faire parler d'elle si elle veut sauver sa réputation. On commença par dire qu'elle allait épouser Paul, puis on se demanda si elle l'épouserait, et enfin pourquoi elle ne l'épousait pas. Ensuite on changea de système, on fut curieux de savoir si Paul voulait se marier avec elle (il y avait une différence essentielle dans cette nouvelle curiosité), et après pour quel motif Paul ne l'épousait pas. Quand les cancans en furent là, la réputation d'Olivia était obscurcie par un terrible nuage qui n'avait été lors des premières conjectures de quelques villageois ignorants que de peu d'importance.

Les gens cancaniers furent d'abord curieux au sujet de Mme Marchmont, puis ils firent circuler leurs suppositions sur elle, et ils s'attachèrent à ces suppositions avec un stupide entêtement, oubliant, ainsi que cela arrive généralement, qu'il pouvait y avoir quelque motif secret à la conduite de la veuve, et que sans l'explication de ce motif les raisonnements les plus habiles sur sa manière d'agir n'étaient que des tâtonnements dans l'obscurité.

Edward entendit parler de nuage qui planait sur le nom de sa cousine. Le père d'Olivia fut renseigné aussi, et vint lui faire des observations en la suppliant de le suivre à Swampington, et de laisser Marchmont Towers au nouveau maître de la maison. Mais elle ne lui répondit qu'avec tristesse et entêtement, et presque dans les mêmes termes qu'à Edward, déclarant qu'elle voulait rester aux Towers jusqu'à sa mort, et qu'elle n'en sortirait que pour être portée au cimetière.

On continua donc à jaser sur Olivia. Elle avait éloigné tous les visiteurs après le bal des Towers, par ses manières étranges et la tristesse continuelle dont sa physionomie était empreinte, et elle vivait seule dans la lugubre maison massive. On disait que Paul était presque constamment avec elle, et qu'elle allait le trouver dans l'atelier, sur le bord de la rivière.

Edward se lassait de sa vie ennuyeuse, n'ayant personne pour l'aider à endurer ses souffrances. Sa mère lui avait écrit pour le supplier de se résigner à la perte de sa jeune femme, et l'engager à revenir à Dangerfield, où il commencerait une nouvelle existence, et effacerait le passé de sa mémoire.

« Vous avec fait tout ce que l'affection la plus dévouée « pouvait vous pousser à faire, ÉCRIVAIT Mᵐᵉ ARUNDEL ; « revenez auprès de moi, mon cher fils. Je vous ai laissé « partir pour aller servir votre patrie, parce qu'il était de « mon devoir de ne pas vous retenir à cette époque. Mais je « ne puis me résoudre à vous perdre maintenant ; je ne puis « supporter que vous vous sacrifiiez à une chimère. Revenez « et laissez-moi vous voir faire un choix nouveau et plus « heureux. Faites que je voie mon fils père d'enfants qui se « presseront autour de mes genoux quand je serai vieille et « affaiblie. »

« Un choix nouveau et plus heureux ! » Edward répéta ces mots avec une amertume mélancolique ; non, ma pauvre femme, non, ma malheureuse Mary, je ne serai pas infidèle à ta mémoire. Les sourires des femmes heureuses ne peuvent avoir aucun charme pour moi tant que je conserve avec amour le souvenir de tes tristes regards qui me suivirent à mon départ de Milldale, et de ta douce figure inquiète que je ne devais plus revoir.

Les journées tristes et vides se succédèrent les unes aux autres, et se ressemblèrent si bien par l'ennui, que la patience de l'impétueux jeune homme fut sur le point de se lasser. Sa bouillante nature s'indignait contre ces misérables délais. Il était si dur d'avoir à attendre la vengeance. Parfois il ne s'empêchait qu'avec peine d'aller se poster quelque part sur le chemin de Paul avec l'idée d'une lutte corps à corps, dans laquelle lui ou son ennemi périrait.

Une fois il écrivit à l'artiste une lettte désespérée, dans laquelle il l'accusait d'être un lâche et un misérable, et lui demandait, si sa mauvaise nature était rachetée par une étincelle de courage, de combattre comme des hommes avaient combattu quelques années auparavant, avec cent fois moins de raisons pour cela qu'il n'en existait entre eux deux.

« Je vous ai appelé traître et misérable; dans l'Inde, nous « autres officiers, nous nous tuons les uns les autres pour « des mots moins graves que ceux-là, ÉCRIVAIT l'OFFI- « CIER, mais je ne veux pas profiter des avantages de mon « expérience militaire. Je pourrais être plus adroit que vous. « Prenons un seul pistolet chargé et tirons-le au sort. Fai- « sons feu l'un sur l'autre à travers une table. Faisons n'im- « porte quoi, pourvu que nous en finissions avec cette misé- « rable affaire. »

Marchmont lut et relut cette lettre lentement et avec réflexion; il souriait en la parcourant.

— Il commence à se lasser, — pensait l'artiste; — pauvre jeune homme, je me le disais bien qu'il serait le premier à se fatiguer à cette besogne.

Il répondit à Edward par une longue lettre amicale, mais un peu railleuse, à peu près dans le genre de celle qu'il aurait pu écrire à un enfant qui lui aurait demandé la lune. L'idée du duel était pour lui chose ridicule, absurde, et tout à fait digne de Don Quichotte.

« J'ai quinze ans de plus que vous, mon cher monsieur

6

« Arundel, ÉCRIVAIT-IL, et je suis beaucoup trop vieux
« pour me sentir la moindre envie de me battre contre des
« moulins à vent ou de représenter le moulin à vent qu'il
« peut plaire à un jeune et bouillant Don Quichotte de pren-
« dre pour un chevalier félon et de terrasser en cette qua-
« lité. Je ne suis pas du tout offensé par vos épithètes inju-
« rieuses, et je ne regarde votre colère que comme une
« manière romanesque de montrer votre amour pour ma
« pauvre cousine. Nous ne sommes pas ennemis et nous ne
« le serons jamais, car je ne ferai jamais la folie de me
« laisser mettre en colère contre un brave et généreux jeune
« militaire, dont le seul tort est une malheureuse hallucina-
« tion en ce qui concerne

« Votre très-humble serviteur,

« PAUL MARCHMONT. »

Edward grinça les dents de fureur en lisant cette
lettre.

— N'y a-t-il donc aucun moyen de faire rendre compte
de son infamie à cet homme, — murmura-t-il; — n'y
a-t-il aucun moyen de lui infliger une souffrance?

Juin touchait à sa fin, et l'anniversaire du mariage
d'Edward allait ramener le souvenir de ces belles journées où les deux jeunes époux avaient erré sur les
bords des ruisseaux dans les prairies du comté de
Southampton, lorsque des visiteurs inattendus firent
leur apparition à Kemberling Retreat.

Le cottage était situé au fond d'un charmant jardin,
et dérobé aux regards des passants sur la grande route
poudreuse par une haie de lilas et de laburnes qui
entremêlaient leurs branches dans la palissade en bois.
C'était une habitude d'Edward depuis les chaleurs de
l'été de passer une bonne partie de son temps dans
le jardin à se promener dans les allées négligées, un
cigare à la bouche, ou de paresser dans un fauteuil sur
la pelouse, en lisant les journaux. Peut-être le jardin
était-il plus joli par le manque de soins prolongé, qu'il
ne l'eût été bien entretenu par un habile et laborieux
jardinier. Tout y poussait avec une luxuriance qui était
très-belle en ce moment de l'année où la terre était
parée de toute espèce de fleurs. Des branches traî-

nantes des pommiers en espalier s'élançaient au-
dessus des allées, venaient se mêler aux rosiers devenus sauvages, et formaient un ensemble qu'un peintre
de paysages eût copié volontiers. Les plantes para-
sites, qu'un jardinier eût regardées avec horreur,
étaient belles à voir elles aussi. Le convolvulus sauvage enroulait ses vrilles en guirlandes fantastiques
autour des églantiers ; le chèvrefeuille, que n'émondait
pas la serpe, mêlait ses longues branches avec le seringat et la clématite ; les jasmins qui croissaient autour
de la maison avaient grimpé jusqu'aux cheminées, et
se glissaient à l'intérieur par les fenêtres ouvertes ; le
toit de l'étable lui-même était à moitié caché par des
rosiers qui en avaient envahi le chaume. Mais le jeune
officier ne s'intéressait pas beaucoup à ce jardin en
désordre. Il soupirait après les jungles épaisses de
l'Inde et ses plaines brûlantes. Il détestait le calme et
le repos d'une existence qui lui paraissait ne valoir
guère mieux que celle d'un cloître où l'on est mort de
son vivant.

Le soleil déclinait à l'ouest après avoir fourni sa longue carrière d'un jour d'été, lorsqu'Arundel se mit à
arpenter les sentiers négligés et à errer dans l'herbe
longue et enchevêtrée de la pelouse en fumant un cigare et en songeant à ses chagrins.

Il commençait à désespérer. Il avait défié Paul, et
aucun bien n'était résulté de ce défi. Il l'avait épié, et
cela ne l'avait amené à rien. Jour après jour, il était
allé se promener dans le sentier solitaire sur le bord
de l'eau. Cent fois il s'était approché du chalet où il
n'avait entendu que la voix perçante de Paul chantant
des fragments d'opéras pendant qu'il travaillait à son
chevalet. Une fois ou deux seulement il avait vu Weston, le médecin, ou Lavinia, sa femme, sortir de l'atelier du peintre.

Dans une de ces occasions Edward avait accosté le
médecin de Kemberling et essayé de lier conversation
avec lui. Mais Weston avait montré une stupidité si dé-
sespérante et en même temps une terreur si évidente
de l'ennemi de son beau-frère, qu'Edward s'était vu
forcé d'abandonner tout espoir de secours de ce côté-là.

— Je suis vivement peiné pour vous, monsieur Arundel, — dit le médecin regardant non pas Edward, mais
tout autour de lui d'un air égaré comme une bête tra-
quée qui cherche un moyen d'échapper à ceux qui la
poursuivent ; — je suis bien peiné pour vous.... de toutes
vos souffrances.... et je l'étais en vous soignant au
Taureau-Noir.... et vous étiez mon premier malade en
cet endroit.... et vous m'en avez fait avoir d'autres....
comme je pourrais ajouter.... quoique ce soit hors
de la question. Et je suis peiné pour vous et pour la
pauvre jeune femme aussi.... surtout pour la pauvre
jeune femme, et je le dis toujours à Paul.... et.... et
Paul....

Ici Weston s'arrêta court comme s'il était effrayé de
l'embrouillement inextricable de ses idées, et, souhai-
tant brusquement le bonsoir à Arundel, il partit
comme une flèche dans la direction des Towers, laissant Edward fort intrigué de ses façons.

Il fut tiré de sa sombre rêverie par une fraîche voix
de jeune fille qui l'appelait par son nom.

— Edward !.... Edward !....

Qui pouvait-il y avoir dans le comté de Lincoln qui
eût le droit de l'appeler ainsi par son prénom. Il ne
fut pas longtemps dans le doute. Tandis qu'il s'adressait cette question, la même voix féminine cria de
nouveau :

— Edward !.... Edward !.... venez donc m'ouvrir cette
porte, je vous en prie, vous n'avez pas, je pense, l'intention de me laisser dehors éternellement.

Cette fois Arundel n'eut pas de difficulté à reconnaître la voix familière de sa sœur Letitia, qu'il avait
crue jusqu'alors auprès de sa mère à Dangerfield. Et
voilà qu'elle était ici à cheval à sa porte avec un chapeau d'amazone et des plumes qui flottaient sur sa
rieuse figure. Avec elle étaient une autre jeune amazone montant un cheval brun pur sang et un vieux
groom qui venait par derrière sur un cheval bai.

Edward, stupéfait de l'arrivée de semblables visiteurs, jeta son cigare et s'approcha de la barrière
basse au delà de laquelle le cheval de sa sœur piaffait
sur la route poudreuse en s'impatientant de ce retard

qui l'empêchait de trotter vers l'écurie au milieu de l'air parfumé du soir.

— Comment, c'est vous, Letitia ! — s'écria le jeune homme. — Au nom du ciel, qu'est-ce qui vous a conduite ici ?

Mlle Arundel rit tout haut de la surprise de son frère.

— Vous ne saviez donc pas que j'étais dans les environs ? — demanda-t-elle ; et répondant elle-même à sa question, elle ajouta sans reprendre haleine : — Évidemment non, vous ne le saviez, puisque j'ai empêché maman de vous prévenir de mon arrivée ; je voulais vous surprendre, vous savez. Et je crois vous avoir surpris en effet, n'est-ce pas ? Jamais de ma vie je n'ai vu personne ayant un air plus effaré que vous. Si j'étais un revenant apparu à la brune, vous n'auriez pas paru plus effrayé qu'en ce moment. Je ne suis arrivée qu'avant-hier.... et je suis chez le Major Lawford, à douze milles d'ici.... et voici Mlle Lawford qui était en pension avec moi à Bath. Vous m'avez entendue parler de Belinda Lawford, ma meilleure, meilleure amie. Mlle Lawford, mon frère ; mon frère, Mlle Lawford. Allez-vous nous ouvrir votre porte et nous laisser entrer, ou bien avez-vous l'envie de nous défendre l'accès de votre citadelle, monsieur le Capitaine Edward Arundel ?

En ce moment la jeune femme qui se tenait en arrière se rapprocha un peu plus de son amie et lui fit observer qu'il était très-tard et qu'elles étaient attendues à la maison avant la nuit ; mais Mlle Arundel ne voulut pas entendre la voix de la sagesse.

— Il ne nous faut qu'une heure pour retourner à la maison, — s'écria-t-elle, — et s'il fait nuit, alors, ce que je ne crois pas, car il fait un clair de lune magnifique en cette saison de l'année, nous avons Hoskins avec nous, et Hoskins aura soin de nous. N'est-ce pas, Hoskins ? — demanda la jeune fille en se tournant vers le vieux groom.

Naturellement Hoskins déclara qu'il était prêt à accomplir tous les hauts faits qu'il était possible à un homme d'oser pour la défense de ses dames châtelaines, ou toute autre chose à peu près du même genre ;

mais il s'exprima en affreux patois du Lincoln, qu'il
n'est pas facile de rendre en caractères d'imprimerie.

Mlle Arundel n'attendit pas que la discussion se pro-
longeât, elle tendit la main à son frère et sauta leste-
ment à terre.

Il va sans dire qu'Edward offrit ses services à la com-
pagne de sa sœur, et regardant alors pour la première
fois la figure de Belinda, il vit d'un seul coup d'œil que
c'était une bonne et belle créature, et que ses cheveux
très-abondants étaient de la même couleur que la robe
brune de son cheval, que ses yeux étaient les plus
bleus qu'il eût jamais aperçus, et que ses joues ressemblaient aux roses négligées de son jardin. Il lui
tendit la main. Elle la prit avec un franc sourire, mit
pied à terre et s'engagea dans les allées pleines
d'herbe au milieu d'un tas de branches traînantes et de
brillantes fleurs de jardin devenues sauvages.

A cette heure commença le second volume de la vie
d'Edward. Le premier volume avait commencé dans la
soirée de Noël, où le jeune homme de dix-sept ans
était allé voir la pantomime au théâtre de Drury Lane.
La vieille histoire avait été longue, triste, pleine de
tendresse et de poésie, mais elle avait fini cruellement
et d'une étrange manière. La nouvelle histoire commença ce soir-là à l'heure où le soleil se couchait à
l'occident, dans cette atmosphère de parfums et parmi
les fleurs couvertes de rosée de ce jardin en désordre.

Mais, ainsi que je crois l'avoir observé au début de
ce roman, nous sommes rarement instruits nous-mê-
mes du moment où commence une partie de notre
existence. Ce n'est qu'après le fait que nous recon-
naissons la terrible importance que les actions les
plus communes en elles-mêmes prennent par leurs conséquences, et quand l'action en elle-même si insigni-
fiante, en ses conséquences si fatale, a été en quelque sorte une déviation du droit chemin, avec quelle
amertume nous nous reprochons ce faux pas !

— Je suis si contente de vous voir, Edward ! — s'é-
cria Mlle Arundel en regardant autour d'elle et examinant le domaine de son frère. — Mais vous, vous n'a-

vez pas du tout l'air content de me revoir, mon pauvre
cher frère désolé. Comme vous avez meilleure mine
qu'à votre départ de Dangerfield ! seulement vous êtes
toujours un peu soucieux. Quelle drôle d'idée vous
avez eue de venir vous enterrer ici, loin de tous ceux
qui vous aiment, grand enfant bien-aimé ! Belinda sait
votre histoire, et elle s'associe à votre douleur, n'est-
ce pas, Linda ? Je l'appelle Linda par abréviation, et
parce que c'est plus joli que Belinda, — ajouta la jeune
fille en aparté et en appuyant avec une emphase dé-
daigneuse sur la première syllabe du nom de son amie.

Mlle Lawford, ainsi interpellée brusquement, rougit
et ne dit rien.

Si on eût dit à Edward que toute autre jeune fille
était au courant de la triste histoire de son mariage,
je crois qu'il eût été disposé à se révolter contre la
simple idée de sa pitié. Mais quoiqu'il n'eût regardé
qu'une fois Belinda, ce seul regard lui en avait dit
beaucoup. Il sentit instinctivement qu'elle était aussi
bonne que belle, et que sa pitié devait être une émotion très-sincère et très-tendre, que l'homme le plus
fier de la terre ne dédaignerait pas.

Les deux jeunes filles s'assirent sur un banc rustique en mauvais état au milieu de l'herbe haute, et
Arundel prit place dans une chaise basse en osier où
il avait coutume de paresser une bonne partie de la
journée.

— Pourquoi n'avez-vous pas de jardinier, Ned ? —
demanda Letitia après avoir regardé avec un peu de
mépris la végétation luxuriante qui l'entourait.

Son frère haussa les épaules avec un geste de dé-
couragement.

— Pourquoi prendrais-je soin de ce jardin, — dit-il,
— je ne l'ai loué que parce qu'il était près de l'endroit
où.... où ma pauvre femme... et où je voulais être. Je
n'ai rien qui me pousse à l'embellir. Je voudrais pouvoir le quitter et retourner dans l'Inde.

Il se tourna vers l'orient en parlant ainsi, et les deux
jeunes filles virent ce désir moitié empressé, moitié
désespéré qui perçait toujours sur sa figure quand il
regardait dans cette direction.

Letitia reprit :

— Le Major Lawford.... c'est le père de Belinda; du 33e d'infanterie. le Major Lawford savait que nous devions venir ici, et il m'a priée de vous inviter à dîner; mais j'ai dit que vous ne voudriez pas accepter, car je savais que vous viviez à l'écart de toute société.... pourtant le Major est un homme charmant, et son habitation, la Grange, est la plus jolie résidence possible. J'y venais passer mes vacances en été pendant que vous étiez dans l'Inde. Mais je me suis acquittée de la commission qu'on m'avait donnée, et vous viendrez quand il vous plaira.

Edward murmura un refus poli. Non ; il ne voyait pas de société, il était dans le Lincoln pour l'accomplissement d'un certain projet; il n'y restait que le temps nécessaire pour cela.

— Et vous ne dites pas même que vous êtes bien aise de me voir, — s'écria Mlle Arundel d'un air piqué, — quoiqu'il y ait six mois que vous ayez quitté Dangerfield ! Ma parole, vous êtes un frère charmant qui mérite bien qu'une malheureuse sœur perde son temps à l'aimer !

Edward sourit faiblement à ce reproche de sa sœur.

— Je suis content de vous voir, Letitia, — dit-il, — très-content, très-content.

Effectivement, le jeune ermite était forcé de s'avouer à lui-même que ces deux jeunes figures innocentes semblaient apporter avec elles la lumière et la gaieté, et faire luire momentanément un rayon de soleil sur l'horrible tristesse de sa vie. Morrison était venu offrir ses services à la jeune fille, qu'il connaissait depuis qu'elle était au monde et qu'il avait porté sur ses épaules quelque quinze ans auparavant, sous le prétexte d'offrir des rafraîchissements aux visiteuses, et on avait envoyé le garçon d'écurie dans un coin écarté du jardin à la recherche des plus belles fraises. La servante elle-même s'était glissée dans le salon qui faisait face à la pelouse et elle s'était cachée derrière les rideaux de la fenêtre, d'où elle pouvait admirer les deux amazones et contempler quelque chose d'heureux et de beau.

Mais les jeunes filles ne voulurent ni goûter au vin, bien que Morrison informât Letitia que le sherry venait des caves de Dangerfield et avait été envoyé à Edward par sa mère, ni manger des fraises, quoique le garçon d'écurie, qui parfumait l'air d'une odeur de foin et d'avoine, en eût apporté un petit tas empilé sur une feuille de chou sur laquelle rampait une chenille. Elles déclarèrent qu'elles ne pouvaient rester plus longtemps, de peur qu'on ne s'effrayât de leur absence à Lawford Grange. Elles revinrent donc à la porte escortées par Edward et son valet de confiance, et, après que Letitia eut donné à son frère un baiser qui retentit comme un coup de pistolet au milieu du calme du soir, les deux jeunes filles se remirent en selle et caracolèrent dans le crépuscule.

— Je reviendrai vous voir, Ned, — cria Mlle Arundel en secouant les rênes sur le cou de son cheval, — et Belinda aussi. Vous viendrez.... n'est-ce pas, Belinda ?

La réponse de Mlle Lawford, si toutefois elle répondit, se perdit dans le bruit que firent les sabots des chevaux sur la grande route.

CHAPITRE VII

Encore un sacrifice.

Letitia tint parole et revint souvent à Kemberling Retreat, quelquefois à cheval, quelquefois dans une petite voiture à un cheval. Tantôt elle était accompagnée de Belinda, et tantôt elle amenait avec elle une sœur cadette de Belinda dont les cheveux étaient aussi bruns et les yeux aussi bleus que ceux de Belinda elle-même, mais qui en était à cette période de la vie où la pension et les tartines de pain et de beurre jouent un grand rôle et qui n'inspirait aucun intérêt particulier. Le

Major Lawford vint un jour avec sa fille et Letitia, et Edward et l'officier en demi-solde se promenèrent ensemble sur la pelouse, fumant et causant de la guerre de l'Inde, tandis que les deux jeunes filles erraient dans le jardin au milieu des roses et des papillons et embarrassaient les pans de leurs amazones parmi les ronces et les groseilliers. Il ne fut pas étrange, après cette visite, qu'Edward consentît à se décider, sur l'invitation du Major Lawford, à fixer le jour où il voudrait venir à la Grange; il n'aurait pu refuser avec bonne grâce. Et pourtant.... et pourtant.... cela lui semblait presque une trahison envers sa femme perdue, sa pauvre et pensive Mary, dont la figure était constamment présente à son esprit avec l'expression qu'elle avait eue le jour de leur séparation, de fréquenter des gens heureux qui n'avaient jamais connu le malheur. Mais il se rendit cependant à la Grange, il devint de plus en plus l'ami du Major et il se promena dans les jardins, qui étaient très-grands, disposés à l'ancienne mode, mais parfaitement tenus, avec sa sœur et Belinda, avec Belinda, qui savait son histoire et le plaignait. Il se souvenait toujours de *cela* en regardant la fraîche figure de la jeune fille, dont la mobilité d'expression attestait perpétuellement une nature compatissante et sympathique.

— Si ma pauvre femme avait eu cette jeune fille pour amie, — se disait-il parfois, — comme elle aurait pu être plus heureuse !

J'ose dire qu'il y a eu en ce monde bien des femmes plus jolies que Belinda, bien des femmes dont la figure, au point de vue artistique, se rapprochait davantage de la perfection, bien des nez plus délicieusement moulés, et des vingtaines de bouches ressemblant mieux à l'arc de Cupidon, mais je doute fort qu'aucune figure ait été plus agréable à l'œil que celle de cette fraîche jeune fille anglaise. Elle avait une beauté qui manque parfois aux figures parfaites, et sans laquelle le visage le plus ravissant finira par ne plus produire aucun effet sur des yeux fatigués d'admirer; elle avait un charme sans lequel les profils du classique le plus sévère, les figures qui semblent sorties du ciseau d'un statuaire paraissent plus froids et plus durs que le marbre auquel leur plus grand mérite est de ressembler. Elle avait la beauté de la physionomie et de la bonté, et l'admirer, c'était rendre hommage aux plus purs et aux plus brillants attributs de la femme. Elle était une fille aimante et dévouée, une sœur affectueuse, une amie sincère et fidèle, une bienfaitrice constante pour les pauvres, une douce maîtresse et une chrétienne bien élevée. Dans tous les devoirs à remplir, dans chaque position où elle se trouvait, elle confirmait l'impression que sa beauté avait faite sur l'esprit de ceux qui la regardaient. Elle avait seulement dix-neuf ans, et jamais aucune douleur n'avait altéré sa belle nature. Elle était heureuse avec un père qui était fier d'elle et avec une mère qui lui ressemblait presque sous tous les rapports. Elle menait une vie heureuse, mais occupée, et elle remplissait ses devoirs envers les pauvres presque aussi scrupuleusement qu'Olivia les avait remplis jadis au presbytère de Swampington; mais sa bienfaisance était si naturelle et si gaie, qu'elle lui valait non pas de froids remercîments, mais l'amour cordial et le dévouement de tous ceux qu'elle obligeait.

Sur les ténèbres de la vie d'Edward, cette jeune fille se leva comme une étoile, et plus tard l'horizon s'éclaira sous son influence. Le soldat avait très-peu vécu dans la société des femmes. Sa mère, sa sœur Letitia, sa cousine Olivia et la douce fille de John Marchmont étaient les seules femmes avec lesquelles il se fût jamais trouvé dans les rapports familiers; et en présence de cette belle et noble jeune fille, il ne croyait pas que la paix de son esprit courût le moindre danger. Il laissa le bonheur lui sourire à Lawford Grange; et dans les heures paisibles qu'il y passa, il oublia son ancien genre de vie et le sombre projet qui, seul, l'avait retenu prisonnier en Angleterre.

Mais quand il rentra dans sa demeure solitaire, il se reprocha amèrement ce qu'il considérait comme une trahison faite à l'amour.

— Quel est mon droit d'être heureux parmi ces gens-là? — se dit-il. — Quel est mon droit de prendre la vie si facilement même pour une heure, tandis que ma

chère femme gît dans sa tombe non consacrée et que
l'homme qui l'a poussée à la mort demeure impuni. Je
ne retournerai plus à Lawford Grange.

Cependant tout le monde, à l'exception de Belinda,
eut l'air de se liguer contre ce soldat oisif; car, parfois,
Letitia le cajolait pour se faire accompagner par lui
après une de ses visites à Kemberling Retreat, et très-
souvent le Major lui-même insistait avec les façons cor-
diales d'un militaire pour que le jeune homme occupât
le siége vide de son char à bancs et revînt avec lui à
la Grange. Edward n'avait jamais prononcé le nom de
Mary devant aucun des membres de cette hospitalière
et aimable famille. Tout le monde était très-bon pour
lui et prêt à sympathiser avec sa douleur, mais il ne
pouvait se résoudre à parler de sa femme. La pensée
de l'acte de folie et de désespoir qui avait terminé sa
courte existence était trop cruelle pour lui. Il ne voulait pas parler d'elle, parce qu'il aurait eu à chercher
des excuses à cet acte coupable, et l'image de sa femme
était pour lui tellement pure et sans tache, qu'il ne
pouvait supporter d'avoir à intercéder pour elle comme
pour une pécheresse ayant besoin de la pitié des
hommes plutôt que droit à leur respect.

— Sa vie avait été si exemplaire, — s'écriait-il parfois, — et dire qu'elle a fini par une faute! Quand bien
même je pourrais pardonner tout le reste à Paul, quand
bien même je pourrais lui pardonner de me l'avoir
ravie, jamais je ne saurai lui pardonner cela.

Le jeune veuf gardait donc le silence sur le sujet
qui occupait une si large place dans ses pensées et qui
était nuit et jour le thème de ses plus ferventes prières,
et le nom de Mary n'était jamais prononcé en sa présence à Lawford Grange.

Mais en l'absence d'Edward, les deux jeunes filles
s'entretenaient quelquefois de sa triste histoire.

— Croyez-vous réellement, Letitia, que la femme de
votre frère se soit suicidée? — demandait Belinda à
son amie.

— Oh! quant à cela, il n'y a pas le moindre doute,
ma chère, — répondait Mⁱˡᵉ Arundel qui était d'une
humeur gaie, pour ne pas dire frivole, et qui n'avait pas

grand respect pour les choses solennelles. — La pauvre chère créature s'est jetée à l'eau. Je crois qu'elle devait avoir la tête un peu dérangée. Je ne le dis pas à Edward, vous savez ; je le lui ai dit une fois à Dangerfield, et il s'est mis dans une terrible colère et m'a appelée sans cœur, cruelle et toutes sortes de vilains noms ; aussi je ne lui en ai plus reparlé depuis. Mais réellement la manière d'agir de la pauvre chère enfant était excentrique ; d'abord elle s'enfuit de la maison où était sa belle-mère et alla se cacher dans un horrible logement, puis elle épousa Edward dans une vilaine église de Lambeth, sans même avoir une toilette de mariée, ni témoins, ni gâteaux, ni billets de faire part, et rien de ce qui se fait ordinairement. Après cela, elle s'enfuit de nouveau, et comme son père avait été un compar.. comment nommez-vous cela ?... un homme qui porte des bannières dans les pantomimes ou fait quelque chose d'approchant.... je pense qu'elle avait vu M. Macready dans *Hamlet* et avait en tête la mort d'Ophelia quand elle courut à la rivière et se noya. Je vous assure que c'est une bien triste histoire, et j'en suis désolée pour Edward.

La jeune fille n'en dit pas plus long, mais Belinda songea à l'histoire de ce mariage, à la lune de miel sans témoins, à la séparation soudaine. Comme ils avaient dû s'aimer tendrement, ces deux jeunes époux, s'absorber dans leur bonheur en oubliant le reste du monde ! Elle se représenta la figure d'Edward telle qu'elle avait dû être avant que le chagrin et la douleur lui eussent ravi le plus bel attribut de sa beauté. Elle pensa à lui et le plaignit avec tant de sympathie, que par la suite la pensée du chagrin de ce jeune homme chassa toute autre idée de son esprit. Elle continua à remplir ses devoirs avec gaieté et gentillesse, ainsi que le voulait sa nature ; mais l'entrain avec lequel elle s'était acquittée de chacune de ses fonctions charitables et de chaque acte de douce bienveillance sembla lui manquer maintenant.

Qu'on se souvienne qu'elle n'était qu'une simple jeune fille de province menant une vie calme, dont le cours paisible était presque aussi monotone que la vie du cloître, une vie si paisible, qu'un roman décemment écrit du cabinet de lecture de Swampington était attendu avec impatience, lu avec animation et commenté ensuite pendant des mois. Était-il donc étrange que ce roman de la vie réelle, cette douce histoire d'amour et de dévouement avec sa triste fin, cette histoire qui s'était déroulée à quelques milles de chez elle et dont le héros était constamment le convive de son père, était-il étrange que cette histoire, dont le charme le plus navrant était sa réalité, fît une vive impression sur l'esprit d'une femme innocente et point mondaine, et que jour après jour, heure après heure, sans qu'elle en eût conscience elle-même, elle s'intéressait fortement au héros de l'aventure.

Elle s'intéressait à lui. Hélas! la vérité doit être avouée, quand bien même on n'a pour la dire que des expressions communes. *Elle devint amoureuse de lui.* Mais l'amour, dans cette innocente et féminine nature, était un sentiment si différent de celui qui dominait Olivia, que la jeune fille elle-même ne le sentit pas croître peu à peu. Il ne sortit pas armé de toutes pièces, comme Minerve du cerveau de Jupiter, car je crois que l'amour naît du cerveau plus souvent que du cœur, par cela seul qu'il est un étrange mélange d'idéal, de bienveillance et de vénération. Il vint plutôt comme l'aurore d'un jour d'été qui commence par une légère lueur au loin dans l'orient, très-faible et sans beaucoup d'éclat, qui s'élargit ensuite lentement et finit par éclairer d'une lueur splendide la vaste étendue des cieux. Et alors Mlle Lawford devint plus réservée dans ses rapports avec le frère de son amie. Sa franche et bonne nature fit place à une timidité craintive qui la rendit dix fois plus attrayante encore. C'était une créature naturelle, sans art, spontanée, et il lui était tout à fait impossible de cacher ses émotions et de feindre un sentiment qu'elle n'éprouvait pas. Elle devenait d'un rouge vif lorsqu'Edward lui parlait tout à coup. Elle se trahissait par une foule de signes, confessant son amour avec presque aussi peu d'art que Mary lorsqu'elle avait révélé son affection un an auparavant. Mais si Edward s'en aperçut, il ne laissa pas

voir qu'il avait fait cette découverte. Sa voix devint
peut-être un peu plus douce et plus faible quand il
parlait à Belinda; mais le son douloureux de ses paroles n'avait rien de commun avec l'accent d'un amant.
Parfois quand ses yeux se fixaient un instant sur la
figure rougissante de la jeune fille, une ombre obscurcissait la sienne et un léger tremblement agitait sa
lèvre inférieure ; mais il est impossible de dire ce que
pouvait être cette émotion. Belinda n'espérait rien,
n'attendait rien. Je répète qu'elle n'avait aucune idée
de la nature de ses sentiments, et jamais un seul moment elle n'avait pensé à Edward que comme à un
homme qui mourrait fidèle au souvenir de ce triste
amour qui avait coupé dans sa fleur sa belle jeunesse
pleine d'avenir. Il n'était pour elle que le mari incon-
solable de Mary ; elle n'espérait pas que le temps changerait ses sentiments ou lasserait sa constance, et
pourtant elle l'aimait.

Pendant tout le mois de juillet et le mois d'août, le
jeune homme continua ses visites à la Grange, et au
commencement de septembre Letitia retourna à Dangerfield. Mais même alors Edward ne cessa pas de voir
le Major Lawford, car son enthousiasme pour tout ce
qui touchait à la question militaire avait fait de lui le
favori du vieil officier. Cependant vers la fin de septembre les visites d'Arundel se restreignirent tout à
coup à une ou deux apparitions par semaine. Il ne
dîna plus à la Grange ; il renonça complétement à ses
promenades du soir dans les jardins, avec Mme Lawford
et ses filles éblouissantes de fraîcheur (Belinda n'avait
pas moins de quatre sœurs aux yeux bleus qui lui ressemblaient toutes plus ou moins), au grand étonnement de tout le monde dans la vieille maison de campagne.

Edward repoussa la lumière qui avait éclairé sa vie
et rentra dans les ténèbres. Il revint au calme monotone, à l'abattement sans espoir, aux regrets amers de
son ancienne existence.

— Tant que ma sœur était à la Grange, j'avais une
excuse pour y aller, — se disait-il sévèrement; —
maintenant je n'en ai plus.

Mais la vie ennuyeuse d'autrefois lui parut, de manière ou d'autre, beaucoup plus difficile à supporter qu'auparavant. Rien ne semblait plus intéresser le jeune homme. Les bulletins même des victoires dans l'Inde étaient sans intérêt, usés et inutiles. Il trouvait étonnant qu'il eût pu jadis attendre avec tant d'impatience l'arrivée des journaux et dévorer à la hâte chaque syllabe des nouvelles indiennes. Et tous ses vieux sentiments semblaient avoir disparu, ne laissant dans son esprit que le vide, le dégoût de la vie et de toutes les obligations qu'elle impose. Ne laissait-elle rien autre chose.... positivement rien ?

— Non ! — répondait-il à ces questions muettes de son esprit, — non, — répétait-il avec entêtement, — rien.

Ce fut étrange de voir quel vide faisait dans sa vie l'abandon de ses habitudes à la Grange. Il lui semblait qu'il s'était retiré tout à coup d'une existence pleine de plaisirs et de délices dans la sombre solitude de la Trappe. Et pourtant qu'avait-il perdu en somme ? Un paisible dîner à une maison de campagne et une soirée passée moitié dans le silence d'un vieux jardin aux arbres touffus, moitié dans un charmant salon au milieu d'un groupe de jeunes filles bien élevées et n'ayant pour tout agrément que quelques simples ballades anglaises ou de pensives mélodies de Mendelsohn. Cela ne valait pas, à coup sûr, la peine d'être regretté beaucoup. Et pourtant Edward éprouva, en sacrifiant ces nouvelles connaissances de la Grange au sombre projet de sa vie, presque autant de douleur que s'il eût une seconde fois renoncé à ses épaulettes à cause de Mary.

CHAPITRE VIII

La voix d'enfant dans le pavillon du bord de l'eau.

L'année suivait lentement son cours. Letitia écrivait de très-longues lettres à son amie et confidente Belinda, et dans chaque lettre elle demandait un compte rendu particulier des faits et gestes de son frère ? Avait-il été à la Grange ? quelle mine avait-il eue ? de quoi avait-il parlé ? etc. Mais à ces questions Mlle Lawford ne faisait qu'une réponse monotone. Arundel n'était pas venu à la Grange, ou bien Arundel avait rendu visite à papa un matin, mais il n'était resté qu'un quart d'heure et n'avait été vu par aucune autre personne de la famille.

L'année suivait lentement son cours. Edward endurait la solitude à laquelle il se condamnait et attendait ; il attendait avec la soif de la vengeance que l'heure des représailles sonnât. L'année s'écoulait, et l'anniversaire du jour où Mary s'était enfuie des Towers, le 17 octobre, arriva enfin.

Paul avait déclaré son intention de prendre possession des Towers le lendemain de ce jour-là. L'épreuve d'un an qu'il s'était imposée à lui-même était terminée, tout le monde faisait à haute voix l'éloge de sa conduite consciencieuse et honorable. Il était devenu très-populaire pendant sa résidence à Kemberling. Les fermiers espéraient qu'ils passeraient des jours heureux sous sa domination, que les baux seraient renouvelés à des conditions favorables, que les réparations seraient libéralement exécutées et que les rapports entre maître et serviteurs seraient des plus agréables. Edward apprit tout cela par l'intermédiaire de son fidèle valet Morrison, et ces nouvelles le mirent

de mauvaise humeur. Ce traître était heureux et prospère et il jouissait d'une bonne réputation auprès des
honnêtes gens, tandis que Mary gisait dans sa tombe
non consacrée, et les gens de Kemberling haussaient
les épaules moitié avec compasion, moitié avec mépris
quand ils parlaient de la folle héritière qui s'était suicidée.

En ce moment Morrison apporta à son maître des
détails concernant la manière d'agir de Paul. Il devait
prendre possession des Towers le 19. Il avait déjà fait
plusieurs changements dans l'arrangement des différentes chambres. Il avait commandé de nouveaux
meubles à Swampington; un autre les aurait fait venir
de Londres, mais Marchmont tenait à se rendre populaire et ne dédaignait pas même la bonne opinion d'un
commerçant de l'endroit, et par plusieurs autres actes
assez insignifiants en eux-mêmes, il avait constaté son
droit de disposer à sa guise de cette maison qui avait
été le château en Espagne des rêves de Mary dix ans
auparavant.

L'installation du nouveau maître de Marchmont Towers allait être en somme une très-grande affaire. La
meute de Chorley Castle devait être amenée à onze
heures sur la grande prairie ou pelouse, comme on
la nommait généralement, qui était sur le devant de
la façade occidentale. La gentry du comté avait été
invitée en masse à un déjeuner de chasse. On devait
tenir table ouverte tout le jour pour les riches et les
pauvres. Chaque habitant du district qui pourrait se
procurer une monture viendrait probablement assister
à la chasse projetée. Le pauvre Renard est décidément
le plus puissant niveleur d'Angleterre. Toutes les diffé-
rences de rang et de position, toutes les distinctions
établies par Mammon partout ailleurs disparaissent au
contact amical du terrain de chasse. L'homme qui est
le meilleur cavalier est celui qui a le plus d'importance, et le jeune boucher qui fait fi des barrières et
franchit comme un oiseau les palissades et les haies,
peut aller de pair avec le dandy qui est l'héritier pré-
somptif de la moitié du comté. La cuisinière de Marchmont Towers eut beaucoup de besogne pour faire face

aux exigences de ce grand jour. C'était la première réunion de la saison et en même temps un festival solennel. Paul le savait, et quoique l'artiste Cockney de Fitzroy Square ne fût pas mieux renseigné sur la manière de chasser le renard que sur les sources du Nil, il saisit cette occasion de se rendre populaire, et résolut de donner un déjeuner de chasse comme jamais il ne s'en était donné à Marchmont Towers depuis la mort d'un certain Hugh Marchmont au cerveau fêlé que la boisson avait tué sous le règne de George III. Il passa la matinée du 17 à causer avec l'intendant, à feuilleter le livre de cave avec le sommelier pour choisir les vins qui se boiraient le lendemain et à faire des arrangements pour la masse de convives qui devaient être installés dans le grand vestibule en pierre, dans les cuisines, chez la femme de charge, à l'office et dans presque toutes les pièces où les invités pourraient être à leur aise.

— Vous aurez soin que tout le monde soit placé suivant son rang, — dit Paul au vieux serviteur à cheveux gris. — Vous connaissez tout le monde ici, je suppose, et vous vous arrangerez de façon à n'offenser personne.

La gentry devait déjeuner dans la longue salle à manger et dans le salon occidental. Les vins choisis de là Bourgogne, le moselle pétillant, le champagne du meilleur cru et du bouquet le plus exquis couleraient comme de l'eau au bénéfice des gentlemen campagnards qui voudraient honorer de leur présence l'installation de Paul. De grandes caisses de comestibles avaient été envoyées par le chemin de fer de chez Fortnum et Mason, et la science de la cuisinière des Towers avait été mise à une rude épreuve par les efforts que nécessitait le soin de sa réputation en cette circonstance. Vingt et un tonneaux d'ale, contenant chacun vingt et un gallons, avaient été brassés il y avait longtemps à la naissance d'Arthur Marchmont et mis en cave depuis lors pour y attendre une majorité que l'héritier ne devait pas atteindre. Ce fut précisément cette ale que Paul, avec un certain sentiment de triomphe, fit monter de la cave pour les rafraîchissements des paysans.

— Pauvre jeune Arthur! — se dit-il, après avoir donné cet ordre. — Je le vis une fois alors qu'il était un joli enfant avec de belles boucles et un costume de velours noir. Son père l'amena à mon atelier un jour où il vint me patronner et m'acheter un tableau, par pure charité évidemment, car il se souciait autant de peinture que moi de meutes pour le renard. J'étais un parent pauvre alors, et je ne pensais pas du tout voir jamais l'intérieur de Marchmont Towers. Ce fut une heureuse matinée de septembre que celle qui enleva de mon chemin ce jeune et beau garçon et ne laissa plus entre la fortune et moi que le maladif John et sa fille.

Oui, l'année d'épreuve de Paul était passée. Il s'était posé aux yeux de MM. Paulette et Mathewson et de tout le comté de Lincoln comme un homme honorable et à l'esprit élevé, ne se pressant pas de s'emparer d'une fortune qui lui était échue, consciencieux, pointilleux, généreux, et sans égoïsme. Il avait fait tout cela, et maintenant l'épreuve était finie et le jour du triomphe était arrivé.

Il y a eu dans ces dernières années une race de coquins très-populaire parmi les romanciers et les dramaturges, mais qui n'était pas, je crois, tout à fait regardée comme le produit de cet honnête territoire anglais, une race de scélérats aux figures pâles, aux yeux noirs, ayant tous les talents et dont la qualité principale est l'imperturbabilité. L'impertubable coquin a commis toutes les iniquités du noir catalogue des crimes, mais il n'a jamais eu d'émotion. Il a gagné un million au trente et quarante à la grande terreur et à l'étonnement de tout Hombourg, et cette imperturbable créature n'a pas même trahi sa satisfaction par un clignement d'yeux ou un frémissement des lèvres. Ruine ou gloire, honte ou triomphe, défaite, disgrâce ou mort, tout cela est la même chose pour le scélérat endurci du roman anglo-français. Il sourit, assassine en souriant et sourit en assassinant; il tue son adversaire déloyalement dans un duel, et il essuie son épée avec un mouchoir de batiste. Mais aussi il est si élégant, si fascinant, si beau, que le jeune héros du roman n'a pas beau jeu contre lui, et le lecteur ne peut presque pas s'empêcher de le plaindre lorsque le châtiment arrive avec le dernier chapitre et que quelque épouvantable catastrophe annihile le misérable bien élevé.

Paul n'était pas de cette race d'hommes; il était hypocrite quand sa sécurité exigeait l'hypocrisie, mais il ne regardait pas la vie comme un drame où il devait constamment jouer un rôle. Il s'était imposé une pénitence en se privant pendant une année de la jouissance d'une splendide fortune; il avait fait ce grand sacrifice pour donner un démenti aux vagues accusations d'Edward, qui auraient pu produire un certain effet sur l'esprit du public s'il s'était trop empressé de s'emparer de l'héritage de sa cousine disparue. Paul avait fait ce sacrifice, mais il n'entendait pas faire durer ce rôle toute la vie. Il voulait être heureux et retirer le plus d'avantages possible de sa grande fortune. C'était là son intention, et, le 17 octobre, il ne fit aucun effort pour se contenir; au contraire, il rit, causa gaiement avec tous ceux qui se trouvaient sur son chemin et conquit la bonne opinion de toutes sortes d'hommes, car le bonheur est contagieux, et tout le monde aime les gens heureux.

Quarante années de pauvreté sont un long apprentissage au plus dur des métiers, un apprentissage fait pour donner plus de piquant à une fortune nouvellement acquise. Paul se réjouissait de sa richesse avec un plaisir qui était presque du délire; elle était à lui, enfin. Enfin! Il avait attendu et attendu patiemment, et au moment où ses facultés de jouir étaient encore dans toute leur force, il était devenu riche. Que de fois il avait songé à ce moment; que de fois il avait rêvé à ce qui allait se passer le lendemain! Que de fois dans ses rêves il avait vu la maison en pierres et entendu les voix des gens qui accouraient lui faire honneur. Il avait senti tout l'orgueil et le charme de la possession, et il s'était éveillé tout à coup au milieu de son triomphe n'ayant autour de lui que la pauvreté à laquelle il faisait la grimace. Mais maintenant la pauvreté était le rêve, et la fortune la réalité. Il avait toujours été bon fils et bon frère, et sa mère et sa sœur devaient arriver la veille de son installation et assister à son triomphe. Les appartements qui avaient été modifiés étaient ceux que Paul avaient choisis pour sa mère et sa sœur, et de nouveaux meubles avaient été commandés pour elles.

— Ma pauvre mère! — pensait l'artiste en regardant tout autour du joli salon.

Ma pauvre mère a souffert longtemps et elle a été patiente. Elle n'a jamais cessé de croire en moi et elle verra maintenant qu'il y avait quelque fondement dans la croyance que j'étais né pour quelque chose de mieux que mon pénible métier et je l'ai prouvé... je l'ai prouvé.

Il se promena dans la chambre arrangeant lui-même les draperies, s'écartant parfois de quelques pas, pour contempler tel ou tel effet à un point de vue artistique, donnant à la riche étoffe des rideaux des plis gracieux, admirant et examinant tout, le sourire aux lèvres. Il semblait complétement heureux. S'il avait commis quelque infamie, si par quelque acte de trahison il avait hâté la mort de Mary, aucun souvenir de son crime ne vint troubler le cours agréable de ses pensées. Égoïste, indulgent pour lui-même et ne s'attachant qu'à ceux qui étaient nécessaires à son bonheur, ses idées sortaient rarement du cercle étroit de ses soucis ou de ses plaisirs. Il était tout à fait égoïste. Il aurait pris place au banquet du lord maire, pendant qu'une population affamée aurait crié à la porte de la salle du festin. Il croyait en lui, ainsi que le faisaient sa mère et sa sœur et il se reconnaissait le droit d'être heureux et prospère, quel que fût le malheur ou la souffrance d'autrui.

Dans cette journée du 17 octobre, Olivia resta assise dans le petit cabinet à regarder le quadrangle, tandis que la maison entière était occupée des préparatifs pour la réception du lendemain. Elle devait continuer à séjourner à Marchmont Towers en qualité d'invitée du maître de la maison. Elle serait à l'abri de toute médisance, avait dit Paul, par la présence de sa mère, de sa sœur. Elle conserverait les appartements qu'elle avait eu l'habitude d'occuper, elle ne changerait rien à son ancien genre de vie. Il était probable qu'il ne serait pas lui-même très-souvent aux Towers. Il allait voyager et jouir de la vie maintenant qu'il était riche.

Tels furent les arguments qu'employa Marchmont, quand il fut question, en public, du séjour de la veuve dans sa maison. Mais, dans une conversation particulière entre Olivia et lui, il n'avait dit que quelques mots sur ce sujet.

— Il *faut* que vous restiez.

Et Olivia lui obéit avec une sombre indifférence qui ressemblait presque à la soumission machinale d'un être irresponsable de ses actes.

La veuve de John Marchmont semblait être complétement sous l'empire du nouveau maître des Towers. C'était comme si les passions orageuses, engendrées par un amour dédaigné, eussent usé l'esprit de cette femme et l'eussent laissée sans force pour lutter contre l'intelligence vive et vigoureuse de Paul. Un changement remarquable était survenu dans le caractère d'Olivia. L'apathie avait succédé à cette bouillante énergie qui avait affaibli et presque épuisé son corps. Il n'y avait plus maintenant d'explosions passionnées chez elle. Elle supportait sans se plaindre la misérable monotonie de sa vie. Jour par jour, semaine par semaine, mois par mois, oisive et apathique, elle restait assise dans sa chambre solitaire, ou errait lentement dáns la campagne aux environs des Towers. Elle dépassait rarement les limites du domaine. On la voyait rarement dans son antique banc à l'église de Kemberling, et quand son père était venu lui reprocher ses absences, elle lui avait répondu d'un ton bourru qu'elle était trop malade pour assister aux offices. Elle *était* malade, Weston la soignait, mais il trouvait très-difficile de combattre une maladie comme la sienne, et il ne pouvait que secouer la tête avec abattement, quand il tâtait son pouls faible ou écoutait les lents battements de son cœur. Parfois, elle s'enfermait dans sa chambre un mois de suite, et ne voyait que sa fidèle servante Barbara et Weston qui, par suite de son indifférence complète, semblait être pour elle comme une espèce d'animal domestique dont les allées et les venues n'avaient pas d'importance.

Cette stupide et silencieuse Barbara soignait sa maîtresse avec une patience infatigable. Elle supportait

tous les changements d'humeur du triste caractère
d'Olivia ; elle était constamment pour elle un bouclier
protecteur. Même en ce jour de préparatifs et de désordre, Mme Simmons faisait bonne garde dans le corridor menant au cabinet et elle veillait à ce que personne n'importunât sa maîtresse. A quatre heures
environ, tous les ordres de Paul avaient été donnés et
le nouveau maître de la maison dîna, pour la première
fois sans compagnie, au bout de la longue table en
chêne sculpté et fut servi par le vieux sommelier en
grande livrée. Sa mère et sa sœur devaient arriver
par un train qui ne passerait à Swampington qu'à dix
heures, et l'une des voitures des Towers irait les prendre à la station. En attendant, l'artiste avait tout loisir
pour s'occuper des autres affaires qu'il pouvait avoir.

Il dîna lentement et réfléchit tout le temps. Il ne
resta pas à table pour boire n'importe quel vin après
dîner. Aussitôt que la table fut desservie, il se leva et
se rendit directement chez Olivia.

— Je vais à l'atelier, — dit-il, — voudrez-vous y venir
tout à l'heure, j'ai quelques mots à vous dire.

Olivia était assise auprès de la fenêtre les mains
croisées sur ses genoux. Il lui arrivait rarement d'ouvrir un livre maintenant, d'écrire une lettre ou de s'occuper d'une manière ou d'une autre. Elle leva à peine
les yeux en lui répondant.

— Oui, — dit-elle, — j'irai.

— Ne tardez pas longtemps alors. Il fera bientôt
nuit, je n'y vais pas pour dessiner, j'y vais pour y chercher un paysage que je veux accrocher dans la chambre
de ma mère et pour dire quelques mots sur....

Il ferma la porte sans finir la phrase et sortit dans
le quadrangle.

Dix minutes après, Olivia se leva et prenant sur une
chaise auprès d'elle un chale de laine très-épais, elle
s'en entoura la tête et les épaules.

— Je suis son esclave et sa prisonnière, — murmura-
t-elle, — il faut que je fasse ce qu'il me commande.

Un vent froid soufflait dans le quadrangle et les
dalles étaient mouillées par une pluie fine. Le soleil
venait de se coucher et le sombre ciel d'automne

s'assombrissait encore. Les feuilles mortes, dans le bois, pourrissaient lentement sur le sol marécageux.

Olivia prit machinalement l'étroit sentier qui menait à la rivière. A moitié chemin, à la faible clarté du crépuscule, entre Marchmont Towers et le chalet, elle aperçut tout à coup la silhouette d'un homme qui s'avançait dans sa direction. Cet homme était Edward.

Les deux parents ne s'étaient pas revus depuis la soirée de mars où Edward était allé chercher la veuve à l'atelier de Paul. La pâle figure d'Olivia devint plus pâle encore, quand elle reconnut l'officier.

— J'allais aux Towers pour vous parler, madame Marchmont, — dit Edward d'un ton sévère. — Il est très-heureux que je vous rencontre, car je ne tiens pas à ce qu'on entende ce que j'ai à vous dire.

Il avait rebroussé chemin, avec intention de marcher à côté d'elle, mais elle s'arrêta court et le regarda.

— Vous allez au chalet, — dit-il, — j'irai avec vous.

Elle le fixa un moment, comme si elle ne savait que faire, puis elle répondit :

— Très-bien. Dites-moi ce qui vous amène et laissez-moi ensuite. Il n'y a aucune sympathie entre nous, aucune estime, il n'y a que de l'antagonisme.

— J'espère que non, Olivia. J'espère qu'il me reste encore quelque estime pour vous en dépit de tout. Je vous sépare en esprit de Paul. Je vous plains, car je crois que vous êtes un instrument.

— Est-ce là ce que vous avez à me dire ?

— Non, je suis venu en qualité de parent, pour vous demander ce que vous avez l'intention de faire, maintenant que Paul a pris possession des Towers.

— J'ai l'intention de rester ici.

— Malgré tous les commérages auxquels votre séjour donnera lieu dans le voisinage.

— Malgré tout. M. Marchmont désire que je reste. Cela me plaît de rester ; que m'importe ce qu'on dira de moi. Que me fait l'opinion d'autrui.... maintenant !

— Olivia, — s'écria le jeune homme, — êtes-vous folle ?

— Peut-être, — répondit-elle froidement.

— Pourquoi vous tenez-vous à l'écart de la sympa-

thie de ceux qui ont le droit de s'occuper de vous....
Quel est le mystère de votre vie

Sa cousine rit amèrement.

— Aimeriez-vous à le savoir, Edward, — dit-elle, —
vous le saurez peut-être quelque jour. Vous m'avez
méprisée toute votre vie, vous me mépriserez bien
plus encore ce jour-là.

Ils étaient alors arrivés à l'atelier de Paul. Olivia
ouvrit la porte et entra suivie d'Edward. Paul n'y était
pas. Il y avait sur le chevalet un tableau recouvert
d'une serge verte et le chapeau de l'artiste était sur
une table parmi les brosses et les palettes, la porte du
haut de l'escalier de pierre menant au pavillon était
entr'ouverte.

— Avez-vous encore quelque chose à me dire? —
demanda Olivia se tournant vers son cousin comme si
elle eût eu l'envie de savoir pourquoi il l'avait suivie.

— Ceci seulement : je veux savoir si vous vous laisserez conseiller par moi.... et par votre père.... j'ai vu
mon oncle Hubert ce matin, et son opinion est d'accord avec la mienne.... ou si vous persisterez avec
entêtement à vouloir faire à votre tête en dépit de
tout le monde?

— Je persiste, — répondit Olivia, — je ferai à ma
tête, je brave tout le monde. Je n'ai pas été douée de
la faculté de conquérir l'affection des gens. D'autres
femmes possèdent cette faculté, s'en font un jeu et
l'emploient à malfaire. J'ai prié, Edward, oui, j'ai prié
à genoux le Dieu qui m'a créée, de me donner à moi
aussi ce pouvoir que la nature a prodigué à d'autres
femmes, mais il n'a pas voulu m'entendre. Il n'a pas
voulu m'entendre! Je n'ai pas été faite pour être aimée.
Pourquoi dès lors me rendrai-je esclave dans le but
de conquérir l'affection des gens. S'ils me méprisent,
je puis les mépriser à mon tour.

— Qui vous a méprisée, Olivia? — demanda Edward
embarrassé par les manières de sa cousine.

— *Vous !* — s'écria-t-elle les yeux étincelants, —
vous ! du commencement à la fin.... du commencement
à la fin!

Elle se détourna de lui avec impatience.

— Allez, — dit-elle, — pourquoi laisserions-nous subsister entre nous ce simulacre d'amitié et de parenté ? Nous ne sommes rien l'un pour l'autre.

Edward se dirigea vers la porte, mais il s'arrêta sur le seuil le chapeau à la main et ne sachant quel parti prendre.

Pendant qu'il était ainsi irrésolu et songeur, un cri, le faible cri d'un enfant retentit dans le pavillon.

Le jeune homme tressaillit et regarda sa cousine. Même au crépuscule, il put voir que sa figure était devenue tout à coup livide.

— Il y a un enfant là-haut, — dit-il, en montrant la porte au haut de l'escalier.

Le cri fut répété tandis qu'il parlait. C'était le faible gémissement d'un enfant. On n'entendait pas d'autre voix, aucune voix de mère caressant le pauvre petit être. Le cri de l'enfant fut suivi d'un morne silence.

— Il y a un enfant dans ce pavillon, — répéta Edward.

— Oui, — répondit Olivia.

— A qui est-il?

— Que vous importe.

— A qui est-il?

— Je ne puis vous le dire, Edward.

Le militaire se dirigea vers l'escalier, mais avant qu'il eut posé le pied sur les marches, Olivia lui barra le passage.

— Je verrai à qui est cet enfant que l'on cache ici, — dit-il, — on a fait courir des bruits scandaleux sur vous, Olivia. Je veux savoir le motif de vos visites ici.

Elle entoura de ses bras les genoux d'Edward et l'empêcha de bouger ; moitié agenouillée, moitié accroupie sur la dernière marche, elle lui barrait le chemin et le mettait dans l'impossibilité d'arriver à la porte du pavillon. Cette porte, entr'ouverte quelques minutes auparavant, était fermée maintenant. Mais Edward ne le remarqua pas.

— Non.... non.... — s'écriait Olivia, — vous me foulerez aux pieds avant d'entrer dans le pavillon; il faudra que vous passiez sur mon corps avant de franchir ce seuil.

Le jeune homme lutta avec elle quelques instants, pas avec violence, mais avec un geste de mépris.

— Vous êtes une mauvaise femme, Olivia, — dit-il, — et peu m'importe ce que vous faites ou ce que vous deviendrez. Je sais maintenant le secret du mystère qu'il y a entre vous et Paul. Je devine pour quel motif vous êtes continuellement ici.

Il quitta le bâtiment isolé sur le bord de l'eau et reprit lentement le chemin du bois.

Son esprit, prédisposé à de mauvaises pensées sur le compte d'Olivia par les bruits que son domestique lui avait communiqués et qui avaient une certaine influence sur lui, comme cela arrive toujours pour la médisance, quelque vile qu'elle soit, ne pouvait trouver qu'une solution au mystère de la présence de l'enfant dans le bâtiment solitaire du bord de l'eau. Furieux et indigné de la découverte qu'il avait faite, il tourna le dos à Marchmont Towers.

— Je ne resterai pas plus longtemps dans cet odieux voisinage, — dit-il en rentrant dans son cottage solitaire, — mais avant de quitter le Lincoln, tout le comté saura ce que je pense de Paul.

———

CHAPITRE IX

La vengeance du Capitaine.

Edward rentra dans sa demeure solitaire avec un projet bien arrêté dans l'esprit. Il quitterait le Lincoln, et cela immédiatement. Il n'avait aucun motif pour rester. Il se peut même qu'il eût un puissant motif pour s'éloigner des environs de Lawford Grange. Il y avait un danger caché dans le voisinage de cette agréable et antique maison de campagne et des nombreuses demoiselles aux yeux bleus qui l'habitaient.

— Je dirai adieu pour toujours à ce pays, — se dit encore une fois Edward en revenant chez lui à la clarté du crépuscule d'octobre, — mais avant mon départ, tout le pays saura ce que je pense de Paul.

Il serra les poings et grinça les dents involontairement en parlant ainsi.

Il faisait tout à fait nuit quand il pénétra dans son humble salon de Kemberling Retreat par la porte vitrée construite à l'ancienne mode. Il parcourut du regard la petite chambre qui avait été meublée quarante ans auparavant par le propriétaire du cottage, et avait servi successivement à tant de locataires, qu'il semblait que les chaises à barreaux mobiles et les tables eussent diminué de grosseur à force d'usage. Il regarda cette simple chambre éclairée par un feu pétillant et deux bougies plantées dans d'antiques chandeliers d'argent. La lueur rouge du foyer vacillait et tremblait sur les roses peintes des murs, sur les vieilles estampes dont les cadres grossiers imitaient l'ébène et sur les moulures ternies. Un service à thé en argent et une tasse en porcelaine de Sèvres ainsi que sa soucoupe que Mme Arundel avait envoyés au cottage pour l'usage de son fils, se trouvaient sur une petite table ovale, et un chien courant à robe brune qui était le favori du jeune homme, était allongé sur le tapis du foyer avec le museau entre les pattes et les yeux fixés sur la flamme.

Tandis qu'Arundel, debout sur le seuil de la porte, contemplait tous ces objets, une image se dressa devant lui, aussi vive et distincte que n'importe quelle apparition due au système Pepper, et il pensa à ce que cette chambre de cottage très-ordinaire aurait pu être si sa jeune femme eût vécu. Il se la représentait courbée au-dessus de la théière en argent, la théière ventrue et informe qui se dressait sur trois pieds noueux et bizarres, et avait été depuis longtemps bannie de la table du déjeuner de Dangerfield comme tout à fait rococo et ridicule. Il évoqua la chère figure de la morte avec ses faibles rougeurs colorant sa pâleur de lis et ses doux yeux bruns qui le regardaient à travers la vapeur de la table à thé, innocents et vierges comme les yeux de cette nymphe de la mythologie qui ne voulait pas se montrer au vieux roi romain. Comme elle aurait été heureuse! comme elle aurait volontiers donné fortune et rang pour vivre à tout jamais dans cet étrange et vieux cottage et s'occuper de celui qu'elle aimait!

Au bout d'un moment la figure changea. Les cheveux bruns prirent tout à coup une teinte d'or en pépites, les yeux bruns devinrent bleus et brillants et les joues se parèrent des couleurs de la rose. Le jeune homme fronça les sourcils à cette vision nouvelle et plus brillante, mais il la contempla gravement pendant quelques instants, puis il poussa un long soupir qui exprimait en quelque sorte un grand soulagement.

— Non, — se dit-il, — je ne suis pas infidèle à la mémoire de ma pauvre femme, je ne l'oublie pas. Son image m'est plus chère que celle de toute créature vivante. L'ombre plaintive de sa figure m'est plus précieuse que la plus radieuse réalité.

Il s'assit sur l'une des chaises à barreaux mobiles, et se versa une tasse de thé. Il la but lentement, les yeux rivés sur la flamme pendant qu'il savourait l'inoffensif breuvage, et il ne daigna pas faire attention aux caresses de son chien brun qui vint mettre son museau froid dans la main de son maître, et remua la queue sur le tapis, comme s'il évoquait un esprit frappeur.

Après le thé, le jeune homme sonna, et Morrison apparut.

— Ai-je des vêtements avec lesquels je puisse chasser, Morrison? — demanda Arundel.

Son factotum eut l'air stupéfait en entendant cette question.

— Vous n'allez pas chasser, je pense, monsieur Edward, — répliqua-t-il d'un ton inquiet et interrogateur.

— Qu'importe? Je vous ai questionné sur mes habits, et je veux une réponse catégorique.

— Mais, monsieur Edward, — observa le vieux valet, — je n'ai pas eu l'intention de vous offenser, et les chevaux sont de drôles d'animaux dans leur genre ; mais si vous pensez parcourir la campagne, et elle est joliment raide d'après ce que j'ai entendu dire, à cause des palissades et des haies, aucun de vos deux chevaux

ne pourra vous servir. Ils ne sont pas plus coureurs
que moi.

— Je le sais aussi bien que vous, — répondit froidement Edward, — mais je vais au rendez-vous de chasse
de Marchmont Towers demain matin, et je veux que
vous me cherchiez des habits convenables; cela suffit.
Vous ferez seller *Desperado* un peu après onze heures.

. Morrison parut encore plus étonné qu'auparavant. Il
connaissait l'inimitié sauvage de son maître envers
Paul; et pourtant ce même maître parlait résolûment
d'aller se joindre à une réunion qui avait pour but spé-
cial de faire honneur à ce Paul. Toutefois, ainsi qu'il en
fit la remarque aux deux autres serviteurs avec lesquels
il daignait parfois se montrer familier, il n'avait pas le
droit de s'interposer ou de questionner, et en vertu de
ce motif il s'était tu.

Peut-être cette réticence respectueuse était-elle plutôt
le résultat de la prudence que d'un penchant naturel,
car il y avait ce soir-là dans les yeux d'Edward un éclat
dangereux que Morrison n'avait jamais remarqué auparavant.

Le factotum parla de cette lueur sinistre quand la
soirée fut un peu plus avancée.

— Je crois réellement, — observa-t-il, — que soit à
cause de la mort de cette jeune femme ou bien de la
solitude de cette triste habitation, ou encore du temps
pluvieux, qui justifie pleinement les paroles de ceux
qui prétendent qu'il pleut toujours dans le Lincoln,
mon pauvre jeune maître n'est plus l'homme qu'il était.

Il se frappa le front gravement pour donner du poids
à sa remarque, il soupira profondément après avoir
bu la bière de son souper.

Le soleil brilla pour Paul dans la matinée du 18
octobre. Les rayons d'automne pénétrèrent dans sa
chambre à coucher, et éveillèrent le nouveau maître
de Marchmont Towers. Il ouvrit les yeux et regarda
autour de lui. Il se redressa parmi les oreillers de
duvet, et contempla, à moitié endormi, les figures de
la tapisserie. Il avait rêvé de sa pauvreté, et s'était
disputé pour la taxe des pauvres avec un collecteur im-
pertinent dans l'obscur corridor de la maison de Char-

lotte Street, Fitzroy Square. Ah! cette horrible maison
avait été si longtemps le seul théâtre de sa vie qu'elle
faisait presque partie de son esprit, et le hantait perpétuellement dans son sommeil comme un cauchemar
de briques et de mortier, maintenant qu'il était riche,
et l'avait quittée pour toujours.

Marchmont frissonna légèrement, et secoua l'influence d'un mauvais rêve. Ensuite, s'enfonçant dans
les oreillers, il s'amusa à admirer sa nouvelle chambre.

C'était une jolie chambre assurément, la vraie chambre d'un artiste et d'un sybarite. Marchmont ne l'avait
choisie qu'après mûre réflexion. Elle était située dans
un angle de la maison, et quoique les fenêtres princi-
pales fussent percées à l'ouest, puisqu'elles se trouvaient immédiatement au-dessus du salon occidental,
il existait une autre ouverture, une grande fenêtre en
œil-de-bœuf, qui faisait face à l'orient, et laissait entrer le soleil dans tout son éclat à travers des vitres
coloriées sur lesquelles l'écusson des Marchmont était
peint en couleurs éclatantes imitant le saphir et le
rubis, l'émeraude et la topaze, l'améthyste et l'algue
marine. De brillantes plaques de ces couleurs relui-
saient et étincelaient sur le parquet en chêne poli, et
se confondaient avec l'éclat oriental d'un tapis de Perse,
étendu à côté du lit arabe, dont les rideaux roses
traînaient jusqu'a terre. Paul aimait la splendeur, et
se proposait d'en avoir autant que sa fortune pouvait
lui en procurer. Il y avait dans toutes ces belles choses
un plaisir voluptueux qu'un parvenu seul pouvait sentir; c'était le contraste frappant entre les magnificences
du présent et la misère du-passé qui donnait du piquant au charme qu'avait pour l'artiste cette habitation
nouvelle.

Tous les meubles et ornements de la chambre avaient
été faits d'après les ordres de Paul; mais sa principale beauté était la tapisserie qui couvrait les murs,
tapisserie qui avait été faite deux cent cinquante ans
auparavant, par une patiente châtelaine de la maison de
Marchmont. Cette tapisserie couvrait entièrement les
murs de la chambre. La porte basse avait été découpée
dans l'un des pans, de sorte qu'un étranger entrant

dans l'appartement le soir, un peu sous l'influence du
vin de la cave de Marchmont, et incapable de graver
dans sa mémoire la topographie de la pièce, aurait été
fort embarrassé pour trouver la sortie le lendemain
matin. La plupart des chambres tendues en tapisseries
ont un certain air lugubre, qui est plus agréable pour
le visiteur que pour la personne qui y habite; mais
dans cette tapisserie les couleurs étaient encore presque aussi brillantes qu'à l'époque où les doigts qui
avaient marié les différentes espèces de laine étaient
encore chauds et flexibles. Les sujets aussi étaient d'un
genre plus agréable que d'habitude. On n'y voyait pas
de bandits à cotte de mailles ou de barbares vêtus de
draperies menaçant le dormeur inoffensif avec un bâton
levé, ni d'horribles traits sur le point d'être lancés par
de pesantes arbalètes, ni de Sarrasins à l'air méchant,
avec leurs yeux féroces et leur visage cuivré, qui fissent voltiger au-dessus de leur tête, entourée d'un
turban, des cimeterres homicides. Non; ici tout était
plaisirs champêtres et bonheur paisible. Des jeunes
filles, à jupons courts et à cheveux blonds crêpés,
dansaient devant de grands chars remplis de gerbes
dorées. Des jeunes gens en pourpoint rouge et pourpre
sautillaient en jouant du fifre et du tambourin. Les chevaux flamands qui traînaient le char pesant étaient pa-
rés de clochettes et de guirlande, comme pour une fête
champêtre; ils secouaient leur crinière non étrillée, et
caracolaient lourdement à l'imitation des jeunes garçons et des jeunes filles. Dans le lointain, de merveilleux villages laissaient peut-être à désirer comme
perspective; mais en revanche ils étaient éblouissants
de fleurs, de toits à tuiles rouges, et ils s'élevaient
dans un ciel tellement bleu, que le plus enthousiaste
pré-raphaélite n'oserait en coucher un pareil sur une
toile devant figurer à l'Académie de Trafalgar Square.

Paul souriait aux danseurs et aux danseuses, aux
chars encombrés, aux musiciens et aux villages impossibles. Il était d'humeur à être content de tout ce jour-
là. Il regarda sa table de toilette, qui était en face de
lui dans l'embrasure de la grande fenêtre en œil-de-
bœuf. Son valet (il avait un valet maintenant) avait

8

ouvert le grand nécessaire incrusté, et les bords
argentés réfléchissaient les couleurs rouges du velours
de la draperie et donnaient à l'or une teinte pourpre.
D'étincelants flacons en verre taillé présentaient un
millier de facettes, au soleil du matin, et se dressaient
comme des obélisques en cristal parmi une foule de
brosses en ivoire sculpté et de pots de pommade en
vrai Sèvres. Une fleur de serre, blanche et fragile, sortait d'un vase en cristal à col élancé et était entourée
par derrière de feuilles sombres et brillantes.

— Ceci vaut mieux que Charlotte Street, Fitzroy
Square, — dit Marchmont reprenant la position hori-
zontale jusqu'au moment où son valet lui apporterait
une tasse de thé pour rafraîchir et en même temps
ragaillardir ses nerfs.

Marchmont remerciait la Providence aussi dévote-
ment que s'il eût attendu le plus patiemment du
monde le bon plaisir divin, que s'il n'avait pas songé
un seul instant à aider de ses machinations impies les
mystérieux desseins du Tout-Puissant.

Le soleil brillait sur le nouveau maître de Marchmont Towers. Cette belle matinée d'octobre n'était pas
précisément des meilleures pour la chasse, car il venait
du nord une brise fraîche et le ciel était sans nuages.
Mais c'était le temps le plus agréable pour le déjeuner,
le rendez-vous sur la pelouse et tous les charmants
préliminaires de la partie de chasse. Paul, qui était
cockney pur sang, s'inquiétait fort peu de la chasse en
voyant le soleil l'inonder de sa lumière. Il songeait
seulement que le soleil brillait sur lui et qu'il était
enfin arrivé, peu importait par quelles voies détour-
nées, à la réalisation de son grand rêve. Il allait être
heureux et prospère le restant de sa vie.

Il but son thé, puis il se leva et s'habilla. Il revêtit
l'habit rouge de tenue, des culottes en peau de daim
d'une blancheur irréprochable, chaussa des bottes à
glands du dernier genre, et s'admira beaucoup dans
la glace quand sa toilette fut achevée. Il avait mis ce
costume pour la satisfaction de sa vanité plutôt que
dans une intention sérieuse de faire ce dont il se sentait aussi incapable que de devenir un moderne Rubens

ou un nouveau Raphaël. Il recevrait ses amis en ce
costume, chevaucherait jusqu'au lancé, et suivrait les
chiens peut-être un bout de chemin. En tout cas,
c'était chose délicieuse pour lui de jouer au gentleman
campagnard, et il ne s'était jamais senti aussi gentleman qu'en ce moment où il se contemplait de la tête
aux pieds dans son costume de chasse.

A dix heures, les invités commencèrent à arriver; le
départ ne devait avoir lieu qu'à midi, on avait donc
tout le temps nécessaire pour déjeuner.

Je ne crois pas que Paul sût jamais réellement ce
qui se passa à cette longue table où il s'assit pour la
première fois à la place du maître de la maison. Il fut
enivré dès le début par le sentiment du triomphe et du
bonheur de sa position nouvelle, et il but beaucoup,
car il but sans y prendre garde, vidant son verre
chaque fois qu'il était rempli, et ne sachant pas qui le
lui remplissait ou ce qu'on lui versait. De cette façon,
il absorba une quantité très-considérable de vin capi-
teux et pétillant, qui était tantôt du vin du Rhin, tantôt
du vin de Moselle, et très-souvent du vin de Champagne, sans parler des crus de Bourgogne et d'Allemagne
à noms impossibles à prononcer. Mais il n'était pas
ivre à la manière ordinaire des mortels ; il ne pouvait
l'être ce jour-là. Il n'était pas abruti ou assoupi, ni
faible sur ses jambes; il était seulement très-surexcité,
et regardait tout à travers un prisme éblouissant,
comme si l'or de sa nouvelle fortune eût été fondu
dans l'atmosphère.

Oui, Paul était plus ivre qu'aucun de ses invités,
mais son ivresse était d'un genre différent de la leur.
Ce n'était pas le vin, mais sa grandeur qui l'enivrait et
le stupéfiait.

Ces chasseurs pourraient dissiper leur ivresse en
une demi-heure ou à peu près, mais la sienne durerait
longtemps, à moins qu'il ne reçût quelque secousse
assez violente pour le ramener à l'état calme.

En attendant, les chiens hurlaient et aboyaient sur
la pelouse, et les piqueurs couraient de l'avenue à l'office, dévorant des tranches de bœuf et de jambon,
dont ils ne faisaient qu'une demi-douzaine de bou-

chées, même quand il leur en tombait sous la dent
quelques-uns de vieux, ou fouillant dans les profondeurs de quelque pâté de gibier, ou buvant d'un trait
un quart d'ale forte ou une demi-mesure de brandy pur
en passant. Tout cela, et autre chose encore du même
genre, ne servait qu'à tuer le temps en attendant le moment où les gentlemen paraîtraient sur la vaste terrasse en pierres.

Il était midi et demi, et les convives de Marchmont
étaient toujours à boire et à discourir. Ils avaient été
bien souvent sur le point de faire une motion de départ, mais il était arrivé chaque fois que quelque gentleman très-calme jusqu'alors s'était levé tout à coup
et avait fait entendre le bruit de quelqu'un qui avale
en s'essuyant la bouche avec sa serviette, ce qui signifiait qu'il allait porter une santé. Ceci avait considéra-
blement allongé le déjeuner, et il semblait probable
qu'on oublierait tout à fait l'affaire importante de la
journée. Mais à midi et demi le magnat du comté, qui
avait souhaité majestueusement la bienvenue à Paul,
se souvint qu'il y avait vingt couples de chiens impa-
tients qui grattaient la pelouse en face des longues
fenêtres de la salle du banquet, tandis qu'un nombre
égal de jeunes fermiers, de robustes laboureurs, de
bouchers à leur aise et une bande de gens sans aveu,
attendaient que la chasse commençât; enfin, dis-je, sir
Lionel Boport se souvint de tout cela et ouvrit la marche vers la terrasse, laissant les renégats s'allonger
sur les confortables sofas disséminés çà et là dans les
pièces spacieuses. Alors la lugubre façade en pierre
de la maison resplendit tout à coup. La longue terrasse
s'illumina des reflets rouges des habits des chasseurs,
sur lesquels tranchaient çà et là un peu de brun foncé
ou de vert. Parmi tous ces vigoureux gentlemen campagnards au teint fleuri, Paul, le héros du jour, très-
élégant, très-pittoresque, mais n'ayant pas du tout
l'allure d'un chasseur, descendit lentement le grand
escalier au milieu des acclamations de la foule, des
aboiements des chiens et du son d'un cor dans le lointain.

C'était là l'apogée de son existence, le moment dont

il avait rêvé bien des fois à l'époque de sa misère, de sa pauvreté et de son obscurité. Ce tableau avait à peine pour lui l'attrait de la nouveauté : il se l'était figuré si souvent en imagination, il avait si souvent entendu ces cris et vu cette foule respectueuse ! Il n'existait qu'une seule petite différence dans les détails, et c'était tout. Il n'y avait pas de désappointement, de déception dans la réalité, comme cela arrive si fréquemment lorsque nos plus beaux rêves se réalisent et que notre désir suprême est exaucé. Non, la fortune était bien à lui , et elle valait effectivement les sacrifices qu'elle lui avait coûtés.

Il releva la tête et vit sa mère et ses sœurs à la grande fenêtre au-dessus du porche. Il put remarquer la fierté orgueilleuse de la pâle figure de sa mère, et le seul bon sentiment de sa nature, son amour pour les femmes qui comptaient sur lui, agita légèrement son cœur au milieu du tumulte de son ambition satisfaite et de la joie égoïste.

Cette goutte de plaisir, où n'entrait pour rien l'égoïsme, remplit la coupe jusqu'au bord. Il ôta son chapeau et, l'élevant au-dessus de sa tête, il l'inclina pour répondre aux acclamations de la foule. Il s'était arrêté à moitié chemin de la descente pour faire ce salut. Il agitait son chapeau, et les hommes devenaient plus bruyants, et des musiciens, placés de l'autre côté de la pelouse, jouaient cette marche familière et triomphante que l'on suppose applicable à tout héros vivant depuis un Wellington rentrant de Waterloo jusqu'au vainqueur d'une régate, ou à un propriétaire patenté et conservateur nouvellement élu par des électeurs qui admirent ses principes.

Il ne manquait rien au succès. Je crois qu'en ce moment suprême Paul oublia tout à fait les voies tortueuses et périlleuses par lesquelles il était arrivé à son but glorieux. Je ne mets pas en doute que les jeunes princes étouffés dans la Tour aient jamais été plus présents à la mémoire du tyran Richard que lorsque le meurtrier usurpateur barbotait dans la boue du marais à Bosworth et savait que la grande partie où il jouait sa vie était perdue. Ce ne fut que lorsque Henri VII lui enleva les sceaux que Wolsey fut à même de voir la folie de l'ambition de l'homme. En ce moment, la mémoire et la conscience, qui n'étaient jamais bien éveillées chez Paul, dormaient d'un profond sommeil et laissaient régner à leur place le triomphe et la joie. Non, il ne manquait rien au succès. Cette gloire et cette grandeur rachetaient mille fois la patience et l'abnégation dont il avait fait preuve durant l'année passée.

Il se tourna à demi pour voir ces figures animées à la fenêtre.

Grand Dieu ! il aperçut la figure de sa sœur Lavinia non plus triomphante et gaie, mais horriblement pâle et se fixant sur quelque chose d'affreux dans la foule. Paul fit volte-face sur cet affreux quelque chose dont la vue avait le pouvoir de changer la physionomie de sa sœur, et il se trouva face à face avec un jeune homme, un jeune homme dont les yeux brillaient comme des charbons ardents, dont les joues étaient blanches comme une feuille de papier, et dont les lèvres rigides étaient aussi étroitement serrées que si elles eussent été sculptées dans un bloc de granit.

Cet homme était Edward Arundel, le jeune veuf, le bel officier, que tout le monde connaissait pour le mari de la pauvre Mary.

Il s'était élancé hors de la foule il n'y avait qu'un instant, et il avait gravi les marches de l'escalier avant que personne eût eu le temps de l'arrêter ou d'intervenir auprès de lui. Il semblait à Paul que son ennemi sortait de terre, tant son arrivée fut prompte et inattendue. Il se tenait sur la marche au-dessous de celle où était l'artiste; mais comme les marches n'étaient pas hautes et qu'il avait un demi-pied de plus que Paul, les figures des deux hommes étaient à hauteur égale, et ils se trouvaient face à face.

Le militaire tenait en main un pesant fouet de chasse qui n'était pas un objet de luxe, car, malgré son pommeau doré, le manche solide était en corne de cerf, et la lanière était en cuir. Il tenait dans sa robuste main droite ce fouet dont la lanière était enroulée autour du manche, et allongeant son bras gauche nerveux et musculeux comme celui d'un gladiateur, il saisit Paul par le collet de cet habit écarlate à coupe élégante que l'artiste avait tant admiré le matin dans la glace.

Il y eut une exclamation de surprise et de consternation parmi les gentlemen de la terrasse et la foule sur la pelouse; un cri aigu partit de la fenêtre des femmes, et, l'instant d'après, Paul se tordait sous une grêle de coups de fouet que faisait pleuvoir sur lui Edward. L'artiste n'avait pas le courage physique, cependant il n'était pas assez lâche pour se soumettre sans résistance à cette hideuse humiliation ; mais l'attaque fut si soudaine et si inattendue qu'elle le paralysa, et l'exécution en fut si rapide qu'il n'eut pas le temps de s'y opposer. Avant que sa présence d'esprit lui fût revenue, avant qu'il sût ce que signifiait la présence d'Edward en ce lieu, même avant qu eût eu la conscience de sa présence, la chose était faite, il était déshonoré pour toujours. Il était tombé en ce seul moment de toute la hauteur de sa nouvelle grandeur au dernier échelon de la dégradation sociale.

— Messieurs! — s'écria Edward à haute voix pour se faire entendre distinctement de la foule qui regardait la bouche béante, — quand la loi du pays permet à un misérable de prospérer, les honnêtes gens doivent se faire justice. Je voulais vous faire connaître mon opinion sur le nouveau maître de Marchmont Towers, et je crois l'avoir exprimée assez clairement. Je sais qu'il est un coquin fieffé, et je vous avertis qu'il n'est pas un compagnon convenable pour d'honnêtes gens. Bonjour.

Edward souleva son chapeau, salua l'assemblée et redescendit l'escalier. Paul, livide et l'écume à la bouche, courut après lui en brandissant son poing fermé et gesticulant dans sa rage impuissante; mais le cheval du jeune homme attendait à quelques pas de la terrasse sous la garde d'un apprenti boucher, et il fut en selle avant que l'artiste l'eût rattrapé.

— Je ne quitterai pas Kemberling de huit jours, monsieur Marchmont, — s'écria-t-il.

Puis il lança son cheval en se tenant droit comme une pique et jetant à la foule un regard de défi.

Je suis fâchée d'avoir à constater que la populace anglaise est d'un naturel inconstant, mais mon devoir m'oblige à avouer qu'un grand nombre des robustes laboureurs qui avaient mangé les pâtés de gibier et bu les liqueurs fortes de Paul il y avait une demi-heure à peine, furent assez vils pour ressentir une admiration involontaire pour Edward pendant qu'il s'éloignait lentement la tête haute et les yeux étincelants. La sympathie véritable n'est généralement pas très-grande pour un homme qui a reçu des coups de fouet; le public est tout disposé à croire que celui qui inflige le châtiment a de bonnes raisons pour cela. Il est vrai que les fermiers, surtout ceux dont les baux étaient près de finir, montrèrent beaucoup d'indignation contre Arundel, et un des plus audacieux fit mine de saisir la bride de son cheval quand il passa devant lui; mais le sentiment général était en faveur de l'agresseur, et la cordialité manquait même dans les plus bruyantes expressions de sympathie.

La foule fit place à Paul quand il retourna vers la maison, pâle, impuissant et étouffant de honte.

Plusieurs des gentlemen réunis sur la terrasse vinrent lui serrer la main, lui exprimer leur indignation et offrir les services d'amis dont il pourrait avoir besoin plus plus tard, tels que de lui servir de seconds s'il choisissait l'ancien système de représailles, ou de témoins contre Edward en police correctionnelle si Marchmont aimait mieux recourir à la loi. Mais ces gentlemen eux-mêmes reculèrent en sentant la sueur froide des mains de l'artiste; ils virent qu'il avait eu peur. Ces solides et bruyants chasseurs, qui bravaient un danger de mort accidentelle chaque fois qu'ils partaient pour la chasse, avaient un souverain mépris pour un homme qui pouvait avoir peur de quelqu'un ou de quelque chose. Ils ne faisaient aucune concession à l'éducation de cokney de Paul; et n'étant pas dans les sombres secrets de sa vie, ils ne savaient rien de sa conscience coupable. Or, c'était *là* ce qui l'avait rendu aussi faible qu'un enfant sous l'étreinte vigoureuse d'Edward.

Aussi, après cet étalage politique de sympathie, tous les invités du nouveau riche s'éloignèrent un à un, et

les chiens qui aboyaient, les chevaux qui piaffaient disparurent de la pelouse de Marchmont Towers; le bruit
des fanfares et des voix de la foule s'éteignit dans le
lointain, et la gloire de la journée s'évanouit.

Paul se traîna lentement jusqu'à cette somptueuse
chambre à coucher qu'il avait quittée quelques heures
auparavant, et, s'étendant tout de son long sur son lit,
il sanglota comme un enfant effrayé.

Il était saisi de terreur, non à cause des coups de
fouet, mais à cause d'une phrase qu'Edward avait mur-
murée à son oreille pendant qu'il le frappait.

— Je sais *tout*, — avait dit le jeune homme; — je
connais les secrets que vous cachez dans le pavillon
sur le bord de l'eau.

CHAPITRE X

Les chambres abandonnées.

Edward tint parole. Il attendit une semaine et plus,
mais Paul ne donna pas signe de vie; et après lui
avoir donné trois jours de grâce en sus du temps
promis, le jeune homme abandonna Kemberling Retreat pour toujours, ainsi qu'il le croyait, et s'en alla du
comté de Lincoln.

Il avait attendu, espérant que Paul essayerait de
prendre sa revanche, et que quelque lutte désespérée,
physique ou légale, peu lui importait laquelle, aurait
lieu entre eux. Il aurait béni le hasard qui serait venu
lui fournir une chance de se venger; mais rien n'arriva. Il envoya Morrison aux informations sur le
maître de Marchmont Towers, et le factotum revint
avec la nouvelle que Marchmont était malade et ne
voyait personne, excepté *toutefois* sa mère et Weston.

Edward haussa les épaules quand il apprit ces nouvelles.

— Quel chien méprisable que cet homme! — se
dit-il. — Il fut un temps où j'aurais pu le soupçonner de
quelque crime sur la personne de ma pauvre femme.
Je sais maintenant à quoi m'en tenir ; il n'est pas même
capable d'un grand crime. Il a eu seulement la force
de frapper sa victime dans l'ombre avec des paragraphes menteurs dans les journaux et d'infâmes allusions.

C'eût été peut-être un acte de politesse ordinaire
si Edward avait fait une visite d'adieu à ses amis de
la Grange. Mais il n'alla pas à l'hospitalière vieille
maison. Il se contenta d'écrire une lettre cordiale au
Major Lawford en le remerciant de son hospitalité et
de sa bonté, et lui donnant vaguement à espérer une
rencontre future.

Il fit porter cette lettre par Morrison, qui était d'une
gaieté folle à l'idée de quitter Kemberling, et qui s'ac-
quitta de sa commission avec une activité de jeune
homme dans l'exubérance de sa joie. Le valet fit les
préparatifs du départ avec tant de promptitude que
les arrangements nécessaires furent complétés en
deux jours ; et le 29 octobre, à la fin de l'après-midi,
tout était prêt, et il n'avait plus qu'à surveiller le départ
des deux chevaux de la gare de Kemberling sous la
garde du jeune garçon qui avait servi de groom à
Edward.

Durant cette dernière journée, Edward erra çà et là
dans la maison et le jardin qu'il devait bientôt quitter.
Il était terriblement embarrassé de sa personne, et,
hélas ! ce n'était pas de ce jour seulement qu'il sentait
le fardeau de son oisiveté sans espoir. Il le sentait
toujours, cet horrible fardeau qu'il ne pouvait secouer.
Sa vie avait été brisée brusquement pour ainsi dire
par la catastrophe qui l'avait rendu vieux avant que sa
lune de miel fût finie. L'histoire de son existence était
interrompue, tout à coup toute la meilleure partie de
sa vie lui était enlevée, et il ne savait que faire, du
reste, inutile et désolé. Les fils brillants d'une toile
jadis parfaite dans son ensemble présentaient, dé-

chirés en deux, une masse confuse et inextricable, et
le cerveau du jeune homme se brouillait quand il essayait de les arranger ou de les examiner séparément.

Sa vie était très-misérable et sans espoir à cause de
son vide. Il n'avait aucun devoir à accomplir, aucune
tâche à entreprendre. Il faut qu'elle soit complétement
égoïste, entièrement portée au sybaritisme et à l'in-
dulgence personnelle, la nature qui ne sent pas qu'il
lui manque quelque chose, quand elle n'a ni devoir à
remplir ni but à atteindre. Mieux vaut être Sysiphe
roulant son rocher le long de la montagne que Sysiphe
sans sa pierre et sans l'espoir d'arriver jamais au
sommet. Chaque homme a son travail particulier et sa
responsabilité différente. La roue de la vie tourne,
tourne sans cesse, mais le devoir et l'ambition sont les
ressorts qui la font mouvoir.

Edward sentait la stérilité de sa vie maintenant
qu'il avait pris la seule revanche qui lui fût possible
vis-à-vis de l'homme qui avait persécuté sa femme.
Cette revanche avait été une satisfaction délicieuse
mais courte. C'était fini. Il ne pouvait plus rien faire à
l'homme, puisqu'il n'y avait pas de plus bas degré
d'humiliation, à notre époque où les piloris, les poteaux
à flageller et les bûchers ont disparu de nos places
publiques, auquel une créature dégradée pût descendre. Non ; il n'y avait plus rien à faire. Il était inutile
de rester dans le comté de Lincoln. La triste pensée
suggérée par la petite pantoufle trouvée sur le bord de
la rivière n'était, hélas ! qu'une trop sérieuse réalité.
Paul n'avait pas assassiné sa cousine sans défense,
il l'avait seulement poussée à la mort par les tortures.
Il n'avait rien à craindre de la loi du pays, qui, étant
d'une nature positive et arbitraire, n'atteint pas les
offenses indéfinies. Cet homme infâme était à l'abri de
la justice et libre de jouir de sa fortune mal acquise,
si toutefois il pouvait en jouir beaucoup après la scène
sur la terrasse.

La seule joie qui était restée à Edward après s'être
retiré du service de la Compagnie des Indes orien-
tales, avait été cette violente soif de vengeance. Il
avait bu jusqu'à la lie cette coupe enivrante, et tout

d'abord le sentiment de son triomphe l'avait enivré, mais il était à l'état sobre maintenant, et il arpentait le jardin négligé sous le ciel froid d'octobre, foulant aux pieds les feuilles mortes et songeant à l'avenir désolé, les bras croisés et la tête courbée sur la poitrine. L'avenir était un désert aride, une vaste étendue de sable sans aucune île dans le lointain, sans dômes empourprés, sans minarets élancés à l'horizon. Il était dans la nature même de ce jeune homme d'être soldat et il n'était rien en dehors de cette carrière. Il ne se souvenait pas d'avoir eu d'autre aspiration que cette soif ardente de gloire militaire. La perte de sa femme et celle de son grade se confondaient en une seule chose dans son esprit et il ne pouvait que gémir sur le grand malheur qui avait rendu son existence tout à fait désolée.

Il n'avait jamais mesuré jusqu'alors toute l'étendue de cette désolation, car auparavant il avait été soutenu par l'espoir de la vengeance contre Paul, et maintenant que son unique espérance avait été réalisée autant que faire se pouvait, il ne lui restait rien, rien qu'un retour sur le sacrifice qu'il avait fait et le désir de rentrer à tout prix dans l'armée de l'Inde.

Il essaya de ne pas songer à la possibilité de ce projet. Il regardait presque comme une infidélité à sa chère femme ce rêve d'honneur et de distinction, maintenant qu'elle était à jamais perdue, elle qui eût été si fière de tous les triomphes de son mari.

Ainsi, sous le ciel gris d'octobre, il se promenait dans les allées pleines d'herbe au milieu des plantes, des ronces et des branches rompues qui craquaient sous ses pieds, et vers la fin de l'après-midi, alors que le jour qui avait été froid et sans soleil disparaissait pour faire place au crépuscule, il ouvrit la porte basse en bois et s'avança sur la route. Une impulsion à laquelle il ne put résister l'entraîna vers le bord de la rivière et le bois situé derrière Marchmont Towers. Une fois encore, la dernière de sa vie peut-être, il voulut parcourir cette rive solitaire et regarder le noir et triste endroit où il avait été fiancé à sa femme

Ce n'était pas qu'il eût la moindre idée de rencon-

trer Olivia; il avait chassé de son esprit tout souvenir
de sa cousine depuis sa dernière visite au chalet solitaire; quel que pût être le mystère de la vie d'Olivia,
son secret gisait au fond d'un sombre abîme que l'impétueux jeune militaire ne se souciait pas de sonder.
Il ne tenait pas à découvrir ce hideux secret. L'honneur terni, la honte, la fausseté, la dégradation se
cachaient sous le voile obscur dont la veuve de John
Marchmont avait enveloppé sa vie. Il ne chercherait
pas à les exposer au grand jour. Ce n'était pas à lui
d'écarter le rideau qui abritait sa parente contre les
regards du monde.

Il n'avait par conséquent aucune intention de pénétrer les secrets que pouvait renfermer le pavillon du
bord de l'eau. La fascination qui l'attirait en cet endroit était le souvenir du passé. Il ne pouvait aller
visiter la tombe de Mary, mais il allait avec autant de
respect que s'il se fût rendu au cimetière revoir la
place où il avait été fiancé à la jeune fille et dire un
dernier adieu à ce coin de terre, consacré par l'aveu
de l'innocent amour de sa femme.

Il était presque nuit quand il arriva au bord de l'eau.
Il suivit un sentier qui ne passait pas sur les terres
environnant Marchmont Towers, un étroit sentier qui
servait parfois de chemin de halage, quand quelque
grosse barque noire descendait vers la mer. Ce soir-là
la rivière était cachée par un brouillard, un brouillard
blanc, qui obscurcissait la terre et l'eau, et ce ne fut que
par le bruit des sabots des chevaux qu'Edward fut averti
de se jeter de côté pour laisser passer un attelage traînant une chaîne qui sonnait sur les cailloux de la rive.

— Pourquoi dit-on que ma bien-aimée s'est suicidée,
— pensait Edward en marchant lentement le long de
l'étroit sentier : — ce fut par une soirée comme celle-
ci qu'elle s'enfuit de chez elle. Qu'y a-t-il d'improbable
à ce qu'elle ait perdu pied et soit tombée dans la
rivière? Oh! ma pauvre chère femme, Dieu veuille
qu'il en soit ainsi! Dieu veuille que tu aies été perdue
pour moi, par sa volonté et non par un acte désespéré
dont tu aurais été responsable !

Triste comme l'était pour lui la pensée de la mort

de sa femme, elle l'amena à croire que la mort avait pu être accidentelle. Il y avait dans cette alternative toute la différence de la douleur au désespoir.

Errant sans but, au hasard à travers ce brouillard d'automne, Edward se trouva près du chalet avant de savoir qu'il était dans son voisinage.

Il y avait une lumière qui brillait à la grande fenêtre au nord de l'atelier et un rayon oblique s'échappait par la porte à demi ouverte. Sur ce seuil éclairé Edward aperçut la silhouette d'une jeune fille : une jeune fille mal mise, à cheveux rouges, à figure grasse avec des taches de rousseur, et qui portait un tablier en coton couleur de lavande, et des souliers à gros clous avec des œillets en cuivre sur le devant, et des courroies en cuir très-longues enroulées autour de la cheville.

Le jeune homme se souvint d'avoir vu un jour cette jeune fille au village de Kemberling. Elle avait été au service de Mme Weston comme bonne et elle passait pour avoir été élevée à la maison de charité de Swampington.

Cette jeune fille s'appuyait contre le montant de la porte entr'ouverte, et avait les mains appuyées sur les hanches en humble imitation des matrones qu'elle avait eu l'habitude de voir flâner sur leurs portes dans la grande rue de Kemberling, après que leurs devoirs de la journée étaient remplis.

Edward tressaillit à l'apparition soudaine de cette jeune fille.

— Qui êtes-vous, jeune fille, — demanda-t-il, — et qu'est-ce qui vous amène ici ?

Il tremblait en parlant. Une agitation soudaine s'était emparée de lui et il ne pouvait s'en expliquer la cause. Il semblait que la providence l'avait amené à cet endroit ce soir et avait mis cette ignorante campagnarde sur son chemin dans quelque but particulier. Quels que pussent être les secrets de cette habitation, il devait les connaître, puisqu'il y avait été amené non par la curiosité, mais seulement par un amour respectueux pour un endroit associé dans son esprit avec sa femme morte.

— Qui êtes-vous, jeune fille ? — répéta-t-il

— Je suis Betzy Murrel, monsieur, — répondit-elle, — il y en a qui m'appellent Bet l'Éveillée, et je suis venue ici pour nettoyer un peu.

— Nettoyer quoi ?

— L'atelier. Il est fort en désordre et je dois tout arranger convenablement avant que le squire soit remis.

— Êtes-vous seule ici ?

— Toute seule, oui, monsieur.

— Y a-t-il longtemps que vous êtes arrivée ?

La jeune fille regarda Arundel d'un air rusé qui était un des attributs de son surnom d'Éveillée.

— J'ai toujours été ici depuis que maître y est venu, — dit-elle, — il y a pas mal de besogne.

Edward la regarda avec sévérité, mais il ne découvrit rien sur cette figure stupide après que le regard malicieux eut disparu. Le jeune homme aurait pu, en scrutant la figure sculptée à l'avant de la barque noire qui descendait lentement la rivière, avoir tout autant de chance d'obtenir quelque information que par le jeu de cette physionomie.

Il passa à côté de la jeune fille et entra dans l'atelier de Paul. Mais Betzy ne s'y opposa nullement. Elle avait dit la vérité au sujet du nettoyage à faire, car l'atelier était saturé d'odeur de savon et un seau ainsi qu'une brosse à frotter étaient sur le plancher. Le jeune homme regarda la porte derrière laquelle il avait entendu crier l'enfant. Elle était entr'ouverte et les marches qui y conduisaient attestaient par leur humidité le zèle de Betzy.

Edward prit la chandelle allumée sur la table de l'atelier et monta l'escalier du pavillon. La jeune fille le suivit, mais elle n'essaya pas de l'arrêter ou d'intervenir en rien. Elle le suivit la bouche béante et le regardant à la manière des gens de son espèce. Elle personnifiait au complet la stupidité rustique.

Tenant de la main gauche la chandelle vacillante, Edward examina les deux chambres du pavillon. Ses recherches n'amenèrent pas grand résultat. Les deux petites chambres étaient nues et tristes. Les réparations qui avaient été exécutées n'avaient abouti qu'à

les rendre habitables en les garantissant du vent et de
la pluie. L'ameublement était le même que celui qu'Edward se souvenait d'avoir vu dans sa dernière visite
aux Towers, car Mary avait aimé beaucoup s'asseoir
dans l'une de ces petites pièces et à regarder la rivière
qui coulait lentement et les roseaux qui tremblaient
au vent sur ses bords. On ne voyait aucune trace d'occupation récente dans les chambres vides et pas de
cendres dans les cheminées. La jeune fille fit une grimace malicieuse lorsqu'Arundel éleva la chandelle au-
dessus de sa tête et regarda autour de lui. Il se promena d'une chambre à l'autre. Il examina les chaises
vermoulues, les tables branlantes, les rideaux en damas
usés qui remuaient de temps en temps au souffle du
vent que laissaient pénétrer les fentes des portes et
des fenêtres. Il regarda çà et là comme un homme
égaré au grand amusement de Betzy qui, les bras
croisés et les coudes dans la paume de ses mains, le
suivait dans ses mouvements d'une chambre à l'autre.

— Quelqu'un habitait ici il y a huit jours, — dit-il,
— quelqu'un qui prenait soin d'un....

Il s'arrêta tout à coup. S'il avait vraiment deviné le
sombre secret, il valait mieux qu'il fût caché à tout jamais. Cette jeune fille était peut-être moins bien renseignée que lui. Ce n'était pas à lui de l'éclairer.

— Savez-vous si quelqu'un a vécu ici dernièrement?
— demanda-t-il.

Betzy secoua la tête.

— Personne n'habitait ici.... que je sache, — répli-
t-elle, — et n'y prenait ses repas, etc., etc. Ma maîtresse y apporte quelquefois son ouvrage et s'installe
dans l'une de ces chambres pendant que M. Paul travaille à ses peintures, voilà tout ce que je sais.

Edward redescendit dans l'atelier et déposa la chandelle. Le mystère de ces chambres vides n'était pas
son affaire. Il commençait à croire que sa cousine Olivia était folle et que ses accès de terreur et d'agitation
n'étaient en somme que le délire d'une femme folle. Il
y avait eu dans sa manière d'agir pendant l'année dernière bien des choses qui semblaient prouver la folie.
La présence de l'enfant avait pu être purement acci-

dentelle et la violence de sa cousine n'était peut-être qu'un paroxysme de folie. Il soupira en laissant Betzy à ses occupations. Le monde semblait détraqué, et lui, dont la nature énergique tendait au redressement de ce qui se courbait, ne connaissait aucun moyen de le remettre en ordre.

— Adieu, endroit solitaire, — dit-il, — adieu, endroit où ma jeune femme m'a avoué pour la première fois son amour.

Il reprit le chemin du cottage, où le désordre qu'entraînent les préparatifs de départ avait cessé et où Morrison régalait une bande d'amis dans la cuisine. Le lendemain de bonne heure Arundel et son valet quittèrent le comté de Lincoln. La clef de Kemberling Retreat fut remise au propriétaire, et un placard en bois se balançant au-dessus du grillage délabré du porche, avertit les passants que l'habitation était à louer.

CHAPITRE XI

Marchmont garde ses coups de fouet.

Tout le comté ou du moins toute la partie du comté qui se trouvait dans un certain rayon de Marchmont Towers attendait avec inquiétude que Paul adoptât quelque parti. L'affaire des coups de fouet avait donné du piquant, de la saveur et une teinte de ce qu'il est de mode aujourd'hui d'appeler « sensation » au couronnement du déjeuner de chasse. La rossée administrée au pauvre Paul avait été plus appétissante et avait mieux senti son terroir que les meilleures olives du monde, et ses convives s'attendaient à une excitation et à une sensation bien plus grandes encore avant que l'affaire fût terminée. Évidemment Paul ferait quelque chose.

Il fallait qu'il se remuât et le plus tôt serait le mieux. Tout devait s'expliquer. On comptait savoir la cause de l'inimitié d'Edward, et assurément le nouveau maître des Towers choisirait les moyens convenables pour se relever aux yeux de ses connaissances influentes, de ses fermiers et de ses domestiques, surtout s'il se proposait de se porter comme candidat de Swampington aux prochaines élections générales.

C'était là ce que les gens du voisinage se disaient entre eux. La scène du déjeuner de chasse était un sujet de conversation des plus fertiles. Elle valait presque autant qu'un meurtre populaire et fournissait *ad libitum* des paragraphes scandaleux aux journaux de province dont les articles commençaient pour la plupart en ces termes : « Il est de notoriété publique..., » ou : « Nous avons entendu dire..., » ou : « La Rochefoucault a observé que.... » Chacun espérait que Paul écrirait aux journaux, qu'Edward lui répondrait par la même voie et que tout au moins une polémique émouvante s'engagerait au moyen de l'imprimerie. Mais aucune ligne écrite par l'un ou l'autre de ces gentlemen ne parut dans aucun des journaux du comté, et peu à peu on fut forcé de reconnaître qu'il ne résulterait plus d'autres amusements des coups de fouet de Paul, et que le maître des Towers avait l'intention de prendre la chose du *mauvais* côté et de digérer tranquillement l'outrage en ayant soin de ne laisser voir à personne les grimaces qu'il faisait pendant l'opération.

Oui ; Paul laissa tomber l'affaire. Le bruit circula qu'il était très-malade et qu'il avait eu une fièvre cérébrale qui l'avait fait délirer constamment jusqu'au moment où Arundel avait quitté le comté. Ce bruit fut propagé par Weston le médecin, et comme il était la seule personne reçue chez son beau-frère, il fut impossible de contredire son assertion.

Les chasseurs haussèrent les épaules, et je regrette de dire que les épithètes « chien couchant, roquet, lâche, gredin, » furent plus souvent appliquées à Marchmont que ne l'exigeaient les sentiments chrétiens des gentlemen qui les prononçaient. Mais un homme qui peut digérer une bonne rossée administrée sur le seuil de sa porte, a maille à partir avec les préjugés de la société et doit subir les conséquences qu'entraînent pour lui des idées trop avancées pour son siècle.

Tandis que ses nouveaux voisins parlaient de lui, Paul était couché dans sa chambre splendide, où les jeunes garçons et les jeunes filles de la tapisserie le regardaient toute la journée et lui souriaient sempiternellement avec leurs figures immuables. A la longue, il se lassa de cette contemplation et commença à se dégoûter de cette grandeur nouvelle qui l'avait tant charmé naguère. Il ne rit plus de mépris au souvenir de son pauvre logement de Charlotte Street. Il rêva une nuit qu'il était de retour dans sa vieille chambre à coucher avec ses meubles en bois blanc peint et son hideux papier sur les murs, et que les magnificences de Marchmont Towers n'avaient été qu'une vision fiévreuse, et il était bien aise de se retrouver dans cet endroit familier. Il fut désolé en s'éveillant de voir que Marchmont Towers était une splendide réalité.

Il n'y avait qu'une légère marque rouge sur ses épaules, car la rossée n'avait pas été brutale. C'était la honte qu'Edward avait voulu lui infliger et non la douleur physique, cette punition vulgaire que s'attire le cheval rétif de la part de son maître. La lanière du fouet de chasse n'avait pas fait grand mal à l'artiste, mais elle lui avait ravi son titre d'homme, comme la faucille fauche les fleurs dans un champ de blé.

Il ne pourrait plus relever la tête. La pensée de sa première sortie de chez lui, et de l'horreur qu'il éprouverait à se retrouver en présence de ses voisins, lui faisait autant de peur que doit en faire au criminel condamné l'idée de quitter sa prison pour aller à l'échafaud.

— J'irai à l'étranger, — dit-il à sa mère, quand il fit son apparition dans le salon occidental une semaine après le départ d'Edward, — j'irai sur le continent, ma mère; cette maison m'est devenue odieuse depuis l'attaque de ce sauvage l'autre jour.

Mme Marchmont soupira.

— Cela me semblera dur de vous perdre, Paul, maintenant que vous êtes riche. Vous nous avez été si fidèle pendant la pauvreté, et nous pourrions être si heureux ensemble à présent.

L'artiste se promenait de long en large dans la chambre, les mains dans les poches de son habit de velours à côtes. Il savait que dans le costume de convention d'un gentleman bien élevé, il figurait à son désavantage parmi les autres hommes et il affectait un genre de toilette pittoresque et artistique, dont les couleurs plus brillantes et la coupe relâchée faisaient ressortir sa pâle figure et donnaient de la grâce à son corps maigre.

— Vous croyez donc que cela vaut quelque chose, ma mère, — dit-il tout à coup moitié agenouillé, moitié allongé dans un grand fauteuil, près de la table où sa mère était assise ; — vous croyez que notre argent nous est bon à quelque chose. Toutes ces chaises et ces tables, cette grande maison irrégulière, les domestiques qui nous servent, et les voitures à notre usage ont bien leur prix, n'est-ce pas ? Tout cela nous rend plus heureux, je pense. Je sais que j'ai toujours pensé, quand j'étais pauvre, que ces objets constituaient le bonheur. J'ai vu un corbillard s'éloigner de la porte d'un homme riche, emportant sa femme chérie ou son fils unique peut-être, et je me suis dit : « Ah ! mais il « a quarante mille livres sterling de rentes ! » Vous êtes plus heureuse ici que dans Charlotte Street, n'est-ce pas, ma mère ?

Mme Marchmont était Française de naissance, quoiqu'elle eût vécu assez longtemps à Londres pour devenir Anglaise. Elle ne conservait qu'un léger accent de sa langue maternelle et beaucoup plus de vivacité dans le regard et dans le geste qu'il n'en existe d'ordinaire chez les Anglaises. Sa fille aînée était assise de l'autre côté du large foyer. Elle ressemblait à Lavinia, seulement elle était plus calme et plus vieille.

— Si je suis plus heureuse ? — s'écria Mme Marchmont. — Avez-vous besoin de m'adresser cette question, Paul ? Mais ce n'est pas tant pour moi que pour vous que j'apprécie toute cette grandeur.

Elle tendit sa longue main maigre qui était chargée de bagues, quelques-unes antiques et comparativement sans valeur, d'autres récemment achetées par son fils dévoué et très-précieuses. L'artiste prit les doigts amaigris dans les siens et les porta à ses lèvres.

— Je suis très-content de vous avoir rendue heureuse, ma mère, — dit-il, — c'est quelque chose de gagné, en tout cas.

Il s'éloigna de la cheminée et circula dans la chambre, s'arrêtant de temps en temps pour regarder le ciel d'hiver ou la vaste étendue de la pelouse, mais il n'était plus du tout le même homme qu'avant sa rencontre avec Edward. Les chaises et les tables ne faisaient plus d'effet sur lui. L'épais velours des nouveaux tapis lui semblait être un morceau de terrain marécageux. Les draperies vert sombre en velours de Gênes paraissaient noires à mesure que le crépuscule augmentait et avaient l'air d'avoir été taillées dans un drap mortuaire.

A quoi lui servait-elle cette belle maison avec la vaste plaine au-devant d'elle? A rien, s'il avait perdu le respect et la considération de ses voisins. Il voulait être un grand homme aussi bien qu'un homme riche. Il voulait l'admiration et la flatterie, le respect et l'estime, non pas des pauvres gens, dont l'estime et l'admiration ne valaient pas la peine qu'on les recherchât, mais des riches squires ses égaux ou ses supérieurs par la naissance et la fortune. Il grinça des dents de rage à la pensée de sa honte. Il avait bu à la coupe du triomphe et avait goûté le vin de la vie, et au moment où cette coupe était tout à fait pleine, elle lui avait été arrachée par la main impitoyable d'un ennemi.

Noël arriva et fournit à Paul une bonne occasion de jouer au gentleman campagnard de l'ancien temps. Qu'est-ce que le prix de deux bœufs, de quelques tonneaux d'ale et d'un wagon de charbon si, par ce sacrifice, le maître des Towers pouvait conquérir l'admiration due à un bienfaiteur public. Paul donna carte blanche à ses vieux serviteurs, et des tentes furent dressées sur la pelouse et des feux de joie monstrueux brûlèrent par un froid piquant, tandis que la populace, qui aurait accepté les bontés d'un nouveau Néron ve-

nant d'incendier une Rome moderne, buvait à la santé
de son bienfaiteur et se réchauffait en avalant autant
de bière forte qu'il lui plaisait.

Mᵐᵉ Marchmont et sa fille malade aidèrent Paul dans
sa tentative pour reconquérir la popularité qu'il avait
perdue sur les marches de la terrasse occidentale. Les
deux femmes distribuèrent des milles carrés de fla-
nelle et de toile à draps à une masse d'avides néces-
siteux; elles donnèrent des manteaux écarlates et des
chapeaux aux vieilles femmes, et une fête insipide
d'après les principes de la Société de tempérance aux
enfants des écoles nationales. Et elles eurent leur récompense, car les gens du pays commencèrent à dire
que Paul était après tout un noble personnage, morbleu! et que ce vaurien d'Arundel devait être dans son
tort, et que sans doute Marchmont avait ses raisons
pour ne pas se venger de l'outrage, sans compter une
foule d'autres histoires du même genre.

Après que les deux bœufs rôtis eurent été distri-
bués, le vent changea complétement. Marchmont
donna un grand dîner à l'occasion du nouvel an. Il
envoya trente invitations et n'eut que deux refus.
Ainsi donc de nouveau la grande salle à manger fut
remplie de toutes les notabilités du district, et de
nouveau Paul releva la tête et se réjouit de sa grandeur. Après tout, une distribution de coups de fouet
ne peut pas tuer un homme qui possède un beau
domaine et onze mille livres sterling de rentes, pourvu
qu'il sache se servir de son argent.

Olivia ne figura dans aucune des fêtes. Son père fut
très-malade cet hiver-là, et elle passa une bonne
partie de son temps au presbytère de Swampington,
assise dans le salon d'Hubert et lui faisant la lecture.
Mais sa présence ne soulagea pas beaucoup le malade,
car il y avait quelque chose dans les manières de sa
fille qui le remplissait d'une terreur inexprimable, et
il passait des heures entières à épier sa pâle figure
et à scruter son horrible rigidité. Qu'avait-elle? quel
était le terrible secret qui avait pu transformer cette
femme? Il se tourmentait perpétuellement avec cette
question, mais il ne pouvait imaginer aucune réponse;

il ne savait pas quel pouvoir une passion violente a sur ces femmes fortes dont l'esprit est ferme à cause de son étroitesse et qui sont les esclaves d'une idée unique; il ne savait pas que dans un cœur où ne règne aucune affection pure, la passion souveraine fait autant de ravages qu'une flamme dévorante et consume perpétuellement sa victime; il ne savait pas que dans ces natures violentes et concentrées la ligne qui sépare la raison de la folie est une démarcation si faible, que très-peu de personnes peuvent voir le moment où elle est franchie.

Olivia n'avait jamais été la plus gaie et la plus charmante des compagnes. La tendresse, qui est l'attribut commun de la nature féminine, lui avait été refusée. Elle aurait dû naître homme. La nature fait de ces méprises de temps en temps, et la victime expie l'erreur. De là viennent des histoires imparfaites, comme celles d'Élisabeth d'Angleterre et de Christine de Suède. Les fers qui enchaînaient la vie étroite d'Olivia avaient pénétré jusqu'à son âme et s'y étaient rouillés. Si elle avait pu être la femme d'Edward Arundel, elle aurait été la femme la plus noble et la plus fidèle qui ait jamais fondu son être en celui d'un autre et vécu à l'ombre de la gloire des triomphes de son mari. Elle eût été une Rachel Russell, une Mme Hutchison, une lady Nithisdale, une Mme de La Valette; elle eût été grande en vertu de sa faculté d'abnégation, et il y aurait eu un charme étrange dans l'aspect de cette énergique nature baissant son ton pour être d'accord avec l'âme de son maître, changeant en mélodie toutes les notes discordantes et en accord parfait tous les sons aigus. C'est ainsi que dans le drame le plus poétique de M. Buckstone, nous sommes charmés par la chasseresse sauvage qui se couche aux pieds de son maître, et nous l'admirons surtout parce que nous savons que cet homme seul sur terre pouvait l'apprivoiser. Pour quelqu'un qui aurait connu le secret d'Olivia, il n'y aurait pas eu de plus triste spectacle que celui de sa ruine. L'esprit et le corps se détérioraient en même temps, joints qu'ils étaient par une mystérieuse sympathie. Toute rondeur féminine dis-

parut de son corps amaigri, et les vêtements noirs
d'Olivia tombaient autour d'elle à plis relâchés. Sa
longue chevelure noire était écartée de sa maigre
figure et roulée en torsade derrière la tête. Tous les
charmes jadis possédés par elle avaient disparu. Les
femmes les plus vieilles conservent généralement
quelques traits de leur beauté perdue, quelque vague
reflet du soleil couché qui éclaire le doux crépuscule
de la vieillesse et brille même dans l'obscurité de la
mort. Mais cette figure de femme ne conservait aucun
souvenir du passé. Aucune coque vide à flancs démem-
brés par la fureur des flots et jetée sur un rivage désert pour y pourrir n'a jamais subi de naufrage plus
complet que celui de la beauté d'Olivia. Sur sa physionomie et sur son corps, dans chacun de ses regards et
de ses gestes, dans le son de chaque parole prononcée
par elle, il y avait quelque chose d'effrayant pire que
le sceau de la mort. Peu à peu l'affreuse vérité se fit
jour dans l'esprit d'Hubert Arundel : sa fille était folle.
Il le sut! mais il garda cette horrible conviction, ce
hideux secret qui pesait sur lui comme un fardeau
réel. Il garda ce secret, car il aurait regardé comme la
plus cruelle des trahisons envers sa fille d'avouer sa
découverte à une créature vivante, à moins que cela
ne fût absolument nécessaire. En attendant, il se mit
à surveiller Olivia, la gardant au presbytère une semaine de suite pour la voir dans toutes ses humeurs,
dans toutes ses phases.

Il trouva qu'il n'y avait pas de preuves violentes ou
inconvenantes de cette ruine mentale. L'esprit avait
cédé sous une pression perpétuelle de la même série de
pensées. Hubert, dans son ignorance des secrets de sa
fille, ne pouvait découvrir la cause de sa décadence,
mais cette cause était très-simple. Si le corps est une
machine merveilleuse et complexe avec laquelle il ne
faut pas jouer, à coup sûr l'esprit, cette machine bien
plus complexe encore, nécessite un traitement soigneux.
Si tel et tel régime est fatal à la santé du corps, un
certain ordre de pensées ne peut-il pas aussi être
fatal à la santé de l'esprit ? et le retour constant des
mêmes idées ne peut-il pas lui nuire plus que tout le

reste ? Lorsque, en raison du genre particulier de son travail, un homme se sert d'un membre ou d'un muscle plus fréquemment que des autres , d'étranges gonflements apparaissent comme une manifestation de cette mauvaise répartition de force ; les autres membres se dessèchent, et l'harmonieuse perfection de la nature fait place à la difformité. Ainsi le cerveau perpétuellement comprimé, constamment tendu par une ennuyeuse succession de pensées, se déprime, n'a plus qu'un côté, penche toujours de la même manière, et fait broncher continuellement le misérable penseur.

La veuve de John Marchmont n'avait qu'un seul ordre d'idées. Sur tout sujet, excepté celui qui traitait d'Edward Arundel et de son sort, sa mémoire s'était affaiblie. Elle faisait à son père les mêmes questions, banales questions ayant trait à son bien-être ou à de simples détails de ménage, vingt fois par jour, oubliant sans cesse qu'il lui avait répondu. Elle avait, relativement à la marche du temps, cette impatience qui est l'un des symptômes les plus pénibles de la folie. Elle regardait sa montre dix fois par heure et errait dans le jardin désolé, indifférente au mauvais temps, pour regarder le cadran du clocher de l'église, sous l'impression que sa montre et celle de son père et toutes les pendules de la maison retardaient.

Elle était parfois agitée, commençant une chose l'une après l'autre pour tout jeter de côté avec impatience, et parfois aussi elle restait immobile des heures entières. Mais comme elle n'était jamais violente, jamais déraisonnable en aucune façon, Hubert ne se sentait pas le courage d'appeler la science à son aide et de trahir le secret de sa fille. La pensée que la maladie d'Olivia pouvait être guérie ne lui vint jamais à l'esprit comme chose possible. Il n'y avait rien à guérir, aucune illusion à dissiper par un traitement médical, aucune divagation violente à réformer par des drogues et des remèdes brevetés. Sa puissante intelligence avait décliné, sa force et sa clarté avaient disparu. Aucune drogue terrestre ne pouvait lui rendre ce qu'elle avait perdu.

C'était là la conviction qui faisait garder le silence au recteur. C'eût été pour lui une angoisse indicible que d'avoir à confier le secret de sa fille à n'importe quelle créature vivante, mais il aurait enduré cette douleur, si elle avait pu être profitable à Olivia. Il croyait fermement que tout serait inutile et que le mal était irrémédiable.

— Ma pauvre fille, — se disait-il, — comme j'étais fier d'elle il y a dix ans ! je ne puis rien pour elle maintenant, rien, excepté l'aimer et la chérir et la mettre à l'abri des humiliations du monde.

Mais Hubert ne put même pas rendre ce service à la fille qu'il aimait, car lorsqu'Olivia eut été avec lui un peu plus d'une semaine, Paul et sa mère vinrent un matin à la cure de Swampington et l'emmenèrent avec eux. Le recteur vit alors pour la première fois que sa fille, jadis si volontaire, était complétement sous l'empire de ces deux personnes, et qu'elles connaissaient la nature de sa maladie aussi bien que lui. Il s'opposa à son retour aux Towers, mais sa résistance fut inutile. Elle se soumit elle-même volontairement à ses nouveaux amis en déclarant qu'elle était mieux dans leur maison que partout ailleurs. Elle revint donc occuper ses anciens appartements ; sa vieille servante Barbara la servit de nouveau, et elle resta assise dans le cabinet du défunt John Marchmont, écoutant les vents de janvier qui sifflaient dans le quadrangle, les grolles qui s'appelaient au loin parmi les branches nues des peupliers, le bruit des portes dans le corridor et les éclats de rire qui s'échappaient parfois de la porte ouverte de la salle à manger, tandis que Paul et ses convives souhaitaient gaîement la bienvenue à la nouvelle année.

Pendant que le maître des Towers ressaisissait sa grandeur et faisait d'incroyables efforts pour reconquérir le terrain perdu, Edward errait au fond de l'Angleterre, voyageant à pied et se familiarisant avec les simples paysans qui ignoraient ses chagrins. Il avait renvoyé Morrison à Dangerfield avec la plus grande partie de son bagage, mais il n'avait pas eu le cœur d'y aller lui-même de sitôt. Il redoutait la sympa-

thie de sa mère, et il parcourait les villages bretons
pour essayer de se guérir de son grand chagrin avant
de recommencer la vie comme militaire. Il était inutile
pour lui de lutter contre sa vocation. La nature l'avait
fait soldat et pas autre chose, et partout où il y avait
une bonne cause à défendre, sa place était sur le
champ de bataille.

CHAPITRE XII

M^llo Lawford dit sa façon de penser.

Le Major Lawford et ses filles aux yeux bleus ne fi-
gurèrent pas parmi les convives qui acceptèrent l'hospitalité princière de Paul. Belinda n'avait jamais entendu l'histoire de la disparition de la femme d'Edward,
comme il aurait pu la raconter lui-même, mais elle
avait entendu une imparfaite version de cette douloureuse histoire racontée par Letitia, et cette jeune fille
avait informé son amie de l'animosité d'Edward contre
le nouveau maître des Towers.

— Le pauvre cher fou d'enfant persiste à croire que
M. Marchmont est au fond de tout cela, de manière
ou d'autre, — avait-elle dit dans une causerie confidentielle avec Belinda, — mais je ne saurais affirmer
si la chose est vraie ou fausse. Quoi qu'il en soit, si
l'on prend le parti de M. Marchmont contre Edward, il
devient si violent et s'emporte si fort qu'on est obligé
de dire toute espèce de vilenies sur le compte du cousin de Mary pour avoir la paix. Mais réellement, quand
je l'ai vu un jour à Kemberling avec une jaquette de
chasse en velours noir, et ses beaux cheveux blancs
lisses et sa moustache brune, je le jugeai très-intéres-
sant. Et il en serait de même pour vous, Belinda, si

vous ne vous préoccupiez pas tant de mon pleureur de frère.

Sur ce, Mlle Lawford s'était évidemment vue forcée de déclarer qu'elle ne se préoccupait pas d'Edward, quel que fût le sentiment caché sous cette phrase obscure, et de confesser par la véhémence de ses dénégations qu'au contraire elle détestait plutôt qu'elle n'aimait le frère de Mlle Arundel. A propos, avez-vous jamais connu une jeune fille qui pût comprendre l'admiration éprouvée par d'autres jeunes filles pour cet objet peu intéressant, un *frère?* ou un gentleman qui ait ressenti une chaleureuse sympathie pour les sentiments d'un ami concernant les tresses brunes ou le nez grec d'une *sœur?* Belinda, ai-je dit, connaissait quelque chose de l'histoire de la mort de Mary, et elle implora son père de refuser toutes les invitations de Paul.

— Vous n'irez pas aux Towers, cher papa, — dit-elle, les mains passées autour du bras de son père, les joues animées et les yeux remplis de larmes en lui parlant; — vous n'irez pas vous asseoir à la table de Paul Marchmont, boire son vin et lui serrer la main? Je sais qu'il a participé à la mort de Mary. Oui, papa. Je ne veux pas dire qu'il ait commis ce que le monde appelle un crime, ni aucun acte de violence ouverte. Mais il a été cruel pour elle, papa, il l'a été. Il l'a torturée et tourmentée jusqu'à ce que....

La jeune fille s'arrêta un moment et sa voix faiblit un peu.

— Oh! comme je voudrais avoir connu Mary, papa, — s'écria-t-elle tout à coup, — pour accourir auprès d'elle et la consoler pendant cette rude épreuve.

Le Major regarda sa fille avec un tendre sourire, un sourire qui n'avait pas grande signification peut-être, mais qui était plein d'amour et d'admiration.

— Vous auriez défendu la pauvre petite femme d'Arundel, ma chère enfant? — dit-il. — Vous la défendriez *maintenant* si elle était vivante, et qu'elle eût besoin de votre amitié?

— Je la défendrais, papa, — répondit Mlle Lawford résolûment.

— Je le crois, chère, je le crois de tout cœur. Vous êtes une bonne jeune fille, ma Linda, vous êtes une noble jeune fille. Vous me tenez vraiment lieu d'un fils, ma chère.

Le Major garda le silence pendant quelques instants, tenant sa fille dans ses bras et appuyant ses lèvres sur son front blanc.

— Vous êtes faite pour être la fille d'un soldat, ma chère, — dit-il, — ou.... ou la femme d'un soldat.

Il l'embrassa une fois encore, puis il la laissa en soupirant pendant qu'il s'éloignait d'elle.

Ce fut ainsi que ni le Major ni aucun des membres de sa famille n'assistèrent aux fêtes splendides que Paul donna à ses nouveaux amis. Marchmont savait presque aussi bien que les Lawford eux-mêmes pour-quoi ils ne venaient pas, et leur absence à sa table étincelante lui fit trouver le pain amer et le vin sans goût. Il désirait ces gens-là autant que les autres.... plus que les autres peut-être, car ils avaient été les amis d'Edward. Il voulait qu'ils tournassent le dos au jeune homme et joignissent leurs voix au cri général contre sa violence et sa brutalité. L'absence du Major Lawford à la brillante table du banquet tourmentait ce riche moderne, comme la présence de Mardochée à la porte du palais tourmentait Aman. Ce n'était pas assez que les autres fussent venus, si ceux-là restaient à l'écart et témoignaient tacitement par leur absence leur mépris pour le maître des Towers.

Il rencontra plusieurs fois Belinda à cheval avec le vieux groom à tête grise derrière elle, et vit la jeune et courageuse amazone affrontant les vents de janvier, avec ses yeux bleus étincelants et ses cheveux bruns flottant autour de sa figure candide ; il la rencontra et la regarda de sa luxueuse voiture dans laquelle il prenait plaisir à s'asseoir à côté de sa mère, à moitié enfoui parmi les douces couvertures fourrées et les peaux de léopard, rendant odorante l'atmosphère qu'il traversait avec les parfums de sa chevelure, et souriant aux impitoyables critiques des revues nouvelles. Il regarda cette vaillante jeune fille dont les amis s'entêtaient à tenir bon pour Edward, et le froid mépris qu'exprimait la figure de Mlle Lawford lui fit plus d'effet que la brise la plus aigre de janvier.

Ensuite il prit conseil de ses sœurs et de sa mère sans leur dire ses pensées, ses craintes, ses doutes ou ses désirs (ce n'était pas son habitude d'être franc), et il accepta leurs idées en ne leur disant que ce qui était nécessaire afin qu'elles pussent lui être utiles. La vie de Paul était réglée par quelques maximes si simples, qu'un enfant aurait pu les apprendre ; par le fait, je regrette de le dire, que bien des enfants sont des élèves très-habiles à cette école de philosophie à laquelle appartenait le maître de Marchmont Towers et étonnent leurs anciens par la précocité de leur intelligence. Marchmont aurait pu inscrire sur un très-petit morceau de parchemin les maximes morales à l'aide desquelles il réglait ses rapports avec le genre humain.

— Conciliez toujours, disait ce philosophe, ne mentez jamais inutilement. Soyez aimable et généreux pour ceux qui vous servent. N. B. Aucun bon charpentier ne laisse ses outils se rouiller. Faites-vous le maître des opinions des autres, mais tenez votre langue. Cherchez à obtenir le maximun de jouissance avec le minimum de risque.

Voilà les maximes dorées que Marchmont avait choisies pour guide de ses actions, et il espérait rouler paisiblement sur le chemin de fer de la vie dans un compartiment de première classe, au moyen des roues bien graissées d'une conscience très-facile. Quant à ces quelques malheureux compagnons de voyage, lancés par la portière du wagon pendant le trajet ou abandonnés à quelque station solitaire, la Providence et non Marchmont était responsable de leur bien-être. Paul appréciait beaucoup la Providence. et aimait à parler, très-pieusement comme disaient les uns, ou d'une façon très-impie, comme pensaient secrètement les autres, de l'estimable sagesse qui présidait à tout en ce bas monde. Nulle part, d'après l'artiste, la main de la Providence n'avait été plus clairement visible que dans l'affaire relative à la petite cousine de Paul, Mary. Si la Providence avait eu l'intention de faire de la fille de John Marchmont une femme heureuse et une maîtresse

prospère de cette majestueuse maison, pourquoi au-
rait-elle permis ce triste événement qui avait tout à
coup rendu malade Arundel, le voyage précipité d'Edward, l'accident du chemin de fer, et toutes les com-
plications qui en étaient résultées. Rien n'aurait été
plus facile pour la Providence que d'empêcher tout
cela, et alors lui, Paul, serait encore dans Charlotte
Street, Fitzroy Square, attendant patiemment qu'une
main amie l'amenât sur le grand chemin de l'existence.
Personne ne pouvait dire qu'il eût été autre chose que
patient. Personne ne pouvait dire qu'il eût jamais im-
portuné ses riches cousins aux Towers, qu'on l'eût
entendu spéculer sur la possibilité de son héritage ou
qu'il eût, en somme, agi autrement que ne l'aurait fait
le meilleur, le plus parfait, le plus consciencieux et le
plus désintéressé des hommes.

Dans le courant de ce mois de janvier, sombre et
glacial, Marchmont envoya sa mère et sa sœur Lavinia
faire une visite à la Grange. Les habitants de la Grange
ne s'étaient jamais montrés chez Mme Marchmont, mais
Paul n'entendait pas que les absurdes lois de l'étiquette
vinssent entraver le projet qu'il voulait exécuter. Les
dames allèrent donc à la Grange et on les reçut très-poliment, car Mlle Lawford et sa mère étaient bien trop
innocentes et trop nobles d'esprit pour imaginer que
ces femmes à figure pâle et à l'apparence délicate pouvaient avoir trempé directement ou indirectement dans
le cruel traitement qui avait chassé de chez elle la
jeune femme d'Edward. Mme Marchmont et Mme Weston
furent donc reçues avec bonté, et dans une petite conversation avec Belinda à propos d'oiseaux, de dahlias,
de broderies et autres sujets les plus innocents, la
rusée Lavinia parvint à causer de Letitia et ensuite,
par le chemin le plus court et le plus commode, d'Edward et de sa femme. Mme Weston fut obligée de sortir de
son manchon son mouchoir de batiste quand elle parla
de sa cousine Mary, mais elle était femme habile et
elle avait pris à cœur la maxime favorite de Paul à propos de la folie des mensonges inutiles; elle fut si candide, qu'elle désarma complétement Mlle Lawford qui
avait, en écolière, l'idée que l'hypocrisie et la pauvreté

prenaient toujours une forme servile et abjecte. Elle n'était pas sur ses gardes contre ces adeptes versés dans l'art de la tromperie, qui ont appris à faire cet habile mélange de vérité et de mensonge, qu'il est aussi difficile d'analyser que ces tissus où la soie et le coton sont si habilement entremêlés, qu'un œil expérimenté peut seul découvrir la matière inférieure.

Lorsque Lavinia eut essuyé ses yeux et remis son mouchoir dans son manchon, elle dit d'un ton moitié riant, moitié pleurant :

— Vous voyez, chère mademoiselle Lawford, il ne faut pas penser que j'ai la prétention de vouloir vous faire croire que je sois désolée de ce que mon frère a hérité de cette fortune. Évidemment ce serait ridicule et inutile par-dessus le marché, en ce sens qu'il n'est pas probable que quelqu'un pût ajouter foi à mes paroles. Paul est charmant, bon, le meilleur des frères, le plus affectueux des fils, et mérite toutes les bonnes fortunes qui peuvent lui arriver, mais je suis réellement peinée pour cette pauvre petite fille, je suis réellement peinée, voyez-vous, mademoiselle Lawford, et je regrette seulement que M. Weston et moi nous ne soyons pas venus plus tôt à Kemberling afin de pouvoir être les amis de cette pauvre enfant, car alors, vous savez, j'aurais pu empêcher cet imprudent mariage secret qui a causé tous les malheurs de Mary. Oui, mademoiselle Lawford, je voudrais avoir été à même de prouver mon amitié à cette malheureuse enfant, quoique par cela seul Paul n'eût pas hérité de la fortune qui est à lui maintenant, ou du moins pas de sitôt. Je dis pas de sitôt, parce que je ne crois pas que Mary eût vécu longtemps, même étant heureuse. Sa mère mourut très-jeune et son père et son grand-père étaient poitrinaires.

Ensuite Mme Weston profita de l'occasion, incidentellement toujours, de faire allusion à la bonté de son frère; mais même dans un panégyrique, elle se tint sur ses gardes et eut soin de ne pas en dire trop long.

« Les moins bons acteurs sont ceux qui exagèrent leurs rôles. » C'était là une autre des maximes dorées de Paul.

— Je ne sais pas ce que mon frère peut être pour le

reste du monde, — dit Lavinia, — mais je sais combien il est bon pour les siens. J'aurais honte de vous dire tout ce qu'il a fait pour M. Weston et moi. Il m'a donné ce châle cachemire au commencement de l'hiver et des fourrures aussi belles que celles d'une duchesse, quoique je lui aie dit qu'elles ne faisaient pas du tout l'affaire d'une pauvre femme de médecin de village qui n'a qu'une servante et époussète elle-même son salon.

Mme Marchmont parla de son fils, non pas avec un enthousiasme bruyant, mais avec un ton de conviction profonde qui était sans prix pour la réputation de Paul. Avoir une personne innocente, quelqu'un qui ne fût pas dans le secret pour jouer un petit rôle dans la comédie de sa vie, était un des désirs de l'artiste. Sa mère avait toujours été cette personne, cette actrice sans s'en douter, qui participait instinctivement à l'intrigue de la pièce, versant des larmes réelles et souriant de bon cœur, et d'une très-grande utilité à un habile trameur de complots.

Mais pendant toute la durée de cette visite, il ne fut pas question de la conduite de Paul envers sa malheureuse cousine. On ne dit rien pour le louer ou le disculper, et quand Mme Marchmont et sa fille s'éloignèrent dans l'un des équipages neufs que Paul avait choisi pour sa mère, elles ne laissèrent qu'une vague impression dans l'esprit de Belinda. Elle ne savait trop que penser. Ces femmes-là étaient si franches et si candides, elles avaient parlé de Paul avec une affection si réelle, qu'il était presque impossible de douter d'elles. Paul pouvait être un méchant homme, mais sa mère et sa sœur l'aimaient et ignoraient à coup sûr sa méchanceté.

Mme Lawford s'inquiéta très-peu de cette visite matinale inattendue. C'était une excellente femme au cœur bon, très-casanière, et elle se préoccupait beaucoup plus de savoir si elle achèterait de nouveaux rideaux en damas pour le salon, si elle ferait teindre les autres, ou si elle retirerait sa pratique à l'épicier de Kemberling, dont le meilleur thé noir à quatre shillings six pence était réellement de qualité inférieure maintenant, ou si la robe d'été de Belinda ne pourrait pas servir de vêtement à Isabelle pour les soirées d'hiver, que du plus ou moins de droit qu'avait Edward dans cette histoire des coups de fouet administrés à Paul.

—Ces gens de Marchmont Towers me paraissent très-bien, — dit-elle à Belinda, — et je désire réellement que votre père aille dîner chez eux. Tu sais que je tiens beaucoup à ce que ton père dîne souvent dehors en hiver, Linda; non que je veuille économiser l'argent du ménage, seulement il est si difficile de varier les entremets pour un homme qui a été habitué aux dîners de la *mess* des officiers et à un cuisinier français.

Mais Belinda tint bon pour sa cause. Elle était réellement la fille d'un soldat, comme disait son père, et elle valait presque autant qu'un fils. Cette dernière remarque du Major était très-élogieuse à ses yeux, car le grand chagrin de sa vie avait été de n'avoir pas de fils. Elle valait autant qu'un fils, c'est-à-dire qu'elle était plus brave et plus franche que la plupart des femmes, quoiqu'elle fût en même temps femme, douce et pas du tout esprit fort. Elle se serait évanouie peut-être à la vue du sang sur un champ de bataille, mais elle aurait versé son sang jusqu'à la dernière goutte avec le calme héroïsme d'une martyre, plutôt que d'abandonner une noble cause.

— Je crois que papa a parfaitement raison de ne pas aller à Marchmont Towers, maman, — dit-elle, la rusée négligeait d'ajouter que c'était à cause de ses supplications que son père s'était dispensé d'y aller. — Je crois qu'il a tout à fait raison. Mme Marchmont et Mme Weston peuvent être fort bien, et il est évidemment clair *qu'elles* n'auraient su être cruelles pour la pauvre jeune Mme Arundel; mais je sais que M. Marchmont a dû être très-méchant pour elle, ou sans cela M. Arundel n'aurait jamais fait ce qu'il a fait.

Il est dans la nature des hommes bons et braves de laisser au vestiaire en même temps que leurs chapeaux tous leurs droits masculins et de se soumettre humblement au gouvernement féminin. Il n'y a que les gens hargneux, les êtres rampants et lâches hors de chez eux qui soient tyrans à l'intérieur. Voyez avec quelle humilité le conquérant de l'Italie revenait auprès de sa charmante femme créole ! Voyez avec quel plaisir le libérateur de l'Italie se promène dans la voiture de son impératrice aux cheveux blond doré, quand les jeunes arbres de ce beau bois derrière l'Arc-de-Triomphe reverdissent au printemps et que toutes les voitures de louage de Paris courent vers la cascade ! La femme du Major Lawford était trop douce et trop occupée des détails du ménage pour tyranniser son seigneur et maître ; mais le Major était complétement sous l'empire de ses filles aux yeux bleus, et il agissait à leur guise.

Ainsi il se tint à l'écart de Marchmont Towers pour plaire à Belinda et se contenta de dire : « Oh, oui, ma parole !... juste ciel ! » quand ses amis lui parlèrent de la magnificence des dîners de Paul.

Mais quoique le Major et sa fille aînée ne rencontrassent pas M. Marchmont chez lui, ils le virent parfois sur le terrain neutre de la salle à manger d'autres personnes, et entre autres à un charmant petit dîner donné par le curé de la paroisse dans laquelle la Grange était située.

Paul essaya de se rendre particulièrement agréable en cette occasion ; mais dans ce court intervalle qui précède le dîner, il fut absorbé par une conversation avec M. Davenant, le curé, sur l'architecture ecclésiastique. Il savait tout et pouvait parler de tout, ce cher Paul, et il ne fit aucune tentative pour se rapprocher de Mlle Lawford. Seulement de temps en temps ses yeux fendus en amande et gris pâle lancèrent à la jeune fille un regard furtif et oblique ; un regard qui était prudemment caché par ses paupières blondes, car il avait une ressemblance désagréable avec l'œillade méchante d'un mauvais esprit. Marchmont se contenta d'épier ainsi Belinda pendant qu'elle causait gaîment avec les deux filles du curé dans un charmant petit coin près du piano. Et comme l'artiste conduisit Mme Davenant dans la salle à manger et s'assit à table auprès d'elle, il n'eut pas l'occasion de fraterniser avec Belinda pendant ce repas, car la jeune fille était séparée de lui par toute la longueur de la table, et de plus très-occupée par les attentions exclusives de deux officiers imberbes de la ville de garnison la plus rapprochée qui étaient affligés d'une extrême jeunesse et avaient la pénible conviction de leur infortune, quoiqu'ils fissent de leur mieux pour traiter la question haut la main en affectant les opinions d'hommes de cinquante ans blasés.

Marchmont n'avait avec lui à ce dîner aucun membre de sa famille, car sa mère et sa sœur n'avaient eu ni l'une ni l'autre la force de venir, et M. et Mme Weston n'avaient pas été invités. Le but particulier de l'artiste en venant à ce dîner avait été la conquête de Mlle Belinda; elle tenait bon pour Edward contre lui; il fallait lui faire croire qu'Edward avait tort, et lui, Paul, raison, ou bien elle pourrait propager ses opinions et devenir nuisible. En outre, il avait une autre idée au sujet de Belinda, et il comptait sur cette dernière pour avoir l'occasion de jeter les fondements d'un plan très-diplomatique dans lequel Mlle Lawford deviendrait son instrument à son insu. Il fut vexé d'être placé loin d'elle à table, mais il cacha sa contrariété qu'augmenta l'hospitalité antique du curé qui retint les gentlemen à table après que les dames se furent retirées. Mais l'occasion qu'il désirait s'offrit quand même et d'une façon inattendue.

Les deux imberbes défenseurs de leur pays s'étaient glissés hors de la salle à manger et étaient allés rejoindre les dames dans les salons ornés à la mode campagnarde. Ils s'étaient échappés, ces deux jeunes gens, car ils étaient oppressés par le poids d'un affreux secret : *ils ne pouvaient pas boire de bordeaux!* Non, ils avaient essayé de l'aimer; ils avaient fait claquer leurs lèvres et cligné de l'œil (ou plutôt des yeux, car cligner de l'œil est un talent incompatible avec l'extrême jeunesse) en regardant des vues qui leur avaient semblé un heureux mélange d'encre rouge et de jus de groseilles vertes. Ils avaient parjuré leurs âmes d'enfants par d'horribles mensonges en appréciant le porto brun pâle, les vins secs légers Porto de 42, Porto de 45, Kopke-Roriz, Thompson et Croft et Sandeman, tandis que dans les profondeurs secrètes de leur esprit ils préféraient les mélanges doux et visqueux vendus par,

les restaurateurs et nommés fallacieusement « vieux
porto, premier choix à cinq shillings. » Ils étaient très-
jeunes, ces soldats imberbes. Ils aimaient les glaces à
la fraise et à étaient la veille d'être déclarés insolvables à
cause de leur prédilection pour les meringues, les tarte-
lettes et l'eau de cerises. Ils aimaient les gilets voyants,
les bottes vernies à l'état vierge et brillant, les petits
bouquets à la boutonnière et un déluge de mille-fleurs
sur leur mouchoir. Ils étaient très-jeunes. Les hommes
qu'ils rencontraient ce jour-là à dîner les avaient malme-
nés à Éton ou à Woolwich pas plus tard que hier, ainsi
qu'il leur semblait, et ils les méprisaient en s'en souvenant. Il n'y avait que quelques mois qu'on s'était moqué
d'eux pour avoir appelé le Douro une montagne de la
Suisse et l'Himalaya un groupe d'îles dans le Pacifique
à d'horribles examens où la sueur froide avait perlé
sur leurs joues pâles et sans duvet. Ils étaient bien aises
de s'éloigner de ces vieilles gens de la salle à manger
du curé pour se faufiler dans le petit salon où Belinda
et les deux demoiselles Davenant roucoulaient doucement au coin du feu comme des pigeons dans un pigeonnier bien abrité, tandis que les matrones installées
dans un autre salon plus grand dégustaient leur café et
se racontaient d'une voix basse et mystérieuse les iniquités des servantes et l'insubordination des jardiniers
et des grooms.

Belinda et ses deux compagnes furent très-polies
pour les jeunes échappés de la salle à manger, et la
causerie roula assez agréablement sur toute espèce de
choses, jusqu'à ce qu'enfin, de manière ou d'autre, on
en vint au scandale de Marchmont Towers et aux coups
de fouet administrés par Edward au parent de sa
femme.

L'un des jeunes gens avait assisté au déjeuner de
chasse de cette belle matinée d'octobre, et il n'était pas
peu fier de connaître à fond toute l'affaire.

— Mademoiselle Lawford, — dit-il, — j'étais sur la
terrasse après déjeuner, et un très-bon déjeuner, je
vous assure, le moselle sec était réellement admira-
ble, et Marchmont a du madère qui surpasse tout ce
que m'a jamais envoyé mon marchand de vin ; j'étais

sur la terrasse, et je vis Arundel affreusement pâle
monter l'escalier en serrant son fouet ; je fus témoin
du reste de la scène, et si j'avais été à la place de
Marchmont, j'aurais tué raide Arundel avant qu'il eût
quitté le parc, quand même la cour d'assises m'eût
réclamé, mademoiselle Lawford, car j'aurais compris,
morbleu, que le sentiment de mon honneur demandait ·
ce sacrifice. Néanmoins, Marchmont me semble un
très-bon garçon, je suppose donc que tout est bien en
ce qui le concerne ; mais ce fut en somme une brutalité, et cet Arundel n'est qu'un misérable.

Belinda ne put supporter cela. Elle en avait déjà
supporté pas mal. Elle avait été obligée très-souvent
d'entendre discuter la conduite d'Edward par Thomas,
Richard, Henry, ou n'importe qui s'avisait de parler
sur ce sujet, et elle avait été patiente, elle s'était tue,
tandis que son cœur battait vivement d'indignation, et
que la rougeur de la colère envahissait ses joues. Mais
elle ne put permettre qu'un jeune enseigne imberbe à
figure pâle et à vue un peu faible — qui n'avait jamais
rendu à son pays et à sa reine d'autre service que celui de crier « en avant, marche ! » à un détachement
de recrues dans une cour de caserne par une froide
matinée d'hiver — prît sur lui de blâmer Edward Arundel, le vaillant soldat, le noble héros de l'Inde, le fidèle amant et le dévoué mari, l'intrépide vengeur des
torts faits à sa femme morte.

— Je ne crois pas que vous sachiez rien de l'histoire réelle, monsieur Palliser, — dit Belinda hardiment
à l'enseigne qui n'avait pas encore toutes ses plumes.
— Si vous en saviez quelque chose, je suis sûre que
vous admireriez la conduite de M. Arundel au lieu de
la blâmer. M. Marchmont méritait complétement la
correction qu'Edward.... que M. Arundel lui a infligée.

Les paroles expiraient à peine sur ses lèvres, lorsque Paul lui-même s'approcha doucement à la lueur vacillante du foyer de la chaise sur laquelle était assise
Belinda. Il se posta derrière elle, et appuyant légèrement sa main sur le dossier de la chaise, il se pencha
vers elle et lui dit à voix basse et confidentielle :
— Vous êtes une noble jeune· fille, mademoiselle

Lawford; je regrette que vous ayez mauvaise opinion de moi, mais j'aime votre franchise. Vous êtes une très-noble jeune personne, et vous méritez bien d'être la fille de votre père.

Ceci fut dit d'un ton d'émotion contenue, mais c'était un trait lancé au hasard. Paul ne savait rien du Major, excepté qu'il avait un beau revenu, une jolie voiture, et qu'on le voyait souvent chevaucher avec sa fille aînée sur les routes du comté de Lincoln. Paul ne le connaissait pas autrement, et le Major aurait pu être le plus grand bravache et le plus grand poltron qui ait jamais rendu misérables ceux qui l'entouraient; mais le ton de Marchmont semblait dire clairement qu'il était renseigné sur la carrière du vieux soldat, et qu'il l'admirait et l'aimait depuis longtemps. Ce fut une des heureuses inspirations de Paul, cette allusion au père de Belinda, l'une de ces brillantes touches de couleur données avec une habileté insouciante et faisant resplendir tout à coup tout le tableau; une légère teinte de vermillon déposée sur la toile avec le bout de la palette et éclairant le paysage des feux du soleil.

— Vous connaissez mon père ? — dit Belinda surprise.

— Qui ne le connaît pas ? — s'écria l'artiste. — Croyez-vous, mademoiselle Lawford, qu'il soit nécessaire de s'asseoir à la table d'un homme pour savoir qui il est ? Je sais que votre père est un homme considéré et un brave soldat, tout comme je sais que le duc de Wellington est un grand général, quoique je n'aie jamais dîné à Apsley House. Je respecte votre père, mademoiselle Lawford, et j'ai été bien peiné de voir qu'il m'évitait, moi et les miens.

Ceci pouvait s'appeler aller droit au but. Les manières de Marchmont étaient celles de la candeur même. Belinda le regarda avec des yeux tout grands ouverts et étonnés. Elle cherchait la preuve de sa méchanceté sur sa figure. Je crois qu'elle s'attendait à ce que Marchmont eût des sourcils faits au bouchon noir et un chapeau rabattu sur le front comme un traître de mélodrame. Elle était si innocente, cette simple et

jeune Belinda, qu'elle s'imaginait que les gens méchants devaient forcément le paraître.

Paul vit l'hésitation de la jeune fille dans son air à
moitié intrigué, et hardiment :

— J'aime votre père, mademoiselle Lawford, — dit-
il, — je l'aime, je le respecte, et je désire le connaître. D'autres personnes peuvent me méconnaître si
elles veulent. Je ne puis empêcher les gens d'avoir
leurs opinions. La vérité finit toujours par l'emporter,
et je puis me permettre d'attendre. Mais je ne puis me
permettre de perdre l'amitié d'un homme que j'estime.
Je ne puis me permettre d'être méconnu par votre
père, mademoiselle Lawford, et j'ai été très-peiné....
oui, très-peiné.... de la manière dont le Major a repoussé mes petites avances d'amitié.

Belinda sentit son cœur se serrer. Elle savait que
c'était son influence qui avait tenu son père à l'écart
de Marchmont Towers. Cette jeune fille était très-con-
sciencieuse. Elle était chrétienne aussi, et une certaine maxime à propos des jugements téméraires lui
revint en mémoire, tandis que Marchmont parlait. Si
elle avait fait du tort à cet homme ; si Edward avait
été égaré par la douleur passionnée que lui avait causée la perte de Mary ; si elle avait été trompée par
l'erreur d'Edward, comme Marchmont avait été maltraité par eux deux ! Elle ne dit rien, mais elle regarda
le feu d'un air pensif, et Paul vit qu'elle devenait de
plus en plus embarrassée. C'était justement ce que
voulait l'artiste. Amener en causant son antagoniste à
ne plus voir qu'à travers un brouillard intellectuel, c'é-
tait presque toujours sa manière de commencer l'ar-
gumentation.

Belinda était silencieuse, et Paul s'assit sur une
chaise à côté d'elle. Les enseignes imberbes étaient
allés dans le premier salon éclairé par des lampes, et
ils s'occupaient à tourner les feuilles (jamais au bon
moment) d'un morceau de musique à deux voix que
les demoiselles Davenant exécutaient pour l'édification
des convives de leur père. Mlle Lawford et Marchmont
étaient donc seuls dans cette gentille petite pièce, et à
eux deux ils offraient un joli coup d'œil. La jeune fille

aux joues roses et le pâle artiste à figure sentimentale étaient assis côte à côte à la lueur de la flamme du foyer, ayant derrière eux les rideaux rouges et les cadres brillants des tableaux ; des fleurs d'hiver étaient arrangées dans de curieux vases indiens ; la lueur vacillante se reflétait de temps en temps sur un angle saillant de la haute cheminée sculptée avec sa profusion de porcelaines antiques, et le reste de la chambre était dans l'ombre. Paul était seul maître du champ de bataille, et il sentait que la victoire serait facile. Il commença à parler d'Edward.

S'il eût dit un seul mot contre le jeune soldat, je crois que cette impétueuse jeune fille, qui n'avait pas encore appris à peser ses paroles, eût été passionnément éloquente pour la défense du frère de son amie, — il va sans dire que c'eût été seulement parce qu'il était le frère de son amie, quelle autre raison pouvait-elle avoir pour défendre Arundel ?

Mais Paul ne lui fournit pas l'occasion de s'indigner. Au contraire, il parla avec éloge du jeune militaire à tête chaude, qui l'avait assailli, chercha toutes sortes d'excuses à la violence du jeune homme, et se servit de ce ton de calme supériorité avec lequel un homme du monde pourrait naturellement parler d'un garçon écervelé.

— Il a été très-déraisonnable, mademoiselle Lawford, — disait Paul, — il a été très-déraisonnable, et m'a insulté grossièrement. Mais en dépit de tout, je le crois un très-noble jeune homme, et au fond du cœur je ne puis lui en vouloir réellement. Qu'a-t-il à me reprocher particulièrement ? C'est là ce que j'ignore.

Son regard furtif qui s'échappait de ses longs yeux en amandes scrutait de près la figure de Belinda, tandis qu'il parlait ainsi. Marchmont voulait savoir jusqu'à quel point Belinda était renseignée au sujet des griefs d'Edward contre lui, mais il ne découvrit que de la perplexité sur sa figure. Elle ne savait donc rien de positif ; elle avait seulement entendu Edward parler vaguement de ses torts. Paul fut convaincu de cela, et il poursuivit hardiment alors, car il sentait que le terrain était déblayé devant lui.

— Ce fou de jeune officier s'est mis en tête d'être furieux contre moi, à cause d'un malheur que je ne pouvais pas plus empêcher que l'accident sur le SouthWestern Railway, qui faillit lui faire perdre la vie. Je ne puis vous dire combien je regrette sincèrement la méprise à laquelle son esprit a ajouté foi. Parce que j'ai profité de la mort de la fille de John Marchmont, cet impétueux jeune mari s'imagine, quoi ? Je ne saurais répondre à cette question, ni lui non plus, à ce qu'il paraît, puisqu'il n'a exposé clairement ses griefs à qui que ce soit.

L'artiste regarda avec plus d'attention que jamais la figure de Belinda qui écoutait. Il n'y avait pas de changement dans son expression. Le même regard étonné, la même perplexité. C'était tout.

— Quand je dis que je regrette la folie du jeune homme, mademoiselle Lawford, — continua Paul, — croyez bien que c'est plutôt pour lui que pour moi. Quelle que soit l'insulte qu'il m'inflige, elle rejaillit sur lui, puisque chacun sait que j'ai raison, et qu'il a tort.

Marchmont poursuivait avec beaucoup de douceur; mais en cet endroit Mlle Lawford, qui n'avait nullement déserté son drapeau, l'arrêta dans sa marche.

— Il reste à prouver qui a tort ou raison, monsieur Marchmont, — dit-elle. — M. Arundel est le frère de mon amie. Je ne puis croire facilement qu'il ait eu tort.

Paul la regarda avec un sourire, un sourire qui la fit rougir beaucoup, mais elle lui rendit son regard sans broncher. La brave jeune fille fixa hardiment ses yeux sur les yeux gris et longs qui s'abritaient sous les cils blond pâle, et ne les détourna pas.

— Ah ! mademoiselle Lawford, — dit l'artiste toujours souriant, — lorsqu'un jeune homme est beau, chevaleresque et a le cœur généreux, il est difficile de prouver à une femme qu'il a tort. Edward a mal agi. Son donquichotisme poussé à l'excès l'a aveuglé sur la folie de ses actes. Je puis lui pardonner. Mais je répète que je regrette son infatuation au sujet de cette pauvre jeune femme, beaucoup plus à cause de lui que de moi, car je sais, ou du moins je m'aventure à penser qu'il a devant lui un sentier qui le mènerait à une vie plus heureuse et meilleure que celle qu'il aurait menée avec ma pauvre cousine Mary. J'ai mes raisons pour croire qu'il a en tête un autre attachement, et que ce n'est qu'une illusion chevaleresque à propos de sa pauvre femme qu'il n'a jamais aimée réellement, et qu'il n'épousa qu'à cause de quelque idée romanesque suggérée par mon cousin John, qui l'empêche de songer à cette autre perspective plus brillante.

Il garda le silence pendant quelques instants, puis il dit à la hâte :

— Pardonnez-moi, mademoiselle Lawford, j'ai été amené à dire bien des choses qu'il aurait mieux valu taire, surtout pour vous. Je....

Il hésita un peu comme s'il était embarrassé, puis il se leva et regarda dans la chambre voisine où le duo avait été suivi d'un solo.

L'une des filles du curé vint vers le salon intérieur, suivie d'un enseigne imberbe.

— Il nous faut Belinda pour chanter, — s'écria Mlle Davenant, — nous voulons que vous chantiez, paresseuse Belinda, au lieu de vous cacher dans ce salon obscur toute la soirée.

Belinda sortit de l'obscurité les joues animées et les paupières baissées. Son cœur battait si vite, qu'il lui était tout à fait impossible de parler pour le moment, et de chanter aussi. Mais elle s'assit devant le piano, et les mains tremblantes, en dépit d'elle-même, elle commença à jouer une de ses sonates favorites. Malheureusement, Beethoven demande de la précision au pianiste qui a l'audace de chercher à l'interpréter, et en cette occasion je suis forcée d'avouer que le doigté de Mlle Lawford fut excentrique, pour ne pas dire ridicule; pour parler en termes vulgaires, elle fit un beau gâchis; et juste au moment où elle allait renoncer à jouer, Clara Davenant lui cria d'un ton amical :

— C'est inutile, Belinda. Nous voulons que vous chantiez et non que vous jouiez. Vous essayez de nous donner le change. Nous aimerions mieux une mélodie de Moore que toutes les sonates de Beethoven.

Mlle Lawford, toujours rouge et les paupières

baissées, joua donc une simple romance de sir John Stevenson, et d'une voix fraîche qui remplit la chambre de mélodie, elle commença :

> Oh ! les jours sont passés où la beauté
> Fit le tour de mon cœur avec sa chaîne,
> Où mon rêve depuis le matin jusqu'à la nuit tombante
> Était l'amour, toujours l'amour.

Et Paul, assis à l'autre bout du salon où il feuilletait un album de Mlle Davenant, regardait à travers ses cils blonds, et souriait à la chanteuse rayonnante. Il sentait qu'il avait profité de l'occasion.

— Je ne crains plus Mlle Lawford maintenant, — se dit-il en lui-même.

Cette candide et fervente jeune fille était seulement une pièce nouvelle dans la partie d'échecs de l'intrigant, et il voyait le moyen de s'en servir pour atteindre ce grand but, que dans l'étrange simplicité de la ruse il croyait être le seul dans la vie de *chaque* homme, sa prospérité personnelle.

Il n'eut pas un seul instant l'idée qu'Eward fût plus vrai que lui. Il ne peut y avoir entente parfaite là où il n'y a pas de sympathie. Paul croyait qu'Edward avait cherché à s'emparer de l'héritage de Mary, et, n'ayant pas réussi, était furieux de son échec. Il croyait que ce bouillant jeune homme était un intrigant comme lui, seulement un peu plus impétueux et un peu plus sujet à faire des bévues dans l'exécution de ses projets.

CHAPITRE XIII

Le retour de l'homme errant.

Les vents de mars soufflaient parmi les chênes de Dangerfield Park lorsqu'Edward revint à la demeure qu'il n'avait plus habitée depuis sa jeunesse. Il revint, parce qu'il était fatigué d'errer tout seul dans cet étrange pays breton. Il s'était lassé de lui et de ses pensées. Il était exténué par le désir ardent qui le dévorait nuit et jour... la soif de se retrouver au delà de cette ligne basse à l'horizon de l'Orient, parmi le carnage et les clameurs d'un champ de bataille indien.

Il revint donc enfin vers sa mère qui lui avait écrit constamment, le suppliant de rebrousser chemin, de venir se reposer et être heureux dans la maison familière où on l'aimait. Il laissa ses bagages à la petite auberge où s'arrêtait la voiture qui l'avait ramené d'Exeter, et il fit à pied, vers la brune, le trajet qui le séparait de la maison. La soirée du commencement du printemps était sombre et froide. Le feu du forgeron pétillait quand il passa devant l'atelier de cet artisan. Toutes les lumières qui brillaient à travers les jalousies des fenêtres semblaient converger vers lui pour lui souhaiter amicalement la bienvenue. Il se souvenait de tout : des toits à plan incliné, bizarres, informes, des cheminées écrasées, des seuils de porte qui étaient tellement descendus au-dessous du niveau de la rue du village, que le rez-de-chaussée devenait la cave et que les piétons étrangers cognaient leur tête contre les pots à fleurs sur les fenêtres des chambres à coucher ; le poteau en fer rouillé et le pauvre petit réverbère suspendu au coin de la rue, jetant une faible lueur sur le pavé raboteux ; les mystérieuses petites boutiques à fenêtres avec des vitres en verre taillé où les poupées hollandaises et la papeterie, le pain d'épice rassis et des choux conservés, étaient entassés pêle-mêle avec des patères en bois, des carrés de savon jaune, des cerfs-volants en papier, des pommes vertes et de la ficelle, tout lui était familier.

Il franchit sans être questionné un guichet à côté des grandes portes. La flamme du foyer était rosée aux fenêtres de la loge, et il entendit une voix de femme qui chantait une chanson monotone à un enfant ayant sommeil. Partout dans ce beau pays d'Angleterre apparaissaient les flammes de chaque bon feu dans les cottages et tout y parlait d'amour, d'affection et de

famille. Le jeune homme soupira en se rappelant cette·
grande maison lugubre qui se dressait au loin dans le
Lincoln, et songea combien il aurait pu être heureux à
pareille heure, s'il lui avait été donné de s'asseoir à
côté de Mary, dans le salon occidental, regardant le
feu et les reflets tremblotants de la flamme sur sa
jeune et belle figure.

Cela n'avait jamais été et cela ne serait jamais. Le
bonheur du foyer, les douces joies de la famille, la satisfaction de dispenser le plaisir aux autres, toutes les
simples consolations intimes qui font la vie si belle,
n'avaient jamais été connus de la fille de John Marchmont depuis l'époque où elle partageait le logement de
son père dans Oakley Street et où elle sortit par une
froide matinée de décembre pour aller acheter des
petits pains pour le déjeuner d'Edward. De la fenêtre du
salon favori de sa mère, la même lueur rouge qu'il
avait vue à travers les persiennes de chaque maison du
village, se projetait sur l'obscurité croissante de la
pelouse. Une porte vitrée menait dans un petit vestibule près de ce salon. Edward l'ouvrit et entra très-
doucement. Il s'attendait à trouver sa mère et sa sœur
dans le salon auprès de la fenêtre.

La porte de cet appartement familier était entr'ouverte; il l'ouvrit toute grande et pénétra dans l'intérieur. C'était un très-joli petit salon, et tout un attirail
féminin de livres ouverts, de musique, d'ouvrages
d'aiguille et d'objets à dessiner lui donnait un cachet
particulier. Les reflets de la flamme du foyer se jouaient
partout, sur les tableaux, les cadres, la boiserie en
chêne noir, le piano ouvert, un bouquet de perce-
neige dans un grand verre sur la table, les laines
éparpillées, le canevas modèle de la tapisserie, et les
chiens endormis sur le tapis du foyer. Une jeune fille
était à la fenêtre, le dos tourné au feu. Edward s'approcha d'elle doucement et lui passa son bras autour
de la taille.

— Letty.

Ce n'était pas Letitia, mais une jeune fille avec des
yeux bleus qui devint écarlate et se tourna vers le
jeune homme avec un peu de colère; puis, le recon-

naissant, elle se laissa tomber sur la chaise la plus
rapprochée, et commença à trembler et à pâlir.

— Je suis fâché de vous avoir effrayée, mademoiselle
Lawford, — dit Edward avec douceur, — je vous ai
prise pour ma sœur ; je ne savais même pas que vous
fussiez ici.

— Non, évidemment, non, je.... vous ne m'avez pas
effrayée beaucoup, monsieur Arundel ; seulement vous
n'étiez pas attendu par votre famille. Je vous croyais
au fond de la Bretagne ; je ne songeais pas que votre
retour fût possible. Je pensais que vous seriez absent
tout l'été.... Mme Arundel me l'avait dit.

Belinda dit tout cela avec cette fraîche voix de jeune
fille qui était familière à Arundel, mais elle était toujours très-pâle et tremblait encore un peu. Il y avait
quelque chose qui ressemblait au désir de s'excuser dans
la manière dont elle affirmait à Edward qu'elle avait cru à
une absence pour tout l'été. Il semblait presque qu'elle
voulait dire : « Je ne suis pas venue ici parce que je
pensais vous y voir. Je n'espérais pas vous y rencontrer. »

Mais Edward n'était pas fat et il ne comprenait pas
facilement des signes comme ceux-ci. Il vit qu'il avait
effrayé la jeune fille, qu'elle était devenue pâle et qu'elle
avait tremblé en le reconnaissant, et il la regardait
d'un air moitié étonné, moitié pensif.

Elle rougit sous son regard. Elle s'approcha de la
table et se mit à ramasser les roses et les laines,
comme si l'arrangement de sa corbeille à ouvrage était
une affaire d'importance vitale qui devait être achevée
au prix de n'importe quel sacrifice de politesse. Puis,
se rappelant tout à coup qu'elle devait dire quelque
chose à Arundel, elle fit preuve de son originalité d'intelligence par la remarque suivante :

— Comme Mme Arundel et Letitia vont être surprises
de vous voir !

Même en disant cela, elle tint les yeux baissés sur
les écheveaux de laine qu'elle avait à la main.

— Oui, je crois qu'elles seront surprises. Je n'avais
pas l'intention de revenir avant l'automne, mais je me
suis lassé d'errer tout seul dans un pays étranger. Où
sont-elles.... ma mère et Letitia ?

— Elles sont allées au village, à l'école. Elles reviendront pour le thé. Votre frère est absent et nous dînons à trois heures. A huit heures nous prendrons le thé. Cela vaut bien mieux que de dîner tard.

Ceci était tout à fait un effort de génie, et Mlle Lawford continua à arranger ses écheveaux à la lueur du foyer. Edward était resté debout pendant tout ce temps le chapeau à la main, presque comme s'il eût été en visite du matin chez Belinda; mais il déposa son chapeau en ce moment et s'assit près de la table où se trouvait la jeune fille occupée à mettre de l'ordre dans sa corbeille à ouvrage.

Le cœur de Belinda battait très-vite, et elle mettait à une rude épreuve son talent en arithmétique en s'efforçant de faire le calcul abstrait du temps qu'il faudrait à Mme Arundel et à Letitia pour revenir de l'école du village à Dangerfield, et les retards que pouvaient occasionner les obséquieux compères et les respectueuses commères de l'endroit en arrêtant les dames pour obtenir de leur patronne un mot et une amicale salutation.

L'arrangement de la corbeille à ouvrage ne pouvait durer éternellement; il était devenu le plus pitoyable des prétextes au moment où Mlle Lawford rabattit le couvercle en osier tressé et s'assit avec raideur dans une chaise basse auprès de la cheminée. Elle regarda le feu et enroula autour de ses jolis doigts blancs une chaîne en or qu'elle déroula ensuite.

Et pourtant ce n'était pas une jeune fille stupide. Son père aurait repoussé avec indignation toute calomnie de ce genre à l'adresse de l'Hébé aux yeux bleus qui faisait le charme de sa maison. Aux yeux du Major, Belinda était tout ce qu'un homme peut demander à la femme de son choix, soit comme fille, soit comme femme. Elle était le beau lutin du foyer du vieillard, et il l'aimait avec ce dévouement chevaleresque commun aux braves soldats qui sont les plus simples et les plus doux des hommes, quand vous les enchaînez chez eux et que vous les tenez à l'écart du tumulte du camp et de la confusion des navires de transport.

Belinda était instruite, mais tout juste assez pour

être charmante. Je ne crois pas qu'elle eût consenti à parcourir d'un bout à l'autre le *Paradis perdu* ou *la Décadence et la Chute de l'Empire romain* de Gibbon, ou un volume d'Adam Smith, ou de Mc Culloch, quand bien même vous lui auriez promis un collier de diamants pour la faire arriver consciencieusement à la dernière page. Mais elle pouvait lire Shakspeare une heure de suite et le lire tout haut à son père d'une voix claire, fraîche, qui ressemblait à de la musique sur l'eau, et elle lisait l'*Histoire d'Angleterre* de Macaulay avec des yeux étincelants d'indignation contre le lâche et obstiné Jacques, ou mouillés de larmes de pitié pour le pauvre faible Monmouth, selon la circonstance. Elle pouvait jouer Mendelssohn et Beethoven, leurs sonates plaintives, leurs tendres chants, qui n'avaient pas besoin de paroles pour expliquer la signification mystique de la musique. Elle pouvait chanter les vieilles ballades et les mélodies irlandaises qui faisaient tressaillir l'âme de ceux qui l'entendaient, et le souvenir de cette musique pensive inspirait aux hommes les plus durs de la pitié pour les mendiants au teint cuivré de l'Hibernie, qui courent les rues de Londres. Elle pouvait lire les articles de fond du *Times* sans oublier les règles de quantité dans les citations latines et en comprenant ce dont il était question. Elle avait ses favoris au Parlement; elle adorait lord Palmerston et elle était libérale jusqu'à la dernière fibre de son jeune et tendre cœur. Elle était aussi brave que doit l'être une véritable Anglaise, et aurait suivi son père partout à la guerre, comme page, en prison pour le soigner si elle eût vécu à l'époque où une vaillante jeune fille comme elle pouvait avoir cette tâche à remplir.

Mais elle était assise en face d'Edward et elle roulait sa chaîne autour de ses doigts, et prêtait l'oreille pour entendre le bruit de pas annonçant le retour de la maîtresse de la maison. Elle ressemblait à une timide pensionnaire qui a dansé avec un officier à son premier bal. Et cependant, au milieu de sa confusion, de ses craintes de paraître agitée et embarrassée, de ses efforts pour paraître à son aise, il y avait une sorte de plaisir à être assise là à côté du feu avec Edward

Arundel en face d'elle. Il y avait un étrange plaisir, un plaisir presque pénible qui se mêlait à ses sentiments en ce moment. Elle percevait chaque son qui rompait le silence : le sifflement du vent dans la vaste cheminée, la chute des cendres sur la plaque du foyer, le ronflement momentané de l'un des chiens endormis et les battements précipités de son cœur. Et bien qu'elle n'osât pas lever les yeux sur la figure du jeune soldat, cette belle figure sérieuse qu'encadraient des cheveux blonds à reflets dorés, les lèvres fermes ombragées par une moustache brune, le sourire pensif, le front large et blanc, le foulard bleu foncé noué négligemment autour du col blanc de la chemise, l'habit de voyage commode et de couleur grise, et même l'attitude de la main, du bras et de la tête légèrement baissée vers le feu, lui apparaissaient aussi nettement en esprit que si son regard eût embrassé toute la personne du jeune homme et ne l'eût pas quittée d'un moment.

Il existe une seconde vue qui n'est pas reconnue par les graves professeurs de magie, une seconde vue que le vulgaire appelle l'amour.

Mais au bout d'un moment Edward commença à parler, et alors Mlle Lawford reprit courage et alla même jusqu'à le questionner sur son excursion en Bretagne. Elle n'était dans le Devon que depuis quelques semaines, disait-elle. Ses pensées la ramenèrent vers le triste automne dans le Lincoln tandis qu'elle parlait, et elle se souvint de la néfaste journée d'octobre où son père était venu dans son boudoir à la Grange, tenant en main la lettre d'adieu d'Edward. Elle se souvint de cela et de tous les commérages qui avaient été faits sur les coups de fouet reçus par Paul sur le seuil de sa maison. Elle se souvint de toutes les chaudes discussions, des suppositions, des conjectures, des éloges, des blâmes et de la nécessité à laquelle elle s'était toujours vue réduite d'écouter et de se taire, sauf dans une soirée à jamais mémorable passée à la cure, où Paul avait donné à entendre quelque chose dont elle n'avait j'avais osé comprendre tout à fait la signification, mais qui depuis lors s'était toujours, de manière ou d'autre, mêlé vaguement à ses rêveries.

Y avait-il un fond de vérité quelconque dans les paroles que Paul lui avait dites? Était-il vrai qu'Edward n'avait jamais réellement aimé sa jeune femme?

Letitia l'avait affirmé, non pas une fois, mais vingt.

— Il est tout à fait ridicule de supposer qu'il ait jamais pu être amoureux de cette pauvre enfant maladive, — s'était écriée Mlle Arundel; — c'était seulement le côté romanesque de la chose qui l'avait captivé, car Edward est réellement d'un romanesque ridicule, et le père de Mary ayant été un compar.... c'est inutile de chercher à prononcer ce mot-là, je n'y parviendrai pas.... et ayant vécu dans Oakley Street, d'où il avait écrit une piteuse lettre à Edward sur cette jeune fille sans mère et toutes sortes de choses, exactement comme dans l'un de ces vieux romans ennuyeux où l'on dépose des enfants à la porte des maisons, et où les *s* ressemblent à des *f*, et le dernier mot de chaque page se trouve répété au sommet de la page suivante, sans compter que les caractères sont imprimés sur gros papier jaune à côtes, vous savez? Ce fut là le motif pour lequel mon frère épousa Mlle Marchmont; vous pouvez y compter, Linda, et tout ce que j'espère, c'est qu'il aura assez de bon sens pour se remarier bientôt et faire une noce chrétienne avec des voitures, un déjeuner et deux prêtres; et *moi* je mettrai une toilette en soie blanche glacée avec des volants en tulle et un chapeau en tulle (je suppose que je dois mettre un chapeau, n'étant que demoiselle d'honneur) tout couvert de fleurs de clématite, absolument comme si j'étais sous la plante elle-même quand le vent souffle. Vous savez, Linda ?

C'était avec des propos pareils que Mlle Arundel avait fréquemment entretenu son amie, et elle s'était laissée aller à de nombreuses insinuations d'une nature embarrassante sur la convenance qu'il y avait à ce que d'anciennes amies et d'anciennes camarades de pension fussent plus unies encore en devenant belles-sœurs, et autres observations du même genre.

Belinda savait que si Edward venait jamais à l'aimer

(toutes les fois qu'elle se hasardait à réfléchir sur une pareille chance, elle n'osait jamais pousser jusqu'au dénoûment, mais elle y pensait comme à une chose possible dans un demi-siècle ou à peu près), s'il la choisissait pour sa seconde femme, elle serait reçue à bras ouverts à Dangerfiel. Mme Arundel l'avait donné à comprendre. Belinda savait avec quelle anxiété cette mère aimante attendait que son fils se mariât, formât de nouveaux liens et cessât de mener une vie inutile et de perdre ses plus belles années à se lamenter sur le sort de sa femme. Elle savait tout cela, et tandis qu'elle était assise en face du jeune homme à la lueur du foyer, elle éprouvait au cœur une douleur sourde, car il y avait quelque chose dans la sombre figure de l'officier qui lui disait qu'il n'avait pas encore cessé de se lamenter sur ce passé irrévocable.

Mais Mme Arundel et Letitia entrèrent en ce moment et poussèrent des exclamations de joie. On fit des préparatifs pour le bien-être physique du voyageur, les sonnettes retentirent, on apporta des bougies et le service à thé, on mit la table, et des viandes froides ainsi que d'autres comestibles furent étalés avec cette profusion qui a rendu l'hospitalité de l'Ouest aussi proverbiale que celle du Nord. Je crois que Mlle Lawford serait restée assise en face du jeune homme pendant une semaine sans songer à adresser cette question banale : « Monsieur Arundel aurait-il besoin de se rafraîchir ? » Elle avait lu dans le *Panthéon* de Hort que les dieux mangeaient et buvaient parfois comme de simples mortels, et pourtant il ne lui était pas venu à l'idée qu'Edward pût avoir faim ; mais elle eut alors la satisfaction de voir Arundel manger un très-bon dîner avec appétit, tandis qu'elle versait le thé elle-même pour obliger Letitia, qui était au milieu du troisième volume d'un nouveau roman, et continuait à lire aussi tranquillement que s'il n'y eût pas eu de par le monde un jeune et beau soldat.

— Il faut que les livres soient renvoyés demain matin au cabinet de lecture, vous savez, chère maman, sans cela je ne lirais pas pendant le thé, — observait la jeune fille pour s'excuser ; — je veux savoir s'*il* épousera Théodora ou cette méchante Mlle Saint-Léger. Linda pense qu'il épousera Mlle Saint-Léger, ce qui sera malheureux, et que Théodora mourra. Je crois que Linda aime les histoires d'amour qui finissent mal. Moi, non. J'espère que s'*il* épouse Mlle. Saint-Léger.... et il agira comme un misérable si cela arrive après les *aveux* qu'il a faits à Théodora.... j'espère que s'il l'épouse, *elle* mourra.... d'une fluxion gagnée à un déjeuner à Twickenham ou quelque chose de ce genre, vous savez, et ensuite il épousera Théodora et tout finira bien. Savez-vous, Linda, que je me figure toujours que vous ressemblez à Théodora et qu'Edward c'est *lui*.

Après cette tirade, Mlle Arundel reprit son livre et Edward se servit un peu gauchement une tranche de langue sèche. Belinda, qui tenait en main la bouilloire, laissa la théière déborder parmi les tasses et les soucoupes.

CHAPITRE XIV

La proposition d'un veuf.

Pendant un certain temps après son retour, Edward fut très-inquiet et très-triste ; il rôda dans la campagne, tout seul, sous l'influence d'une prétendue passion pour la marche ; pour la première fois de sa vie, il fit de longues lectures, s'enferma dans le cabinet de feu son père et y resta des heures entières dans un grand fauteuil, lisant les histoires de toutes les guerres qui ont ravagé cette terre depuis le jour où les éléphants d'un chef carthaginois foulaient aux pieds les soldats de Rome, jusqu'à l'époque où parut le prodigieux fils d'un avocat corse, qui sortit de son île modeste pour conquérir la moitié du monde civilisé.

Edward se montrait un frère fort indifférent, car Le-

titia, malgré tous ses efforts, ne put le décider à pren-
bre part à aucun de ses amusements. Elle fit dresser
une cible sur la pelouse; mais tout ce qu'elle raconta
sur l'adresse merveilleuse de Belinda n'amena pas le
jeune homme à venir regarder les deux jeunes filles
s'exerçant au tir. Il les regardait parfois à la dérobée,
à travers les volets du cabinet, et il soupirait en songeant à son avenir perdu et à tout ce qui aurait pu
être.

Tout ce qu'il regrettait ne pouvait-il pas se faire encore? N'avait-il pas rempli son devoir envers la morte,
et n'était-il pas libre de recommencer une vie nouvelle?
Sa mère faisait perpétuellement des allusions à une
belle perspective qui pouvait lui sourire s'il voulait bien
choisir le sentier jonché de fleurs qui le mènerait dans
ce beau pays. Sa sœur lui parlait encore plus franchement de la conquête qui était à sa portée s'il était assez brave pour allonger la main et revendiquer pour
lui le précieux trésor. Mais quand il songeait à tout
cela, quand il se demandait s'il n'agirait pas sagement
en laissant tomber l'épais rideau de l'oubli sur le triste
tableau du passé, si ce ne serait pas bien de laisser
les morts enterrer leurs morts et d'accepter cette autre bénédiction, que la même Providence, qui avait
détruit sa première espérance, semblait lui offrir maintenant, le fantôme de John Marchmont sortait des
royaumes mystiques du néant et une voix sépulcrale
lui criait : « Je t'ai confié la garde de ma fille; je t'ai
confié son amour innocent; je t'ai chargé du soin de
la défendre dans son abandon. Qu'as-tu fait pour te
montrer digne de ma confiance en toi? »

Ces pensées tourmentaient constamment le jeune
veuf et le privaient de tout plaisir dans l'agréable société de sa sœur et de Belinda; ou bien le remords
donnait un goût si amer à la coupe de sa joie que le
plaisir ressemblait à de la douleur.

Aussi, je ne sais pas comment il se fit que, vers le
sombre crépuscule d'une belle journée, dans le commencement de mars, près de deux mois après son retour à Dangerfield Park, Edward, trouvant par hasard Mlle Lawford assise toute seule auprès de la

fenêtre où il l'avait vue le soir de son arrivée, lui avoua
la terrible lutte qui faisait le grand chagrin de sa vie,
et lui demanda si elle voulait accepter un amour qui,
malgré toute sa ferveur, était légèrement assombri par
le souvenir du douloureux passé.

— Je vous aime tendrement, Linda, — dit-il, — je
vous aime, je vous estime, je vous admire, et je sais
qu'il est en votre pouvoir de me donner le plus heureux avenir que jamais homme ait entrevu dans ses
rêves les plus jeunes et les plus brillants. Mais si vous
acceptez mon amour, chère aimée, il faut que vous ac-
ceptiez en même temps mes souvenirs. Je ne puis oublier, Linda. J'ai essayé d'oublier. J'ai demandé à Dieu
que, dans sa miséricorde, il m'accordât l'oubli de ce
passé irrévocable. Mais ma prière n'a pas été exaucée;
cette faveur ne m'a pas été accordée. Je crois que l'a-
mour pour la vivante et le remords au sujet de la morte
règneront éternellement côte à côte en mon cœur. Ce
n'est pas une infidélité envers vous qui me fait me
souvenir d'elle; ce n'est pas l'oubli de Mary qui me
fait vous aimer, vous. Je vous offre ce qu'il y a de plus
brillant et de plus heureux en moi, Belinda, et je lui
consacre, à elle, ma douleur et mes larmes. Je vous
aime de tout mon cœur, Belinda; mais, même au nom
de votre amour, je ne puis dire que je l'oublierai, elle.
Si la fille de John Marchmont était morte sa tête sur
ma poitrine et une prière aux lèvres, j'aurais pu la regretter, comme d'autres hommes regrettent leurs femmes, et j'aurais pu apprendre, avec le temps, à n'envisager ma douleur qu'avec un regret naturel et tendre
qui eût laissé sans nuages ma vie future. Mais il n'en
devait jamais être ainsi. Le poison du remords est mé-
langé avec ce souvenir poignant. Si j'eusse agi autrement, si j'eusse été plus sage et plus réfléchi, ma
chère femme n'aurait jamais souffert, ma chère femme
n'aurait jamais recouru au suicide. C'est la pensée que
sa mort a pu être causée par un acte coupable qui me
torture le plus, Belinda. Je l'ai vue prier avec sa figure
pâle et sérieuse levée vers le ciel, et le rayonnement
de la foi brillait dans ses doux yeux. J'ai vu l'inspiration divine sur sa figure et je ne puis me résoudre à

croire que, dans les ténèbres qui vinrent obscurcir sa jeune existence, cette sainte lueur s'éteignît, je ne puis me résoudre à croire que le ciel fût sourd aux cris de pitié de mon innocent agneau.

Ici Arundel s'arrêta ; il resta assis en silence à regarder les longues ombres des arbres sur la pelouse obscure, et je crains bien que, pour le moment, il ne pensât guère qu'il venait d'offrir à Mlle Lawford sa main et tout ce qu'on peut s'imaginer qu'un veuf possède de cœur.

Hélas ! nous ne pouvons vivre et mourir qu'une fois. Il existe des choses, et celles-là sont les plus belles de toutes, qui ne peuvent être renouvelées : la poussière dorée sur l'aile d'un papillon, la rosée du matin sur une rose fraîchement épanouie, la première vue de l'Océan, notre première pantomime où toutes les fées sont fées réellement, et où l'absorption imprudente du contenu d'un quart de mesure en étain en présence des spectateurs ne peut nous désenchanter au sujet de cette créature féerique, le gracieux Arlequin, fidèle fiancé de la belle Colombine. Les prémices de la vie sont très-précieuses. Lorsque l'aile noire de l'ange de la mort s'étendit au-dessus de l'Égypte agonisante et que les enfants furent frappés, le Ciel offensé, réclamant un sacrfice, prit les premiers-nés. Les jeunes mères eurent d'autres enfants, peut-être ; mais entre ceux-là et l'amour de la mère se dressa l'ombre pâle du bien-aimé perdu qui pour la première fois avait fait vibrer les cordes endormies de mélodies inconnues, et évoqué, pour la première fois l'esprit assoupi de l'amour maternel. Parmi les derniers vers les plus passionnés, les plus tristes, qu'écrivit George Gordon Noël Byron, il s'en trouve quelques-uns dans lesquels il se lamente sur sa fraîcheur d'impression perdue, sur sa jeunesse à tout jamais envolée.

Oh ! que ne puis-je sentir comme j'ai senti ; être ce que j'ai [été ;
    Ou pleurer comme je pleurais jadis !

s'écriait le poète quand il se plaignait de cette « froideur mortelle de l'âme » qui est « comme la mort elle-même. » C'est grand dommage certainement qu'un si

grand homme soit mort dans la fleur de l'âge; mais si
Byron eût atteint la vieillesse après avoir écrit ces
lignes, il eût été une antithèse vivante. Quand un
homme se livre à cette espèce de poésie, il s'engage à
mourir jeune.

Edward en était venu à aimer Belinda sans s'en douter
et en dépit de lui-même; mais le premier amour de
son cœur, le premier fruit de sa jeunesse avait péri. Il
ne pouvait plus ressentir le même dévouement, la
même ardeur juvénile et chevaleresque qu'il avait
éprouvés pour l'innocente fiancée avec laquelle il avait
erré dans les prairies des environs de Winchester. Il
pouvait commencer une vie nouvelle, mais il ne pouvait recommencer la vie d'autrefois. Il fallait qu'il se
résignât à vivre d'une façon différente, cette fois-ci.
Néanmoins il aimait Belinda avec tendresse; il le lui
dit et il parvint à arracher à la jeune fille en pleurs
l'aveu de son affection.

Hélas! elle ne se sentait pas la force de trouver à
redire à la manière dont Edward lui faisait sa cour. Il
l'aimait, il l'avait dit, et tout ce qu'elle désirait sur terre
fut à elle du moment où Edward prononça ces mots. Il
l'aimait, c'était assez. Par cela seul qu'il conservait le
souvenir douloureux de sa femme, il n'en était que
plus sincère, plus noble et plus cher à Belinda. Elle
n'était ni vaine, ni exigeante, ni égoïste. Il n'était pas
dans sa nature de reprocher à la pauvre Mary les tendres pensées de son mari. Elle était généreuse, croyante
et toute d'effusion, et elle n'était pas plus disposée à
douter de l'amour d'Edward pour elle, après qu'il avait
fait l'aveu de ce sentiment, qu'à ne pas croire à la
lumière des cieux quand le soleil brillait. Sans lui
adresser une seule question, elle reçût avec un bonheur
indicible le baiser de fiançailles de son amant et s'en
alla avec lui vers la mère d'Edward pour recevoir en
rougissant et en tremblant la bénédiction de cette
dame.

— Ah! si vous saviez comme voilà longtemps que je
soupire après cette union, Linda! — s'écria Mme Arundel en serrant dans ses bras la frêle jeune fille.

— Moi, je mettrai une robe de soie glacée avec des

volants ponceau au lieu de volants de tulle, ma rusée
Linda, — dit Letitia.

— Moi, je donnerai à Ted la direction de l'agricul-
ture du domaine et la maison blanche pour y habiter,
s'il lui plaît d'essayer le nouveau système d'exploita-
tion, — dit Reginald Arundel, qui était revenu du Continent et s'était amusé pendant la dernière semaine à
parcourir sa propriété, à regarder ses arbres, et à
souhaiter presque qu'il fût nécessaire d'abattre tous les
chênes de l'avenue afin qu'il eût une occupation quelconque jusqu'au 12 août.

Jamais fiancée ne fut mieux accueillie dans la maison
de son futur que la charmante Belinda; quant à la jeune
fille elle-même, je dois avouer qu'elle était presque
aussi heureuse qu'un enfant et qu'elle avait assez à
faire pour ne pas danser de joie en courant çà et là
dans la maison de Dangerfield, comme une jeune Hébé
en robe de mousseline, une jolie déesse ayant le sourire aux lèvres et le cœur content.

— Je vous ai aimé dès le premier jour, Edward, —
dit-elle un jour tout bas à son futur; — je savais que
vous étiez bon, brave et noble, et c'est à cause de cela
que je vous ai aimé.

Et un peu aussi pour la teinte dorée de ses belles
boucles, pour son beau profil, ses yeux étincelants et
cet air de distinction qui est particulier aux défenseurs
de leur pays, et plus particulier encore peut-être à
ceux qui montent à cheval quand il s'agit d'aller à l'ennemi. Qui a été soldat, le sera, je crois, toujours. Vous
pouvez dépouiller le noble guerrier de son uniforme,
mais ce je ne sais quoi, ce quelque chose sans nom
qui éveille l'idée du long sabre, de la selle et de la
bride, ne le quittera jamais.

Mme Arundel et Letitia débarrassèrent les deux fiancés
de tout souci. La vieille dame fixa le jour du mariage
après avoir consulté le Major Lawford, et traça l'itiné-
raire du voyage à faire pendant la lune de miel. La
jeune fille choisit les tissus et les étoffes pour les toilettes de la mariée et de ses demoiselles d'honneur, et
tout fut fini avant que Belinda et Edward fussent in-
formés de ce qui se passait. Je crois que Mme Arundel

craignait que son fils ne changeât d'idée, si tout ne se terminait pas promptement, et elle précipitait l'arrivée du jour irrévocable afin qu'il n'eût pas le temps de respirer, avant d'avoir juré au pied de l'autel de prendre pour femme Belinda. Il avait été convenu qu'Edward ramènerait Belinda dans le comté de Lincoln et que sa mère et Letitia, qui devait être la première demoiselle d'honneur, les accompagneraient. Le mariage aurait lieu à l'église d'Hillingsworth, qui était située à un mille et demi de la Grange.

Le 1er juillet fut le jour choisi d'un commun accord par le Major, Mme Lawford et Mme Arundel, et le 18 juin Edward accompagnerait sa mère, Letitia et Belinda à Londres. Le voyage serait interrompu par un court séjour en ville, où l'on achèterait tout ce qui était nécessaire au mariage de Mlle Lawford. Le Major avait envoyé pour cela à sa fille favorite un chèque d'une somme considérable.

Pendant tout ce temps, la seule personne qui ne fut pas calme, la seule personne dont l'esprit ne fut pas à son aise était Edward, le jeune veuf qui était à la veille de prendre une seconde femme. Sa mère, qui épiait sa figure et comprenait chaque changement qui s'y opérait, s'aperçut de cette inquiétude et trembla pour le bonheur de son fils.

— Et pourtant il ne peut faire autrement que d'être heureux avec Belinda, — se disait Mme Arundel en elle-même.

Mais la veille de ce voyage à Londres, Edward resta seul avec sa mère dans le salon de Dangerfield, après que les jeunes filles se furent retirées pour la nuit. Elles couchaient dans deux chambres qui se touchaient, ces deux jeunes filles, et je regrette de dire que leur conversation roula en grande partie sur la valenciennes, les broderies du corsage, la moire antique, la mousseline, la soie glacée et la dernière nouveauté en fait de chapeaux. Ce ne fut que lorsque la babillarde Letitia se fut retirée que Mlle Lawford s'agenouilla à la clarté de la lune, et demanda à Dieu d'être une bonne femme pour l'homme qui l'avait choisie. Je ne crois pas qu'elle demandât d'être fidèle, franche et pure, car il n'était jamais entré dans son esprit qu'une créature portant le nom sacré de femme pût être autrement. Elle demanda seulement à Dieu de lui accorder le mystérieux pouvoir de conserver l'affection de son mari et de le rendre heureux.

Mme Arundel, assise en tête-à-tête avec son plus jeune fils dans le salon éclairé par la lampe, tressaillit en entendant le jeune homme pousser un profond soupir. Elle quitta des yeux son ouvrage pour voir sur sa figure une expression d'une tristesse probablement sans pareille chez les fiancés du passé et de l'avenir.

— Edward! — s'écria-t-elle.

— Qu'y a-t-il, ma mère?

— Quel profond soupir vous venez de pousser!

— Vraiment? — dit Arundel d'un air distrait.

Puis après une courte pause, il ajouta d'un ton différent :

— Il est inutile de vous la cacher, ma mère; la vérité est que je ne suis pas heureux.

— Pas heureux, Edward! — s'écria Mme Arundel, — mais assurément vous....

— Je sais ce que vous allez dire, ma mère. Oui, ma mère, j'aime Linda de tout mon cœur. Je l'aime très-sincèrement et je pourrais compter sur une vie d'un bonheur sans mélange avec elle si.... s'il n'y avait pas quelque crainte inexplicable, quelque sentiment vague et très-pénible qui se dresse toujours entre moi et mes espérances. J'ai essayé d'envisager l'avenir, ma mère; j'ai essayé de penser à ce que pourrait être ma vie avec Belinda, mais je ne puis.... je ne puis. Je ne puis voir clair dans l'avenir; tout est sombre pour moi. J'essaye de bâtir un beau palais, et une main inconnue le renverse. J'essaye de fuir le souvenir de mes anciennes douleurs, mais la même main me ramène vers lui et m'enchaîne au passé! Si je pouvais défaire ce que j'ai fait, si je pouvais reculer honorablement, et en ce moment même, ne pas faire ce voyage dans le Lincoln; si je *pouvais* manquer de parole à cette pauvre enfant qui m'aime et que j'aime, Dieu le sait, en toute franchise et sincérité.... je le ferais, je le ferais.

— Edward!

— Oui, ma mère, je le ferais. Il ne m'est pas donné d'oublier. Ma femme morte me hante nuit et jour, j'entends sa voix qui me crie : « Infidèle, infidèle, infidèle! cruel et infidèle, sans cœur et oublieux! » Il ne se passe pas de nuit que je ne rêve de cette sombre rivière qui roule ses eaux noirâtres là-bas dans le Lincoln. Dans tous mes rêves:... quelque vagues et décousus qu'ils soient dans tous les autres détails.... je vois sa figure morte qui me regarde à travers les eaux fangeuses. Même quand je parle à Linda, quand des mots d'amour pour elle sont sur mes lèvres, mon esprit retourne.... retourne toujours.... vers le chalet où par un beau coucher de soleil ma petite femme me donna sa main, vers le ruisseau de la prairie sur les bords duquel nous étions assis l'un près de l'autre, et nous causions de l'avenir.

Pendant quelques minutes, Mme Arundel ne dit mot. Elle s'abandonna pendant ce court intervalle à un désespoir complet. Tout était fini. Le fiancé disait non; le Major Lawford, insulté, viendrait en chaise de poste à Dangerfield, tuer ce veuf bizarre, qui ne savait ce qu'il voulait. Tous les tissus brillants, les gazes, les dentelles, les soies, les velours qui étaient entre les mains des ouvrières à l'étage supérieur, deviendraient des objets inutiles, bons à être enterrés dans les armoires et rongés par les mites, insectes iconoclastes qui prennent plaisir à détruire les ornements du temple humain.

La pauvre Mme Arundel embrassa d'un coup d'œil toute l'horreur compliquée de la situation : un père offensé; une douce et aimante jeune fille foulée aux pieds comme un lis déraciné; les commérages, la médisance, les misères de tout genre. Puis elle prit courage et donna à son fils réfractaire une bonne semonce, tendant à prouver que sa conduite était d'une atroce méchanceté, et que si cette seconde fiancée jeune et confiante, cette belle et aimable seconde femme lui était enlevée comme la première, ce malheur ne serait que le juste châtiment de sa folie.

Mais Edward dit très-tranquillement à sa mère qu'il

n'avait pas l'intention d'être parjure au serment qu'il avait récemment prononcé.

—J'aime Belinda, — dit-il, — et je lui serai fidèle, ma mère. Mais je ne puis oublier le passé. Il me poursuit comme un mauvais rêve.

CHAPITRE XV

Comment la nouvelle fut reçue dans le comté de Lincoln.

Le jeune veuf borna là ses lamentations; mais il fit son devoir envers sa fiancée avec un visage gai. Ah! quel agréable voyage ce fut pour Belinda que ce passage à Londres pour se rendre dans le comté de Lincoln! Ce fut comme ce voyage triomphal du mois de mars dernier, lorsque l'époux royal menait sa fiancée du Nord à travers une multitude de figures empressées et souriantes, et au bruit musical d'un millier de cloches. S'il n'y avait ni populace ni joyeux carillons e' cette occasion, je crois que Mlle Lawford s'aperçut peine que ces éléments d'une marche triomphale faisaient défaut. A ses oreilles, l'univers entier retentis sait du bruit de carillons mystiques, et toute la surfac de la terre était embellie par des figures heureuses Le wagon du chemin de fer, ce véhicule vulgaire empreint d'une odeur de laine et de maroquin, fut ur char féerique plus merveilleux que celui de la rein Mab; la percée dans la carrière à chaux de la collin fut une brillante crevasse dans une montagne d'argent les courants d'eau sinueux furent des diamants fondus les stations des châteaux enchantés. Le pâle sherry porté dans un flacon de poche et bu dans un peti verre en argent, ressemblait au nectar des dieux; le, anchois des Sandwich eux-mêmes furent comme l poisson enchanté du conte arabe. Un philtre magiqu avait été répandu dans l'atmosphère : le charme du premier amour était dans chaque objet qui frappait la vue et dans chaque bruit perçu par l'ouïe.

Fut-il jamais un fiancé plus indulgent, plus dévoué qu'Edward? Il restait assis devant les comptoirs des marchands de soieries pendant des heures entières, tandis que Mme Arundel et les deux jeunes filles examinaient les étoffes étalées pour elles. Il était toujours prêt à être consulté et à donner son opinion sur les mérites opposés de la couleur pêche, ponceau, vert-pomme et maïs, avec une attention infatigable; mais parfois même, tandis que Belinda lui souriait en tenant dans ses mains blanches une étoffe bouffante qui se déroulait sur le comptoir en cascades miroitantes, la main mystique le ramenait en esprit vers cette enfantine fiancée qui n'avait pas choisi de splendides toilettes pour sa noce, et était allée à l'autel avec autant de confiance que l'enfant va au berceau dans les bras de sa mère. S'il eût été seul avec Belinda, avec la tendre et sympathique Belinda, qui l'aimait assez pour le comprendre et était toujours prête à se conformer aux désirs qu'elle lisait sur sa figure, et à être joyeuse ou pensive selon l'humeur de son fiancé, cela aurait peut-être mieux valu pour lui; mais sa mère et Letitia eurent en main le gouvernement suprême pendant cette semaine anté-nuptiale, et Arundel eut à peine le droit de respirer. Il fut conduit de ci, de là, par les chaudes après-dînées d'été. On le mena choisir un nécessaire de toilette pour sa future et on le força à regarder des objets jusqu'à ce que les yeux lui en fissent mal et qu'il ne distinguât plus rien, tant il était ébloui par l'ormolu et les encognures en argent. On le traîna dans un grand magasin de Bond Street pour y faire choix de parfumeries, et on lui fit sentir tant d'essences que ses narines se dilatèrent outre mesure et que ses nerfs olfactifs furent affligés d'une paralysie momentanée. Les bijoux de sa mère et ceux de la mère de Belinda étaient à remonter, et la victime de l'hymé-née fut obligée de rester assise une heure ou deux à cligner de l'œil à des serpents à tête relevée qui étaient destinés à être enroulés autour du bras de sa femme, ou devant des broches en émeraude qui devaient reposer sur son sein. Puis, quand il fut fatigué de toutes ces splendeurs étincelantes et de toute cette brillante confusion, il circula dans le Parc au milieu d'un tourbillon de chapeaux diaphanes, de figures souriantes, de harnais cuivrés, de portières blasonnées, et sur le bord d'une rivière dont les eaux ressemblaient à de l'or fondu sous le soleil brûlant. Pour compléter la journée, il fallut qu'il allât s'asseoir dans une loge, où, pour calmer ses nerfs, il entendit le bruit d'un orchestre monstre se confondant avec le bourdonnement d'un millier de voix.

Mais plus le jeune homme se rassasiait d'éclat, d'éblouissement, de soleil et d'étalages de marchands de soieries, plus son esprit retournait vers les prairies tranquilles, le limpide ruisseau, les collines servant de rideau, les ombres solennelles de la cathédrale et les cris des grolles dans le lointain sur les ormeaux qui se balançaient au vent.

Les préparatifs se terminèrent à la longue, et les fiancés, ainsi que leur cortége, partirent pour le Lincoln. De jolies chambres avaient été préparées à la Grange pour Arundel, sa mère et sa sœur, et le futur fut reçu avec enthousiasme par les jeunes sœurs aux yeux bleus de Belinda, qui furent enchantées de savoir qu'il allait y avoir une noce et qu'elles auraient des robes neuves.

Aussi Edward n'aurait-il été qu'un bourru s'il n'eût pas eu l'air heureux et ne se fût pas montré dévoué à la belle jeune fille qui l'aimait.

Les nouvelles du mariage prochain se propagèrent comme la flamme de l'incendie dans tout le comté. L'histoire romanesque d'Edward avait fait de lui un héros; toutes sortes de bruits avaient circulé sur son dévouement à sa jeune femme. On avait répété qu'il avait juré de ne plus paraître en société; de ne plus porter d'habits neufs, ni de se faire couper les cheveux, ni de se raser, ni de manger son dîner chaud, et le Lincoln n'approuvait nullement la défection qu'impliquait son union prochaine avec Belinda. Il n'était, en somme, qu'un veuf ordinaire, à ce qu'il semblait, et tout prêt à se consoler aussitôt que le laps de temps accordé à la douleur par l'usage serait écoulé. On s'était attendu à quelque chose de mieux de sa part ; on s'était attendu à le voir dans un an ou deux avec de longs cheveux gris, vêtu d'habits râpés, portant une barbe qui lui descendrait jusque sur la poitrine et errant dans le village de Kemberling, suivi des petits enfants. Le comté fut très-désappointé par la tournure que les affaires avaient prise. Les aphorismes de Shakspeare étaient en vogue parmi les commères aux tables à thé confortables; on parlait de repas de funérailles et de la convenance qu'il y a à bâtir des églises si vous avez l'ambitieux désir que votre souvenir vous survive, et on se permettait d'autres observations piquantes familières à tous les admirateurs du grand dramatur e.

Mais il y avait quelques personnes dans le comté chez qui la nouvelle du mariage projeté d'Edward fut mieux accuellie que ne le sont les premières fleurs de mai pour les enfants des campagnes désireux d'un festival. Paul apprit ce qui se disait et il se frotta les mains en cachette, tandis qu'il se souriait à lui-même en lisant dans le salon occidental éclairé par le soleil. La bonne graine qu'il avait semée le soir du dîner au presbytère avait fait pousser ce fruit si bien venu. Edward avec une jeune femme serait bien moins formidable qu'Edward veuf, mécontent, errant dans le voisinage de Marchmont Towers et menaçant perpétuellement de sa vengeance le cousin de Mary.

Ce fut la petite Lavinia qui apporta la première cette nouvelle à son frère. Il lui prit les deux mains dans les siennes et l'embrassa dans son enthousiasme.

– La meilleure des sœurs ! — dit-il. — Vous aurez une paire de boucles d'oreilles en diamants pour cette nouvelle.

— Rien que pour vous l'avoir apportée, Paul ?

— Oui, rien que pour me l'avoir apportée. Lorsqu'un héraut apporte la nouvelle d'une grande victoire à un roi, le roi le fait chevalier sur-le-champ. Ce mariage est une grande victoire pour moi, Lavinia. A dater d'aujourd'hui, je respirerai librement.

— Mais ils ne sont pas encore mariés. Quelque chose peut arriver peut-être pour empêcher....

- Que voulez-vous qu'il arrive ? — demanda Paul un peu sèchement. — A propos, il vaut tout autant cacher la nouvelle à Mme John, — ajouta-t-il d'un air de réflexion, — bien qu'à vrai dire maintenant je m'imagine que peu importe ce qu'elle peut entendre.

Il se frappa le front légèrement avec ses deux doigts effilés, et ce geste eut une horrible signification.

— Il n'est pas probable qu'elle apprenne quelque chose, — dit Mme Weston; — elle ne voit personne autre que Barbara.

— Alors vous me feriez plaisir de donner à comprendre à Simmons qu'elle doit tenir sa langue. La nouvelle de ce mariage troublerait sa maîtresse.   .   .

— Oui, je le lui dirai. Barbara est très-bonne personne. Je sais toujours prendre Barbara; mais, Paul, je ne sais que faire de mon pauvre mari, il a la tête si faible.

— Que voulez-vous dire?

— Oh! Paul, j'ai eu avec lui une terrible scène aujourd'hui! Quelle scène! Vous vous souvenez de quelle façon il se conduisit au chalet le jour où Edward nous y surprit. Eh bien, il en a fait autant aujourd'hui, Paul, ou pire encore, je crois.

Marchmont fronça le sourcil et jeta son journal, avec un geste de vive contrariété.

— Lavinia, voilà qui est par trop fort réellement, — dit-il; — si votre mari est un imbécile, je ne veux pas que sa folie m'ennuie. Vous l'avez mené pendant quinze ans; à coup sûr vous pouvez bien le mener encore maintenant sans me tourmenter à son sujet. Si M. Weston ne sait pas à qui il doit son bien-être, c'est qu'il est un ingrat; vous pouvez le lui dire de ma part avec mes compliments.

Il ramassa un journal et se remit à lire. Mais Lavinia, en regardant avec inquiétude la figure de son frère, vit que ses sourcils châtains étaient contractés sous l'empire de la pensée et que, s'il lisait réellement, les mots sur lesquels portaient ses yeux ne devaient avoir pour son esprit que très-peu de signification.

Elle avait raison, car, au bout d'un moment, il lui

parla, toujours en regardant la page ouverte devant lui
et en essayant de s'exprimer d'un ton d'indifférence.

— Croyez-vous qu'il consentirait à partir pour l'Australie, Lavinia?.

— Seul? demanda sa sœur.

— Oui, seul, évidemment, — dit Marchmont dépo-
sant son journal et regardant Mme Weston d'un air de
doute, — je ne tiens pas à ce que vous alliez aux antipodes; mais s'il refusait de partir sans vous, je m'ar-
rangerais pour vous dédommager de votre départ, Lavinia. Vous n'auriez pas lieu de regretter de m'avoir
obligé, chère sœur.

La chère sœur lança à son frère affectionné un regard un peu sec.

— Je reconnais votre égoïsme, Paul, dans une pro-
position pareille, — dit-elle, — après tout ce que j'ai
fait.

— Ai-je manqué de générosité envers vous, Lavinia?

— Non, vous avez été assez généreux pour moi,
sous le rapport des cadeaux, mais vous êtes riche,
Paul, et vous pouvez donner. Cela me déplaît que vous
soyez si disposé à m'éloigner, maintenant que je ne
peux plus vous être utile.

Marchmont haussa les épaules.

— Au nom du ciel, Lavinia, pas de sentiment. S'il
est une chose que je méprise plus qu'une autre, c'est
cette espèce de fade sentimentalité. Vous avez été
pour moi une très-bonne sœur et j'ai été pour vous
un frère convenable. Si vous m'avez servi, je me suis
arrangé pour que cela vous fût utile. Je ne veux pas
que vous partiez. Vous pouvez, dès demain, apporter
ici tout ce que vous possédez et y vivre sans soucis le
reste de votre vie. Mais si Weston est une brute à tête
de porc qui ne peut voir de quel côté est le beurre sur
sa rôtie, il faut qu'il s'éloigne de façon ou d'autre. Je
ne regarderai pas à ce que cela me coûtera, mais il
faut qu'il parte. Je ne veux pas mener la vie d'un Da-
moclès moderne, avec une épée constamment suspen-
due au-dessus de ma tête en la personne de Weston.
Et s'il s'oppose à quitter le pays sans vous, je crois
qu'en ce cas votre départ ne serait envers moi qu'un

acte de charité de votre part. Je déteste l'égoïsme, Lavinia, presque autant que je déteste la sentimentalité.

Mme Weston se tut pendant quelques minutes, absorbée qu'elle était par ses réflexions. Paul se leva, écarta du pied un tabouret et se promena dans le salon les mains dans ses poches.

— Peut-être pourrai-je décider George à quitter l'Angleterre en lui promettant de le rejoindre dès qu'il sera bien installé dans les colonies, — dit enfin Mme Weston.

— Oui, — s'écria Paul, — rien n'est plus facile, je serai généreux envers lui, Lavinia, je le traiterai bien, mais il ne faut pas qu'il reste en Angleterre. Non, Lavinia, après ce que vous m'avez dit aujourd'hui, je sens qu'il faut qu'il parte d'ici.

Marchmont s'approcha de la porte et regarda au dehors pour voir si par hasard quelqu'un l'aurait entendu. Il ne vit personne. Le vestibule dallé était aussi désert qu'un caveau inconnu dans un temple égyptien. L'artiste revint vers Lavinia et s'assit à côté d'elle. Pendant un moment le frère et la sœur causèrent très-sérieusement.

Ils réglèrent tout pour le départ du pauvre Weston, ce mari docile. Il devait s'embarquer pour Sydney immédiatement. Rien ne serait plus facile à Lavinia que de déclarer que son frère avait entendu parler par hasard d'une belle clientèle que pourrait obtenir un médecin dans la métropole des antipodes. On donnerait au praticien une bonne somme d'argent et Lavinia le rejoindrait évidemment aussitôt qu'il serait installé. Paul Marchmont regarda même la *Shipping Gazette* pour y trouver un navire australien qui pourrait rapidement transporter son beau-frère vers un rivage étranger.

Lavinia retourna chez elle armée de tous les pouvoirs nécessaires. Elle devait presque tout promettre à son mari, pourvu qu'il consentît à partir au plus vite.

CHAPITRE XVI

Weston refuse de se laisser mener.

Le 30 juin, la veille du mariage d'Edward, Olivia était assise dans sa chambre, la chambre qu'elle avait surtout occupée depuis la mort de son mari, le cabinet qui avait vue sur le quadrangle. Elle était assise toute seule dans cette triste pièce faiblement éclairée par deux bougies fichées dans des chandeliers en argent terni. Il était impossible de voir un contraste plus frappant que celui qui existait entre cette femme désolée et le maître de la maison. Tout, autour de lui, était brillant, frais, étincelant, splendide ; tout, autour d'elle, n'était que ruine, négligence, poussière entassée et toiles d'araignée, signes extérieurs de la désolation intérieure. La veuve de John Marchmont était sans importance dans cette maison. Les domestiques ne prenaient pas la peine de s'occuper de ses caprices ou de ses désirs, ni de mettre ses appartements en ordre. Ils ne la saluaient plus quand ils la rencontraient errant d'un air nonchalant et se traînant péniblement dans le long corridor ou dans le sombre quadrangle. Qu'y avait-il à gagner en montrant du respect à cette femme dont le cerveau était trop faible pour conserver cinq minutes de suite le souvenir de leur conduite envers elle.

Barbara était la seule qui fût d'une fidélité inébranlable pour sa maîtresse. Elle ne faisait pas sonner haut son dévouement ; elle n'attendait ni argent ni récompense pour son abnégation d'elle-même. Cette religion pour la rigide discipline qui n'avait pas été assez forte pour sauver l'âme orageuse d'Olivia du danger et de la ruine, était du moins suffisante pour ce type de femme d'un ordre inférieur. Barbara avait été dressée à faire son devoir et elle le faisait sans questionner ou se plaindre. De même que par la pluie, la neige, la grêle ou le soleil, elle allait deux fois chaque dimanche à l'église de Kemberling; de même qu'elle s'asseyait sur un banc non rembourré, dans un angle peu confortable du banc des domestiques, dont les rebords aigus blessaient ses maigres épaules, pour écouter patiemment des sermons ennuyeux tirés au hasard des textes de saint Paul; de même elle soignait sa maîtresse, se soumettant à chaque caprice, ne se préoccupant nullement de ce qu'elle avait à supporter de pénible, parce qu'il était de son devoir d'agir ainsi. La seule consolation qu'elle s'accordait, c'était de causer une heure, de temps en temps, chez la femme de charge, mais elle ne faisait jamais allusion aux infirmités de sa maîtresse, et il aurait été imprudent de la part de tout autre domestique de parler à la légère de Mme John Marchmont en présence de la sévère Barbara.

En cette soirée d'été où les gens heureux se promenaient encore parmi les fleurs sauvages, dans les sentiers ombragés ou sur les bords obscurs de la paisible rivière, Olivia était assise toute seule et contemplait les bougies.

Y avait-il quelque chose dans son esprit ou n'était-elle qu'un automate humain retournant lentement à la poussière? La réflexion ne se lisait pas dans ses grands yeux sans éclat qui se fixaient sur la faible lueur des bougies. Mais, malgré cela, son esprit n'était pas une page blanche. Les tableaux du passé changeant sans cesse, comme les ruines de quelque panorama magique, se déroulaient devant elle. Elle n'avait pas le souvenir de ce qui s'était passé il y avait un quart d'heure, mais elle se rappelait chaque mot qu'Edward lui avait dit dans le jardin du presbytère, à Swampington, chaque intonation de la voix qui avait prononcé ces paroles.

Il y avait un service à thé sur la table, une petite théière en argent amincie par l'usage, un pot à crème cassé dont les bords étaient usés et qui avait perdu un de ses petits pieds écourtés, et une tasse en vieille porcelaine ayant, ainsi que sa soucoupe, laissé ses dorures au lavage. Ce repas, qui est généralement appelé repas de société, n'a qu'un étrange aspect quand il est préparé pour une seule personne. La tasse solitaire à moitié remplie de thé froid, stagnant, avec une feuille ou deux flottant à la surface comme des herbes sur les eaux d'une mare sans courant, la cuillère jetée en travers d'une petite mare de lait répandu sur le plateau, faisaient l'effet des ruines d'une cité déserte.

Dans le salon occidental, Paul se promenait de long en large, parlant à sa mère et à ses sœurs et admirant ses tableaux. Il avait dépensé beaucoup d'argent en œuvre d'art depuis qu'il avait pris possession des Towers, et le salon occidental n'était plus du tout le même que du temps de John Marchmont.

Les divinités d'Etty souriaient à travers des draperies nébuleuses plus transparentes que les vapeurs d'été qui flottent avant le lever de la lune.

Paul contemplait ses trésors avec complaisance pendant qu'il se promenait dans le salon, sa tasse de café à la main, et sa mère le regardait avec admiration du coin confortablement garni de coussins, où elle était enfouie sur un sofa somptueux.

— Allons, ma mère, — dit Marchmont tout à coup, — on aura beau dire de moi tout ce qu'on voudra, il sera difficile qu'on me reproche d'avoir mal employé mon argent. Quand je serai mort, ces tableaux me survivront pour parler de moi; la postérité dira : « En tout « cas, le gaillard était homme de goût. » Je vous demande un peu, au nom du ciel, ce que cette malheureuse petite Mary aurait pu faire de onze mille livres sterling par an.... si elle eût vécu pour en jouir?

L'aiguille de la petite pendule du cabinet où se trouvait Mme John Marchmont approchait lentement de onze heures moins un quart, lorsqu'Olivia fut tirée tout à coup de sa longue rêverie, où les nuages du passé avaient brillé au milieu du calme plat et triste du présent comme les dômes et les minarets d'une cité fantôme qui apparaissent à travers des déserts de sables stériles.

Elle fut éveillée par un petit coup frappé avec pré-

caution contre la fenêtre. Elle se leva, ouvrit la croisée
et regarda au dehors. La nuit était noire et sans étoiles,
et la brise soufflait légèrement parmi les arbres.

— N'ayez pas peur, — murmura une voix timide,
— ce n'est que moi, George Weston. Je veux vous parler, madame John. J'ai quelque chose à vous dire en
particulier.... tout à fait en particulier; mais il ne faut
pas qu'ils l'entendent, il ne faut pas qu'ils sachent que
je suis ici. Je suis venu par ce côté-ci tout exprès. Vous
pouvez me laisser entrer par la petite porte du couloir,
n'est-ce pas, madame John? Je vous dis qu'il faut que
je vous dise ce que j'ai à vous dire, — s'écria Weston,
ne prenant pas garde à la répétition du même mot, tant
il était agité, — laissez-moi entrer, ma chère bonne
âme, par la petite porte du couloir, vous savez, elle est
fermée, vous savez, mais je suppose que la clé est
dans la serrure.

— La porte du couloir? — répéta Olivia d'un ton
rêveur.

— Oui, vous savez. Allons, laissez-moi entrer, ma
chère dame. C'est tout à fait particulier, je vous dis,
c'est à propos d'Arundel.

Arundel! le bruit de ce nom sembla produire l'effet
d'une décharge électrique sur les nerfs affaiblis de
cette femme. Sa tête courbée se redressa; ses yeux,
sans éclat un instant avant, lancèrent des étincelles du
fond de leur orbite; l'intelligence, l'animation, l'énergie
lui revinrent aussi soudainement que si la baguette
d'un enchanteur eût rappelé une morte à la vie.

— Arundel! — s'écria-t-elle d'une voix claire qui ne
ressemblait en rien à son ton traînard et sourd habituel.

— Oh! — murmura Weston, — ne parlez pas si haut,
pour l'amour de Dieu. Je suppose que les espions ne
manquent pas tout autour de nous. Laissez-moi entrer,
et je vous dirai tout.

— Oui, oui, je vais vous faire entrer. La porte du
couloir.... j'entends, venez, venez.

Olivia disparut de la fenêtre. Le couloir dont le médecin avait parlé était tout près de l'appartement. Elle
tourna la clé dans la serrure. Cet endroit était sombre;

elle ouvrit la porte presque sans bruit, et Weston entra
sur la pointe du pied. Il suivit Olivia dans le cabinet,
ferma la porte derrière lui et respira à pleins poumons.

— Je suis entré ici, — dit-il, — et maintenant que
m'y voilà, des chevaux sauvages auxquels je serais attaché ne m'empêcheraient pas de parler, et encore
moins Paul.

Il donna un tour de clé en parlant, ce qui ne l'empêcha pas de jeter sur la fenêtre un regard soupçon-
neux. D'après son idée, l'atmosphère de cette maison
était envahie par l'ubiquité de son beau-frère.

— Oh! madame John! — s'écria le médecin d'un ton piteux, — si vous saviez comme on m'a foulé aux pieds!
Vous avez été menée, vous, madame John, mais vous ne
semblez pas vous en préoccuper, et peut-être cela vaut-
il mieux quand on le peut, mais moi je ne le puis pas.
J'ai essayé de m'y résoudre, j'ai même recouru à la
boisson, madame John, quoiqu'elle me soit très-nuisi-
ble, et j'ai tenté de noyer mes sentiments d'homme
dans du grog au rhum. Mais plus je consomme de spiritueux, madame John, plus je me sens homme.

Weston frappa sur le sommet de son chapeau avec
son poing fermé, et fixa Olivia comme un furieux en
respirant péniblement et exhalant une odeur de rhum
et d'écorce de citron.

— Arundel!.... Qu'avez-vous à dire au sujet d'Arundel? — s'écria Olivia avec empressement et d'une voix
sourde.

— J'y arrive, madame John, en temps et lieu, — reprit Weston avec un air de dignité qui domina même
ses hoquets. — Ce que j'ai à dire, madame John, —
ajouta-t-il d'un ton confidentiel et argumentateur, — le
voici : « Je ne veux pas être mené ! »

Ici sa voix s'abaissa jusqu'au murmure.

— Évidemment, c'est chose agréable d'avoir un revenu assuré et de ne pas avoir à se lever pour les pauvres, madame John; mais, bonté divine, j'aimerais mieux
être poursuivi nuit et jour par les impôts de la reine et
ceux des pauvres ou avoir un garnisaire à nourrir (et
vous ne savez pas avec quel mépris peut vous regarder
un garnisaire si vous lui offrez du beurre salé ou si

votre table en général ne lui convient pas) que d'être tourmenté par ma conscience comme je le suis depuis que Paul est arrivé dans le comté. Il me semble, madame John, que j'ai commis une infinité de meurtres. C'est un miracle que mes cheveux n'aient pas encore blanchi, et cela serait déjà fait, madame John, si je n'étais d'une nature entêtée, qui est trop forte pour exhaler les souffrances de l'homme. Oh ! madame John, quand je songe comme on s'est fait un jeu des tortures de ma conscience, quand je me souviens des insultes qu'on m'a prodiguées parce que je n'ai pas un cœur de pierre.... mon sang bouillonne; il bouillonne, madame John, à un tel point que je sens que le moment d'agir est venu. On s'est tant moqué de moi que mon énergie d'homme s'agite en moi comme une fournaise ardente. On m'a foulé aux pieds, madame John, mais je ne suis pas un ver de terre, comme ils le croient. Aujourd'hui ils ont mis le comble à la mesure. Le médecin s'arrêta pour reprendre haleine. Sa figure douce, qui avait quelque ressemblance avec celle du mouton, était animée, ses sourcils floconneux remuaient convulsivement sous les efforts qu'il faisait pour exprimer la violence de ses sentiments. Aujourd'hui ils ont mis le comble à la mesure, — répéta-t-il; — ils veulent que je parte pour l'Australie, ma foi oui. Ha ! ha ! nous verrons cela. Il y a là-bas une belle clientèle pour un médecin, et ce cher Paul fournira les fonds pour mon voyage et mon installation. Ha ! ha ! nous sommes à deux de jeu. Tout cela, c'est de la bonté fraternelle, évidemment, et de la bonne amitié pour moi, c'est ainsi que cela s'appelle, madame John. Faut-il que je vous dise ce que c'est : on veut se débarrasser de moi à tout prix, de peur que ma conscience ne l'emporte et que je parle. On m'a pris pour un instrument et on m'a foulé aux pieds, mais ils ont été obligés d'avoir confiance en moi. J'ai une conscience, et cela ne fait pas leur affaire. Si je n'avais pas de conscience, je pourrais rester ici, n'avoir pas à m'inquiéter de mon loyer et de mes impôts et m'abreuver de grog au rhum jusqu'à la fin de mes jours; mais j'ai une conscience que tout le rhum de la Jamaïque ne pourrait noyer, et ils ont peur de moi.

Olivia écouta tout ceci avec un froncement de sourcils qui trahissait son impatience. Je doute fort qu'elle
eût saisi la signification des plaintes de Weston. Elle
n'avait prêté l'oreille que pour entendre le nom qui
avait le pouvoir de la transformer, elle un automate
vivant, en une femme réfléchie et raisonnable. Elle
saisit fortement le poignet du médecin.

— Vous m'avez dit que vous veniez ici pour me parler d'Arundel, — dit-elle, — auriez-vous eu l'intention
de vous moquer de moi ?

— Non, madame John, je suis venu vous parler de
lui; et je vais vous en parler, parce que je ne vous
crois pas aussi mauvaise que Paul. Je pense que vous
avez été un instrument comme moi, et on vous
a menée pas à pas, de mal en pis, de la même façon
que moi. Vous êtes la parente d'Arundel, et c'est votre
affaire plus que la mienne de veiller au tort qu'on lui
fait. Mais si vous ne parlez pas, madame John, je parlerai. Edward va se marier.

— Il va se marier!

Ces mots s'échappèrent des lèvres d'Olivia comme
une espèce de cri perçant, et elle fixa sur le médecin
un regard affreux, tandis que ses lèvres restaient entr'ouvertes et que ses yeux se dilataient. Weston fut
fasciné par l'horreur de ce regard, et il la dévisagea en
silence pendant quelques instants.

— Vous êtes fou, — s'écria-t-elle après une pause,
— vous êtes fou! Pourquoi venez-vous ici me communiquer vos sottes idées. Ma vie est bien certainement
déjà assez malheureuse sans cela.

— Je ne suis pas fou, madame John, pas plus que...

Weston allait dire « que vous, » mais il songea qu'en
pareille circonstance la comparaison pourrait être mauvaise.

— Je ne suis pas plus fou que qui que ce soit, —
reprit-il, — Arundel va se marier. J'ai vu la jeune fille
à Kemberling avec son père, et c'est une très-jolie
femme. Elle se nomme Belinda Lawford, et la cérémonie
a lieu demain à onze heures à l'église d'Hillingsworth.

Olivia leva lentement les mains au-dessus de sa tête
et écarta de son front ses cheveux en désordre. Tous

les brouillards qui avaient obscurci son cerveau s'é-
vanouirent lentement et lui montrèrent le passé tel qu'il
avait été réellement dans toute la nudité de son horreur.
Oui, pas à pas, la main cruelle l'avait poussée de
mal en pis jusqu'à la limite où elle se trouvait maintenant.

C'était pour cela qu'elle avait vendu son âme aux
puissances de l'enfer. C'était pour cela qu'elle avait
aidé à torturer cette innocente jeune fille qu'un père
mourant avait confiée à son impitoyable main. Pour
cela! pour cela! pour voir enfin que toute son iniquité
avait été en pure perte et qu'Edward avait choisi une
autre femme plus belle peut-être que la première. La
jalousie folle, malsaine de sa nature, éveilla dans les
profondeurs de son corps délabré une énergie violente,
indomptable. Mais l'instant d'après, la CONSCIENCE,
qui avait dormi si longtemps chez elle, se réveilla aussi
et lui cria d'une voix terrible :

— Pécheresse dont le péché n'a servi à rien, repens-
toi! rachète ta faute! il n'est pas encore trop tard.

Les rigides préceptes de sa religion lui revinrent en
mémoire. Elle s'était révoltée contre ces lois inflexi-
bles; elle s'était débarrassée de ces liens de fer pour
tomber dans une servitude pire encore, pour se soumettre à une tyrannie étrangère. Elle avait été la servante du Dieu du Sacrifice, et elle s'était révoltée lorsqu'une offrande lui avait été demandée. Elle avait
secoué le joug de son Maître et était devenue l'esclave
du péché. Et maintenant qu'elle découvrait où l'avait
attirée cette chaîne, elle était saisie d'une panique
soudaine et désirait revenir à son ancien maître.

Elle resta quelques minutes les mains collées sur son
front et le sein agité comme si une tempête violente
eût été déchaînée en elle.

— Il ne faut pas que ce mariage ait lieu, — s'écria-
t-elle enfin.

— Évidemment non, il ne le faut pas, — répondit
Weston. — Ne vous l'ai-je pas dit tantôt. Et si en parlant à Paul vous ne l'empêchez pas, je l'empêcherai,
moi, en lui parlant. Je préfère cependant que ce soit
vous qui vous chargiez de cela, — ajouta le médecin d'un

ton de réflexion, — parce que, voyez-vous, il vaut mieux que cela vienne de vous, n'est-ce pas ?

Olivia ne répondit pas. Elle laissa tomber ses mains, et fixa ses yeux sur le parquet.

— Ce mariage ne se fera pas, — murmura-t-elle avec un éclat de rire insensé; — il y aura un autre cœur brisé... voilà tout. Faites-moi place, — s'écria-t-elle, — faites-moi place, et laissez-moi aller à lui, laissez-moi aller à lui.

Elle écarta de son chemin le médecin terrifié, ouvrit la porte, et s'élança dans le corridor, puis dans le vestibule. Elle ouvrit la porte du salon oriental, et entra.

Weston la suivit de l'œil dans le corridor. Il attendit quelques minutes, écoutant si aucun bruit ne viendrait du salon occidental. Mais le vaste vestibule dallé le séparait du salon, et quelque bruyantes que pussent être les voix qui parlaient, elles ne pouvaient arriver aux oreilles du médecin. Il attendit cinq minutes, puis il se glissa dans le couloir et revint par là dans le quadrangle.

— En tout cas, personne ne peut dire que je sois un poltron, — se dit-il avec complaisance en passant sous un portail en pierre qui donnait accès dans le parc. — Mais quel tourbillon que cette femme! Oh! bonté divine! quel tourbillon!....

CHAPITRE XVII

« Il va se marier! »

Paul se promenait toujours çà et là dans le salon, admirant ses tableaux et souriant lui-même au souvenir de la facilité avec laquelle il avait obtenu le consentement de Weston à un arrangement australien.

Car dans ses moments de sobriété le médecin était disposé à se soumettre à tout ce que lui imposait son beau-frère et sa femme; ce n'était que sous l'influence du rhum, qu'il redevenait homme. Paul était encore à contempler ses peintures, lorsqu'Olivia entra brusquement dans le salon; mais Mme Marchmont et sa fille s'étaient retirées pour la nuit, et l'artiste était seul, seul avec ses pensées qui étaient juste en ce moment d'une nature triomphante et gaie, car le mariage d'Edward et le départ de Weston lui plaisaient également.

Il trembla un peu à la brusque entrée d'Olivia, car il n'était pas dans les habitudes de cette dernière de l'importuner, lui ou toute autre personne de sa famille; au contraire, elle s'était obstinée à s'enfermer dans sa chambre et à fuir toute créature vivante, à l'exception de Barbara.

Paul se retourna et lui fit face très-résolûment avec ce sourire qui était presque stéréotypé sur ses lèvres fines et pâles. Son apparition soudaine avait un peu blanchi la figure de l'artiste; mais ce fut là le seul signe d'agitation visible en lui.

— Ma chère madame Marchmont, vous me surprenez réellement. C'est chose si extraordinaire de vous voir ici et surtout à pareille heure.

Elle n'eut pas l'air d'avoir entendu sa voix. Elle s'approcha de lui avec raideur, ses bras maigres pendant le long de son corps et ses yeux hagards fixés sur ceux de l'artiste.

— Est-ce vrai? — demanda-t-elle.

Il fit un léger soubresaut en dépit de lui-même, car il comprit aussitôt ce qu'elle voulait dire. Quelqu'un, peu importait qui, lui avait annoncé le prochain mariage.

— Qu'est-ce qui est vrai, ma chère madame John? — dit-il avec indifférence.

— Est-ce vrai ce que Weston m'a dit? s'écria-t-elle en posant sa main amaigrie sur l'épaule de Paul.

Ses doigts décharnés serrèrent involontairement le collet de son habit, ses lèvres se contractèrent en un sourire hideux, et une flamme soudaine pétilla dans ses yeux. Une étrange sensation se fit sentir au bout de ses doigts serrés et parcourut toutes les veines de ce corps de femme, une sensation ressemblant à l'horrible tressaillement qui fait vibrer les nerfs d'un fou quand la vue de la terreur sur la figure de sa victime éveille en lui la première idée du meurtre.

La figure de Paul pâlit en sentant le bout de ces doigts maigres serrer son cou. Il eut peur d'Olivia.

— Ma chère madame John, que voulez-vous de moi ? —dit-il à la hâte. — Je vous en prie, pas de violences.

— Je ne suis pas violente.

Elle laissa retomber sa main. C'était vrai, elle n'était pas violente. Sa voix était faible, sa main tomba inerte le long de son corps. Mais Paul eut peur quand même, car il vit que si elle n'était pas violente, elle était quelque chose de pire encore, elle était dangereuse.

— Weston m'a-t-il raconté la vérité tantôt ? — dit-elle.

Paul mordit avec fureur sa lèvre inférieure. Weston l'avait donc joué après tout et avait communiqué avec cette femme. Mais qu'en résulterait-il ? Il n'était guère probable qu'elle s'inquétât de l'affaire du mariage d'Edward. Le temps d'une folie semblable était passé pour elle. Elle ne pouvait intervenir dans la question. Elle ne le pouvait pas.

— Est-ce vrai, — dit-elle, — est-ce vrai ? Est-il vrai qu'Edward se marie demain?

Elle attendit, fixant sur la figure de Paul ses yeux tout grands ouverts.

— Ma chère madame John, vous m'avez tellement surpris, que je....

— Que vous n'avez pas de réponse menteuse toute prête à me faire, — dit Olivia l'interrompant, — ne vous donnez pas la peine d'en inventer une. Je vois que Weston m'a dit la vérité. Il y avait de la franchise dans ses paroles. Dans les vôtres il n'y a que fausseté.

Paul la regardait, mais ne l'écoutait pas. Qu'elle l'insultât et l'accablât de reproches autant que cela lui plaisait, il avait ainsi le temps de réfléchir et d'adopter un système d'action, et peut-être ces paroles amères diminueraient-elles le feu qui brûlait en elle et la rendraient-elles une fois encore malléable entre ses mains habiles. Il eut le loisir de songer à cela et de se tracer une ligne de conduite, tandis qu'Olivia lui parlait. Il était inutile de nier le mariage. Elle l'avait appris par Weston, et elle pourrait l'apprendre de la première personne venue qu'elle interrogerait. Il était inutile d'essayer de cacher le fait.

— Oui, madame John, — dit-il, — c'est bien vrai. Votre cousin va épouser Belinda Lawford, et c'est très-heureux pour nous, croyez-moi, car ce mariage mettra fin à toutes les questions, à tous les soupçons et à toute surveillance, et nous garantira de tout danger.

Olivia le regardait la poitrine haletante et la respiration de plus en plus pénible à chaque nouvelle parole.

— Vous avez donc l'intention de laisser cela s'accomplir, — dit-elle, quand il eut fini.

— Cela, quoi?

— Ce mariage. Vous le laisserez avoir lieu?

— Mais très-certainement, pourquoi l'empêcherais-je?

— Pourquoi l'empêcheriez-vous? — s'écria-t-elle avec fureur; puis d'une voix altérée, d'un ton d'angoisse qui ressemblait à un gémissement de désespoir, elle ajouta: — O mon Dieu! mon Dieu! quelle dupe, quel misérable instrument j'ai été entre les mains de cet homme! pourquoi m'as-Tu abandonnée ainsi quand je me suis détournée de Toi et que j'ai fait d'Edward l'idole de mon cœur dépravé?

Paul s'assit sur la chaise la plus rapprochée avec un faible soupir de soulagement.

— Elle va s'épuiser, — se dit-il, — puis je ferai d'elle ce que je voudrai.

Mais Olivia se tourna vers lui tandis qu'il réfléchissait de la sorte.

— Croyez-vous que je laisserai s'accomplir ce mariage? — demanda-t-elle.

— Je ne crois pas que vous soyez assez folle pour l'empêcher. Ce petit mystère, que nous avons arrangé à nous deux, n'est pas tout à fait un jeu d'enfants, madame Marchmont. Nous ne pouvons nous trahir ni l'un ni l'autre. Qu'Edward se marie, travaille pour sa femme et soit heureux ; rien de plus avantageux pour nous que ce mariage. A vrai dire, nous avons tout lieu de remercier la Providence pour la tournure qu'ont prise les affaires, — conclut Marchmont pieusement.

— Ah! vraiment, — dit Olivia, — et Edward aura une autre femme. Il sera heureux avec une autre, et j'entendrai parler de leur bonheur et je le verrai peut-être un jour assis à côté d'elle et lui souriant, comme je l'ai vu sourire à Mary. Il sera heureux, et je serai informée de son bonheur. Une autre jeune fille, à figure d'enfant, se glorifiera de son amour à lui, et moi je serai tranquille, — moi je resterai tranquille. Est-ce pour cela que je vous ai vendu mon âme, Paul ? Est-ce pour cela que j'ai participé à vos coupables secrets ? Est-ce pour cela que j'ai entendu *ses* faibles gémissements retentir à mes oreilles pendant mon sommeil fiévreux, comme cela m'est arrivé chaque nuit depuis le jour où elle a quitté cette maison. Vous souvenez-vous de ce que vous m'avez dit ? Vous souvenez-vous de quelle manière vous m'avez tentée ? Vous souvenez-vous de quelle façon vous avez tiré profit de ma souffrance et exploité les tortures de mon cœur jaloux ? « Il a dé- « daigné votre amour, disiez-vous : consen tiriez- « vous à le voir heureux avec une autre femme? » Ce fut là votre argument, Paul. Vous fîtes alliance avec le mauvais esprit qui s'était emparé de moi, et à vous deux vous fûtes plus forts que moi. J'étais destinée à être damnée, et vous fûtes l'instrument choisi de ma damnation. Vous avez acheté mon âme, Paul. Vous ne me volerez pas le prix auquel je vous l'ai vendue. Vous empêcherez ce mariage.

— Vous êtes folle, madame Marchmont, ou sinon vous ne proposeriez pas pareille chose.

— Allez, — dit-elle en lui montrant la porte, — allez vers Edward et faites quelque chose, n'importe quoi, pour empêcher ce mariage.

— Je ne ferai rien dans ce sens-là.

Il avait entendu dire qu'un fou devait toujours être soumis par une résolution indomptable, et il regarda Olivia, croyant la soumettre par la fixité de son regard.

il aurait tout aussi bien fait d'essayer de rendre calme une mer en courroux.

— Je ne suis pas un imbécile, madame Marchmont, — dit-il, — et je ne ferai rien de pareil.

Il s'était levé et se tenait à côté de la table éclairée par la lampe, maniant avec une certaine agitation les livres élégamment reliés, les couteaux à papier à manches montés en or, les journaux nouvellement coupés et les jolis joujoux fantastiques rassemblés par les femmes de la maison.

Les figures des deux antagonistes étaient presque à hauteur, en face l'une de l'autre, avec la table pour toute séparation.

— Alors, moi, je l'empêcherai, — s'écria Olivia en se tournant vers la porte.

Paul vit la résolution écrite sur la figure de la veuve. Elle ferait ce dont elle le menaçait. Il courut à la porte et mit la main sur le bouton avant qu'elle pût l'atteindre.

— Non, madame John, — dit-il, se tenant debout à la porte, le dos tourné à Olivia, et cherchant à pousser les verrous et à tourner la clef. Malgré lui cette femme l'avait rendu un peu nerveux, et ce fut tout ce qu'il pût faire que de saisir la clef. — Non, non, ma chère madame John, vous ne quitterez pas cette maison ni cette chambre dans votre situation d'esprit actuelle. S'il vous plaît d'être violente et ingouvernable, nous vous laisserons tout le bénéfice de votre violence, et vous aurez une sphère d'action convenable. Une chambre cadenassée conviendra mieux à votre humeur du moment, ma chère madame. Si vous nous faites la gracieuseté d'une pareille conduite, nous trouverons des gens plus aptes à vous dompter.

Il dit tout cela d'un ton narquois où perçait un léger tremblement, tandis qu'il fermait la porte à clef et s'assurait qu'on ne pouvait l'ouvrir. Ensuite il se retourna prêt à soutenir la lutte, n'importe de quelle façon.

Au moment même où il se retournait un craquement se fit entendre tout à coup, c'était un bruit de verre brisé, et le vent froid de la nuit pénétra dans le salon.

L'une des grandes fenêtres à la française était ouverte
dans toute sa largeur, et Olivia avait disparu.

Il courut aussitôt sur la terrasse, mais il arriva trop
tard, malgré sa promptitude, car il ne put la voir ni à
droite ni à gauche sur la longue plate-forme en pierre.
Il y avait trois escaliers différents, trois sentiers ouverts qui divergeaient à travers la vaste prairie devant
Marchmont Towers. Comment pouvait-il savoir lequel
de ces sentiers avait choisi Olivia. Il y avait le grand
porche et toute espèce d'abouts en pierre le long de
la lugubre façade de la maison. Elle avait pu se cacher
dans quelque recoin. La nuit était tout à fait noire.
Deux énormes lampes en bronze que Paul avait placées
devant la porte d'entrée principale, apparaissaient
comme deux petits cercles lumineux dans l'obscurité.
Il parcourut la terrasse, regardant dans chaque coin
et recoin qui pouvait servir de cachette, mais il ne
trouva pas Olivia.

Elle avait quitté la maison avec l'intention bien arrêtée de faire quelque chose pour empêcher le mariage. Que ferait-elle? Quel plan adopterait cette femme
désespérée dans sa fureur jalouse? Irait-elle tout droit
vers Edward pour lui dire....

Oui, c'était très-probable, car de quelle autre manière pouvait-elle espérer empêcher le mariage?

Paul resta tout à fait immobile sur la terrasse pendant quelques minutes, il songeait. Il n'y avait pour
lui qu'une chose à faire. Essayer de retrouver Olivia,
c'était presque impossible. Il y avait une demi-douzaine d'issues menant hors du parc, et une foule de
sentiers différents dans le labyrinthe boisé sur le derrière des Towers. Cette femme avait pu prendre le
premier venu d'entre eux. Perdre la nuit à sa recherche serait plus qu'inutile.

Il ne restait qu'un seul plan praticable. Il fallait
contrecarrer les mouvements de cette créature désespérée.

Il revint au salon, il ferma la porte, puis il sonna.

Il ne se trouvait plus maintenant aux Towers un
grand nombre de domestiques qui avaient servi John
Marchmont. Celui qui parut au coup de sonnette était

un homme que Paul avait amené de Londres.

— Faites seller le cheval bai brun, Peterson, — dit Marchmont, — la veuve de mon pauvre cousin a quitté la maison, et je vais à sa recherche. Elle m'a beaucoup alarmé par sa conduite de ce soir. Je vous dis ceci en confidence, mais vous pouvez le répéter à Mme Simmons qui en sait plus long que moi sur sa maîtresse. Veillez à ce qu'il n'y ait pas de temps perdu pour seller mon cheval. Je veux rattraper cette malheureuse femme, si je puis. Allez donner l'ordre, puis apportez-moi mon chapeau.

L'homme sortit pour obéir à son maître. Paul s'approcha de la cheminée et regarda la pendule.

— Ils seront déjà couchés à la Grange, — se dit-il en lui-même, — ira-t-elle y frapper pour les éveiller? Sait-elle qu'Edward y est? J'en doute, et pourtant Weston peut le lui avoir dit. En tout cas, je puis y être avant elle. Il lui faudra du temps pour y arriver à pied. Je crois que j'ai bien fait de confier cette nouvelle à Peterson. Il faut que le bruit de sa folie circule partout. Je dois tenir tête à l'orage. Mais comment.... comment? Tant qu'elle a été calme, je pouvais tout diriger. Mais avec elle contre moi, et Weston.... oh! le gredin, le misérable sans cœur, après tout ce que j'ai fait pour lui et Lavinia. Mais à quoi peut s'attendre un homme quand il est obligé d'avoir confiance en un imbécile?

Il alla à la fenêtre, et regarda au dehors jusqu'à ce qu'il vît le groom s'approcher de la terrasse par l'allée carrossable, avec un cheval qu'il menait par la bride. Ensuite il prit le chapeau que son valet lui avait apporté, descendit l'escalier en courant, et se mit en selle.

— Tout va bien, Jeffreys, — dit-il; — dites qu'on ne m'attende pas jusqu'à demain matin. Que Mme Simmons veille pour attendre sa maîtresse. Mme John peut revenir à toute heure de la nuit.

Il s'éloigna au galop. A la loge il s'arrêta pour demander si quelqu'un avait passé par là.

— Non, — dit la femme.

Elle n'avait ouvert les portes à personne. Paul n'avait pas compté sur une autre réponse. Il y avait un

sentier qui menait à une petite barrière ouvrant sur
la grande route, et évidemment Olivia avait suivi ce
chemin qui était beaucoup plus court que la grande
allée.

CHAPITRE XVIII

Le revers de la médaille.

Il était plus de deux heures du matin, et le jour fixé
pour le mariage d'Edward allait bientôt poindre, lorsque Paul arrêta son cheval devant la porte blanche
qui séparait le jardin du Major Lawford de la grande
route. Il n'y avait ici ni loge ni prétention à la grandeur. Un jardin à l'ancienne mode entourait une maison en briques rouges, construite depuis deux siècles.
Il y avait un verger d'un côté de la porte blanche et
basse, et un jardin avec une pelouse et un vivier de
l'autre. L'allée des voitures faisait le tour d'un per-
ron de quelques marches, au pied duquel se trouvait
une grande porte ayant une étroite fenêtre de chaque
côté.

Paul descendit de cheval à la porte, et entra, en
tirant l'animal par la bride. Il était Cockney de cœur et
d'âme, et n'avait de goût pour aucune des jouissances
qui n'étaient pas du genre Cockney. Aussi le cheval
qu'il avait choisi n'était-il nullement une bête frin-
gante. Il aimait beaucoup d'os et fort peu de sang dans
le coursier qu'il montait, et il se contentait de ce bon
petit trot confortable de sept milles à l'heure sur les
pitoyables routes de la province.

Il y avait une rampe de poteaux en bois réunis par
des chaînes de fer sur les deux côtés du seuil de la
porte. Paul attacha la bride du cheval à l'un d'eux, et

monta l'escalier. Il tira une sonnette qui fit grand bruit
dans la maison, au milieu du calme de cette nuit d'été.
Tout le long du chemin il avait regardé à droite et à
gauche, s'attendant à passer à côté d'Olivia, mais il ne
l'avait pas rencontrée. Ceci ne signifiait rien cependant, car il existait une foule de chemins latéraux par
lesquels elle pouvait venir de Marchmont Towers à
Lawford Grange.

— En tout cas, je dois être arrivé avant elle, — se dit
Paul en attendant patiemment qu'on répondît au coup
de sonnette.

Le temps lui sembla très-long naturellement, mais
à la longue il vit une lumière briller à travers les fenêtres de la maison, et il entendit un bruit de savates
dans le vestibule. Ensuite la porte fut ouverte très-
prudemment, et la figure effrayée d'une femme se
montra à Marchmont dans l'entre-bâillement.

— Qu'y a-t-il? — demanda la femme d'une voix peu
rassurée.

— C'est moi, M. Marchmont, de Marchmont Towers. Votre maître me connaît. M. Arundel est ici,
n'est-ce pas?

— Oui, et Mme Arundel aussi, mais ils sont tous couchés.

— Peu importe. Il faut que je voie le Major Lawford
de suite.

— Mais ils sont tous couchés.

— Peu importe, vous dis-je, ma bonne femme, il
faut que je le voie.

— Et demain matin ne serait-ce pas la même chose?
Il est près de trois heures, demain l'aînée de nos demoiselles se marie, et tout le monde est couché.

— Il faut que je voie votre maître. Allons, ma bonne
femme, faites ce que je vous dis. Allez éveiller le
Major, sans faire de bruit, et dites-lui que j'ai à lui
parler sur-le-champ.

La femme, avec la chaîne de la porte toujours entre
elle et Marchmont, examina timidement la figure de
Paul. Elle avait assez souvent entendu parler de lui,
mais elle ne l'avait jamais vu, et elle doutait un peu de
son identité. Elle savait que les voleurs ont recours à

toute espèce de ruses dans leur fâcheux métier. Cette demande d'introduction dans la maison, au cœur de la nuit, ne pouvait-elle pas n'être qu'une conséquence de quelque projet funeste contre les cuillères et les fourchettes, et cette urne héréditaire en argent avec des têtes de lions, tenant dans leur gueule des anneaux en guise d'armes, dont la renommée avait sans doute circulé dans tout le Lincoln? Marchmont n'avait ni masque noir ni lanterne sourde, et aux yeux de Martha Philpot, c'étaient là les attributs essentiels du vrai voleur, mais il pouvait avoir de mauvaises intentions quand même, et il valait tout autant prendre ses précautions.

— Je vais aller faire votre commission, — dit la discrète Martha poliment, — mais peut-être cela vous est-il égal que je n'ôte pas la chaîne. Ce n'est pas comme si nous étions en hiver, — ajouta-t-elle d'un ton d'excuse.

— Vous pouvez fermer la porte si vous voulez, — répondit Paul, — seulement dépêchez-vous et éveillez votre maître. Vous pouvez lui dire que je demande à le voir pour une affaire très-sérieuse.

Martha s'éloigna, et Paul resta sur les marches en pierre, attendant son retour. Chaque moment était précieux pour lui, car il voulait devancer Olivia. Sa seule idée était qu'elle viendrait tout droit à la Grange voir Edward, à moins que par le fait elle n'ignorât où il était.

Tout à coup la lumière reparut aux étroites fenêtres, et cette fois le pas d'un homme retentit dans le vestibule dallé. Cette fois aussi Martha ôta la chaîne et ouvrit la porte assez large pour livrer passage à Marchmont. Elle ne craignait plus les voleurs, maintenant que le vaillant Major était derrière elle.

— Monsieur Marchmont, — s'écria le vieux soldat, ouvrant une porte par laquelle on pénétrait dans un petit cabinet, — vous m'excuserez si je parais un peu surpris de votre visite. Quand un vieux soldat comme moi est éveillé au milieu de la nuit, on ne peut guère s'attendre à ce qu'il ait tout d'abord toute sa présence d'esprit. Martha, apportez-nous de la lumière. Asseyez-vous, monsieur Marchmont. Voilà une chaise à côté de vous. Et maintenant puis-je vous demander le motif....

— Le motif de ce brusque dérangement pour vous. La circonstance qui m'amène ici est très-pénible, mais je crois que ma visite pourra vous éviter à vous et aux vôtres beaucoup d'ennuis.

— Nous éviter beaucoup d'ennuis ! réellement, mon cher monsieur, vous....

— Je vous intrigue pour le moment, sans doute, — dit Paul avec douceur; — mais si vous voulez m'accorder un peu de patience, Major Lawford, je crois pouvoir vous expliquer tout très-clairement.... trop clairement, hélas! Vous avez entendu parler de ma parente, Mme John Marchmont.... la veuve de mon cousin.

— Oui, — répondit le Major gravement.

Les noires médisances qui avaient circulé sur le compte de la malheureuse Olivia lui revinrent à l'esprit en entendant son nom, et le souvenir de ces affreux cancans assombrit sa franche figure.

Paul attendit pendant que Martha apportait une lampe fumeuse dont la mèche à demi éteinte était envahie par l'huile qui montait. Ensuite il continua d'une voix calme, dépourvue d'émotion, qui ressemblait à la voix d'un chrétien bienveillant bien au-dessus des douleurs de son prochain, mais plein de pitié néanmoins pour l'humanité souffrante.

— Vous avez entendu parler de ma malheureuse cousine. Vous avez sans doute appris qu'elle est.... folle.

Sa voix se changea en un murmure si faible qu'il eut l'air de ne prononcer ce dernier mot qu'à l'aide de ses lèvres minces et flexibles.

— J'ai entendu répéter quelque bruit de ce genre, — répondit le Major. — C'est-à-dire que j'ai su que Mme John Marchmont est devenue dans ces derniers temps excentrique dans ses habitudes.

— J'ai eu la pénible tâche d'assister à la lente décadence d'une très-puissante intelligence, — continua Paul. — Quand je vins pour la première fois à Marchmont Towers, à l'époque de la malheureuse fuite de ma cousine Mary avec M. Arundel, cette décadence mentale avait déjà commencé. Déjà le cercle d'idées d'Olivia en était réduit à une pensée dominante et monotone qui faisait son œuvre fatale. Ce fut ma destinée de découvrir la cause de cette triste ruine morale ; ce fut ma destinée de reconnaître promptement la nature de cette pensée absorbante qui peu à peu s'était changée en monomanie.

Le Major regarda son visiteur bien en face. C'était un homme au franc parler, et il avait de la peine à voir clair dans l'obscurité de toutes ces belles paroles.

— Vous voulez dire que vous avez trouvé ce qui avait rendu folle la veuve de votre cousin ? — dit-il brusquement.

— Vous me posez la question très-carrément, Major Lawford. Oui, j'ai découvert le secret de la malheureuse situation d'esprit de mon infortunée parente. Ce secret consiste en ceci : Pendant les dix dernières années, Olivia a nourri un amour sans espoir pour son cousin Edward Arundel.

Le Major bondit presque sur ses pieds d'horreur et de surprise.

— Bonté divine ! — s'écria-t-il. — Vous me surprenez, monsieur Marchmont, et.... et.... assez désagréablement.

— Je ne vous aurais jamais révélé ce secret à vous ou à toute autre personne vivante, Major Lawford, si les circonstances ne m'y forçaient. En ce qui concerne M. Arundel, je puis vous rassurer ; il lui a plu de m'insulter très-grossièrement, mais oublions cela. Je dois lui rendre cette justice que je le crois dans une ignorance complète de la situation d'esprit de sa cousine depuis que cette situation existe.

— Je l'espère, monsieur ; morbleu, oui, je l'espère, — s'écria le Major avec une certaine animation. — Si je pensais que ce jeune homme se fût fait un jeu de l'affection de cette dame ; si je pensais.... '

— Il n'est pas nécessaire de rien penser, quoique ce soit au détriment de M. Arundel, — répondit Paul avec une calme politesse, — si ce n'est qu'il a la tête chaude et qu'il est entêté et irréfléchi. C'est un jeune homme

qui a d'excellents principes, et il ne s'est jamais douté
du motif secret de la conduite de sa cousine envers
lui. Je suis un assez fin observateur aimant un peu à
étudier la nature humaine, et j'ai observé cette malheureuse femme. Elle aime et a aimé son cousin Edward, et sa nature est une de ces natures concentrées
chez lesquelles une grande passion frise de près la monomanie. C'est cette affection sans espoir d'être payée
de retour qui a aigri son caractère et a fait d'elle une
méchante belle-mère pour ma pauvre cousine Mary.
Pendant longtemps cette pauvre femme a été très-
tranquille, mais sa tranquillité n'était qu'un calme
trompeur. Ce soir la tempête a éclaté. Olivia a entendu
parler du mariage qui doit avoir lieu demain, et pour
la première fois sa folie mélancolique s'est changée en
violence complète. Elle est venue à moi et m'a atta-
quée au sujet de ce mariage projeté. Elle m'a accusé
d'avoir intrigué pour donner à Edward une autre femme,
puis, après s'être épuisée en un torrent d'invectives
passionnées contre moi, contre son cousin Edward,
contre votre fille, contre toutes les personnes que concerne la cérémonie de demain, cette malheureuse
femme s'est élancée hors de la maison, furieuse de jalousie, et déclarant qu'elle ferait quelque chose....
n'importe quoi.... pour empêcher la célébration de ce
second mariage d'Edward Arundel.

— O ciel! — s'écria le Major, — et vous supposez que...

— Je suppose qu'il est difficile de savoir ce que peut
ne pas tenter une folle rendue furieuse par une jalousie
qui, à elle seule, est presque aussi terrible que la folie.
Olivia a juré d'empêcher le mariage de votre fille. Que
n'ont pas fait de malheureuses créatures dans l'état où
se trouve cette femme ? Chaque jour nous lisons des
choses de ce genre dans les journaux, des actes horribles qui glacent le sang dans nos veines, et nous nous
étonnons que le ciel permette de semblables misères.
Ce n'est pas un motif frivole qui m'amène ici au milieu
de la nuit, Major Lawford. Je viens vous dire qu'une
femme désespérée a juré d'empêcher le mariage de
demain : Dieu seul sait ce qu'elle peut faire dans sa
rage jalouse. Elle peut s'attaquer à votre fille.

La figure du père devint pâle. Sa Linda, son enfant chérie, exposée à la fureur d'une folle! Il se figurait la scène : la belle jeune fille se serrant contre son prétendu, et la désespérée Olivia fondant sur elle comme une tigresse furieuse.

— Par pitié, dites-moi ce que je dois faire, monsieur Marchmont, — s'écria le Major. — Que Dieu vous bénisse, monsieur, pour être venu me prévenir. Mais que faut-il que je fasse? que me conseillez-vous ? Retarderons-nous le mariage ?

— En aucune façon. Tout ce que vous avez à faire, c'est de tenir cette malheureuse femme à l'écart. Fermez-lui votre porte; ne la laissez entrer ici sous aucun prétexte. Faites célébrer le mariage une heure plus tôt que vous n'en aviez l'intention si cela vous est possible, et activez le départ des mariés pour la première étape de leur excursion matrimoniale. Si vous voulez éviter tout l'ennui d'un scandale, prenez vos mesures pour ne pas voir cette femme.

— Je les prendrai! je les prendrai ! — répondit le Major égaré, — c'est une affreuse situation. Ma pauvre Belinda! son jour de mariage! Et une folle essayerait.... Ma parole , monsieur Marchmont, je ne sais comment vous remercier de la peine que vous avez prise.

— Ne parlons pas de cela. Cette femme est la veuve de mon cousin ; toute honte pour elle est un chagrin pour moi. Évitez de la voir. Si, par hasard, elle parvient à pénétrer jusqu'à vous, faites la sourde oreille à tout ce qu'elle pourra vous dire. Elle m'a effrayé ce soir par ses extravagances. Tenez-vous prêt à tout entendre de sa bouche. Elle est hantée par toutes espèces d'illusions, ne l'oubliez pas, elle peut vous affirmer les choses les plus ridicules. Il n'y a pas de limite à ses hallucinations. Elle vous proposera peut-être de faire sortir de la tombe la femme d'Arundel. Mais pour rien au monde vous ne la laisserez arriver jusqu'à votre fille.

— Non, non, pour rien au monde. Ma pauvre Belinda!... Je vous suis très-reconnaissant, monsieur Marchmont, pour cet avertissement. Vous allez rester ici le reste de la nuit ; les lits de Martha sont toujours prêts. Vous occuperez la chambre que nous avons de libre jusqu'à demain matin.

— Vous êtes très-bon, Major Lawford, mais il faut que je parte immédiatement. Rappelez-vous que j'ignore complétement où peut être allée ma malheureuse parente à cette heure de la nuit. Elle est peut-être retournée aux Towers. Sa fureur jalouse a peut-être cessé et, en ce cas, j'ai exagéré le danger. Mais, quoi qu'il en soit, il valait mieux vous prévenir.

— Sans aucun doute, mon cher monsieur, je vous remercie de tout cœur. Mais, prenez quelque chose.... du vin, du thé, du grog.... eh ?

Paul avait déjà pris son chapeau et s'était dirigé vers le vestibule. Il n'y avait aucune affectation dans son empressement à s'éloigner. Il jetait de temps en temps un regard inquiet vers la porte tandis que le Major cherchait à le retenir en lui offrant l'hospitalité. Il était très-pâle, et ses traits hagards trahissaient son anxiété en dépit du calme de ses manières.

— Vous êtes trop bon, non, je partirai immédiatement. J'ai fait mon devoir ici ; il faut que j'essaye maintenant de faire ce que je pourrai pour cette malheureuse femme. Bonsoir. N'oubliez pas de lui fermer votre porte.

Il détacha la bride de son cheval, se mit en selle et s'éloigna lentement, aussi longtemps que le bruit des sabots de sa monture pouvait être entendu de la Grange. Mais quand il fut à un quart de mille de la maison du Major Lawford, il mit son cheval au galop. Il n'avait pas d'éperons, mais il se servait vigoureusement de sa cravache et il allait rapidement le long d'un étroit sentier à profondes ornières.

Il parcourut une distance de quinze milles et les lueurs grises du matin apparaissaient déjà lorsqu'il arrêta son cheval à une porte en mauvais état qui donnait accès dans la grande cour vide d'une ferme inhabitée. La maison n'était plus louée depuis des années et les terres étaient à la charge d'un journalier au nom de Marchmont. Le journalier vivait dans un cottage à l'autre extrémité de la ferme, et Paul avait fait élever de nouvelles constructions avec des charpentes et un attirail compliqué de machines à draîner les terrains des bas-fonds. C'était ainsi que la vieille ferme et sa basse-cour tombaient en ruines. Les porcheries vides, les granges vides ainsi que les hangars, la paille pourrie et les mares où l'eau croupissait faisaient de cette cour l'abomination de la désolation. Paul ouvrit la porte et entra. Il se fraya un chemin avec prudence à travers la boue et le fumier, menant son cheval par la bride jusqu'à un hangar où il attacha la bête; puis il traversa la cour, souleva le loquet rouillé d'une étroite porte en bois percée dans un mur en plâtre et entra dans une petite cour pavée où une seule poule picorait en toute liberté.

Une herbe longue croissait dans les interstices des pavés. La poule fit entendre un gloussement et s'envola dans un coin à la vue de Paul. Il y avait quelques huttes à lapins inoccupées, un pigeonnier vide, un chenil et une chaîne brisée qui se rouillait dans une flaque d'eau, mais pas de chien. Cette cour, située sur le derrière de la maison, était dominée par une rangée de fenêtres à volets dont les uns étaient fermés et les autres se balançaient au vent comme s'ils eussent voulu se mettre en pièces par pur désœuvrement.

Marchmont ouvrit une porte et entra dans la maison. Il y avait des celliers et des garde-mangers, des laiteries, des cuisines à droite et à gauche, mais tout était vide. Les rats et les souris se réfugièrent dans leurs trous au bruit des pas de l'envahisseur. Les araignées se promenaient sur les murs détériorés par l'humidité, et les toiles dérangées tombant lentement du plafond crevassé venaient frôler la figure de Marchmont.

Plus avant, dans l'intérieur de cette sombre habitation, Paul trouva une grande cuisine dallée au bout de laquelle était une grille rouillée où un minimum de flamme cherchait faiblement à se dégager d'un maximum de fumée. Une porte de four ouverte laissa voir une caverne noire, et il suffisait de regarder cette porte rouillée avec son loquet tout démanché pour comprendre aussitôt qu'elle ne servait à aucun usage. Des champignons pâles et maladifs avaient poussé en grou-

pes dans les coins du foyer humide. Les araignées et
les rats, l'humidité et les toiles d'araignées, tous les
signes par lesquels la ruine annonce qu'elle s'empare
des maisons abandonnées par l'homme, apparaissaient
dans cette demeure désolée.

Paul regarda autour de lui avec un frisson dédai-
gneux. Il appela :

— Madame Brown ! Madame Brown ! — trois ou quatre fois, attendant une réponse après chaque appel,
mais il n'en entendit point, et il pénétra dans une autre chambre.

Ici, du moins, il y avait un piètre semblant de confortable. La chambre était sur le devant de la maison,
et la fenêtre basse à persiennes avait vue sur un jardin
négligé où de grandes digitales dressaient leur tête
éclatante parmi les herbes. Au bout du jardin, il y
avait un grand mur en briques contre lequel se dressaient des poiriers en espalier et où des serpenteaux et
des giroflées se balançaient à la brise du matin.

Un lit vide se trouvait dans cette chambre ; près de
la fenêtre était un fauteuil et à côté une petite table
sur laquelle se voyaient toutes les pièces d'un jeu d'é-
checs indien ; sur le lit étaient quelques vêtements
éparpillés comme si on les y eût jetés récemment, et
sur le plancher, auprès de la cheminée, on apercevait
des débris de jouets d'enfants.... une petite trompette
achetée à quelque foire de village, une écuelle et un
cheval cassé.

Paul examina tout cela d'un air un peu intrigué tout
d'abord, puis avec une crainte vague qui augmenta
encore la pâleur de sa figure.

— Madame Brown, — s'écria-t-il d'une voix forte en
traversant la chambre et en s'approchant d'une porte
intérieure.

Cette porte s'ouvrit avant que Paul y fût arrivé et
une femme parut. Elle était grande, avait une figure
dure et sombre et ses bras nus étaient hâlés.

— Au nom du ciel, où vous êtes-vous cachée, — s'é-
cria Paul avec impatience, — et où est votre malade ?

— Partie, monsieur.

— Partie !... pour aller où ?

— Avec sa belle-mère, Mme Marchmont, il n'y
a pas plus d'une demi-heure. Comme c'était votre désir que je reste la dernière ici pour nettoyer, je suis
restée, monsieur ; mais j'ai pensé qu'il aurait mieux
valu pour moi être allée avec....

Paul saisit la femme par le bras et l'attira vers lui.

— Êtes-vous folle ?... — s'écria-t-il avec un juron, —
êtes-vous folle ou ivre ?... qui vous a autorisée à laisser partir cette femme ? qui....

Il ne put finir sa phrase. Son gosier se dessécha et
il éprouva de la peine à respirer, tandis que tout le
sang de son corps afflua vers son front gonflé.

— Vous avez envoyé Mme Marchmont chercher
ma malade, monsieur, — s'écria la femme paraissant
effrayée, — vous l'avez envoyée, n'est-ce pas, monsieur ? Elle l'a dit, du moins.

— C'est une menteuse et vous êtes une imbécile ou
une fourbe. Elle vous a payée, je suppose ? ne pouvez-
vous parler ? La personne que j'ai placée sous votre
garde, que vous étiez payée et bien payée pour garder,
l'avez-vous laissée partir ?... répondez à cette question ?

— Oui, monsieur, je l'ai laissée partir, — balbutia la
femme ; elle était grosse et robuste, mais il y avait
quelque chose dans la figure de Paul qui l'effrayait
quand même ; — attendu que c'était par votre ordre.

— Voilà qui est fait, — s'écria Paul levant la main et
regardant la femme avec un sourire effrayant, — voilà
qui est fait. Vous m'avez ruiné, entendez-vous ? Vous
avez défait une œuvre qui m'a coûté.... ô mon Dieu,
pourquoi perdre mon temps à parler à une créature
comme celle-ci ? Tous mes complots, mes difficultés,
mes luttes, mes victoires, mes longues nuits sans sommeil, mes mauvais rêves, ont abouti à quoi ? à ceci, à
la ruine, A la ruine complète causée par une femme
folle.

Il s'assit dans le fauteuil auprès de la fenêtre et s'appuya sur la table, éparpillant avec son coude les pièces
du jeu d'échecs indien. Il ne pleura pas. Ce soulagement, quelque terrible qu'il soit pour une poitrine
d'homme, lui fut refusé. Ce gémissement sans énergie

ressemblait à peine à la plainte d'un homme·; c'était plutôt l'expression triste et impuissante de l'angoisse d'une bête; il faisait l'effet du hurlement d'un chien battu.

CHAPITRE XIX

Le jour du mariage de Belinda.

Le soleil brilla le jour du mariage de Belinda. Les oiseaux chantaient dans le jardin quand elle ouvrit la persienne de sa fenêtre et regarda au dehors. Le mot persienne n'est pas une licence poétique, car la chambre de Mlle Lawford était un appartement spacieux et à l'ancienne mode, avec des saillies intérieures à la fenêtre et des châssis à facettes.

Le soleil brillait et les roses s'épanouissaient dans toute leur splendeur d'été. « C'était la saison des roses, » comme l'a si bien chanté Thomas Hood, le charmant poète, et à coup sûr la saison la plus belle entre toutes pour la célébration d'un mariage. La jeune fille regarda briller les rayons du soleil avec ses cheveux en désordre sur ses épaules et elle demeura quelque temps à contempler le jardin familier avec un sourire à demi pensif.

— Oh! que de fois, — dit-elle, — je me suis promenée à côté de ces laburnes, Letty! (Il y avait deux jolis petits lits à rideaux blancs dans la vieille chambre et Mlle Arundel avait partagé l'appartement de son amie toute la semaine dernière.) Que de fois, maman et moi nous nous sommes assises sous le vieux cèdre aimé, faisant les habits de nos pauvres. On dit que les existences monotones ne sont pas heureuses; la mienne n'a jamais varié et poutant comme elle a été

heureuse! Et dire que nous, — elle s'arrêta un moment
et la couleur rosée de ses joues devint légèrement
plus marquée; c'était si doux de se servir de ce simple
monosyllabe, nous, lorsqu'Edward Arundel était l'autre
moitié du pronom, — et dire que nous serons à Paris
demain!...

— Nous irons au bois, — s'écria Mlle Arundel — et
nous dînerons à la Maison Dorée ou au Café de Paris.
Ne dînez pas chez Meurice, Linda; c'est affreusement commun de dîner à son hôtel. Vous serez une
jeune mariée et vous pouvez tout faire, vous savez. Si
j'étais une jeune mariée, je demanderais à mon mari
de me conduire à Mabille pour une demi-heure seulement avec un vieux chapeau et un voile épais. J'ai
connu une jeune fille dont la cousine germaine épousa
un cornette des gardes et ils allèrent un soir à Mabille.
Allons, Belinda, si vous voulez être peignée, asseyez-
vous sans plus tarder et laissez-moi commencer l'opération.

Mlle Arundel avait stipulé que dans cette matinée-là
elle coifferait elle-même son amie, et elle releva les
manchettes tuyautées de son peignoir blanc et se mit
à l'œuvre de la bonne manière, déroulant un réseau
de boucles brillantes sur les épaules de Mlle Lawford
avant de commencer les tresses soignées qui devaient
faire une couronne à la jeune mariée. La langue de
Letitia allait aussi vite que ses doigts, mais Belinda
gardait le silence.

Elle songeait à la bonté de la Providence qui lui
avait donné pour mari l'homme qu'elle aimait. Elle
s'était jetée à genoux le matin de bonne heure, longtemps avant le réveil de Letitia, et elle avait exprimé
ses remerciements innocents pour le bonheur dont dé-
bordait son cœur jeune et franc. Il faut qu'une femme
ait été élevée à la campagne et dans le cercle étroit
d'un heureux intérieur pour éprouver ce que ressentait
Belinda. Un amour comme le sien n'est donné qu'à de
brillants et innocents esprits que n'a pas même
souillé la connaissance du mal.

Au rez-de-chaussée, Edward faisait semblant de déjeuner en tête à tête avec son futur beau-père.

14

Le Major n'avait pas parlé du visiteur inattendu qu'il avait reçu pendant la nuit précédente. Il avait donné des ordres particuliers pour qu'aucun étranger ne fût introduit dans la maison et tout s'était borné là. Mais comme il était d'un naturel franc pour ne pas dire bavard, le poids de ce secret était un terrible fardeau pour l'honnête soldat en demi-solde. Il mangea sa rôtie d'un air inquiet et regardait la porte de temps en temps dans l'attente perpétuelle de l'apparition d'Olivia derrière cette barrière poussée par elle.

Le déjeuner n'était donc pas très-gai. Je ne suppose pas que jamais déjeuner précédant le mariage ait pu l'être. Il y avait le banquet d'apparat, le déjeuner de noce, qui devait arriver ensuite, et Mᵐᵉ Lawford, aidée de toutes les femmes de la maison, mettait la dernière main à des montagnes de fruits et de pâtisseries, à des pyramides de fleurs et à cette gloire couronnant l'œuvre, le gâteau de noce.

— Souvenez-vous que le madère et le vin du Rhin sec doivent être versés à la ronde tout d'abord; ensuite viendra le vin mousseux, et dites à Gogram de prendre garde aux bouchons, Martha, — dit Mᵐᵉ Lawford à sa servante de confiance en jetant un dernier regard anxieux sur la table, — je me suis trouvée une fois à un déjeuner où un bouchon de Champagne frappa le nez du marié au moment où il se levait pour porter un toast de remerciement, et comme il était peureux, le pauvre diable(à vrai dire, c'était un vicaire et la fiancée était la fille du curé ayant à elle un revenu de deux cents livres par an,) cela le troubla et il ne put reprendre son assiette de tout le déjeuner. Et maintenant il faut que j'aille vite mettre mon chapeau neuf.

On ne fit autre chose que remettre des chapeaux, épingler des châles en dentelle, demander partout des épingles à cheveux et échanger une foule de petits services féminins d'un bout à l'autre du premier étage pendant la demi-heure suivante.

Le Major Lawford se promenait dans le vestibule, mettant ses gants blancs qui étaient trop grands pour lui (les gants blancs des hommes d'âge mûr sont tou-

jours trop grands pour eux,) et surveillant la porte de
la citadelle. Il faudrait qu'Olivia passât sur le corps du
père, se disait le vieux soldat, avant d'ennuyer Belinda
le matin de son mariage.

Peu à peu les voitures vinrent se ranger devant la
porte. Les demoiselles d'honneur descendirent l'escalier toutes ensemble, frôlant l'une contre l'autre leurs
robes à falbalas et se disputant comme de vraies sœurs;
ensuite parut Letitia avec neuf volants en soie blanche
s'agitant et voltigeant autour d'elle et un sourire de
satisfaction sur sa figure; et enfin suivirent Mme Arundel vêtue majestueusement d'une robe de moire gris
d'argent et Mme Lawford en costume de soie violette;
le vestibule était un vrai parterre de chapeaux, de
bouquets et de mousseline.

La dernière de toutes fut Belinda en robe de mariée,
légère comme un nuage, et toute en dentelle. Les
fleurs d'oranger se balançaient autour de sa tête.
Elle descendit lentement le vaste escalier à l'antique
et rejoignit son futur qui allait et venait dans le vestibule.

Il avait l'air très-grave, mais il accueillit sa fiancée
avec un tendre sourire. Il l'aimait, mais il ne pouvait
oublier. Même en ce jour, le jour de son mariage,
l'ombre du passé le hantait sans qu'il pût la chasser.

Il n'attendit pas que Belinda fût au bas de l'escalier.
Il y avait une espèce d'étiquette à observer; et il ne
devait parler à Mlle Lawford dans cette matinée particulière, qu'au moment où il se trouverait avec elle
dans la sacristie de l'église de Hillingsworth; aussi
Letitia et Mme Arundel entraînèrent-elles le jeune
homme vers l'une des voitures, tandis que le Major
Lawford courait recevoir sa fille au pied de l'escalier.

La voiture des Arundel partit cinq minutes avant
celle qui devait porter le Major, Belinda, et autant de
demoiselles d'honneur qu'il était possible d'en entas-
ser dans le véhicule sans que les dentelles et les
mousselines eussent à en souffrir. Le reste de la noce
entra avec Mme Lawford dans la troisième et dernière
voiture. L'église de Hillingsworth était à trois quarts
de mille environ de la Grange. C'était un joli et vieux

bâtiment irrégulier situé dans un petit coin, à l'ombre d'un grand chêne vert. Derrière la tour Normande carrée se trouvait une rangée de peupliers qui se profilaient en noir sur le ciel bleu de l'été, et entre la porte basse du cimetière et le porche gris recouvert de mousse il y avait une avenue de beaux vieux ormes. Les grolles piaillaient à qui mieux mieux dans les branches les plus élevées des arbres au moment où la voiture du Major s'arrêta à la porte du cimetière.

Belinda jouissait d'une grande faveur particulière parmi les pauvres de la paroisse de Hillingsworth, et en l'honneur de son mariage, l'endroit avait revêtu un air de fête. Des guirlandes de chèvrefeuille et de clématite sauvages s'enroulaient autour des larges montants en chêne de la porte. Les enfants de l'école étaient groupés dans le cimetière avec leurs tabliers pleins de fleurs; récemment cueillies dans les sentiers ombragés et dans les charmants jardins des cottages voisins, ces brillantes fleurs champêtres étaient encore humides de la rosée du matin.

Le curé et son vicaire étaient debout sous le porche, attendant l'arrivée des mariés, et des groupes de personnes bien mises se voyaient çà et là dans les bancs propices au sommeil qui occupaient les abords de l'autel. Il y avait de plus humbles spectateurs réunis sous le plafond bas de la galerie, des femmes de commerçants et leurs filles éblouissantes de rubans neufs et savourant par anticipation dans une causerie à voix basse tout le plaisir de la cérémonie.

Chacun, dans les environs de la Grange, aimait la bonne et jolie Belinda, et la joie que causait son bonheur était universelle.

Le cortége nuptial sortit peu à peu de la sacristie dans l'ordre ordinaire; la mariée baissait la tête et avait la figure cachée par son voile; les toilettes des demoiselles d'honneur faisaient, à mesure qu'elles s'avançaient dans l'aile, à peu près le bruit d'un champ qui ondoie sous une brise d'été.

Ensuite la voix grave du curé commença le service par le court exorde préliminaire; et d'un ton qui devint de plus en plus solennel à mesure que les paroles

prononcées par lui avaient plus d'importance, il en
arriva à cette terrible exhortation qui s'adresse spécia-
lement au marié et à la mariée.

— Je vous exhorte tous deux, au nom de la responsabilité qui pèsera sur vous au jour du jugement dernier, alors que les secrets de tous les cœurs seront
dévoilés, à confesser ici si vous connaissez quelque
empêchement à votre mariage, car soyez assurés
que...

Le curé n'alla pas plus loin, car une voix de femme,
partie du fond de l'église, où régnait une profonde obscurité, s'écria :

— Arrêtez!

Le silence se fit tout à coup; les assistants se regar-
dèrent avec étonnement, puis tournèrent les yeux du
côté d'où était venue la voix. La mariée releva la tête
pour la première fois depuis sa sortie de la sacristie,
et regarda autour d'elle pâle et tremblante.

— O Edward !... Edward !... — s'écria-t-elle, —
qu'est-ce que c'est?

Le curé attendit, la main toujours posée sur le livre
ouvert. Il attendit en regardant vers l'autre bout de la
nef. Il n'eut pas longtemps à attendre; une femme,
portant un épais voile noir, qu'elle rejeta en arrière de
sa figure pâle et égarée, et traînant sur les dalles ses
vêtements couverts de poussière, s'avança lentement
le long de l'aile.

Ses deux mains étaient jointes sur sa poitrine, et sa
respiration était haletante comme si elle eût couru.

— Olivia! — s'écria Edward. — Au nom du ciel,
qu'est-ce?...

Mais le Major fit un pas en avant et parla au curé.

— Je vous en prie, qu'on l'éloigne, — dit-il à voix
basse, — j'ai été prévenu de tout ceci. J'étais préparé
à une interruption de ce genre.

Il baissa la voix et dit tout bas à l'oreille du curé :

— *Elle est folle!*

Le murmure fut comme tous les autres murmures
en général, plus distinct que le reste du discours.
Olivia l'entendit.

— Folle jusqu'à aujourd'hui ! — s'écria-t-elle, — mais

pas aujourd'hui. O Edward Arundel! Un mal affreux vous a été fait par moi et avec mon aide. Votre femme... votre femme...

— Ma femme!... eh bien, quoi?... Elle....

— Elle est vivante! — s'écria Olivia, — et à une heure de marche d'ici. Je suis venue à pied. J'étais exténuée, et j'ai mis longtemps à faire le trajet. J'ai pensé que j'arriverais à temps pour vous empêcher d'aller à l'église. Mais je suis très-faible, j'ai fait en courant une partie du chemin...

Ses mains retombèrent sur la grille de l'autel, et on eût dit qu'elle allait se laisser choir. Le curé la soutint de son bras, et elle continua.

— Je pensais pouvoir lui épargner ceci, — dit-elle en montrant Belinda, — mais je n'ai pu l'éviter. Il faut qu'elle ait sa part de douleur comme tout le monde. Elle ne peut être plus pénible pour elle que pour tant d'autres. Il faut qu'elle se résigne!

— Ma femme! — dit Edward, — Mary, ma pauvre malheureuse enfant... vivante!

Belinda détourna la tête, et cacha sa figure sur l'épaule de sa mère. Elle aurait tout supporté, mais pas cela!

Le cœur d'Edward, ce trésor suprême, pour le don duquel elle avait remercié Dieu, n'avait jamais été à elle, après tout. Un mot, un souffle, et elle était oubliée; les pensées du jeune soldat revenaient à l'autre. Il y avait une joie indicible, une tendresse inexprimable dans le son de sa voix tandis qu'il parlait de Mary, quoiqu'elle fût à côté de lui, dans sa toilette de mariée, avec son cœur brisé.

— O ma mère!... — s'écria-t-elle, — emmenez-moi, emmenez-moi avant que je meure!

Olivia se jeta à genoux à côté de la grille de l'autel. Là où la jeune et pure fiancée aurait dû s'agenouiller côte à côte avec celui qu'elle aimait, cette malheureuse pécheresse se prosterna, et la profondeur de son désespoir dépassa les limites ordinaires.

— O ma faute!... ma faute!... — s'écria-t-elle en levant ses mains jointes au-dessus de sa tête, — Dieu ne me pardonnera-t-il jamais ma faute? Dieu aura-t-il ja-

mais pitié de moi. Peut-il avoir pitié d'une faute comme
la mienne? Peut-il me la pardonner? Mon œuvre aujourd'hui elle-même n'est pas une expiation qui puisse
compter en ma faveur. J'étais jalouse de cette autre
femme, j'étais jalouse! La passion terrestre avait toujours le dessus dans mon misérable cœur!

Elle se releva tout à coup, comme si cette explosion
n'eût pas eu lieu, et posa sa main sur l'épaule d'Edward.

— Venez, — dit-elle, — venez.

— Vers elle.... vers Mary.... vers ma femme?

On avait déjà emmené Belinda en ce moment; mais
le Major était toujours là. Il essaya de tirer Edward à
l'écart, mais la main d'Olivia tenait le bras du jeune
homme aussi fortement qu'un étau.

— Elle est folle, — murmura le Major, — M. Marchmont est venu me voir la nuit dernière et m'a averti de
tout ceci. Il m'a dit d'être prêt à tout: elle a toutes
sortes d'hallucinations. Éloignez-la si vous pouvez,
pendant que je vais tout expliquer à Belinda. Edward,
si vous avez une étincelle d'énergie, éloignez cette
femme!

Mais Olivia resserra son étreinte sur le bras du
marié.

— Venez!... — dit-elle, — venez!... Êtes-vous changé
en pierre, Edward? Est-ce là toute la force de votre
amour? Je vous dis que votre femme, que Mary est
vivante. Que ceux qui doutent de mes paroles viennent voir par eux-mêmes.

Les spectateurs curieux, debout dans les bancs ou
agglomérés dans l'aile étroite, ne demandaient pas
mieux que de se rendre à cette invitation.

Olivia entraîna son cousin dans le cimetière, et de là
à la porte où attendaient les voitures. La foule se
pressa derrière eux, et les badauds qui se trouvaient
au dehors les accueillirent par des acclamations. Ces
acclamations étaient le signal qu'attendaient les enfants, pour jeter leurs fleurs sur l'étroit sentier avant
de regarder ceux qui allaient venir fouler sous leurs
pieds le jasmin, le chèvrefeuille et le seringat. Mais
ils reculèrent d'étonnement et d'effroi lorsqu'Olivia ap-

parut dans le sentier, entraînant les fleurs avec les
pans de sa robe noire, et menant par le bras le pâle
marié.

Elle le guida jusqu'à la portière de la voiture, à côté
de laquelle attendait le groom à tête grise du Major,
qui avait attaché à sa boutonnière une grosse bouffetie
de satin blanc et un bouquet de roses. Il y avait des
faveurs aux oreilles des chevaux, ainsi que sur la poitrine des commerçants d'Hillingworth, qui fournissaient
à la famille de la Grange le pain, la viande et les épi-
ceries. Les sonneurs, postés au sommet de la tour,
virent la foule sortir du porche, et crurent que la cérémonie était finie. Les cloches retentirent dans l'air
brûlant de chaleur, tandis qu'Edward était à côté de la
porte du cimetière avec Olivia près de lui.

— Prêtez-moi votre voiture, — dit-il au Major, — et
venez avec moi. Il faut que je voie la fin de tout ceci.
Ce peut être une hallucination, mais je veux en avoir
le cœur net. Si l'instinct dit vrai, je crois que je rever-
rai ma femme.... vivante.

Il monta en voiture sans plus de cérémonie, et Olivia et le Major le suivirent.

— Où est ma femme? — demanda le jeune homme,
abaissant la glace du devant de la voiture, tandis qu'il
parlait.

— A Kemberling, chez Hester Jobson.

— Droit à Kemberling, — dit Edward au cocher, — à
la grande rue de Kemberling, aussi vite que vous
pourrez.

Le cocher fouetta ses chevaux, et la voiture s'éloigna de la porte du cimetière. Les plus humbles parmi
les spectateurs que n'arrêtait aucune des convenances
sociales, coururent après la voiture, et soulevèrent en
courant des nuages de poussière sur la grande route.
Les plus hautes classes demeurèrent autour du cimetière, et s'entretinrent de l'étonnante nouvelle.

Très-peu de personnes daignèrent songer à la pauvre
Belinda. « Que le daim blessé s'en aille gémir. » Un
daim blessé est un objet peu intéressant lorsqu'il y a
des limiers qui donnent de la voix tout près de là et
que la chasse recommence.

— Depuis quand ma femme est-elle à Kemberling?
— demanda Edward à Olivia, lorsque la voiture enfila
la grande route entre les deux villages.

— Depuis le point du jour ce matin.

— Où était-elle auparavant?

— A la ferme de Stony-Stringford.

— Et avant?

— Dans le pavillon du chalet, à Marchmont.

— O mon Dieu! et....

Le jeune homme ne finit pas sa phrase. Il se pencha
vers la portière, et le regard fixé vers Kemberling, il
chercha à découvrir la grande rue du village irréguliè-
rement bâti.

— Plus vite!... — criait-il de temps en temps au cocher, — plus vite!...

Un peu plus d'une demi-heure après son départ de
la porte du cimetière, la voiture s'arrêta devant la
petite boutique du charpentier. La porte d'entrée de la
maison de Jobson était ornée d'une espèce de tableau
représentant deux croque-morts à triste mine, debout
devant une porte, car le mari d'Hester joignait à son
état de charpentier-menuisier le métier plus aristocra-
tique d'entrepreneur des pompes funèbres.

Olivia descendit de voiture avant qu'aucun des deux
hommes pût mettre pied à terre pour l'aider. La puissance était l'attribut suprême de l'esprit de cette
femme. Elle ne déviait jamais de son but. Depuis le
moment où elle avait quitté Marchmont Towers jusqu'à
l'heure présente, elle n'avait eu ni cesse ni relâche, et
n'avait pas hésité une minute.

— Venez, — dit-elle à Edward en se retournant, une
fois sur le seuil de la porte de Jobson, — et vous
aussi, — ajouta-t-elle en se tournant vers le Major
Lawford; — suivez-nous, et voyez si je suis folle.

Elle traversa la boutique, et pénétra dans l'élégant
petit salon où Edward s'était lamenté sur la perte de
sa femme.

Les persiennes des fenêtres étaient ouvertes, et les
chauds rayons du soleil d'été envahissaient la chambre.

Une jeune femme, la figure entourée de boucles de

cheveux bruns flottants, était assise sur le parquet, et regardait un joli petit nourrisson de douze mois.

La jeune femme était la fille de John Marchmont; le nourrisson était le fils d'Edward. C'était son cri enfantin que le jeune homme avait entendu par cette soirée d'octobre dans le pavillon du bord de l'eau.

— Mary, — dit Olivia d'une voix dure, — je vous rends votre mari.

La jeune mère se releva en poussant un faible cri, chancela et tomba dans les bras de son mari.

— On me disait que vous étiez mort!... on me faisait croire que vous étiez mort! — dit-elle.

Puis elle s'évanouit sur la poitrine du jeune homme. Edward la porta sur un sofa, et l'y déposa pâle et inanimée. Ensuite il s'agenouilla à côté d'elle, pleura à chaudes larmes, et adressa des remerciements entrecoupés de sanglots au Dieu qui lui avait rendu sa femme.

— Pauvre doux agneau! — murmura Hester, — elle est aussi faible qu'un baby, et elle en a déjà tant supporté ce matin.

Il s'écoula quelque temps avant qu'Edward relevât la tête de dessus l'oreiller, où reposait la pâle figure de sa femme à moitié cachée par sa chevelure emmêlée. Mais quand il releva les yeux, il se tourna vers le Major Lawford, et lui tendit la main.

— Ayez pitié de moi, — dit-il. — J'ai été la dupe d'un misérable. Dites à votre pauvre fille combien je l'estime, combien je regrette que.... que.... nous nous soyons aimés comme nous l'avons fait. L'instinct de mon cœur m'aurait fait rester fidèle au passé, mais il était impossible de connaître votre fille et de ne pas l'aimer. Le misérable qui a été la cause de ce malheur payera cher son infamie. Retournez vers votre fille. Dites-lui tout. Dites-lui ce que vous avez vu ici. Je connais son cœur, et je sais qu'elle ouvrira ses bras à cette pauvre malheureuse enfant.

Le Major s'en alla la tête baissée. Hester se donna du mouvement pour apporter des sels et des oreillers, s'arrêtant de temps en temps dans une explosion d'affection à côté du sofa rembourré sur lequel était couchée Mary.

Mme Jobson avait préparé sa meilleure chambre à coucher pour sa bien-aimée visiteuse ; et Edward emporta sa jeune femme dans cette chambre propre et bien aérée. Il revint au salon pour chercher l'enfant. Il prit dans ses bras le baby aux jolis cheveux ; mais je regrette de dire que l'enfant eut envie de pleurer sous les caresses de son père nouvellement retrouvé. C'est seulement dans les drames anglais que les pères retrouvés sont accueillis avec un élan d'affection de commande. Edward reparut ensuite au salon, et s'assit en attendant qu'Hester lui apportât des nouvelles de sa femme. Olivia se tint à côté de la fenêtre, les yeux fixés sur Edward.

— Pourquoi ne me parlez-vous pas ? — dit-elle tout à coup ; — ne pouvez-vous trouver des mots assez méprisants pour exprimer la haine que vous ressentez pour moi? Est-ce pour cela que vous vous taisez?

— Non, Olivia, — répondit le jeune homme avec calme, — je me tais, parce que je n'ai rien à vous dire. Pourquoi avez-vous agi comme vous l'avez fait ? pourquoi avez-vous consenti à être l'instrument d'un misérable? Voilà un mystère impénétrable pour moi. Je remercie Dieu que votre conscience se soit réveillée aujourd'hui, et que vous ayez du moins empêché le malheur d'une innocente jeune fille. Mais pourquoi avez-vous tenu ma femme cachée.... pourquoi avez-vous été la complice du crime de Paul ?... c'est là ce que je ne puis deviner.

— Pas même maintenant ? — dit Olivia, le regardant avec un étrange sourire. — Même maintenant je suis encore un mystère pour vous?

— Oui, Olivia.

Elle se détourna de lui avec un éclat de rire.

— Alors il vaut mieux que je sois un mystère jusqu'au bout, — dit-elle en regardant dans le jardin. Mais après un moment de silence, elle se retourna de nouveau vers le jeune homme : — Je parlerai, — dit-elle, — je veux parler, Arundel. J'espère et je crois que je n'ai pas longtemps à vivre, et que toute ma honte et ma

misère, mon opiniâtre méchanceté, ma coupable passion finiront comme un long rêve fiévreux. O Dieu! ayez
pitié de moi au réveil, et faites que la veille soit moins
affreuse que ce terrible sommeil! Je vous aimais, Edward. Ah! vous tressaillez. Que Dieu soit loué pour cela
du moins. J'ai bien gardé mon secret. Vous ne savez
pas ce que signifie ce mot « amour, » le savez-vous?
Vous croyez peut-être aimer cette enfant, cette jeune
femme qui est ici ; mais je vous dis que vous ne savez
pas ce que c'est que l'amour. Je sais ce que c'est, moi.
J'ai aimé! Pendant dix années.... pendant dix années
longues, tristes, mortelles, dix misérables années de
cinquante-deux semaines chacune, de cinquante-deux
dimanches avec de longues heures de loisir entre les
deux services.... je vous ai aimé, Edward! Faut-il que
je vous dise ce que c'est que d'aimer? C'est souffrir, haïr,
oui, haïr même l'objet de votre amour quand cet amour
est sans espoir ; le haïr pour les charmes eux-mêmes
qui vous l'ont fait aimer, lui refuser les dons et les grâ-
ces qui vous l'ont rendu cher. C'est haïr chaque créature sur qui ses yeux se fixent avec plus de tendresse
qu'ils n'en ont pour vous ; étudier une figure jusqu'à ce
que ses lignes familières deviennent un tourment perpétuel pour vous, et que vous ne puissiez dormir à
cause de cette éternelle image qui hante tous vos rêves. L'amour! Combien de gens sur cette vaste terre
connaissent la signification réelle de ce mot hideux?
Je l'ai apprise, moi, cette signification, et si bien, que
la leçon est odieuse à mon âme. On vous dira que je
suis folle, Edward, et ce sera presque la vérité, mais
pas tout à fait. Ma folie, ç'a été mon amour. Dès le début de notre connaissance, alors que vous n'étiez
guère plus qu'un enfant.... vous souvenez-vous des
longs jours passés au Prieuré? Moi, je me souviens de
chaque mot que vous m'avez dit, de chaque sentiment
que vous avez exprimé, de chaque expression de votre noble figure.... vous fûtes le premier objet brillant
qui apparut dans ma vie désolée, et je vous aimai. J'é-
pousai John Marchmont.... savez-vous pourquoi?....
parce que je voulais dresser une barrière entre vous
et moi. Je voulais rendre mon amour pour vous impos-

sible, ci se n'est en en faisant un péché. Je ne croyais pas qu'il fût dans ma nature de pécher ; tant que mon mari vécut, je chassai votre image de mon esprit, comme j'aurais chassé celle du Prince des Ténèbres s'il était venu à moi sous une forme palpable. Mais depuis lors.... oh ! j'espère que j'ai été folle depuis lors ; j'espère que Dieu pourra me pardonner mes péchés, parce que j'ai été folle.

Ses pensées se fixèrent de nouveau sur cette terrible question, qui depuis peu s'était agitée dans son esprit : pourrait-elle obtenir son pardon ? Était-il donné à la miséricorde divine de pardonner des péchés comme les siens ?

CHAPITRE XX

L'histoire de Mary.

L'un des moindres effets de toute grande secousse, de toute révolution naturelle ou physique, sociale ou domestique, est un oubli singulier ou une appréciation exagérée de la marche du temps. Parfois nous nous figurons que les fonctions ordinaires de l'univers en sont arrivées à un temps d'arrêt pendant la tempête qui a secoué notre être jusque dans ses profondeurs les plus reculées. Parfois, au contraire, il nous semble que par cela seul que nous avons enduré un siècle de souffrance ou une demi-heure d'existence de joie insensée, le globe terrestre a mesuré sa rotation sur les battements précipités de nos cœurs passionnés et que toutes les horloges de la terre ont cessé de fonctionner.

Quand le soleil se coucha en ce jour d'été, qui avait dû voir le mariage de Belinda, Edward crut que la matinée n'était pas encore écoulée. Il était étonné d'apercevoir une teinte rosée dans tout le ciel à l'occident et de voir cette grande boule d'or fondu disparaître au-dessous de l'horizon. Il fut obligé de tirer sa montre pour se convaincre que la lueur décroissante était réellement le soleil de tous les jours et non quelque phénomène surnaturel apparaissant dans les cieux.

Et pourtant, quoiqu'il fût étonné de voir le jour dans son déclin, son esprit, par une étrange inconséquence, pouvait à peine se faire à l'idée que, pas plus tard que la veille, il s'était assis à côté de Belinda en qualité de futur et avait songé, Dieu sait avec quel regret, à la tombe inconnue où reposait sa femme morte.

— Je n'ai su que ce matin, — se disait-il, — je n'ai su que ce matin que ma jeune femme vit toujours et que j'ai un fils.

Il était assis à côté de la fenêtre ouverte dans la meilleure chambre à coucher d'Hester, il était assis dans un vieux fauteuil placé entre la tête du lit et la fenêtre ouverte, une vraie fenêtre de cottage avec des carreaux en verre mince et verdâtre, une grande allége peinte supportant un grand vase de fleurs de jardin. Le jeune homme était assis à côté du lit sur lequel étaient endormis sa femme et son fils; la tête de l'enfant se cachait sur le sein de la mère, et une de ses petites joues roses apparaissait parmi une masse de cheveux blonds.

Des rideaux en basin blanc entouraient les chers dormeurs. La jolie frange tricotée, coquet travail d'Hester, décrivait des ombres fantastiques sur la couverture éclairée par le soleil. Mary dormait un bras passé autour de son enfant et la figure tournée vers son mari. Elle s'était endormie laissant une de ses mains dans celles d'Edward, après une série d'évanouissements qui l'avaient terriblement épuisée.

Edward regardait ce cher tableau avec un sourire d'ineffable affection.

— Je puis comprendre maintenant pourquoi les catholiques romains adorent la Vierge Marie, — pensa-t-il; — je puis comprendre l'inspiration qui a guidé la main de Raphaël quand il a peint la Vierge à la chaise,

Dans le monde entier, il n'y a pas de peinture aussi belle ; dans tout l'univers, il n'aurait pu trouver de sujet plus sublime. O ma bien-aimée femme, sortie de la tombe, rendue à mon amour.... et pas rendue seule ! Mon petit enfant ! mon baby ! mon fils ! dont j'entendis la faible voix par cette sombre soirée d'octobre. Et dire que je fus si tristement dupé ! et dire que mes oreilles insensibles ont pu entendre ces cris sans qu'aucun instinct du cœur me révélât la présence de mon enfant ! J'ai été si près d'eux, non pas une seule fois, mais souvent.... j'ai été si près d'eux et je ne l'ai jamais su.... jamais deviné !

Il serra involontairement les poings au souvenir de ces visites sans but qu'il avait faites au chalet solitaire. Sa jeune femme lui était rendue. Mais rien ne pouvait effacer le long intervalle d'angoisse durant lequel elle et lui avaient été dupes d'un misérable intrigant et d'une femme jalouse. Rien ne pouvait lui rendre la première année de l'existence de ce baby, cette année qui aurait été un long jour de fête et de gaieté. Sur quel triste monde ces yeux innocents s'étaient ouverts, eux qui n'auraient dû voir que le soleil, les fleurs et les tendres sourires d'un père aimant !

— O ma chérie !... ma chérie !... — se dit le jeune mari en regardant la figure amaigrie de sa femme, où n'étaient que trop visibles les traces laissées par les angoisses du passé, — comme nous avons cruellement souffert tous les deux ! Mais combien votre souffrance a dû être plus terrible encore que la mienne, ma pauvre femme si douce, mon beau lis brisé !

Dans son ravissement de retrouver la femme qu'il avait pleurée comme morte, le jeune homme avait pour le moment presque oublié l'infâme misérable qui la lui avait dérobée. Mais pendant qu'il était ainsi tranquillement assis à côté du lit où dormaient Mary et son enfant, il eut tout le loisir de songer à Paul.

Que devait-il faire à cet homme ? quelle vengeance tirerait-il de ce misérable qui, pendant près de deux ans, avait condamné une innocente jeune femme à de cruelles tortures et à la honte ? Oui, à la honte, car Edward savait que la plus amère des douleurs que

Paul avait infligée à sa cousine avait été le prétendu
refus de croire à son mariage.

— Que lui ferai-je? — se demanda le jeune homme;
— que puis-je lui faire? Il n'y a pas de châtiment ma-
nuel plus cruel que celui qu'il a subi déjà sous ma
main. Le lâche! le misérable sans cœur! le vil coquin
qui n'a 'que de la fausseté et pas de sang dans les
veines! Que puis-je lui faire? Je ne puis que lui infliger
de nouveau le même traitement, et je le lui infligerai.
Cette fois il hurlera sous le fouet comme un chien battu;
cette fois je le traînerai dans la rue du village, et je
ferai voir à toutes les commères de Kemberling comment un gredin se tord sous l'indignation d'un honnête
homme. Je lui....

La femme d'Edward s'éveilla pendant qu'il pensait
au châtiment qu'il infligerait à son ennemi mortel, et
au bout d'un moment le baby ouvrit ses innocents yeux
bleus et se redressa en regardant son père.

Arundel prit l'enfant dans ses bras et le tint avec
beaucoup de tendresse, quoiqu'un peu gauchement. Les
yeux du baby s'agrandirent à la vue de toutes les breloques d'or qui s'agitaient à la chaîne de montre de
son père, et les petites mains potelées commencèrent
à jouer avec ces breloques et les cachets du gros
homme.

— Il vient à moi, vous voyez, Mary, — dit Edward
avec un étonnement naïf.

Puis il tourna vers lui la figure du baby et contempla
tendrement ses beaux yeux bleus surpris, ses mignonnes
fossettes, son menton délicatement moulé. Je ne sais
si ce fut la vanité paternelle qui lui suggéra cette idée,
mais Edward se figura certainement qu'il voyait la faible reproduction de ses traits dans cette figure blanche
et rose; une ressemblance vague comme l'image tremblante que reflète le ruisseau quand on s'y mire. Mais
tandis qu'Edward était moitié préoccupé de cela, moitié
curieux de savoir s'il pouvait y avoir réellement chez
son fils quelque chose de sa figure à lui, Mary décida
la question avec une assurance toute féminine.

— N'est-ce pas qu'il vous ressemble, Edward? — dit-
elle tout bas. — Ce n'a été qu'à cause de lui que j'ai

supporté la vie pendant tout ce temps d'epreuve, et je
ne crois pas que j'eusse vécù, même pour lui, s'il ne
vous eût pas tant ressemblé. Je passais quelquefois
des heures éntières à le regarder, à pleurer et à songer à vous. Je ne crois pas qu'il m'arrivât jamais de
pleurer excepté lorsqu'il était dans mes bras. Alors
quelque chose semblait amollir mon cœur et les larmes
me venaient aux yeux. J'ai été très-malade pendant bien
longtemps avant la naissance de mon baby, et je ne
savais ni comment s'écoulait le temps ni en quel endroit j'étais. Je me figurais parfois que j'étais de retour
dans Oakley Street, que papa était revenu à la vie, et
que nous étions tous très-heureux ensemble. Seulement
il y avait quelque chose comme un lourd marteau qui
frappait, frappait, frappait sans cesse sur nos têtes, et
j'entendais le bruit effrayant de la rivière qui coulait
dans la rue sous nos fenêtres. J'ai entendu M. Weston
dire à sa femme que c'était un miracle que je ne fusse
pas morte à cette époque.

Hester entra en ce moment avec le service à thé qui
s'était annoncé lui-même par un bruit de cuillers, de
tasses et de soucoupes dans l'étroit escalier.

La bonne femme du charpentier avait exhibé sa plus
belle porcelaine et sa théière d'argent, joyau de famille
qui lui venait d'une vieille tante de son mari. Elle avait
eu fort à faire toute l'après-midi pour préparer cette
élégante petite collation de gâteaux et de fruits qui
accompagnaient le thé. Elle étendit sur la table une
nappe parfumée à la lavande, et arrangea les tasses,
les soucoupes, les assiettes et les plats avec une certaine fierté où se mêlait la joie.

Mais elle eut à endurer peu à peu un terrible désappointement, car aucun de ses convives n'était dans les
conditions voulues pour faire honneur à son hospitalité.
Mary se leva et s'assit dans le grand fauteuil encombré
d'oreillers. Ses yeux pensifs se fixaient avec amour sur
la figure de son mari, tournée vers elle et légèrement
colorée par la teinte rose qui disparaissait à l'occident.
Elle prit une tasse de thé, et par ce charmant crépuscule
d'été, avec le parfum des fleurs que la brise faisait entrer par la fenêtre ouverte, où une grosse mouche stu-

pide se cognait la tête contre les vitres, elle goûta pour
la première fois, depuis le jour affreux où s'était terminé sa courte lune de miel, la joie céleste du repos.

— O Edward! — murmura la jeune femme, — comme
cela me semble étrange d'être heureuse!

Il était à ses pieds, moitié agenouillé, moitié assis
sur un coussin de la fabrication d'Hester, et tenait dans
ses mains les mains de sa femme en appuyant la tête
sur le bras du fauteuil. Hester avait emporté le baby
et ils étaient seuls tous deux, ces deux êtres qui étaient
tout l'un pour l'autre et qui avaient été séparés cruellement pendant un intervalle de deux années, qu'il fallait remplir par de tristes souvenirs et de tendres paroles de consolation. Ils étaient seuls et ils pouvaient
parler en toute liberté maintenant, sans crainte d'être
interrompus; car, bien que dans sa pureté et sa beauté
un enfant soit le cousin germain des anges, et quoique
je sois parfaitement d'accord avec ce que M. Bennet et
M. Buchanan peuvent dire ou chanter sur l'enfance, il
faut avouer cependant qu'un baby gêne un peu la conversation, et que l'éloquence d'un homme n'a pas le
même charme quand il doit s'arrêter de temps en temps
pour sauver son enfant du péril imminent de la stran-
gulation causé par sa futile tentative d'avaler un de ses
poings.

Mary et Edward étaient seuls; ils étaient ensemble
une fois encore comme ils l'avaient été sur les bords
du ruisseau dans les prairies de Winchester. Un rideau
avait masqué toute la désolation et la ruine du passé,
et ils pouvaient entendre la douce et mystérieuse musique qui était le prélude d'un nouvel acte dans le drame
de la vie.

— J'essayerai d'oublier tout ce temps, — dit Mary
tout à coup, — j'essayerai de l'oublier, Edward. Je crois
que ce souvenir me tuerait à lui seul s'il devait revenir
perpétuellement au milieu de ma joie, comme il revient
même maintenant que je suis si heureuse.... si heureuse de mon bonheur.

Elle s'arrêta et se pencha vers les cheveux bouclés
de son mari.

- Vous pleurez, Mary!

— Oui, cher. Il y a quelque chose de douloureux dans le bonheur quand il vient après une pareille souffrance.

Le jeune homme releva la tête et examina la figure de sa femme. Comme elle était pâle même à la lueur du crépuscule; comme ses traits étaient usés, hagards et ravagés depuis qu'elle lui avait souri dans leur courte lune de miel! Oui, la joie est douloureuse quand elle vient après une longue souffrance; elle est douloureuse parce que nous sommes devenus sceptiques à force d'endurer une telle angoisse. Nous avons perdu la faculté de croire au bonheur. Il vient, le bel étranger; mais sa beauté nous fait reculer devant lui de peur qu'il ne soit en somme qu'un fantôme.

Dieu sait avec quelle inquiétude Edward regarda la figure changée de sa femme. Les yeux de Mary brillaient pour lui du saint éclat de l'amour. Elle lui souriait, d'un air tendre et rassurant, mais il lui semblait qu'il y avait quelque chose de surnaturel dans l'éclat de cette figure pâle et épuisée; quelque chose qui lui rappelait la figure d'une martyre qui a cessé de ressentir l'angoisse de la mort dans un avant-goût des joies du ciel.

— Mary, — dit-il ensuite, — racontez-moi toutes les cruautés que Paul ou ses instruments vous ont fait endurer; dites-moi tout, et je ne reparlerai plus de notre déplorable séparation. Je punirai seulement celui qui en a été la cause, — ajouta-t-il en baissant la voix; — dites-moi tout, ma chère aimée. Il vous sera pénible de parler de tout cela, mais nous n'y reviendrons plus. Il est des choses qu'il faut savoir. Souvenez-vous, ma chérie, que vous êtes maintenant dans mes bras et que la mort seule peut nous séparer de nouveau.

Le jeune homme avait passé ses bras autour de sa femme. Il sentit plutôt qu'il n'entendit un faible soupir plaintif tandis qu'il prononçait ces dernières paroles.

— Rien que la mort, Edward, rien que la mort, — dit Mary d'un ton solennel; — la mort n'a pas voulu venir à moi quand j'étais malheureuse. Je demandais à Dieu qu'il me fît mourir ainsi que mon enfant, car je n'aurais pu me résoudre à le laisser sur terre. Je pensais que nous serions enterrés tous deux avec vous, Edward. J'ai rêvé parfois que j'étais couchée à côté de vous dans une tombe et j'ai tendu ma main glacée pour serrer la vôtre. Je demandais, je suppliais qu'on m'enterrât avec vous quand je serais morte, car je vous croyais mort, Edward; je le croyais fermement. Je n'avais pas le moindre espoir que vous fussiez vivant. Si j'avais eu une pareille espérance, aucune puissance sur terre n'aurait pu me garder prisonnière.

— Les misérables ! — murmura Edward les dents serrées, — les infâmes misérables ! les lâches menteurs !

— Pas de colère, Edward, je vous en supplie. Je ressens une douleur au cœur quand vous parlez ainsi. Je sais combien ils ont été méchants, combien ils ont été cruels.... affreusement cruels. Je regarde en arrière sur mes moments de souffrance comme si c'était quelqu'un d'autre qui eût souffert, car maintenant que vous êtes avec moi je ne puis croire que cette malheureuse créature abandonnée et désespérée était réellement moi, moi qui appuie ma tête sur votre épaule et qui mêle mon haleine à la vôtre. Je considère toute ma misère passée et je ne puis leur pardonner, Edward; je suis très-mauvaise, car je ne puis pas encore pardonner à mon cousin Paul et à sa sœur.... mais je ne veux pas que vous parliez d'eux; je veux seulement que vous m'aimiez; je veux seulement vous voir me sourire et vous entendre me répéter sans cesse que rien ne peut nous séparer maintenant...excepté la mort.

Elle s'arrêta quelques instants, épuisée par ce long discours. Sa tête s'appuyait sur l'épaule de son mari, et elle se rapprochait de lui en frissonnant légèrement.

— Qu'avez-vous, ma chérie?

— Il me semble que tout cela ne peut être réel.

— Quoi, chère?

— Le présent.... toute cette joie. O Edward ! est-ce réel ? est-ce vrai, dites? ou bien n'est-ce qu'un rêve? Vais-je m'éveiller tout à l'heure, sentir l'air froid qui pénètre par la fenêtre et voir la lune sur la boiserie de Stony-Stringfort? Est-ce réel?

— Ôui, mon trésor. C'est aussi réel que la miséricorde de Dieu, qui vous dédommagera de tout ce que
vous avez souffert; aussi réel que la vengeance de Dieu
qui frappera lourdement vos persécuteurs. Et maintenant, chérie, dites-moi.... dites-moi tout. Il faut que je
sache l'histoire de ces deux misérables années, durant
lesquelles j'ai pleuré mon amour perdu.

Arundel oublia de dire que, pendant ces deux misérables années, il s'était engagé à devenir le mari d'une
autre femme. Mais peut-être qu'un homme, même
quand il est fidèle et bon au possible, est toujours un
peu en arrière d'une femme en matière de constance.

— Quand vous me laissâtes dans le comté de Southampton, Edward, je fus très-malheureuse, — commença Mary à voix basse, — mais je savais que c'était
égoïste et méchant de ne penser qu'à moi. J'essayai de
songer à votre pauvre père qui était malade et souf-
frant, et je priai pour lui, espérant qu'il recouvrerait la
santé et que vous reviendriez vers moi bien vite. Les
gens de l'auberge furent très-bons pour moi. Je m'assis à la fenêtre du matin au soir le jour de votre départ, et le lendemain, car j'étais assez enfant pour m'i-
maginer, chaque fois que j'entendais le bruit des sabots des chevaux ou des roues des voitures sur la
grande route, que vous reveniez vers moi et que mon
chagrin était fini. Je m'assis à la fenêtre et je regar-
dai la route jusqu'à ce que je connusse la forme de
chaque arbre, de chaque toit de maison et de toutes
les branches des buissons d'aubépine dans la haie.
Enfin.... ce fut le troisième jour après votre départ....
j'entendis les roues d'une voiture qui s'arrêta en passant devant l'auberge. C'était un cabriolet et je n'at-
tendis pas, Edward, d'avoir vu qui était dedans.... je
ne me figurais pas qu'il pût amener quelqu'un autre
que vous. Je descendis rapidement l'escalier, et mon
cœur battait si fort que je respirais avec difficulté; je
sentais à peine les marches sous mes pieds. Mais
quand j'arrivai à la porte.... ô mon amour! mon amour!...
Je n'ai pas la force de songer à cela, je ne puis en endurer le souvenir....

Elle s'arrêta, cherchant à reprendre haleine et s'appuyant sur son mari. Puis, avec un effort, elle continua :

— Oui, je vous dirai tout, cher, il faut que je vous le dise. Mon cousin Paul et ma belle-mère étaient dans le petit vestibule au bas de l'escalier. Je crois que je m'évanouis dans les bras de ma belle-mère, et quand je repris connaissance j'étais dans notre petit salon…. la jolie petite chambre rustique, Edward, où nous avions été si heureux ensemble. Il ne faut pas que je m'arrête pour vous détailler tout, cela me prendrait trop de temps de vous raconter tout ce qui s'est passé dans ce misérable temps. Je sus que quelque chose devait aller de travers en voyant les manières de mon cousin Paul, mais ils ne voulurent, ni ma belle-mère ni lui, me dire ce que c'était. Je leur demandai si vous étiez mort, mais ils répondirent : « Non, il n'est pas mort. » Pourtant je voyais qu'il était arrivé quelque malheur. Mais plus tard, par hasard, je vis votre nom dans un journal qui était sur la table avec le chapeau et les gants de Paul. Je lus le compte rendu d'un accident sur la ligne du chemin de fer que vous aviez suivie. Le cœur me manqua aussitôt et je crois que je devinai tout ce qui s'était passé. Je vis votre nom parmi ceux des personnes qui avaient été dangereusement blessées. Paul secoua la tête quand je lui demandai s'il y avait quelque espoir. Ils me ramenèrent ici. Je sais à peine comment j'y revins, comment j'endurai ce malheur. Je les suppliai de me laisser aller vers vous; je me jetai à genoux, je les implorai en me traînant à leurs pieds, mais ils refusèrent de m'écouter. C'était impossible, disait Paul. Il semblait toujours très-bon pour moi, il parlait toujours avec douceur, et il me disait sans cessé qu'il avait pitié de moi et s'associait à ma douleur. Mais, bien que ma belle-mère me regardât sèchement et me parlât comme toujours d'un ton froid et dur, je pense parfois qu'elle aurait cédé et aurait fini par me laisser aller vous rejoindre, sans lui…. sans mon cousin Paul. Il pouvait me regarder le sourire aux lèvres quand j'étais presque folle de douleur, et il ne balança jamais, il ne dévia pas un instant de son but. On me ramena donc aux Towers. Je me laissais faire, car je ne sentais plus mon malheur. J'étais seulement fatiguée, oh! si fatiguée, et je voulais me coucher par terre dans quelque coin tranquille où personne ne m'approcherait. Il me semblait que je me mourais. Je crois que j'étais très-malade quand nous revînmes aux Towers. Ma belle-mère et Barbara Simmons veillèrent au chevet de mon lit jour et nuit. Parfois je les reconnaissais, parfois j'avais toutes sortes d'hallucinations, et souvent.... oh bien souvent, mon cher aimé!.... je croyais que vous étiez avec moi. Mon cousin Paul venait chaque jour et restait à côté de mon lit. Je ne puis vous dire combien cela m'était odieux de le voir près de moi. Il entrait dans la chambre avec aussi peu de bruit que s'il eût marché sur de la neige; mais malgré ses précautions et lors même que je fusse endormie lorsqu'il entrait, je savais toujours qu'il était là à me sourire. Je m'éveillais toujours avec un frisson d'horreur qui me glaçait le sang comme si un rat eût trotté sur ma figure. Par la suite, quand le délire eût cessé, j'eus honte des sentiments que j'éprouvais. Cela me semblait bien mal de ressentir cette antipathie déraisonnable pour le cousin de mon cher père; mais il m'avait apporté de mauvaises nouvelles de vous, Edward, et il n'était pas très-étrange qu'il fût haï par moi. Un jour, il s'assit à côté de mon lit vers l'époque où j'allais mieux et où je reprenais des forces. Il n'y avait personne dans la chambre, excepté ma belle-mère, et elle était debout à la fenêtre, nous tournant le dos et regardant au dehors. Mon cousin Paul s'assit à mon chevet et commença à me parler de ce ton mielleux et compatissant qui me torturait et m'irritait malgré moi. Il me demanda ce qui m'était arrivé après que j'eus quitté les Towers à la fin du bal. Je lui dis tout, Edward.... votre arrivée à Oakley Street et notre mariage. Mais, mon cher mari, il ne voulut pas me croire, il ne voulut pas me croire. Tous mes efforts furent inutiles. J'eus beau lui jurer à plusieurs reprises.... par mon père qui était au ciel, par la miséricorde divine sur laquelle je comptais.... que je disais la vérité et rien que la vérité, il ne voulut pas me croire, il ne voulut pas me croire. Il secoua la tête et me dit qu'il était à peine étonné de voir que je cherchais à le tromper, que c'était une triste histoire, une très-malheureuse, une très-honteuse histoire, et que ma tentative de mensonge était toute naturelle. Et ensuite il me dit du mal de vous, Edward.... il dit du mal de vous. Il parla de mon ignorance d'enfant, de mon amour confiant et de votre infamie. O Edward, il dit de bien horribles choses.... de bien horribles choses!... Vous aviez résolu de vous emparer de ma fortune, de devenir mon maître à cause de ma richesse, et vous ne m'aviez pas épousée. Vous ne m'aviez pas épousée. Il persistait dans cette affirmation. Le délire me reprit après cela, je fus presque folle, je crois. Pendant tout le temps de mon délire, je parlai de mon mariage à mon cousin Paul. Quoiqu'il fut très-rarement dans la chambre, je croyais constamment qu'il y était, et je lui répétai la même chose.... la même chose.... jusqu'à ce que mon cerveau fût en feu. Je ne sais pas combien de temps cela dura. Je sais qu'une fois, au milieu de la nuit, je vis ma belle-mère accroupie sur le plancher, sanglotant tout haut et pleurant sur sa méchanceté, en disant que Dieu ne lui pardonnerait jamais son péché. Ma santé s'améliora enfin, et je descendis de ma chambre. J'allais m'asseoir d'habitude dans le cabinet de mon pauvre papa. Les jalousies étaient toujours baissées, et aucun des domestiques, excepté Barbara, ne venait jamais dans la chambre. Mon cousin Paul n'habitait pas les Towers, mais il y venait chaque jour et y passait souvent toute la journée. Il semblait le maître de la maison. Ma belle-mère lui obéissait en tout et le consultait sur tout. Quelquefois Mme Weston venait aussi. Elle était comme son frère. Elle me souriait toujours d'un air grave et compatissant absolument comme lui, et elle semblait toujours avoir pitié de moi. Mais elle ne voulut pas croire à mon mariage. Elle parla cruellement de vous, Edward, mais en termes qui semblaient dictés par sa compassion pour moi. Personne ne voulut croire à mon mariage. Aucun étranger n'avait la permission de me voir. On ne me laissait jamais sortir. On me traitait comme si j'eusse été quelque honteuse créature qu'il fallait dérober aux regards du monde. Un jour, je suppliai mon cousin Paul d'aller à Londres voir Mme Pim-

pernel. Elle pourrait le renseigner sur notre mariage.
J'avais oublié le nom du curé qui nous avait unis et
celui de l'église où nous avions été mariés, et je ne pus
les donner à Paul; mais je lui donnai l'adresse de
Mᵐᵉ Pimpernel, et j'écrivis à cette bonne femme pour
la prier de tout raconter à mon cousin au sujet de mon
mariage. Je remis à Paul la lettre non cachetée. Il se
rendit à Londres environ une semaine après; quand il
revint, il me rapporta ma lettre. Il était allé à Oakley
Street, dit-il, mais Mᵐᵉ Pimpernel avait quitté le quartier et personne ne savait où elle était allée.

— Mensonge! affreux mensonge! — murmura Edward — oh, le scélérat!... l'infernal scélérat!

— Jamais paroles ne pourraient rendre ma douleur à
cette époque, mon angoisse amère, mon incertitude
insupportable. Quand je les questionnai sur vous, ils
ne voulaient pas me répondre. Parfois je pensais que
vous m'aviez oubliée, que vous ne m'aviez épousée
que par commisération pour mon abandon, et que vous
étiez heureux d'être débarrassé de moi. Oh! pardonnez-moi cette mauvaise pensée, Edward; mais j'étais
si malheureuse, si misérable. Parfois encore je me figurais que vous étiez très-malade, dans un état désespéré et sans forces pour venir à moi. Je n'osais pas
penser que vous étiez mort. J'éloignais de moi cette
pensée autant que je le pouvais, mais elle me hantait
nuit et jour. Elle me poursuivait comme un spectre.
J'essayais de fermer les yeux pour ne pas voir, mais
je voyais en esprit. Les journées se ressemblaient toutes, longues, tristes, désolées, et je savais à peine
comment s'écoulait le temps. Ma belle-mère m'apportait des livres religieux et me disait de les lire; mais
c'étaient des livres difficiles, et je ne pouvais y trouver un seul mot consolant. Il avaient dû, je crois, être
écrits pour effrayer des personnes obstinées et méchantes. Le seul livre qui m'apporta quelque consolation, ce fut ce cher volume que je lisais à papa le
dimanche au soir dans Oakley Street. Je le relus, Edward, dans ces jours de malheur; je lus l'histoire du
fils unique de la veuve qui avait été ressuscité, parce
que sa mère était malheureuse sans lui. Je lus et je re-

lus si souvent cette tendre et douce histoire, qu'il me
semblait voir le cortége funéraire, la figure calme et
froide dans la bière, la main blanche levée et cette
physionomie sublime et charmante dont l'image· nous
apparaît toujours alors que nous souffrons le plus, la
tremblante auréole autour de ses cheveux blonds, et
dans le lointain les colonnes brillantes des temples
blancs et les palmiers se dressant dans le ciel pourpre de l'Orient. Je pensais que Celui qui avait ressuscité le fils d'une pauvre veuve précisément parce qu'il
était son fils unique et qu'elle était bien seule sans lui,
aurait plus de pitié pour moi que le Dieu des livres
d'Olivia, et je Le priais, Edward, je Le priais nuit et
jour pour qu'il vous ramenât vers moi. Je ne sais pas
quel jour· c'était, je sais seulement que nous étions en
automne, et que les feuilles mortes voltigeaient dans
le quadrangle, lorsque ma belle-mère m'envoya chercher dans ma chambre où j'étais assise, non pas occupée à lire mais à penser. J'étais dans un fauteuil, la
tête sur mes· mains, et· je regardais stupidement les
feuilles tourbillonner et le ciel gris et froid. Ma belle-
mère était dans le cabinet de papa et je devais aller
l'y retrouver. J'y allai et je la trouvai debout avec une
lettre froissée à la main et un article de journal étalé
sur la table devant elle. Elle était pâle comme la mort
et elle tremblait violemment de la tête aux pieds.
« Voyez, dit·elle en me montrant le papier, votre
amant est mort. Sans vous il aurait reçu un· jour plus
tôt la lettre qui lui annonçait la maladie de 'son père;
il serait allé dans le Devonshire par un autre train. C'est
à cause de vous qu'il a voyagé à l'époque de· ce fatal
accident. S'il est vrai qu'il soit mort, que son sang retombe sur votre tête.... que son sang retombe sur votre
tête ! » Je crois que ces cruelles paroles· furent exactement telles·. Je n'espérai pas une minute que ces horribles lignes du journal· étaient fausses. Je pensai
qu'elles devaient être vraies, et je devins folle, Edward.... je devins folle, car le désespoir s'empara de
moi complétement à la nouvelle· de votre mort. Je re-
montai dans ma chambre et je mis mon châle et mon
chapeau. Puis je sortis de la maison, j'entrai dans le

bois sombre et je suivis le sentier du bord de l'eau. Je
voulais me noyer, mais la vue de l'eau noire me fit fris-
sonner d'horreur. J'eus peur, Edward, et je marchai
sur les bords de la rivière, sachant à peine où j'allais
jusqu'à ce qu'il fût tout à fait nuit. J'étais fatiguée et
je m'assis sur la terre humide de la rive, au milieu
des joncs et des roseaux. Je restai là plusieurs heures et je vis les étoiles briller faiblement dans le ciel
obscur. Je crois que je délirais, car parfois je compre-
nais que j'étais au bord de l'eau, et la minute d'après
je me figurais être dans ma chambre à coucher des
Towers. Parfois encore il me semblait que j'étais avec
vous dans les prairies de Winchester ; le soleil brillait,
vous étiez assis à mes côtés et je pouvais voir votre
image se réfléter dans l'eau qui miroitait aux rayons
du soleil. A la longue, après être restée là longtemps,
très-longtemps, deux personnes arrivèrent avec une
lanterne, un homme et une femme, et j'entendis une
voix s'écrier : « La voici, la voici couchée par terre ! »
et ensuite une autre voix, une voix de femme très-faible et très-effrayée dit : « Est-elle vivante? » Alors ces
deux personnes me relevèrent, l'homme m'emporta
dans ses bras et la femme prit la lanterne. Je ne pus
leur parler, mais je sus que ces deux personnes étaient
mon cousin Paul et sa sœur Mme Weston. Je me
souviens que Paul me porta assez longtemps dans ses
bras, puis je dus m'évanouir, car tout souvenir m'é-
chappe jusqu'au moment où je me réveillai un jour et
où je me trouvai couchée dans un lit du pavillon du
chalet. M. Weston était à mon chevet. Je ne sais pas
comment le temps passa. Je sais seulement qu'il
me parut très-long. Je crois que ma maladie était
une fièvre rhumatismale que j'avais gagnée en restant couchée sur la terre humide pendant presque
toute la nuit où je me sauvai des Towers. Un laps de
temps considérable s'écoula…. il y avait de la glace
et de la neige. J'aperçus une fois la rivière par la fenêtre quand je quittai mon lit pour une heure ou deux, et
une fois à minuit j'entendis les cloches de l'église de
Kemberling annonçant la nouvelle année. J'étais très-
malade, mais je n'avais pas de médecin. Pendant toute

cette période je ne vis que mon cousin Paul, Lavinia, et une servante nommée Betzy, grossière campagnarde qui prenait soin de moi en l'absence de ses maîtres. On était très-bon pour moi et on me prodiguait les soins nécessaires.

— Vous ne vîtes donc pas Olivia de tout ce temps? — demanda Edward avec empressement.

— Non; ma belle-mère ne parut que quelque temps après le retour de la nouvelle année. Elle vint tout à coup un soir tandis que Mme Weston était avec moi, et tout d'abord elle fut effrayée en me voyant. Elle me parla ensuite avec bonté, mais d'une voix étrange où perçait la terreur. Elle appuya sa tête sur la couverture du lit et sanglota tout haut; Paul l'emmena alors et lui parla cruellement, très-cruellement.... en la blessant par des allusions à son amour pour vous. Je n'avais jamais compris jusqu'alors pourquoi elle me haïssait, mais j'eus pitié d'elle à partir de ce moment; oui, Edward, malheureuse comme je l'étais, j'eus pitié d'elle, parce que vous ne l'aviez jamais aimée. Dans ma souffrance, j'étais plus heureuse qu'elle, car vous m'aviez aimée, Edward.... vous m'aviez aimée!

Mary rapprocha sa figure des lèvres de son mari, et ces chères lèvres s'appuyèrent tendrement sur son front pâle.

— O ma bien-aimée, ma bien-aimée! — murmura le jeune homme, — mon pauvre ange qui a tant souffert! Dieu pourra-t-il jamais pardonner à ces gens toute leur cruauté envers vous? Mais, ma chérie, pourquoi ne cherchiez vous pas à fuir?

— J'étais trop malade pour marcher, je croyais que j'allais mourir.

— Mais plus tard, quand la santé revint, quand vous fûtes plus forte.... ne fîtes-vous aucun effort pour échapper à vos persécuteurs?

Mary secoua tristement la tête.

— Pourquoi aurais-je essayé de leur échapper? — dit-elle, — qu'avais-je à faire hors de ma prison? Il valait autant que je fusse là qu'ailleurs. Je croyais que vous étiez mort, Edward; je croyais que vous étiez mort, et plus rien ne me rattachait à la vie. J'attendais seulement que Celui qui avait ressuscité le fils de la veuve eût pitié de moi et m'appelât au ciel où je pensais que vous étiez avec papa. Je ne voulais pas sortir de ces tristes pièces au-dessus du chalet. Être là ou à Marchmont Towers, c'était la même chose pour moi. Je vous croyais mort, et toutes les vanités et les grandeurs de ce monde n'étaient plus rien pour moi. Personne ne me maltraitait, on me laissait seule. Mme Weston me dit que c'était dans mon intérêt qu'on me dérobait aux regards des gens des Towers. J'étais une pauvre fille déshonorée, me disait-elle, et il valait mieux que je vécusse tranquillement dans le pavillon jusqu'à ce qu'on se lassât de parler de moi ; puis mon cousin Paul m'emmènerait sur le continent où personne ne saurait qui j'étais. Elle me dit que l'honneur du nom de mon père et de toute ma famille serait sauvé par ce moyen. Je répondis que je n'avais pas déshonoré le nom de mon cher père ; mais elle se contenta de secouer tristement la tête, et j'étais trop faible pour discuter avec elle. Que m'importait? Je vous croyais mort, et le monde n'existait plus pour moi. Je m'asseyais chaque jour à la fenêtre, sans regarder au dehors, parce qu'il y avait des jalousies vénitiennes que mon cousin Paul avait clouées à l'allége, et j'entrevoyais à peine çà et là l'eau de la rivière par les interstices des lattes. Je restais immobile à écouter le sifflement du vent à travers les arbres ou le bruit des sabots des chevaux sur le chemin de halage, ou la pluie qui tombait dans la rivière les jours où il pleuvait. Je crois que même au moment de ma plus profonde misère, Dieu fut bon pour moi, car je tombai dans une complète apathie et je perdis même le sentiment de la souffrance. Un jour, un jour de mars où le vent gémissait et où la fumée refoulée dans l'étroite cheminée remplissait la chambre, Mme Weston amena son mari qui causa un moment avec moi et s'entretint ensuite à voix basse avec sa femme. Il semblait terriblement effrayé et il tremblait tout en disant : « Pauvre femme!... pauvre jeune femme! » mais Mme Weston le malmena et ne le laissa pas longtemps dans la chambre. Depuis lors, M. Weston vint très-souvent, toujours avec Lavinia, qui paraissait plus habile que lui-même en médecine, car elle lui donnait ses

ordres et il lui obéissait en tout. Un peu plus tard,
quand les oiseaux chantaient et que les rayons chauds
du soleil pénétraient dans l'appartement, mon baby
vint au monde. Edward, mon baby vint au monde. Je
pensais que Dieu, qui avait ressuscité le fils de la veuve,
avait entendu ma prière et vous avait rappelé de la
tombe, car les yeux du baby étaient comme les vôtres,
et je songeais parfois que c'était votre âme qui me
regardait à travers leurs pupilles et qui me consolait.
Vous souvient-il de cette pauvre femme allemande qui
croyait que l'esprit d'un roi mort venait à elle sous la
forme d'un corbeau? Je sais, cher Edward, que ce n'é-
tait pas une bonne femme; mais elle avait dû aimer
sincèrement le roi pour en arriver à croire une chose si
extraordinaire. Je ne crois pas à l'amour des gens qui
aiment « avec raison, » Edward; l'amour qui est vrai est
celui qui aime trop bien. A partir de l'époque de la
naissance de mon baby, tout fut changé. Je fus plus
malheureuse peut-être parce que mon apathie cessa,
que le souvenir me revint et que je songeai à vous,
cher Edward, en inondant de mes larmes la figure de
mon petit ange endormi. Mais je ne fus plus seule. Le
monde sembla s'être rétréci en un petit cercle ayant la
dimension du berceau de mon enfant. Je ne pense pas
qu'il ressemble aux autres babies, Edward. Je crois
qu'il devina ma douleur dès le début et essaya de me
consoler à sa manière muette. Le Dieu qui a opéré tant
de miracles, qui sont tous des preuves de Son amour,
de Sa tendresse et de Sa pitié pour les douleurs de
l'humanité, pouvait facilement faire que mon enfant fût
différent des autres et servît de consolation à sa malheureuse mère. Dans l'automne qui suivit la naissance
de mon baby, Paul et sa sœur vinrent me voir une nuit
et m'emmenèrent du pavillon du bord de l'eau, dans
une ferme abandonnée où il y avait une femme qui
devait me servir et avoir soin de moi. Elle ne fut pas
méchante, mais elle me négligea un peu. Je n'y pris
pas garde, car je ne demandais que d'être seule avec
mon précieux trésor.... votre fils, Edward, votre fils.
La femme me permettait de temps en temps de me
promener dans le jardin. C'était un jardin négligé, mais

il y avait de belles fleurs devenues sauvages, et au retour du printemps mon chéri se couchait sur l'herbe et jouait avec les boutons d'or et les marguerites que je lui jetais. Nous étions tous deux plus heureux et bien mieux que dans les deux chambres murées du chalet. Je vous ai tout dit maintenant, Edward, tout, excepté ce qui s'est passé ce matin, quand ma belle-mère et Hester sont arrivées dans ma chambre, au point du jour, et m'ont dit que j'avais été trompée et que vous étiez vivant. Ma belle-mère s'est jetée à mes genoux et m'a suppliée de lui pardonner, car elle était, disait-elle, une misérable pécheresse qui avait été abandonnée de Dieu. Je lui ai pardonné, Edward, et je l'ai embrassée. Vous lui pardonnerez aussi, mon cher mari, car je sais qu'elle a été très-malheureuse. Elle a pris ensuite le baby dans ses bras, elle l'a embrassé…. oh! avec quelle passion!…. et elle a pleuré sur lui. Après cela, elles m'ont amenée ici dans le char à bancs de Jobson, car Jobson était avec elles, et Hester m'a tenue dans ses bras tout le temps. Et puis, mon cher mari, après une longue attente, vous êtes venu à moi.

Edward serra sa femme dans ses bras et l'embrassa une fois encore.

— Nous ne reparlerons plus de tout ceci, ma bien-aimée, — dit-il, — je sais tout, maintenant. je comprends tout, je ne vous affligerai plus en vous reparlant de vos cruelles souffrances.

— Et vous pardonnerez à Olivia, cher?

— Oui, chérie, je pardonnerai à…. Olivia.

Il n'en dit pas bien long, car un bruit de pas retentit dans l'escalier, et une faible lueur apparut à travers les fentes de la porte. Hester entra avec deux bougies allumées qu'elle avait plantées dans des chandeliers de faïence. Mais Hester n'était pas seule; derrière elle se tenait une dame en robe de soie à froufrou, une grande dame à figure respectable qui s'écria :

— Où est-elle, Edward?… où est-elle?… Faites-moi voir cette pauvre malheureuse enfant.

C'était Mᵐᵉ Arundel qui était venue à Kemberling pour voir sa belle-fille retrouvée.

— Oh, ma chère mère! — s'écria le jeune homme,

— comme vous avez été bonne de venir. Maintenant, Mary, vous ne saurez plus ce que c'est que de manquer de protecteur. Voici ma tendre mère qui vous garantira de tout mal.

Mary se leva et alla au-devant de Mme Arundel, qui ouvrit ses bras pour y recevoir la jeune femme de son fils. Mais avant de la serrer contre son sein, elle prit les deux mains de sa bru dans les siennes et regarda attentivement sa figure pâle et ravagée.

Elle poussa un long soupir en contemplant ces traits amaigris et l'éclat des yeux qui semblaient extraordinairement grands à cause des joues creuses de la jeune femme.

— Oh, chère! — s'écria Mme Arundel, — comme vous avez été cruellement maltraitée, ma pauvre enfant!

Edward regarda sa mère; il était effrayé du sérieux de ses manières; mais elle lui sourit d'un air rassurant.

— Je vous conduirai à Dangerfield avec moi, ma pauvre chère enfant, — dit-elle à Mary; — je vous dorloterai et je vous rendrai grasse comme une perdrix, mon cher bijou, et je serai une mère pour vous, qui n'en avez pas. Oh! dire qu'il existe des gens assez vils pour.... mais je ne veux pas vous troubler, mon enfant. Je vous emmènerai de cet horrible et sombre comté par le premier train de demain, et vous dormirez demain soir à Dangerfield dans la chambre bleue, où les roses et les myrtes se balanceront à votre fenêtre. Edward nous suivra, et vous ne reviendrez ici que lorsque vous serez bien portante. Vous essayerez de m'aimer, n'est-ce pas, chère enfant? Oh, Edward! j'ai vu l'enfant, il est superbe; tout à fait votre image; il a cinq dents, mais je regrette de dire qu'elles poussent de travers; c'est le bas et non le haut qui perce tout d'abord, à ce que dit Hester.

— Et Belinda, chère mère? — dit ensuite Edward à voix basse et grave.

— Belinda est un ange, — répondit Mme Arundel avec autant de gravité; — elle est restée dans sa chambre tout le jour, et personne ne l'a vue que sa mère, mais elle est descendue au vestibule au moment où je par-

tais, ce soir, et elle m'a dit : « Chère madame Arundel,
dites-lui qu'il ne me croie pas égoïste au point d'être
désolée de ce qui est arrivé. Dites-lui que je suis très-
heureuse que sa jeune femme ait été sauvée. » Elle a
porté sa main sur mes lèvres pour m'empêcher de parler, et elle est remontée chez elle. Si ce n'est pas là se
conduire comme un ange, je ne sais pas ce qu'il faudrait
faire pour cela.

CHAPÎTRE XXI

« Tout au dedans est noir comme la nuit. »

Paul ne quitta la ferme de Stony-Stringford que vers
l'heure du crépuscule, par cette belle journée d'été, et
le crépuscule est lent à venir dans les premiers jours
de juillet, quel que soit le dégoût qu'un homme puisse
éprouver pour le soleil. Paul s'arrêta à la ferme déserte, erra dans les chambres vides, se promena d'un
air rêveur dans le jardin négligé, ou bien demeura tout
à coup immobile comme une statue, fixant pendant
longtemps le mur devant lui et comptant les traces
visqueuses des limaçons sur les branches d'un prunier,
ou les mouches prises dans les toiles d'araignées. Paul
avait peur de quitter cette ferme solitaire. Il avait
peur, et le courage ne lui était pas encore revenu. Il
savait à peine ce qu'il craignait, car une espèce de
stupeur avait succédé aux violentes émotions des quelques dernières heures. Le temps s'écoulait et son cerveau s'égarait quand il essayait d'envisager sa position.

C'était chose très-difficile pour lui que ce travail de
la pensée. La calamité qui avait fondu sur lui était une
calamité inattendue, imprévue. Il était habile et il avait
eu confiance en son habileté. Il n'avait jamais pensé
qu'il serait découvert.

16

Jusqu'à cette heure tout lui avait été favorable. Ses dupes et ses victimes avaient bien manœuvré entre ses mains. La douleur de Mary,.qui avait fait d'elle une créature passive tout à fait indifférente à son sort, son éducation particulière qui lui avait tout appris, excepté la connaissance du monde dans lequel elle devait vivre, avaient permis à Paul d'exécuter un projet tellement infâme et hardi, qu'il échappait aux soupçons des honnêtes gens, et tellement vil, qu'il était presque en dehors de l'intelligence des coquins ordinaires.

Il n'avait pas compté qu'il serait découvert. Tous ses plans avaient été mûris et préparés avec soin. Aussitôt après le mariage d'Edward et son départ pour le Continent, Paul avait l'intention d'emmener Mary et l'enfant, avec la domestique qu'il avait choisie pour eux, dans quelque village perdu du pays de Galles.

Il aurait fait ce voyage tout seul, la nuit, et sans mettre personne dans la confidence, car la domestique n'était pas renseignée sur la position réelle de Mary. On lui avait dit que la jeune femme était une pauvre parente de Paul, et que son histoire était très-triste. Si la malheureuse créature avait d'étranges idées et des illusions bizarres, ce n'était pas étonnant, car ses souffrances avaient été assez terribles pour tourner une tête plus forte que la sienne. Tout avait été arrangé, et si habilement arrangé, que Mary et l'enfant auraient disparu à la nuit quelque soir d'été, et Lavinia elle-même n'aurait pu dire où ils étaient allés.

Paul ne s'était pas attendu à être découvert. Mais il s'était encore moins attendu à être trahi par celle qui avait tout dévoilé. Il avait fait d'Olivia son instrument, mais il avait été prudent même avec elle. Il ne lui avait rien confié, et quoiqu'elle eût soupçonné quelque infamie dans la disparition de Mary, elle n'avait rien su de positif. Elle n'avait pas menti quand elle avait juré à Edward qu'elle ne savait pas où était sa femme. Sans la découverte fortuite du secret du pavillon, elle n'aurait jamais été informée de l'existence de Mary après cette après-midi d'octobre, dans laquelle la jeune femme avait quitté Marchmont Towers.

Mais ici Paul avait été trahi par la négligence de la jeune fille qui avait servi de geôlière et de servante à Mary. C'était l'habitude d'Olivia d'errer souvent dans le bois sombre du bord de l'eau pendant l'hiver où Mary était prisonnière dans le pavillon du chalet. Lavinia et Paul passaient une bonne partie de leur temps dans ce pavillon, mais ils ne pouvaient y être constamment en sentinelle. Il fallait donner le change aux curieux, et la femme du médecin eut à accomplir tous les devoirs de matrone aux yeux de Kemberling, et à fournir quelque prétexte plausible à ses fréquentes visites au chalet. « Paul aimait cet endroit pour y dessiner, » dit Mme Weston à ses amis, et il était tellement enthousiaste de son art que c'était réellement un plaisir de s'associer à son enthousiasme; aussi aimait-elle à rester avec lui à causer ou à lui faire la lecture tandis qu'il peignait. Cette explication fut suffisante pour Kemberling, et Mme Weston se rendit au pavillon de Marchmont Towers trois ou quatre fois par semaine sans donner lieu à aucune médisance.

Mais avec quelque habileté qu'on arrange soi-même ses affaires, il n'est pas toujours facile de s'assurer la prudente coopération des gens qu'on emploie. Betzy était une jeune personne stupide, à l'esprit étroit, qui était très-sûre en ce qui concernait la possibilité d'une sympathie ou d'une pitié quelconque pour Mary; mais cette stupidité elle-même, qui la rendait précieuse d'un côté, la rendait dangereuse de l'autre. Un jour, tandis que Mme Weston était avec la jeune et malheureuse prisonnière, Betzy s'en alla au bord de l'eau pour causer avec un jeune batelier de bonne mine qui était son parent, et peut-être son admirateur, et elle laissa toute ouverte la porte de l'atelier. Olivia entra sans but aucun dans le pavillon, il y avait une étrange fascination pour elle dans cet endroit où elle avait entendu Edward déclarer son amour à la fille de John Marchmont, et elle entendit la voix de Mary dans la chambre au sommet de l'escalier.

C'était ainsi qu'Olivia avait surpris le secret de Paul, et dès ce moment ce fut l'affaire de l'artiste de gouverner cette femme par la seule arme qu'il possédât contre elle : son secret, sa folie; son fol amour pour Edward et sa haine jalouse pour la femme qu'il avait aimée. Cette arme était très-puissante, et Paul s'en servit sans ménagement.

Quand la femme qui, pendant vingt-sept ans de sa vie, avait vécu sans péché, qui, depuis le moment où elle avait été assez âgée pour distinguer le bien du mal jusqu'à l'époque où Edward revint de l'Inde pour la seconde fois, avait rempli sévèrement son devoir, quand cette femme qui peu à peu était tombée de son piédestal dans un abîme de péché, quand cette femme fit des observations à Marchmont, il se retourna vers elle et la flagella avec sa folie.

— Vous venez me faire des reproches, — dit-il, — vous m'appelez misérable et traître et vous dites que vous ne pouvez supporter votre crime et que votre conscience, en gardant votre secret, vous crie la nuit de défaire ce que j'ai fait et de rétablir Mary dans ses droits. Oubliez-vous quel est son premier droit? Oubliez-vous ce qu'il faut que je lui rende en lui rendant cette maison et le revenu qui en dépend? Si je lui rends Marchmont Towers, il faut que je lui rende l'amour d'Edward. Vous ne vous en souvenez plus peut-être. Si jamais elle rentre dans cette maison, elle y reviendra en s'appuyant sur son bras. Vous les verrez ensemble. Vous entendrez parler de leur bonheur, et croyez-vous qu'il oubliera jamais la part que vous avez prise dans le complot. Oui, c'est un complot si vous voulez: si vous ne craignez pas de vous servir d'un vilain mot, pourquoi le craindrais-je moi aussi? Vous pardonnera-t-il jamais, croyez-vous, quand il saura que sa jeune femme a été la victime d'un amour vicieux, déraisonnable? Oui, Olivia, l'amour est vicieux quand il est donné sans qu'on le demande, et c'est une passion si forte, une folie si aveugle et si déraisonnable, que l'honneur, la pitié, la franchise, les sentiments chrétiens sont foulés aux pieds par elle. Comment supporterez-vous le mépris d'Edward pour vous? Comment supporterez-vous son amour pour Mary, multiplié vingt fois par toute cette romanesque affaire de séparation et de persécution? Vous parlez de mon crime. Qui est-ce qui a péché

le premier? Qui est-ce qui a chassé Mary de cette maison... non pas une fois, mais deux fois, par sa cruauté?
Qui est-ce qui l'a persécutée et torturée jour par jour,
heure par heure, non pas ouvertement, non pas par
des coups qu'il était possible de parer, mais par des
allusions cruelles, par des sarcasmes indignes d'une
femme et par des reproches diaboliques. Interrogez
votre cœur, Olivia, et quand vous commencerez à vous
repentir de votre faute, moi je réparerai les torts cau-
sés par la mienne. En attendant, si cette affaire vous
est pénible, vous êtes libre de faire ce qu'il vous plaira;
conduisez Edward au pavillon là-bas, et rendez-lui sa
femme; donnez un démenti à toute votre vie passée
et jetez ces amants dévoués dans les bras l'un de
l'autre.

Cette arme ne manquait jamais de faire son effet.
Olivia pouvait avoir horreur d'elle-même, de sa faute
et de sa vie qui était affreuse à cause de cette faute,
mais elle ne pouvait se résoudre à rendre Mary à Edward, elle ne pouvait supporter l'idée de leur bonheur. Chaque nuit elle se traînait à genoux et jurait
à son Dieu offensé qu'elle accomplirait cet acte de
justice, qu'elle ferait ce sacrifice expiatoire; mais
chaque matin, lorsque ses yeux revoyaient l'odieuse
lumière du soleil, elle s'écriait : « Pas aujourd'hui, pas
aujourd'hui! »

Bien des fois, pendant le séjour d'Edward à Kemberling Retreat, elle était partie de Marchmont Towers avec l'intention de lui révéler l'endroit où était
cachée sa jeune femme, mais elle était toujours revenue sans avoir accompli son œuvre. Elle ne pouvait
pas, elle ne pouvait pas. Au milieu de la nuit, par une
pluie torrentielle et tandis que le vent glacé de l'hiver
soufflait sur sa figure, elle était sortie pour se rendre
au cottage, et à moitié chemin, elle s'était arrêtée en
s'écriant : « Non, non, pas maintenant, cette tâche est
encore au-dessus de mes forces. »

Ce ne fut que lorsqu'une autre jalousie plus violente
fut éveillée dans le cœur de cette femme, qu'elle se
leva tout d'un coup forte, résolue et indomptable, pour
accomplir sur-le-champ ce devoir si longtemps re-

tardé. De même qu'un poison neutralise, dit-on, l'effet
d'un autre poison, de même la jalousie d'Olivia au sujet
de Belinda sembla effacer et éteindre sa haine pour
Mary. Il valait mieux s'attirer tous les malheurs, quels
qu'ils fussent, que de voir Edward prendre une autre
femme plus jolie peut-être que la première. La femme
jalouse avait toujours regardé Mary comme une rivale
méprisable. Elle aimait mieux qu'Edward fût enchaîné
à elle que de le savoir aimé d'une autre femme plus
belle et plus digne de son affection. Tel fut le sentiment qui domina chez Olivia, quoiqu'elle ne sût qu'à
demi elle-même que c'était là le mobile qui lui avait
donné une force et une résolution nouvelles. Elle essaya
de croire que c'etait le réveil de sa conscience qui la
poussait à faire cette bonne œuvre, mais dans la demi-
obscurité de son esprit, il restait encore une faible
lueur de la lumière de la vérité, et ce fut cette lueur qui
la fit se jeter à genoux devant l'autel de l'église de
Hillingsworth et déclarer ce qu'il y avait de coupable
dans sa nature.

Paul s'arrêta plusieurs fois devant les arbres frui-
tiers mal tenus, en errant sans but dans le jardin négligé de Stony-Stringford, et en attendant que la confusion de ses pensées disparût et qu'il pût comprendre
ce qui lui était arrivé.

Sa première action raisonnable fut de tirer sa montre;
mais même alors il resta quelques moments à regarder
le cadran avant de se rappeler pourquoi il l'avait tirée
de sa poche ou ce qu'il voulait savoir. Au chronomètre
de Marchmont il était sept heures dix minutes, mais la
montre n'avait pas été réglée la nuit précédente et elle
s'était arrêtée. Paul la remit dans la poche de son gilet, puis se dirigea par le sentier couvert d'herbes vers
cette fenêtre basse à persiennes, à laquelle il avait souvent vu Mary assise avec son enfant dans ses bras. Il
s'approcha de cette fenêtre et regarda à l'intérieur en
collant sa figure contre les vitres. La chambre était
propre et mise en ordre, car la femme que Marchmont
avait prise pour servante avait fait sa besogne comme
d'habitude, et elle était occupée à remplir une petite

théière en faïence avec l'eau de la bouilloire lorsque Paul examina la chambre.

Elle releva la tête quand la personne de Marchmont s'interposa entre elle et la lumière, et elle faillit laisser tomber la théière tant elle eut peur du courroux de son maître.

Mais Paul poussa l'espagnolette et lui parla très-tranquillement.

— Restez où vous êtes, — dit-il, — j'ai à vous parler, je vais entrer.

Il entra dans la maison par une porte qui avait été jadis l'entrée principale et s'ouvrait sur un vestibule à panneaux boisés. De ce vestibule, il pénétra dans le salon qui avait servi d'appartement à Mary et où la domestique préparait alors le thé.

— J'ai pensé que je ferais tout aussi bien de prendre une tasse de thé, monsieur, en attendant vos ordres, — dit-elle sous forme d'excuse, — car j'ai été réveillée de si bonne heure ce matin, monsieur, que j'en ai un mal de tête insupportable, voyez-vous, et....

Paul leva la main pour couper court au bavardage de cette femme comme cela lui était arrivé déjà. Il n'avait pas conscience de ce qu'elle disait, mais le son de sa voix l'agaçait. Ses sourcils se contractaient avec force comme si quelque chose l'eût blessé à la tête.

Il y avait un coucou hollandais dans un coin de la chambre, et le long pendule se balançait près du mur. A cette horloge il était huit heures et demie.

— Votre horloge va-t-elle bien? — demanda Paul.

— Oui, monsieur, elle retarde peur-être de cinq minutes, mais pas plus.

Marchmont tira sa montre, la monta et la mit à l'heure du coucou hollandais.

— Et maintenant, — dit-il, — vous pourrez peut-être m'expliquer clairement ce qui s'est passé. Je ne veux pas d'excuses, entendez-vous; je veux seulement savoir ce qui est arrivé et ce qui a été dit, mot pour mot, ne l'oubliez pas.

Il s'assit, puis il se releva aussitôt et s'approcha de la fenêtre; ensuite il arpenta la chambre deux ou trois fois et revint prendre place sur le fauteuil auprès de la cheminée. Il ressemblait à un homme qui, en proie à quelque affreuse torture physique, éprouve du soulagement à ne pas rester immobile.

— Allons, — dit-il, — j'attends.

— Je le vois, monsieur, mais en vous demandant excuse, vous me feriez plaisir de ne pas bouger pendant que je vous racconterai tout, car vous me rappelez les bêtes fauves du Jardin zoologique à un tel point, monsieur, que le bouillonnement du sang auquel je suis sujette depuis mon enfance pourrait m'empêcher de vous dire la vérité comme je le désire. Mme Marchmont, monsieur, est arrivée avant le jour dans un char à bancs qu'on avait garni de coussins et de paille. Sans cela, je n'aurais pas laissé partir la malade. Elle avait amené avec elle une jeune personne à bonne figure respectable qu'elle a nommée Hester Jobling ou Gobson ou quelque chose dans ce genre ; j'ai une mémoire infidèle et je ne veux rien inventer. Mme Marchmont est allée tout droit vers ma jeune dame et elle tremblait de tout son corps. La jeune femme nommée Hester a éveillé la malade doucement, l'a embrassée en pleurant, et un homme qui conduisait le char à bancs (il avait l'air d'un petit commerçant à son aise) a fait approcher son véhicule de la porte de devant, ainsi que vous pourrez vous en assurer par la trace des roues, monsieur, si vous ne me croyez pas. Et Mme Marchmont et la jeune femme nommée Hester ont fait lever ma jeune dame et l'ont habillée ainsi que l'enfant. Tout cela s'est fait si vite, que j'en ai été stupéfaite, et je n'ai pu les en empêcher, mais j'ai dit à Mme Marchmont : « Est-ce l'ordre de M. Marchmont que sa cousine soit emmenée ce matin ? » Elle m'a regardée sèchement et m'a répondu : « Oui. » Elle a toujours des façons brusques, mais ce matin c'était pire que de coutume. Je ne suis qu'une pauvre femme, monsieur, et toute seule que pouvais-je faire ?

— N'avez-vous rien de plus à me dire ?

— Rien, monsieur, ah ! attendez ; elles ont placé ma jeune dame dans le char, et l'homme est monté après elle et il est parti de toute la vitesse de son cheval. Il y avait vingt minutes qu'ils s'étaient éloignés lorsque j'ai commencé à trembler comme une feuille, de peur d'avoir mal agi en les laissant s'en aller.

— Vous avez mal agi, — répondit Paul sévèrement, — mais peu importe. Si ces officieuses amies de ma pauvre et faible cousine ont bien voulu l'emmener, tant mieux pour moi qui l'avait à ma charge depuis assez longtemps. Puisque votre malade est partie, vos services sont inutiles. Je serai généreux envers vous, quoique je sois très-ennuyé par votre faute et votre stupidité. Vous est-il dû quelque chose.

Mme Brown hésita un moment, puis elle répondit d'un ton insinuant :

— Il ne m'est pas dû de gages, monsieur, non, pas de gages; vous m'avez payé un trimestre à l'avance il y a quinze jours, et je vous ai donné un reçu de la somme, monsieur. Mais j'ai fait mon devoir, monsieur, et je n'ai pas eu grand repos. Ma santé n'est plus ce qu'elle était quand je me présentai à vous sur votre demande d'une personne respectable et ne refusant pas d'aller à la campagne pour y soigner une malade. Je vous dirai franchement, monsieur, que si j'avais su que dans le pays on était exposé à attraper la fièvre comme on l'est ici, et qu'il y avait dans la maison assez de rats pour effrayer une armée, je n'aurais pas accepté la place. Aussi tout cadeau que vous jugerez convenable, après avoir tout pris en considération et....

— C'est bon, — dit Paul prenant une poignée de monnaie blanche dans la poche de son gilet. — Je suppose qu'un billet de dix livres vous contentera?

— Oh! oui, monsieur, et c'est beaucoup de générosité de votre part.

— Très-bien. J'ai ici un billet de cinq livres et cinq souverains. Ce que vous avez de mieux à faire, c'est de repartir pour Londres aussitôt; il y a un train qui passe à la station de Milsome à onze heures.... Milsome n'est pas à plus d'un demi-mille d'ici. Faites vos paquets; il y a bien quelque enfant dans les environs qui vous les portera.

— Oui, monsieur, il y a un enfant nommé William.

— Il ira avec vous alors, et si vous ne perdez pas de

temps, vous pourrez prendre le train de onze heures.

— Oui, monsieur, et je vous remercie bien.

— Je ne veux pas de remerciements. Veillez à ne pas manquer le train, c'est tout ce dont vous aurez à vous préoccuper.

Marchmont revint dans le jardin. Il avait en somme fait quelque chose; il avait pris ses mesures pour éloigner cette femme.

Si.... si, par un hasard quelconque, il était possible de conserver le secret de l'existence de Mary, c'était déjà là un témoin de disparu.

Mais lui restait-il quelque chance? Marchmont s'assit sur un vieux banc vermoulu et essaya de songer, essaya d'envisager nettement sa position.

Non, il n'y avait plus d'espoir pour lui. De quelque côté qu'il regardât, il n'y avait pas un rayon d'espérance. Avec Weston, Olivia, Betzy la servante, et Hester témoignant contre lui, que pouvait-il espérer?

Le médecin pourrait déclarer que l'enfant était le fils de Mary, son fils légitime, seul héritier de ce domaine dont Paul avait pris possession.

Il n'y avait pas d'espoir. Il n'était pas possible qu'Olivia hésitât dans son projet, car n'avait-elle pas amené avec elle deux témoins : Hester et son mari?

Dès lors elle n'était plus maîtresse de ses actions. L'honnête charpentier et sa femme veilleraient à ce que Mary fût réintégrée dans ses droits.

— Ce sera une belle spéculation pour eux, — se dit Paul qui mesurait naturellement les autres à son aune.

Oui, sa ruine était complète. Elle avait fondu sur lui rapide et soudaine comme le caprice d'une folle....ou.... le tonnerre de la Providence offensée. Que faire? S'enfuir, gagner par les sentiers détournés et les traverses la station la plus voisine, se cacher dans un wagon de troisième classe se dirigeant vers Londres et de Londres se rendre à Liverpool pour aller à New-York sur quelque navire d'émigrants.

Il ne pouvait pas même adopter ce plan, car il n'avait pas de quoi payer le billet de chemin de fer pour la première station de sa fuite. Après avoir donné les dix livres à Mme Brown, il ne restait plus que quelques shillings dans la poche de son gilet. Il n'avait sur lui qu'un seul objet de valeur, sa montre, qui avait coûté cinquante livres sterling; mais les armes de Marchmont étaient gravées sur la boîte, et le nom de Paul en toutes lettres ainsi que l'adresse de Marchmont Towers étaient à l'intérieur. Ainsi toute tentative de vente amènerait inévitablement la découverte du maître de cet objet.

Paul n'avait rien mis de côté pour ce jour de malheur. Confiant au possible dans ses talents, il n'avait jamais imaginé la découverte et la ruine : ses plans avaient été si bien arrangés. Le jour même du second mariage d'Edward, Mary et son enfant auraient été emmenés dans un des districts les plus reculés du pays de Galles, et l'artiste se serait moqué du danger. Le rusé intrigant aurait su gouverner cette pauvre jeune femme au cœur brisé, qui par ses malheurs en était venue à considérer comme dénuée de toute joie possible une vie qu'elle endurait patiemment comme une lente maladie que la tombe guérirait à coup sûr. Il avait été si facile de faire du mal à cette douce victime ignorante que Paul était devenu hardi et confiant et n'avait pas cru possible la ruine qui fondait alors sur lui.

Que fallait-il faire? quelle était la nature de son crime et quelle pénalité avait-il encourue? Il essaya de répondre à ces questions, mais comme son crime était en dehors du genre ordinaire, il ne connaissait aucune loi qui lui fût applicable. Était-ce félonie que cette appropriation du bien d'une autre personne, cette dissimulation de l'existence d'une autre personne, ou bien était-ce seulement une intrigue que ne pouvait punir aucune loi criminelle, et serait-il simplement obligé de restituer ce qu'il avait dépensé et prodigué? Qu'importait en somme? Dans les deux cas, c'était la ruine, la ruine irréparable.

1 est des hommes qui peuvent survivre à une défaite ou à la découverte de leurs malversations, recommencer une vie nouvelle dans un nouveau monde et réussir dans une autre carrière. Mais Paul n'était pas de ce nombre. Il ne pouvait glisser un couteau de chasse et

une paire de pistolets dans son ceinturon, jeter une gibecière sur ses épaules, s'armer d'un fusil et s'en aller dans les forêts d'un pays non civilisé pour devenir éleveur de moutons et lutter contre une race d'agriculteurs sauvages. Il était Cockney, et pour lui il n'y avait qu'un monde, un monde où les hommes portaient des bottes vernies et des épingles de chemise émaillées de portraits de la Montespan ou de la du Barry, avaient leurs appartements à Albany et s'offraient mutuellement des petits dîners à Greenwich et à Richmond, ou bien faisaient grande figure dans une belle maison de campagne et collectionnaient des objets d'art dans une galerie ou un musée de bric-à-brac. C'était là le monde en dehors duquel Paul avait vécu si longtemps, regardant ces brillants habitants d'un œil d'envie tant qu'il avait été pauvre et obscur; c'était là le monde dans lequel il avait enfin pénétré par un crime.

Il avait quarante ans, et dans toute sa vie il n'avait eu qu'une seule ambition, celle de devenir le maître de Marchmont Towers. L'espoir éloigné de cet héritage lui avait toujours apparu depuis son enfance comme une proie brillant dans le lointain, mais brillant au point de l'empêcher de voir les occasions de succès plus rapprochées. A quoi bon s'enchaîner à son chevalet et travailler pour devenir un grand peintre? A quel moment l'art lui rapporterait-il onze mille livres sterling par an? Le plus grand peintre du temps de Marchmont habitait un misérable logement de Chelsea. C'était avant l'époque des « Railway Station » et des « Derby Day, » où peut-être Paul aurait fait un effort pour devenir ce que le ciel n'avait pas voulu faire de lui, un grand peintre. Non, l'art était seulement un moyen d'existence pour cet homme. Il peignait et il vendait ses tableaux à un petit nombre de brocanteurs qui marchandaient sans pitié et ne lui donnaient qu'un petit profit en sus du prix de la toile et des couleurs pour encourager l'art natif, mais il ne peignait que pour vivre.

Il attendait. Depuis l'époque où il avait pu parler, Marchmont Towers avait été un mot familier à ses oreilles et sur ses lèvres. Il savait le nombre de personnes qui se dressaient entre son père et le domaine, et il avait appris à dire alors avec assez de naïveté :

— O papa, ne souhaitez-vous pas que mes oncles Philip et Marmaduke et mon cousin John meurent bientôt?

Quand son père mourut, il était dans sa vingt-deuxième année, et il éprouva une certaine satisfaction même au milieu de sa douleur en pensant qu'il y avait une personne de moins entre lui et le but de ses espérances ; mais d'autres personnes étaient nées dans l'intervalle. Il y avait le jeune Arthur et la petite Mary, et Marchmont Towers était comme un caravansérail dans le désert qui semble s'éloigner de plus en plus à mesure que le voyageur s'efforce de l'atteindre.

Pourtant Paul espéra, épia et attendit. Il avait tous les instincts d'un sybarite, et il se figurait à cause de cela qu'il était destiné à devenir riche; il épia, attendit, espéra et consola sa mère et sa sœur quand elles étaient tristes, en leur promettant des jours meilleurs. Lorsque la chance vint, il la saisit, intrigua, réussit et savoura son court triomphe.

Mais maintenant que la ruine était son partage, que devait-il faire? Il essaya de se tracer un plan de conduite; mais il ne le put pas. Son cerveau faiblit sous l'effort qu'il fit pour se rendre compte de sa position.

Il se promena dans l'une des allées du jardin jusqu'à dix heures un quart. Ensuite il rentra dans la maison et attendit que Mme Brown fût partie de la ferme de Stony-Stringford avec l'enfant qui portait deux paquets : un carton à chapeau et un sac de voyage.

— Revenez ici quand vous aurez porté cela à la station, — dit Paul, — j'aurai besoin de vous.

Il regarda la porte délabrée se balancer après le départ de Mme Brown et de son commissionnaire, puis il alla examiner son cheval. Le patient animal était resté tout le temps sous un hangar, et n'avait eu ni à manger ni à boire. Paul fouilla dans les granges et les appentis vides et trouva quelques poignées de fourrage. Il les porta au cheval et revint au jardin, à ce paisible jardin, où les abeilles bourdonnaient bruyamment au soleil, et où un grand chat zébré dormait étendu sur le flanc dans l'une des plates-bandes.

Paul attendit avec beaucoup d'impatience le retour de l'enfant.

— Il faut que je voie Lavinia, — songeait-il, — je n'ose pas partir d'ici avant d'avoir vu Lavinia. Je ne sais ce qui peut se passer à Hillingsworth ou à Kemberling. La populace se mêle quelquefois de ces choses-là. Elle pourrait se soulever contre moi; elle pourrait....

Il demeura immobile, rongeant ses ongles et regardant le sable de l'allée.

Il pensait à des choses qu'il avait lues dans les journaux, à des circonstances dans lesquelles une mère cruelle qui avait maltraité son enfant, ou un assassin présumé qui, selon toute probabilité humaine, avait empoisonné sa femme, avaient failli être mis en pièces par une foule furieuse, et s'étaient vus forcés de recourir à la protection des officiers de justice, pour qu'on les laissât en prison après l'acquittement, et qu'ils ne fussent pas exposés à l'indignation des honnêtes gens.

Il se souvint d'un cas particulier où la populace, ne pouvant s'emparer de la personne d'un homme qu'elle croyait coupable, renversa sa maison, et épuisa sa fureur contre des briques et du mortier insensibles.

Marchmont tira un petit agenda et griffonna quelques lignes au crayon.

« Je suis ici à la ferme de Stony-Stringforg, ÉCRIVIT-IL. « Pour Dieu, venez à moi, Lavinia, sur-le-champ; vous « pourrez conduire vous-même. Je veux savoir ce qui est « arrivé à Hillingsworth et à Kemberling. Informez-vous de « tout immédiatement et venez.

« P. M. »

Il était près de midi quand l'enfant revint. Paul lui donna cette lettre, le hissa sur son cheval et lui dit d'aller à Kemberling au plus vite. Il laisserait l'animal à Kemberling, dans l'écurie de Weston, et reviendrait à Stony-Stringford avec Mme Weston. Cet ordre, Paul le répéta avec soin à l'enfant, de peur qu'il ne s'arrêtât à Kemberling, et ne révélât le secret de la cachette.

Paul avait peur. Une frayeur terrible s'était emparée de lui, et le peu de courage qu'il avait jamais eu lui faisait complétement défaut.

Oh! qu'elles furent longues, les mortelles heures de cette misérable journée! Qu'il fut hideux, ce soleil qui brûlait la tête nue de Marchmont, pendant qu'il errait dans le jardin! il avait laissé son chapeau dans la maison, mais il ne savait même pas qu'il fût nu-tête. Oh! que de douleur lui causaient l'incertitude et l'angoisse de ce long jour. Il songea à sa défaite complète, à ce qu'il aurait pu faire, à l'argent qu'il aurait pu mettre de côté au lieu de le prodiguer en tableaux, en décorations, en arrangements et en extravagances luxueuses et splendides. Telles étaient les pensées qui le torturaient. Mais durant toute cette longue et misérable journée, il n'éprouva jamais un seul remords pour toutes les angoisses qu'il avait infligées à son innocente victime ; au contraire, il la haïssait parce qu'elle avait été découverte, et il grinçait des dents en songeant qu'elle et son jeune mari jouiraient de toute la grandeur de Marchmont Towers, de tout ce beau revenu qu'il avait espéré garder jusqu'à sa mort.

Il commençait à faire nuit lorsque Marchmont entendit le bruit des roues dans le sentier poudreux en dehors du mur du jardin. Il traversa la maison et arriva dans la cour de la ferme assez à temps pour recevoir sa sœur Lavinia à la porte. C'étaient les roues de la voiture en osier de sa sœur qu'il avait entendues. Elle conduisait deux poneys que Paul lui avait donnés. Il grinça des dents en se souvenant que c'était là une autre extravagance, une autre somme d'argent follement dépensée qu'il aurait pu conserver pour ce jour de malheur.

Mme Weston était très-pâle, et son frère put voir sur sa figure qu'elle ne lui apportait pas de bonnes nouvelles. Elle laissa les poneys sous la garde de l'enfant, et entra dans le jardin avec son frère.

— Eh bien, Lavinia?

— Eh bien, Paul, c'est une terrible affaire, — dit Mme Weston à voix basse.

— Tout cela est l'œuvre de George! Tout cela est
l'œuvre de cet infernal coquin! — s'écria Paul avec
rage, — mais il payera cher sa....

— Ne parlons pas de lui, Paul, aucun bien ne peut
en résulter. Qu'allez-vous faire?

— Je ne sais pas. Je vous ai envoyé chercher parce
que j'avais besoin de votre aide et de vos conseils. A
quoi bon venir, si vous ne m'apportez pas du secours?

— Ne soyez pas cruel, Paul, Dieu sait que je ferai de
mon mieux. Mais je ne puis voir ce qu'il faut faire. A
moins que vous ne partiez, Paul. Tout est dévoilé.
Olivia a empêché publiquement le mariage dans l'é-
glise de Hillingsworth, et tous les habitants de
Hillingsworth ont suivi la voiture d'Edward à Kemberling. La nouvelle a circulé avec la rapidité de l'incendie, Paul, et les habitants de Kemberling se sont
ameutés contre nous; ils ont brisé nos vitres, et toute
la journée il y a eu foule sur la terrasse des Towers.
On a essayé d'entrer dans la maison en disant qu'on
savait que vous y étiez caché quelque part. Paul, Paul,
que faut-il faire? On m'a huée quand j'ai passé dans
la grande rue, et les enfants ont jeté des pierres aux
poneys. Presque tous les domestiques ont quitté les
Towers. Les constables y sont venus pour essayer
d'éloigner la populace. Mais que faire, Paul, que faire?

— Nous tuer! — répondit l'artiste avec rage. — Quel
autre parti nous reste-t-il? Dans quel but chercher à
vivre? Vous avez un peu d'argent, je présume, moi,
je n'en ai pas. Croyez-vous que je vais recommencer la
vie d'autrefois. Croyez-vous que je vais retourner vivre
dans la vieille maison de Charlotte Street, et dessiner les mêmes rochers, les mêmes murs de cailloux,
les mêmes étendues d'eau, les mêmes rayons de lumière jaune, tous mes vieux sujets au prix d'un morceau de pain? Croyez-vous que je pourrais me résoudre de nouveau à porter des habits râpés, à faire de
misérables dîners.... du hachis de mouton avec des
morceaux de viande de rebut flottant dans une com-
position graisseuse nommée saindoux, et boire du
porter éventé apporté une demi-heure trop tôt de la
taverne? Croyez-vous que je retournerai à tout cela?

Non, j'ai goûté à la crème de la vie ; j'ai vécu, et je ne veux plus revenir à cette mort vivante appelée pauvreté. Croyez-vous que je puisse me réinstaller dans cette allée de Charlotte Street, pour y être malmené par un grossier collecteur de taxes ou insulté par un boulanger furieux. Non, Lavinia ; j'ai tenté la fortune et j'ai échoué.

— Mais que ferez-vous, Paul ?

— Je ne sais, — répondit-il tristement.

Ceci était un mensonge. Il savait très-bien ce qu'il allait faire ; il voulait se tuer.

Cette résolution lui donnait une espèce de courage désespéré. Il échapperait ainsi à la foule ; il s'en irait quelque part tranquillement, et il s'y tuerait. Il ne savait pas encore comment, mais il réfléchirait mûrement à ce sujet, et il choisirait la mort qui lui paraîtrait la moins pénible.

— Où sont ma mère et Clarissa ? — demanda-t-il tout à coup.

— Elles sont chez nous ; elles sont venues aussitôt qu'elles ont su ce qui s'était passé. Je ne sais pas comment elles l'ont appris, mais chacun l'a su en même temps à ce qu'il paraît. Ma mère est dans un état affreux. Je n'ai pas osé lui dire que je savais tout depuis longtemps.

— Oh ! évidemment non, — répondit Paul avec un ricanement, — laissez-moi porter tout seul le poids de mon crime. Qu'a dit ma mère ?

— Elle persiste à dire : « Je ne puis croire cela ; je « ne puis croire qu'il ait été si cruel ; il a été si bon « fils. »

— Je n'ai pas été cruel, — s'écria Paul avec véhémence, — Mary a eu tout le confortable voulu. Je n'ai jamais regardé à l'argent pour elle. C'était une misérable créature apathique pour qui la fortune était un fardeau plutôt qu'un avantage. Si je l'ai séparée de son mari..., bah !... était-ce donc là une bien grande cruauté ? Elle n'était pas plus mal que si Edward Arundel eût été tué dans cet accident du chemin de fer, et cela aurait pu arriver.

Il ne perdit pas beaucoup de temps à raisonner sur

ce sujet. Il songea à sa mère et à ses sœurs. D'un
bout à l'autre il avait été bon fils et bon frère.

— Quel argent avez-vous, Lavinia ?

— Une assez forte somme ; vous avez été très-géné-
reux pour moi, Paul, et je vous la redonnerai si vous
le voulez. J'ai en tout plus de deux mille livres sterling, car j'ai été économe de l'argent que vous m'avez
donné.

— Vous avez bien fait. Écoutez-moi maintenant, Lavinia. J'ai été un bon fils et j'ai porté mon fardeau
sans me plaindre. A votre tour maintenant de porter
le vôtre. Il faut que je retourne à Marchmont Towers,
si je puis, et que j'y ramasse tout ce qui m'appartient
personnellement. Ce n'est pas grand'chose, quelques
bijoux et autres objets de ce genre. Vous m'enverrez
quelqu'un en qui vous ayez confiance pour que je les
lui donne ce soir, car je ne resterai pas une heure aux
Towers. Il se peut même que je n'y sois pas reçu, car
Arundel en a peut-être déjà pris possession au nom de
sa femme. Ensuite vous déciderez en quel endroit vous
irez. Vous ne pouvez rester dans cette partie du pays.
Weston sera passible de quelque pénalité pour la part
qu'il a prise à l'affaire, à moins qu'il ne soit acheté
comme témoin pour constater l'identité de l'enfant de
Mary. Je n'ai pas le temps de songer à tout cela ; je
veux que vous me promettiez de prendre soin de votre
mère et de votre sœur malade.

— Je vous le promets, Paul, je vous le promets ;
mais dites-moi ce que vous ferez vous-même et où
vous irez ?

— Je ne sais, — répondit Paul du même ton qu'auparavant ; — mais, quoi que je fasse, je tiens à ce que
vous me fassiez la promesse solennelle d'être bonne
pour ma mère et ma sœur.

— Je le serai, Paul ; je vous promets de faire pour
elles comme vous avez fait.

— Vous ferez bien de quitter Kemberling par le premier train de demain ; emmenez ma mère et Clarissa
avec vous ; prenez tout ce qui en vaut la peine et laissez Weston derrière vous pour faire tête à l'orage.
Vous pourrez trouver un logement aux environs de

notre demeure d'autrefois et personne ne vous tour-
mentera une fois que vous serez loin d'ici. Mais n'oubliez pas une chose, Lavinia, si l'enfant de Mary mou-
rait, Clarissa héritera de Marchmont Towers. Souvenez-
vous-en. C'est une chance bien incertaine, mais c'est
une chance.

— Mais il est bien plus probable que ce sera vous et
non Clarissa qui survivrez à Mary et à son enfant, —
répondit Mme Weston, essayant faiblement d'espérer. —
Pensez à cela, Paul, et que cette espérance vous anime.

— Espérance ! — s'écria Marchmont avec un rire
discordant ; — oui j'ai quarante ans, et pendant trente-
cinq ans j'ai espéré et attendu. Je ne puis plus ni
espérer ni attendre ; je renonce à Marchmont Towers ;
j'ai lutté vaillamment, mais je suis battu.

La nuit était arrivée pendant ce temps, la nuit claire
d'une soirée d'été, et des étoiles brillaient faiblement
au ciel.

— Vous pouvez me ramener aux Towers, — dit Paul ;
— je ne veux pas perdre de temps pour y arriver ; je puis
trouver les portes fermées par Edward si je n'y prends
pas garde.

Mme Weston et son frère revinrent dans la cour de
la ferme. Il y avait seize milles de Stony-Stringford à
Kemberling, et les poneys étaient tout fumants, car
Lavinia était venue d'un bon pas. Mais ce n'était pas
le moment de s'apitoyer sur les chevaux ; Paul prit
une couverture sur le siége vide et la roula autour
de lui. Il n'était pas probable qu'il fût reconnu dans
l'obscurité en occupant le siége le plus bas. La lourde
couverture dont il s'était enveloppé le grossissait.
Mme Weston prit le fouet des main de l'enfant, ramassa
les rênes et fouetta les chevaux. Paul n'avait pas laissé
d'ordres au sujet de la garde de la vieille ferme. L'enfant rentra chez son maître à l'autre bout de la ferme,
et les vents de la nuit soufflèrent comme bon leur sembla à travers l'habitation abandonnée.

CHAPITRE XXII

« Il y a une confusion pire que la mort. »

Le frère et la sœur échangèrent fort peu de paroles pendant le trajet entre Stony-Stringford et Marchmont Towers. Il avait été convenu entre eux que Mme Weston ferait passer la voiture par un sentier qui bordait la rivière. Paul descendrait à une porte s'ouvrant sur le bois, et par ce moyen entrerait sans être observé dans la maison qui avait été si récemment la sienne en tout et pour tout.

Il n'osait pas essayer d'entrer aux Towers par un autre chemin, car la populace indignée pouvait rôder encore sur le devant de la maison et être toute disposée à exercer une vengeance sommaire sur le persécuteur d'une jeune fille sans défense.

Ce fut entre neuf et dix heures que Marchmont descendit à la petite porte. Tout y était calme comme la mort, et Paul entendit le coassement des grenouilles sur le bord d'un petit étang dans le bois, et le bruit des sabots des chevaux à un mille de là sur le sentier caillouté du bord de l'eau.

— Bonne nuit, Lavinia, — dit-il, — envoyez chercher mes effets dès que vous serez rentrée, et veillez à ce que la personne choisie par vous soit sûre.

— Oh, oui ! cher frère; mais ne vaudrait-il pas mieux que vous prissiez vous-même tout ce qui a de la valeur? — demanda Mme Weston avec anxiété. — Vous dites que vous n'avez pas d'argent. Peut-être feriez-vous bien de m'envoyer les bijoux, et moi je confierai au messager l'argent qu'il vous faut.

— Il ne me faut pas d'argent.... du moins j'en ai assez pour ce que je veux faire. Qu'avez-vous fait de vos épargnes ?

— Elles sont dans une maison de banque de Londres. Mais j'ai beaucoup d'argent disponible à la maison, et il vous en faut, Paul?

— Je vous dis que non; j'ai tout ce qu'il me faut.

— Mais confiez-moi vos projets, Paul. Il faut que je les connaisse avant de quitter le Lincolnshire moi-même. Partez-vous d'ici?

— Oui.

— Immédiatement?

— Immédiatement.

— Irez-vous à Londres?

— Peut-être; je ne sais pas encore.

— Mais quand nous reverrons-vous, Paul, ou comment saurons-nous de vos nouvelles?

— Je vous écrirai.

— Où?

— Poste restante à Rathbone Place. Ne me fatiguez pas ce soir avec vos questions, Lavinia, je ne suis pas d'humeur à y répondre.

Paul tourna le dos à sa sœur avec impatience, et ouvrit la porte; mais avant qu'elle fût repartie, il revint vers elle.

— Serrons-nous la main, Lavinia, — dit-il, — serrons-nous la main, ma chère; il s'écoulera bien du temps avant que nous nous revoyions.

Il se pencha et embrassa sa sœur.

— Retournez chez vous aussi vite que vous pourrez, et envoyez le messager sur-le-champ. Il fera mieux de venir à la porte du couloir, près de la chambre d'Olivia. A propos, où est-elle, Olivia? Est-elle toujours avec la belle-fille qu'elle aimait si tendrement?

— Non, elle est partie pour Swampington cette après-midi de bonne heure. Un cabriolet a été commandé au *Taureau-Noir*, et elle est partie dedans.

— Tant mieux, — répondit Marchmont. — Bonne nuit, Lavinia. Empêchez ma mère de mal penser de moi. J'ai essayé de faire de mon mieux pour la rendre heureuse. Adieu.

— Adieu, cher Paul, que Dieu vous bénisse.

La bénédiction fut invoquée avec autant de sincérité que si Lavinia eût été une bonne femme et son frère un brave homme. Peut-être aucun des deux n'était-il à même de comprendre la portée du crime qu'ils avaient commis avec le secours l'un de l'autre.

Mme Weston s'éloigna et Paul monta vers les Towers. Il passa sous un portail qui donnait accès dans le quadrangle. Autour de la maison tout était tranquille, comme si la Belle au bois dormant et sa cour en eussent été les seuls occupants.

Les habitants de Kemberling et les voisins des Towers étaient des gens rangés, qui brûlaient peu de chandelles entre mai et septembre, et malgré tout leur désir de venger les torts de Mary, en mettant en pièces Paul, leur patience avait été épuisée à la tombée de la nuit, et ils avaient été bien aise de rentrer dans leurs demeures respectives pour discuter à leur aise les iniquités de Paul en buvant leur verre de bière habituel.

Paul demeura immobile dans le quadrangle pendant quelques moments et écouta. Il ne put entendre aucun souffle ni aucune voix humaine; il entendit seulement le bruit des blés qui se balançaient sous la brise dans les champs à droite des Towers, et le roulement sourd des charrettes sur la grande route. Il y avait une faible lueur à l'une des fenêtres de l'office des domestiques, seulement une faible lueur, là où d'habitude brillait une longue rangée de lumières. Lavinia avait donc raison; presque tous les domestiques avaient quitté les Towers. Paul essaya d'ouvrir la porte vitrée menant dans le couloir, mais elle était fermée à clef. Il sonna, et environ trois minutes après une fraîche campagnarde apparut dans le couloir une chandelle à la main. C'était quelque fille de cuisine ou de laiterie ou une laveuse de vaisselle, que Paul ne se souvenait pas d'avoir vue jusqu'alors. Elle ouvrit la porte et le laissa entrer en lui faisant une révérence, quand il passa devant elle; ceci fut un soulagement pour lui. Marchmont s'était à peine attendu à pouvoir entrer dans la maison, encore moins à être reçu avec politesse par quelques-unes des servantes qui lui avaient obéi tout récemment avec servilité.

— Où sont tous les autres domestiques? — demanda-t-il.

— Ils sont tous partis, monsieur, excepté celui que vous avez amené de Londres, M. Peterson, ma mère et moi. Ma mère est dans la buanderie, monsieur, et moi je lave la vaisselle.

— Pourquoi les autres domestiques ont-ils quitté la maison?

— Pour la plupart, parce qu'ils avaient peur de la populace rassemblée sur la terrasse, d'après ce que je crois, monsieur, car toute l'après-midi il y a eu du monde qui a jeté des pierres et cassé les vitres; je ne pense pas qu'il reste un seul carreau entier sur toute la façade, monsieur. M. Gormby est venu vers quatre heures, et a fait partir les gens en leur disant que la maison qu'ils détruisaient n'était pas à vous, mais à la jeune dame Mlle Mary Marchmont..... ou plutôt Mme Arundel... mais la majorité des serviteurs était déjà partie, monsieur, à l'exception de Peterson. M. Gormby nous a donné l'ordre, à ma mère et à moi, de fermer toutes les portes et de ne laisser entrer personne, sous n'importe quel prétexte. Il viendra demain matin prendre possession, a-t-il dit, et vous ne pouvez entrer, monsieur, ne vous en déplaise, car ses ordres, à ma mère et à moi, ont été très-particuliers en ce qui vous concerne.

— C'est une absurdité, ma fille, — s'écria Marchmont d'un ton décisif; — qui est-il ce Gormby pour défendre à quelqu'un d'entrer ou de sortir? Je viens passer ici une demi-heure seulement pour faire mon portemanteau. Où est Peterson?

— Dans la salle à manger, monsieur, mais je vous en prie, n'entrez pas.

La jeune fille fit un faible effort pour barrer le passage à Marchmont, conformément aux ordres de l'intendant qui portaient que Paul ne devait pas entrer, sous n'importe quel prétexte. Mais l'artiste s'empara du chandelier qu'elle portait, et se dirigea vers la salle à manger, la laissant le regarder avec stupéfaction.

Paul trouva son valet Peterson en train de manger un morceau, comme il disait, dans la salle à manger. Une nappe était étendue sur un coin de la table, et on y voyait devant le valet une épaule d'agneau rôti, une bouteille d'eau-de-vie de France et un carafon à moitié plein de madère.

Il tressaillit quand son maître entra dans la salle, et il releva la tête, pas très-poliment, mais sans inimitié dans le regard.

—Donnez-moi un demi-verre de ce brandy, Peterson, — dit Marchmont.

L'homme obéit et Paul avala le liquide brûlant., comme si c'eût été de l'eau. Il y avait vingt-quatre heures qu'il n'avait ni bu ni mangé.

— Pourquoi n'êtes-vous pas parti avec les autres ? — demanda-t-il en déposant son verre vide.

— Il n'y a que les rats, monsieur, qui s'éloignent d'une maison qui s'écroule. Je suis resté pensant que vous voudriez vous en aller quelque part, et que vous auriez besoin de moi.

Ce qu'il y avait de vrai en tout ceci, c'était que Peterson s'était dit en lui-même que son maître avait mis de côté une bonne somme d'argent, en prévision de ce jour désastreux, et qu'il serait tout prêt à partir pour le Continent ou l'Amérique, où il mènerait une existence agréable avec le produit de son iniquité. Le valet ne s'imaginait pas que son maître eût été assez fou pour ne pas se préparer à cette catastrophe.

— J'ai pensé que vous auriez toujours besoin de moi, monsieur, — dit-il, — et partout où vous irez, je suis disposé à vous suivre. Vous avez été un bon maître pour moi, monsieur, et je ne veux pas quitter un bon maître parce que tout tourne contre lui.

Paul secoua la tête, et tendit le verre vide à son valet pour qu'il versât encore du brandy.

— Je pars, — dit-il, — mais je n'ai pas besoin de valet où je vais. Je vous suis néanmoins reconnaissant de votre offre, Peterson. Voulez-vous monter avec moi, j'ai à emballer quelques objets.

— Ils sont tous prêts, monsieur. Je savais que vous voudriez partir et j'ai tout emballé.

— Mon nécessaire de toilette.

— Oui, monsieur. Vous en avez la clef.

— Oui, je sais, je sais.

Paul garda le silence quelques minutes. Il songeait

Tout ce qu'il possédait comme propriété personnelle, ayant quelque valeur, se trouvait dans le nécessaire de toilette dont il avait parlé! Il y avait pour cinq ou six cents livres de bijoux dans le nécessaire de March-mont, car le premier instinct du nouveau riche se ré-vèle par des épingles de cravates en diamant, des ba-gues à camées, des têtes de mort en malachite avec des yeux en émeraude, des talismans grotesques sous forme de cercueils, des boîtes à charbon, des bottes à clous; des joyaux fantastiques en rubis et en émail, de merveilleuses bagues en or massif garnies de diamants et servant à maintenir les deux bouts d'une légère cravate en dentelle. Marchmont réfléchit sur la valeur de ces objets et leur sécurité dans le tiroir à bijoux de son nécessaire. Le nécessaire était pourvu d'une serrure de Chubb, dont il avait la clef dans sa poche. Oui, tout était en sûreté.

— Écoutez, Peterson, — dit Paul, — je crois que je coucherai ce soir chez Mme Weston; je voudrais bien que vous y portassiez mon nécessaire tout de suite.

— Et pour les autres bagages, monsieur.... les portemanteaux et les cartons à chapeaux?

— Ne vous en inquiétez pas. Je tiens seulement à faire remettre mon nécessaire à ma sœur. J'enverrai chercher le reste demain matin. Vous n'avez pas be-soin de m'attendre maintenant. Je vous suivrai dans une demi-heure.

— Oui, monsieur. Vous voulez que je porte le néces-saire chez Mme Weston, et que je vous attende chez elle?

— Oui, vous pouvez m'y attendre.

— Mais n'y a-t-il pas autre chose que je puisse faire, monsieur?

— Rien. Je n'ai qu'à réunir quelques papiers, puis je vous suivrai.

— Oui, monsieur.

Le discret Peterson salua et se retira pour porter le nécessaire. Il interpréta à sa manière le désir évident de Marchmont de se débarrasser de lui et de rester seul aux Towers. Paul avait évidemment fait un magot et caché sans doute son argent dans quelque bonne cachette d'où il voulait le retirer maintenant sans être vu. Il avait bourré l'un de ses oreillers de billets de banque peut-être, ou il avait caché un coffre-fort derrière la tapisserie de sa chambre à coucher, ou il avait enterré un sac d'or dans le jardin au-dessous de la terrasse. Peterson monta dans la chambre à coucher de Paul, passa sa main dans la courroie du nécessaire, qui était très-lourd, redescendit, rencontra son maître dans le vestibule, et sortit par la porte du couloir.

Paul ferma la porte sur son valet, puis il rentra dans la maison déserte où le mouvement des pendules dans les chambres inoccupées semblait plus bruyant que d'habitude au milieu du calme. Tous les carreaux avaient été cassés, et quoique les volets fussent fermés, l'air froid de la nuit entrait par plus d'une fente et faillit éteindre la chandelle de Marchmont pendant qu'il errait de chambre en chambre en regardant autour de lui.

Il entra dans le salon occidental et alluma quelques-unes des bougies du grand lustre. Les volets étaient fermés, car les carreaux, ici comme ailleurs, avaient été brisés; des fragments de verre cassé, de gros cailloux et des poignées de gravois gisaient sur le riche tapis, le tapis en velours qu'il avait choisi avec tant de goût artistique et tant de soin. Il alluma les bougies et se promena dans la salle, regardant pour la dernière fois ses trésors. Oui, ses trésors. C'était lui qui avait transformé cette pièce. D'un vieux salon à l'antique orné de petits bahuts émaillés, de vieilles chaises en roseau recouvertes d'indienne, de vases de l'Inde fêlés et d'un tapis fané, il avait fait un salon qui n'eût pas déshonoré Buckingham Palace ou Alton Towers.

C'était lui qui avait fait de cette pièce ce qu'elle était. Il avait dépensé les économies de la minorité de Mary en tableaux que le plus riche collectionneur de l'Angleterre eût été fier de posséder; en porcelaines qui eussent été dignes d'occuper une place dans le musée de Vienne ou la collection de Berne. Il avait entassé toutes ces richesses et elles devaient échoir en partage à l'homme qu'il haïssait, au bouillant jeune officier qui l'avait frappé de son fouet en présence de tout le comté de Lincoln étonné. Il se promenait dans la chambre songeant à sa vie depuis qu'il avait pris possession du domaine, à la manière dont il vivait auparavant et dont il faudrait qu'il vécût de nouveau, à moins qu'il n'eût le courage du désespoir et qu'il se suicidât.

Son cœur battait vite et fort et il sentait un frisson glacer lentement le sang de ses veines pendant qu'il faisait ces réflexions. Comment se détruirait-il? Il ne possédait pas de poison, pas de drogue mortelle qui réduirait l'agonie à la durée d'un éclair. Il y avait des pistolets fabriqués par les meilleurs ouvriers dans l'une des armoires de Boule de cette chambre même; il y avait un fusil de chasse et des munitions dans la chambre à coucher de Marchmont, mais l'artiste n'était pas expert dans le maniement des armes; il pouvait ne pas réussir en essayant de se faire sauter la cervelle et n'arriver qu'à se mutiler ou à se défigurer hideusement. Il y avait la rivière, la rivière paresseuse et noire, mais l'asphyxie par l'eau est une mort lente, et le ciel seul peut savoir combien de temps dure l'agonie du malheureux qui use de ce moyen. Hélas! l'horrible vérité en tout ceci, c'est que Marchmont avait peur de la mort. Il avait beau regarder le roi des Terreurs sous toutes ses faces, il ne pouvait découvrir aucun côté par lequel il pût aborder le sombre monarque sans fléchir.

Il envisagea la possibilité de vivre, mais si la vie était moins terrible que la mort, elle n'en était pas moins désolante. Il sonda l'avenir en frissonnant pour voir..... quoi? l'humiliation, la honte, le châtiment peut-être, ou bien encore la transportation à vie, car ce vil complot pouvait être un crime passible du Code pénal. Et même, en évitant l'infamie, que lui restait-il? que restait-il à cet homme, même en ce cas? Pendant quarante ans il avait eu de la pauvreté par-dessus la tête et il avait enduré la vie. Il regardait en arrière maintenant et il s'étonnait d'avoir été patient; il s'étonnait de n'avoir pas abrégé sa vie et sa misère vingt ans avant ce soir. Mais après un moment de réflexion il vit l'étoile qui avait illuminé les ténèbres de cette misérable et sordide existence et il comprit le motif de sa résignation. Il avait espéré. Jour par jour il avait eu à supporter les mêmes chagrins, à endurer les mêmes humiliations, mais chaque jour quand la vie lui paraissait pénible, il s'était dit : « Demain je puis être le maître de Marchmont Towers. » Mais cet espoir lui faisait défaut; il ne pouvait plus recommencer à veiller et à attendre, peut-être, leurré par le faible espoir que le fils de Mary ne vivrait pas et pour apprendre plus tard que d'autres enfants nés d'elle élargissaient de plus en plus le gouffre ouvert entre lui et la fortune.

Il jetait un regard en arrière et il voyait qu'il avait vécu de jour en jour, d'année en année sans autre espérance que celle-là. Il contemplait l'avenir et il voyait qu'il ne pouvait vivre sans elle.

Il n'y avait jamais eu que ce chemin-là qui pût le mener à la fortune. Il était habile, mais son habileté n'était pas de nature à se convertir en argent. Il ne savait que peindre des tableaux médiocres, et il avait vécu assez longtemps de la peinture pour être certain de son insuccès dans cette carrière.

Il avait supporté cette vie-là à l'époque où il peignait, mais il ne pouvait se résoudre à recommencer. Il en était sorti pour goûter d'un autre genre d'existence, et il se rendait compte de tout maintenant avec autant de netteté que s'il eût été un spectateur assis dans une loge à regarder la triste comédie qui se joue devant lui sur un théâtre. Les acteurs dans les théâtres des villes de province les plus reculées croient à la comédie qu'ils jouent. L'omnipotence de la passion crée des berceaux couverts de rosée, des atmosphères éclairées par la lune, des robes ducales et de belles femmes. Mais le spectateur de la métropole, dans l'esprit duquel le souvenir de choses plus belles est encore frais, voit que les arbres argentés par la lune sont des croûtes à la détrempe poussées par de sales machinistes, que la lune est une bouteille verte empruntée à un pharmacien, la robe ducale du velours de coton et du clinquant terne, et l'héroïne du drame vieille et laide.

Paul envisageait donc la vie qu'il avait endurée, et il était étonné de voir combien elle était horrible.

Il revoyait le mesquin logement, l'ameublement fané,

le maigre feu qui luttait avec la fumée dans une grille
creuse à moitié remplie de briques par quelque ancien
locataire aussi pauvre que lui. Il revoyait cette sombre
chambre avec du vilain papier aux murs et d'étroits
rideaux agités par le vent qu'ils avaient la prétention
de repousser, sa mère assise au coin de la cheminée
avec cette figure pâle et inquiète qui était une plainte
perpétuelle contre l'absence du bien-être; il voyait sa
sœur debout à la fenêtre, vers l'heure du crépuscule,
raccommodant quelque vêtement usé en se fatiguant
les yeux pour économiser un demi-pouce de chandelle;
et la rue au-dessous de la fenêtre, la rue à prétentions
élégantes avec une noire boutique par-ci par-là, des
enfants jouant sur le seuil des portes, la clochette du
marchand de muffins retentissant au milieu du brouillard du soir, et un orgue italien entonnant l'air mélancolique *Patrie, douce patrie!* en face de la boutique
éclairée du prêteur sur gages. Il revoyait tout cela, et
c'était toujours sordide, misérable, désolant.

Paul n'était jamais tombé aussi bas que son cousin
John. Il n'était jamais descendu assez bas sur la pente
de l'échelle sociale pour porter une bannière à Drury
Lane ou pour n'habiter qu'une seule chambre dans
Oakley Street, au quartier de Lambeth. Mais il était
arrivé parfois que payer le loyer de trois chambres
avait été chose presque impossible à l'artiste, et alors
il n'aurait pas dédaigné un shilling par soirée à titre
d'honoraires. Il avait bu jusqu'à la lie la coupe de la
pauvreté, et maintenant la coupe était de nouveau remplie pour qu'il la vidât une seconde fois.

Il fallait boire cette potion ou une autre, une drogue
soporifique qui se nomme vulgairement la Mort. Il fallait mourir! Mais comment? Son cœur lâche lui fit défaut en face de cette horrible alternative. Il fallait
mourir.... ce soir.... tout de suite, dans cette maison,
afin que, lorsqu'on viendrait le lendemain pour l'en
chasser, on n'eût d'autre peine que celle d'emporter
un cadavre.

Il se promena dans le salon, se rongeant les ongles
jusqu'au vif, mais n'adoptant aucune résolution jusqu'au moment où il fut interrompu par un coup de son-

nette à la porte du couloir. C'était sans doute le messager de sa sœur. Paul tira sa montre de la poche
de son gilet, défit la chaîne, enleva les épingles mon-
tées qu'il portait à sa chemise et un anneau qu'il avait
au doigt, puis il s'assit à une table à écrire, et mit la montre, la chaîne, les épingles, l'anneau et un paquet de
clefs dans une grande enveloppe ; il la cacheta et l'adressa
à sa sœur. Ensuite il prit une bougie et alla à la porte
du couloir. Mme Weston avait envoyé un jeune homme
qui était à la fois l'aide et l'élève de son mari, un jeune
homme d'un bon cœur, qui lui rendit volontiers service
alors qu'elle était malheureuse. Paul donna à ce jeune
homme la clef de son nécessaire et le paquet.

— Vous ne manquerez pas de remettre ceci à ma
sœur elle-même, — dit-il.

— Oh ! oui, monsieur. Mme Weston m'a donné cette
lettre pour vous. Dois-je attendre une réponse ?

— Non ; il n'y a pas de réponse. Bonne nuit.

— Bonne nuit, monsieur.

Le jeune homme s'éloigna et Paul l'entendit siffler
un air populaire tandis qu'il cheminait sous la colon-
nade du cloître et sortait du quadrangle par un portail
bas qui servait communément d'entrée aux fournis-
seurs des Towers.

L'artiste écouta le bruit de plus en plus faible des
pas du jeune homme. Puis avec un horrible tressaillement d'angoisse il se souvint que c'était pour la dernière fois qu'il venait de voir son semblable et d'entendre une voix humaine, car il devait se tuer dans la
nuit. Il se tint debout dans le sombre couloir et regarda dans le quadrangle. Il était tout seul dans la
maison, car la jeune fille qui lui avait ouvert était à la
buanderie avec sa mère. Il pouvait voir les silhouettes
des deux femmes qui circulaient dans une grande
chambre éclairée au gaz de l'autre côté du quadrangle
(ce bâtiment ne communiquait pas avec le reste de la
maison). Il devait mourir cette nuit, et il n'avait pas
même encore décidé comment il mourrait.

Il ouvrit machinalement la lettre de Mme Weston.
Elle ne contenait que quelques lignes, annonçant que
Peterson était arrivé avec le nécessaire, et qu'il y

aurait une chambre confortable préparée pour Marchmont.

« Je suis bien contente que vous ayez changé d'idée et
« que vous veniez vers moi, Paul, » CONCLUAIT Mme WESTON.
« Vos manières, quand nous nous sommes séparés ce soir,
« m'avaient presque alarmée. »

Paul poussa un profond soupir en froissant cette lettre dans sa main. Puis il retourna au salon occidental.
Il entendit des bruits étranges dans les chambres vides en passant devant les portes ouvertes, des craque-
ments prolongés et de mélancoliques gémissements
dans les vastes cheminées. Il semblait que tous les
fantômes de Marchmont Towers fussent sortis de leur
tombe ce soir-là avec le terrible pressentiment de quelque horreur prochaine.

Paul était athée, mais l'athéisme, bien qu'il soit un
sujet agréable pour une discussion critique après un
bon souper où le champagne a coulé à flots, n'est
qu'un pauvre bâton bien inutile au voyageur fatigué qui
approche des portes mystérieuses du monde inconnu.

L'artiste s'était vanté de ne croire à rien. Il avait déclaré qu'il se contenterait très-bien d'un arrangement
matérialiste ou panthéiste de l'univers, et que peu lui
importait de revivre plus tard sous forme de chou ou
dans la personne d'un nouveau Raphaël, pourvu que
la matière dont il était composé fût utilisée de façon
ou d'autre et servît à quelque chose dans le grand
but de l'univers scientifique. Mais avec quelle facilité
cette croyance au néant disparut quand il se trouva
seul dans cette maison déserte et qu'il frissonna en
entendant ces bruits étranges, et fut assiégé par une
foule de craintes mystiques, de terreurs gigantesques,
sans formes, qui envahirent son esprit partisan du
néant et le remplirent de leur hideuse présence !

Il avait refusé de croire en Dieu. Il avait ri de cette
idée qu'il existait une divinité quelconque à laquelle
l'homme peut s'adresser dans sa douleur avec l'espoir
de quelque miséricorde particulière, de quelque grâce
spéciale. Il avait rejeté la simple croyance du chrétien,
et maintenant, maintenant qu'il avait flotté loin du ri-

vage de la vie et qu'il se sentait entraîné par un courant irrésistible vers cet autre bord mystérieux, à quoi ne croyait-il pas?

Chacune des superstitions qui ont jamais troublé l'âme de l'homme ignorant prêta quelques-uns de ces traits affreux à la foule d'images hideuses qui surgissaient dans l'esprit de cet homme. Les dieux chaldéens, les déesses carthaginoises, altérés du sang chaud des sacrifices humains, avides d'hécatombes d'enfants jetés vivants dans des fournaises ardentes ou déchirés par des bêtes fauves; les abominations babyloniennes, l'Isis et l'Osiris d'Égypte; les divinités classiques avec des glaives flamboyants et des pâles figures immuables, rigides comme le destin qu'elles représentaient; les horribles démons et sorciers de l'Allemagne, tous les vengeurs que l'homme, avec son instinct de méchanceté, a jamais fait sortir des profondeurs de son esprit ignorant pour s'effrayer lui-même, grossirent cette foule terrible jusqu'à ce que le cerveau de l'artiste faiblît et qu'il fût forcé de s'asseoir la tête entre les mains, essayant par un grand effort de volonté d'exorciser ces hideux fantômes.

— Il faut que je devienne fou, — se dit-il tout bas, — je deviens fou.

Mais la grande question restait toujours sans réponse. Comment se tuerait-il?

— Il faut que je me décide, — songea-t-il, — je n'ose pas penser à ce qui arrivera après. Et puis que peut-il arriver. Je sais qu'après la mort tout est fini. Des hommes plus habiles que moi ne l'ont-ils pas démontré en ma présence? N'ai-je pas étudié chaque côté de la question, pesé chaque argument, toujours avec le même résultat? Oui, je sais qu'il n'y a rien après une courte agonie; c'est comme lorsqu'une dent vous fait mal; aussitôt qu'elle est enlevée, la douleur nerveuse cesse. Le nerf est l'âme de la dent, je suppose; mais enlevez le corps, et l'âme est morte. Pourquoi aurais-je peur? Une douleur d'un instant, elle semblera longue, je présume, puis je serai à tout jamais immobile, et je rentrerai dans la poussière d'où je suis sorti. Oui, je serai immobile et dans le néant.

Paul songea à tout ceci pendant longtemps. Était-
ce donc un si grand avantage, après tout, que
cette annihilation, le souverain bien de la croyance
stérile de l'athée? Il semblait ce soir à cet homme
qu'il eût mieux valu être n'importe quoi, souffrir n'importe quelle angoisse, expier ses péchés n'importe de
quelle manière que d'être à tout jamais privé de figurer activement dans le grand concert harmonique de
l'univers. S'il avait pu partager la croyance du catholi-
que romain en son purgatoire et croire qu'après de
longs siècles de souffrance il se relèverait enfin puri-
fié de ses péchés et digne d'être admis parmi les
anges, comme il aurait vu la mort d'un œil différent! Il
aurait pu aller se cacher dans quelque ville de l'étranger, accomplir chaque jour des sacrifices de patience,
d'humbles actes d'abnégation et espérer que chacune
de ses bonnes actions plaiderait peu ou beaucoup en sa
faveur au grand jour du règlement des comptes.

Mais il ne pouvait croire au purgatoire. Il y a un proverbe vulgaire qui dit : « Vous ne pouvez avoir votre
pain et le manger, » ce qui signifierait, si les proverbes
voulaient seulement être clairs, « vous ne pouvez manger deux fois le même morceau de pain. » Vous ne
pouvez non plus vous permettre des discussions ra-
tionnelles ou des plaisanteries épigrammatiques sur le
grand Créateur qui vous a fait, puis vous tourner vers
Lui pour lui dire à l'heure terrible du désespoir : « O
mon Dieu que j'ai insulté et offensé, venez en aide au
misérable qui, pendant vingt ans, s'est entêté à Vous
fermer son cœur. » Il se pourrait que Dieu pardonnât
et entendît la prière même en ce moment suprême,
comme Il le fit pour le voleur qui se repentit sur la
croix. Mais le voleur pénitent avait été un pécheur et
non un athée, et il pouvait prier. Le cœur endurci de
l'athée se glace dans sa poitrine quand il voudrait se
repentir et éloigner de lui ses iniquités. Lorsqu'il voudrait se tourner vers son maître offensé, les mots qu'il
essaye de prononcer expirent sur ses lèvres, car l'habitude du blasphème est trop forte en lui; il peut rail-
ler les puissants mystères du ciel et de l'enfer, mais
il ne peut prier.

18

Paul ne pouvait formuler une |prière. D'horribles plaisanteries se dressaient entre lui et les mots qu'il aurait prononcés — de hideux bons mots qui avaient paru si brillants à la table d'un dîner bien éclairé où ils avaient eu pour joyeux accompagnement le bruit des bouchons de champagne et les éclats de rire. Ah! le monde était derrière cet homme avec tous ses plaisirs. En le regardant, il pensait que, même lorsqu'il était le plus gai et le plus brillant, c'était seulement une grande foire bruyante avec des torches éclatantes et d'étourdissants bateleurs débitant éternellement leurs boniments à la foule empressée.

Comment mourrait-il? Monterait-il dans sa chambre et se couperait-il la gorge?

Il se plaça devant l'un de ses tableaux, un tableau favori représentant une figure de jeune fille par Millais, qui regarde à travers le clair de lune et est fantastiquement belle. Il se tint devant ce tableau et il ressentait une petite douleur en sus de sa grande souffrance à l'idée qu'Edward et Mary étaient maintenant possesseurs de cet objet précieux.

— Ils ne l'auront pas, — murmura-t-il, — ils n'auront pas ceci, en tout cas.

Il tira un canif de sa poche et fendit la toile avec rage jusqu'à ce qu'elle fût en lambeau dans son cadre doré.

Ensuite il se sourit à lui-même pour la première fois depuis qu'il était entré dans cette maison, et ses yeux brillèrent d'un éclat soudain.

— J'ai vécu comme Sardanapale pendant l'année dernière, — s'écria-t-il tout joyeux, — et je mourrai comme Sardanapale.

Il y avait un petit meuble fragile près de lui, une étagère en marqueterie chargée de coûteuses futilités; des porcelaines d'Orient, de Sèvres, de Dresde, des vieilles coupes de Chelsea et du Derby, de bizarres théières, des terres cuites de Palissy avec des dessins, des monstruosités indiennes et toute espèce d'absurdités d'un prix fabuleux y étaient entassées dans une confusion artistique. Paul frappa du pied le léger support de l'étagère et rit aux éclats en voyant ces brimborions fragiles se casser sur le tapis. Il foula aux

pieds la porcelaine brisée, et les fragiles coupes cra-
quèrent comme des coquilles d'œufs sous ses bottes.

« Je mourrai comme Sardanapale, — s'écria-t-il,
« — le roi Arbacès n'habitera jamais le palais que j'ai
« embelli. Qu'on apporte ici des fagots, des nois de pin,
« des feuilles sèches et tous ces objets qui prennent
« feu avec une seule étincelle. Qu'on apporte du cèdre
« aussi, des drogues précieuses, des épices et de
« grosses planches pour faire un grand bûcher. Qu'on
« apporte encore de l'encens et de la myrrhe, car c'est
« pour un grand sacrifice que la flamme va s'élever. »
Je n'estime pas beaucoup vos vers blancs, George Noël
Gordon Byron. Ils finissent par des syballes boiteuses,
et la dernière syllabe du ver blanc ne sonne pas vigoureusement comme vos rimes. Je me demande si Marchmont Towers est assuré? Oui, je me souviens d'avoir
payé la prime à Noël dernier. C'est égal, ils auront
maille à partir avec la compagnie d'assurances. Oui, je
mourrai comme Sardanapale.... non pas comme lui,
car je n'ai pas de Myrrha pour monter sur le bûcher
avec moi et me serrer dans ses bras jusqu'au dernier
moment. Bah! une Myrrha moderne laisserait Sardanapale mourir tout seul et se sauverait auprès du nouveau roi.

Paul prit la bougie et alla dans le vestibule. Ses yeux
gris avaient un reflet étrange, et ses manières cette
animation fiévreuse que les Français appellent exalta-
tion. Il monta en courant l'escalier qui menait au long
corridor sur lequel s'ouvraient ses appartements et
ceux de sa mère et de sa sœur.

Comme ils étaient jolis ces appartements! comme il
les avait rendus élégants en dépensant sans compter
et en prenant un plaisir d'artiste à les embellir! Il n'y
avait pas de volets et la brise d'été soufflait à travers
les vitres brisées et agitait les légers rideaux de mousseline, les gaies draperies d'indienne perse et les fran-
ges aériennes de soie et de dentelle. Paul courut de
chambre en chambre sa bougie à la main, et partout où
il y avait des rideaux et des draperies aux fenêtres,
aux lits, aux tables de toilette, aux chauffeuses, et aux
coquets petits sofas, il mit le feu. Il fit tout cela avec

une merveilleuse rapidité, laissant les flammes derrière lui en traversant le long corridor et revenant ainsi
à l'escalier. Il redescendit et rentra dans le salon occidental. Là, il soufffa sa bougie, éteignit le gaz et attendit.

— En combien de temps l'incendie sera-t-il à son
apogée? — se dit-il.

Les volets étaient fermés et le salon était tout à fait
noir.

— Aurai-je jamais le courage d'attendre les flammes ?
— pensa Paul.

Il se dirigea à tâtons vers la porte, la ferma à double
tour et ôta la clef de la serrure.

Il s'approcha de l'une des fenêtres, monta sur une
chaise et jeta la clef par l'ouverture d'un carreau cassé.
Il l'entendit retentir sur la terrasse en pierre, puis re-
bondir Dieu seul savait où.

— Je ne pourrai du moins pas sortir par la porte,
— pensa-t-il.

Il faisait tout à fait noir dans le salon, mais au dehors il faisait clair comme en plein jour. Marchmont
s'éloigna de la fenêtre, en s'aidant des mains pour
trouver un chemin au milieu des chaises et des tables.
Il put voir la lueur rouge entre les fentes des volets et
un coin du ciel rougi par cette fenêtre dont le haut
avait été laissé ouvert. Il s'assit quelque part dans le
milieu du salon et il attendit.

— La fumée m'étouffera, — se dit-il, — je ne verrai
rien du feu.

Il demeura tout à fait immobile. Il avait tremblé violemment tandis qu'il courait de chambre en chambre
pour accomplir son œuvre horrible, mais ses nerfs
étaient raffermis maintenant. Raffermis! plus encore,
il était changé en pierre. Son cœur semblait avoir cessé
de battre, et ce n'était qu'à son angoisse, à une douleur sourde qu'il comprenait qu'il existait toujours.

Il restait assis, attendant et songeant. En ce moment
toute la longue histoire du passé se déroula devant lui
et il vit quel misérable il avait été. Je ne sais pas si ce
fut là sa pénitence, mais en regardant cette histoire
accomplie, Paul pensa que son rôle dans la comédie

avait été une erreur et que c'est une sotte chose que d'être un coquin.

Lorsqu'une foule de gens effrayés et des pompes à incendie détraquées, traînées par des hommes et des enfants, arrivèrent en courant jusqu'aux Towers, ils trouvèrent un bâtiment en flammes qui ressemblait à un château enchanté, les grandes fenêtres avec encadrement en pierre vomissaient la flamme ; le plomb fondu comme l'eau changée en feu tombait en cataractes sur la terrasse et tout le ciel était éclairé par les lueurs rougeâtres. Les salamandres seules ou la troupe choisie du pauvre M. Braidwood auraient pu approcher de Marchmont Towers cette nuit-là. Les pompiers de Kemberling et ceux de Swampington qui accoururent par la suite n'étaient ni des salamandres ni des Braidwoods. Ils se tinrent à l'écart, lancèrent de l'eau sur les flammes et reculèrent épouvantés quand le toit s'effondra en roulant comme une avalanche de bois enflammé, ne laissant qu'un lugubre squelette de pierre rouge et chaude là où s'était dressé jadis Marchmont Towers.

Lorsqu'on put s'aventurer en toute sûreté parmi les ruines (et bien des heures s'écoulèrent avant que l'incendie fût éteint), on chercha Paul, mais au milieu de ce vaste chaos de cendres entassées on ne trouva rien qui ressemblât à un être humain. Personne ne savait où avait été l'artiste au moment du feu ; par le fait du hasard, on ignorait s'il s'était trouvé dans la maison, et l'opinion populaire fut que Paul avait mis le feu aux Towers et s'était sauvé avant que les flammes eussent commencé leurs ravages.

Mais Lavinia était mieux informée que cela. Elle savait maintenant pourquoi son frère lui avait envoyé tous les objets de valeur qu'il possédait. Elle comprenait maintenant pourquoi il était revenu à elle lui dire bonsoir pour la seconde fois et appuyer ses lèvres froides sur les siennes.

CHAPITRE XXIII

« Chère est la mémoire de notre existence à deux. »

Mary et Edward virent l'affreuse lumière dans le ciel et entendirent les voix des gens criant dans la rue et s'annonçant les uns aux autres que Marchmont Towers était en feu.

La jeune maîtresse de la maison en flammes s'inquiétait fort peu de sa propriété. Elle ne cessait de répéter à chaque instant :

— Edward! j'espère qu'il n'y a personne dans la maison.... Dieu veuille qu'il n'y ait personne dans la maison!

Et quand l'incendie fut dans toute sa force et que tout le ciel du comté sembla en feu, la femme d'Edward se jeta à genoux et pria tout haut pour les malheureuses créatures qui pouvaient être en péril.

Oh! si nous osions penser que la prière de cette innocente jeune fille fût entendue devant le trône d'un juge terrible, plaidant pour l'âme d'un méchant!

Le lendemain matin de bonne heure, Mme Arundel vint de Lawford Grange avec sa soubrette de confiance et emmena sa belle-fille et le baby dans le Devon. Avant de quitter Kemberling, Mary sut comme tout le monde qu'on n'avait pas trouvé de cadavre parmi les ruines de Marchmont et elle crut que personne n'avait péri. Aussi se rendit-elle à Dangerfield plus heureuse qu'elle ne 'avait jamais été depuis les beaux jours de sa lune de miel pour y attendre l'arrivée d'Edward qui restait afin de voir Paulette et Gormby et s'assurer du témoignage de Weston et de Betzy, dans le but de faire constater l'identité du fils de Mary qui n'avait été ni enregistré ni baptisé.

Je n'ai pas besoin de m'appesantir sur cette question d'identité, d'enregistrement et de baptême que le jeune Edward Arundel eut à subir dans le courant du mois suivant. Il vaut mieux que je laisse de côté ces détails ennuyeux pour en arriver tout de suite à l'heureux temps qu'Edward et sa jeune femme passèrent sous les chênes de Dangerfield, à cette seconde lune de miel, tandis qu'ils n'avaient pas encore de maison, car une jolie habitation ressemblant à une villa était en train de se bâtir sur le domaine de Marchmont, loin du bois humide et de la sombre rivière, dans un charman petit recoin champêtre qui était une belle oasis au milieu du paysage désolé du Lincoln.

Il est à peine nécessaire de dire que le personnage important de cette époque fut le baby. On comprendra naturellement que cet enfant était un baby sans pareil. Il n'avait jamais existé de baby comme lui et il était plus que probable qu'il n'en existerait jamais. Dans tous ses attributs d'enfant il était d'un an avant sur le reste de sa race. La grandeur future l'avait marqué au front de son sceau. Il serait un Clive ou un Wellington, à moins qu'il n'eût du goût pour le barreau et l'hermine, auquel cas il serait un peu plus érudit que Lyndhurst et légèrement plus éloquent que Brougham. Tout ceci était clair comme le jour, même pour les gens les moins perspicaces, rien qu'à la manière dont l'enfant se tenait dans les bras de sa nourrice ou s'étouffait avec sa bouillie, ou souriait à son jeune père, ou accomplissait les actes les plus simples de l'enfance.

Je crois que M. Sant eût pris plaisir à peindre une de ces scènes d'été à Dangerfield. Le père orgueilleux de son fils, la pâle jeune mère, la belle grand'mère respectable et comme centre mystique de ce cercle magique le baby à cheveux blonds donnant la main au militaire et essayant d'imiter les grandes enjambées de son père.

A mon idée, c'est un grand malheur que les enfants ne soient pas toujours enfants, que le joli baby peint par Sant, tout rose, tout blond, avec ses yeux bleus devienne jamais un grand garçon angulaire et pré-raphaélite, prêtant fort peu à la peinture. Mais ni Edward ni Mary, ni surtout Mme Arundel n'étaient de cet avis. Il leur tardait autant de voir l'enfant grandir et figurer dans la grande course de la vie qu'il tarde à un magnat du turf qui spécule de voir le poulain qu'il a acheté à un prix fabuleux devenir un cheval de trois ans, renommé comme coureur et vainqueur à toutes les courses.

Avant que l'enfant en fût à ses grosses dents, Mme Arundel mère avait décidé qu'Éton valait mieux qu'Harrow et calculait de quel côté était l'avantage entre le classique Oxford ou le mathématique Cambridge, tandis qu'Edward ne pouvait voir le baby se rouler sur l'herbe en rubans bleus et en robe flottant à la brise, sans songer à l'apparition future de son fils portant l'uniforme de son régiment à lui et brillant parmi les courtisans au petit lever de Saint James.

Que de châteaux en Espagne on construisit en cet heureux temps avec le baby pour première pierre de fondation ! *Le* baby ! Mais cet article défini exprime à lui seul une infinité d'amour insensé et d'admiration. Personne ne dit *le* père, le mari, la mère. C'est *mon* père ou mon mari, suivant la circonstance. Mais chaque baby, de Saint Giles à Belgrave, de Tyburnia à Saint Luke, est *le* baby. Le règne de l'enfant est court, mais sa royauté est suprême et personne n'ose trouver à redire à son gouvernement despotique.

Edward adorait presque le petit enfant dont il avait entendu le faible cri dans le pavillon par cette soirée d'octobre et sans le connaître. Il ne se lassait jamais de se reprocher ce manque d'instinct. Cette voix de baby aurait dû faire éprouver un étrange tressaillement au jeune père.

Ce temps passé à Dangerfield fut la plus heureuse période de l'existence de Mary. Tous ses chagrins avaient fui. On ne lui avait pas parlé des soupçons conçus au sujet du sort de Paul ; on lui dit seulement que son ennemi avait disparu et que personne ne savait où il était allé. Mary s'informa une fois, une seule, de sa belle-mère, et on lui dit qu'Olivia était à la cure de Swampington où elle vivait avec son père et qu'on la croyait folle. Weston avait émigré en Australie avec sa femme, sa belle-mère et sa belle-sœur. Aucune poursuite judiciaire n'avait été faite, la disparition du principal coupable l'avait rendue inutile.

Ce fut à tout ce que Mary apprit jamais sur ses persécuteurs. Elle ne désirait pas entendre parler d'eux. Elle leur avait pardonné depuis longtemps. Je crois qu'au fond de son cœur innocent elle leur avait pardonné du moment qu'elle s'était laissée aller dans les bras de son mari chez Hester, à Kemberling, et qu'elle avait senti se serrer autour d'elle les bras forts qui la protégeraient à l'avenir contre tout mal.

Elle était très-heureuse, et sa nature toujours douce sembla être devenue sublime à la suite des souffrances qu'elle avait endurées; elle était déjà la sœur des anges. Hélas! ce fut là la grande douleur d'Edward. Cette jeune femme, si précieuse pour lui dans sa beauté fatiguée, il la perdait lentement, même alors qu'ils étaient très-heureux ensemble; elle se séparait de lui, même alors qu'ils étaient le plus unis. Elle était séparée de lui par la tristesse indomptable qu'il ressentait en lui, et qui lui prophétisait un grand malheur à venir.

Parfois, lorsque Mary voyait son mari la regarder avec une tendresse douloureuse, un amour presque désespéré dans les yeux, elle se jetait dans ses bras, et lui disait:

— Il faut vous souvenir combien j'ai été heureuse, Edward. O mon bien-aimé, promettez-moi de vous rappeler combien j'ai été heureuse!

Lorsque les premières brises froides de l'automne soufflèrent à travers les chênes de Dangerfield, Edward emmena sa femme dans le Midi avec sa mère et l'inévitable baby à sa suite. Ils se rendirent à Nice, et ils furent très-tranquilles, très-heureux dans cette jolie ville du Midi, avec des montagnes couvertes de neige derrière eux, et devant eux la Méditerranée aux flots bleus.

Dans l'intervalle, la villa s'achevait dans le comté de Lincoln. L'intendant d'Edward lui envoya ses plans et ses esquisses pour avoir l'approbation de Mᵐᵉ Arundel, et chaque soir on causait de l'arrangement des chambres

et de la disposition du jardin. Mary était toujours bien
aise de voir les plans et les dessins, et de discuter
les progrès des travaux avec son mari. Elle parlait de
la salle de billard, du joli petit fumoir et des chambres
destinées au baby, qui devaient se trouver au midi,
et avoir tous les avantages voulus pour le développe-
ment de cette rare et merveilleuse fleur, et elle esquis-
sait les appartements confortables qu'occuperait la chère
grand'maman ; qui passerait évidemment la majeure
partie de son temps aux Sycomores ; la nouvelle maison
avait été baptisée les Sycomores. Mais Edward ne put
jamais décider sa femme à causer d'un certain boudoir
s'ouvrant sur une mignonne serre chaude qu'il avait
lui-même ajoutée au premier plan de l'architecte. Il
ne put jamais amener Mary à parler de cette pièce
particulière ; et un jour qu'il la questionna sur la couleur des tentures, elle lui dit très-gentiment :

— Je préfèrerais que vous ne me parliez pas de cette
chambre, mon cher Edward.

— Pourquoi, chère amie.

— Parce que cela vous chagrinera plus tard.

— Mary, ma chérie !...

— O Edward, vous savez.... il faut que vous sachiez
bien, cher.... que je ne verrai jamais cet endroit.

Mais son mari la prit dans ses bras et déclara que
ce n'était là qu'une illusion de malade, qu'elle allait de
mieux en mieux, et qu'elle vivrait pour voir ses petits-
enfants jouant sous les arbres qui abritaient le côté
nord de la nouvelle villa. Edward le dit à sa femme, et
il croyait sincèrement ce qu'il disait. Il ne pouvait
s'imaginer qu'il allait perdre cette femme qui lui avait
été rendue après tant d'épreuves. Mary ne le contredit
pas en ce moment, mais dans la soirée, alors qu'il était
assis dans la chambre de sa femme, lisant à la lueur
de la lampe, après qu'elle s'était mise au lit, — Mary se
couchait de bonne heure par ordre des docteurs, et
suivait un régime, — elle appela son mari auprès d'elle.

— Je veux vous parler, cher, — dit-elle, — il y a
quelque chose qu'il faut que je vous dise.

Le jeune homme s'agenouilla à côté du lit de sa
femme.

— Qu'y a-t-il chère amie? — demanda-t-il.

— Vous savez ce que nous avons dit aujourd'hui, Edward.

— Quoi donc, chère? Nous disons tant de choses chaque jour; nous sommes si heureux ensemble et nous avons tant de sujets de conversation.

— Mais vous vous souvenez, Edward.... vous vous souvenez de ce que j'ai dit à propos des Sycomores, que je ne verrai jamais. Ah! ne m'interrompez pas, cher aimé, — dit Mary d'un ton de reproche, car Edward colla ses lèvres aux siennes pour arrêter le courant de ses tristes paroles, — ne m'arrêtez pas, cher, car il faut que je vous parle. Je veux que vous sachiez que *cela doit arriver*, Edward. Je veux que vous vous rappeliez combien j'ai été heureuse et combien je suis disposée à me séparer de vous, puisque c'est la volonté de Dieu que nous soyons séparés. Et puis j'ai encore quelque chose à dire, Edward. Grand'maman m'a tout raconté.... au sujet de Belinda. Je veux que vous me promettiez que Belinda sera heureuse plus tard, car elle a tant souffert, la pauvre enfant! Vous l'aimerez, et elle aimera le baby. Mais vous ne l'aimerez pas précisément de la même manière que vous m'avez aimée, n'est-ce pas, cher? parce que vous ne l'avez jamais connue quand elle était toute enfant et très-pauvre. Elle n'a jamais été orpheline et seule au monde comme moi. Vous n'avez jamais été le *monde entier* pour elle.

Les Sycomores furent finis vers le milieu de l'été suivant, mais personne ne prit possession de la maison nouvellement bâtie; les alertes tapissiers n'y accoururent pas la règle en main pour prendre au crayon sur leurs portefeuilles la mesure des fenêtres et des planchers; aucune voiture chargée de beaux meubles ne dérangea le sable bien nivelé de la grande allée carrossable devant la porte d'entrée principale. La seule personne qui apparut à la maison nouvellement bâtie fut une vieille femme de Stanfield, au nez bourré de tabac. Elle apporta un pliant, un coucou hollandais, quelques autres meubles, et campa dans un coin de la meilleure chambre à coucher.

Edward père était dans l'Inde, combattant sous Napier et Outram, et le petit Edward était à Dangerfield sous la garde de sa grand'mère.

Peut-être que le plus beau monument dans l'un des cimetières anglais de Nice est une grande croix blanche, en marbre, au pied de laquelle est agenouillée une statue. Les étrangers s'arrêtent devant elle pour lire une inscription à la mémoire de Mary, la femme bien-aimée d'Edward Dangerfield Arundel.

ÉPILOGUE

Quatre ans après l'achèvement de la jolie villa à murs blancs, qui semblait destinée à n'être jamais habitée, Belinda se promenait seule dans l'allée d'arbustes du jardin de la Grange vers le déclin d'une journée de septembre.

Mlle Lawford était plus grande et ressemblait plus à une femme que le jour où son mariage avait été empêché. Les belles couleurs avaient fui de ses joues, mais je crois que cette pâleur, qui donnait un air pensif à sa figure, ne la rendait que plus jolie. Elle était très-grave, douce et bonne, mais elle n'avait pas oublié la violente secousse que lui avait causée l'interruption de la cérémonie du mariage à l'église de Hillingsworth.

Le Major avait emmené sa fille aînée à l'étranger presque aussitôt après cette journée de juillet, et Belinda et son père avaient voyagé très-tranquillement, explorant de paisibles cités belges, regardant les autels célèbres dans les cathédrales sombres et parcourant des champs de bataille où le sang des nations ri-

vales s'était jadis confondu dans une grande mare
rouge. Ils étaient restés absents pendant plus d'un an,
puis Belinda revint assister au mariage d'une sœur
cadette et apprit que la femme d'Edward était morte,
à Nice, d'une affection de poitrine.

On lui dit cela, et elle sut aussi qu'Olivia vivait toujours avec son père, à Swampington, et que chaque
jour elle faisait la même tournée de cottage en cottage, visitant les malades, apprenant aux petits enfants et quelquefois à des hommes à barbe épaisse, à
lire, é rire et à compter, faisant la lecture à de vieux
infirmes, écoutant de longues histoires de maladies et
d'épreuves et montrant une patience qui touchait au
sublime. La passion s'était éteinte dans le cœur de
cette femme, et il ne restait plus dans son esprit que
le remords et le désir de faire une longue pénitence,
au bout de laquelle elle pût espérer le pardon.

Mais Mme Marchmont ne visitait jamais personne
toute seule. Partout où elle allait, Barbara la suivait
comme son ombre. Les gens de Swampington disaient
que la fille du curé n'avait pas toute sa raison, et il
arrivait quelquefois qu'elle oubliait où elle était et aurait erré sans but, Dieu seul sait combien de temps, si
elle n'eût été accompagnée de sa fidèle servante. Malgré l'habileté des gens de Swampington et de Kemberling à découvrir les affaires de leurs voisins, ils ne
surent jamais qu'Olivia avait pris part à la disparition
de sa belle-fille. Ils la regardaient même avec un certain respect comme l'héroïne dont les efforts avaient
fait connaître les infâmes machinations de Paul. Dans
la précipitation et la confusion de la scène à l'église
d'Hillingsworth, personne n'avait pris garde aux accusations incohérentes d'Olivia contre elle-même. Hubert
Arundel n'eut donc pas la douleur d'apprendre jusqu'à
quel point sa fille avait été coupable.

Belinda revint au toit paternel pour être présente au
mariage de sa sœur, et son ancienne existence recommença avec tous les devoirs qui lui avaient été jadis
si agréables. Elle les accomplissait avec beaucoup de
gaieté. Elle travailla pour ses pauvres pensionnaires
et débarrassa sa mère de la haute direction du mé-

nage. Mais quoiqu'elle fît retentir ses clefs en trotti-
nant dans la maison et qu'elle chantât en travaillant,
l'heureux sourire d'autrefois illuminait rarement sa
figure. Elle s'acquittait de ses devoirs plutôt en matrone qui a vécu, qu'en jeune fille ayant devant elle
l'avenir mystérieux et inconnu.

On a dit que le bonheur vient en dormant; je crois
que ce proverbe signifie que la joie vient généralement
lorsque nous ne songeons pas du tout à elle. Et ce fut
ainsi par cette après-midi de septembre, tandis que
Belinda errait dans le jardin après avoir fini ses devoirs de la journée et qu'elle pouvait songer ou rêver
à son aise, que le bonheur s'offrit à elle inattendu,
inespéré, suprême, car en se retournant au bout d'une
allée d'arbustes, elle vit Edward à l'autre bout, le chapeau à la main et les cheveux agités par la brise d'été.

Mlle Lawford demeura immobile. Le jardin à l'ancienne mode tourbillonna devant ses yeux et le sentier sablé sembla être devenu un terrain mouvant.
Elle ne put bouger, elle resta immobile et attendit
qu'Edward vînt à elle.

— Letitia m'a avoué tout ce qui vous concerne, Linda,
— dit-il; — elle m'a dit combien vous avez été noble
et fidèle, et elle m'a envoyé ici pour y chercher une
femme qui ramenât le soleil dans ma maison vide et
une jeune mère qui sourît à mon fils.

Edward et Belinda se promenèrent longtemps dans
l'allée d'arbustes, causant beaucoup du triste passé,
un peu de l'avenir qui se présentait plus riant. Il faisait déjà sombre quand ils revinrent à la porte vitrée
du salon où Mme Lawford et ses filles cadettes étaient
assises et où Lydia, qui venait après Belinda et était
mariée depuis trois ans au vicaire de Hillingsworth,
nourrissait son second baby.

— A-t-elle dit oui? — s'écria cette jeune matrone
aussitôt, car elle savait le but de la visite d'Edward à
la Grange, — oui... évidemment elle a dit oui. Que
pourrait-elle dire après avoir refusé toutes sortes de
prétendants et s'être donné des airs de vieille fille?
Oui, mon petit mignon de Pops, tante Lindy va se marier, conclut la femme du vicaire, en s'adressant à son

baby de trois mois dans ce patois particulier qu'on suppose intelligible pour les enfants, seulement parce que personne ne le comprend.

— Je suppose que vous ne savez pas que mon futur beau-frère est major, — dit la troisième sœur de Belinda qui venait de lutter avec une variation de Thalberg, toute en octaves et qui se retourna sur son tabouret pour s'adresser à sa sœur, — je suppose que vous ne savez pas que vous avez parlé au Major Arundel qui a fait toute espèce d'exploits dans le Punjaub? Papa nous a tout raconté il y a cinq minutes.

Belinda eut assez à faire de recevoir les bruyantes félicitations de ses sœurs, surtout de celles non mariées qui ne demandaient pas mieux que de figurer à son mariage en qualité de demoiselles d'honneur; mais un peu plus tard, après le dîner, la femme du vicaire entraîna ses sœurs loin de cette fenêtre sombre où Edward et Belinda étaient assis et les deux futurs restèrent seuls.

Cette soirée fut très-paisible, très-heureuse, et il s'en écoula bien d'autres du même genre avant qu'Edward et Belinda eussent complété cette cérémonie qu'ils avaient laissée inachevée un peu plus de cinq ans auparavant.

Les Sycomores furent élégamment meublés sous la surveillance de Belinda, et comme Reginald Arundel s'était marié récemment, la mère d'Edward vint vivre avec son plus jeune fils et amena avec elle son petit-fils idolâtré, qui était maintenant un grand garçon à cheveux blonds âgé de six ans.

Il n'y eut aux Sycomores qu'une chambre qui ne fût jamais habitée par personne de la maison, excepté Edward lui-même qui en gardait la clef dans son pupitre et ne permettait aux domestiques d'y entrer qu'à des époques fixes pour tout tenir propre et en ordre dans l'appartement.

La chambre fermée était le boudoir qu'Edward avait destiné à sa première femme. Il avait voulu qu'elle fût meublée ainsi qu'il avait été projeté pour Mary. Les boutons de roses et les papillons sur les murs, les rideaux en guipure bordés de soie rose et bleu pâle, les quelques livres choisis sur la petite étagère près de la cheminée, le service du déjeuner en porcelaine de Dresde, les statuettes et les peintures représentaient exactement les décors depuis longtemps fixés par lui pour le boudoir de sa femme. Il entrait dans cette petite pièce de temps en temps et regardait le portrait de sa première femme; une esquisse au crayon faite à Londres avant le départ de Mary et d'Edward pour Nice. Il regardait ce portait avec un peu de tristesse, même alors qu'il était le plus heureux des hommes dans les nouveaux liens qui le rattachaient à la vie et à tout ce qu'elle a de beau.

Le Major Arundel y conduisit un jour son fils aîné qui avait alors huit ou neuf ans, et montra à l'enfant le portrait de sa mère.

— Quand vous serez homme, cette chambre sera à vous, Edward, — dit le père, — vous pourrez donner à votre femme ce boudoir que je n'ai jamais donné à la mienne. Vous lui direz qu'il fut arrangé pour votre mère par un mari qui, même dans sa plus grande reconnaissance envers Dieu pour toutes les bénédictions nouvelles reçues du ciel, ne cessa jamais de regretter la perte de son premier amour.

Je laisse donc mon soldat-héros se reposer sur ses lauriers péniblement conquis et jouir de ce bonheur modeste que tempère le souvenir du malheur. Je le laisse avec de beaux enfants se pressant autour de ses genoux et une femme charmante qui lui sourit à travers ces têtes enfantines. Je le laisse heureux, bon, utile, occupant sa place dans le monde et enseignant à ses enfants à être sages et vertueux dans les jours à venir. Je le laisse surtout avec la lampe sereine de la foi brillant à jamais dans son âme, éclairant l'image de cet autre monde où il n'y a ni mariage ni mariés et où sa femme morte lui sourira au milieu des innombrables figures des anges et sera éternellement enfant devant le trône de Dieu.

FIN

TABLE DES MATIÈRES

FIN DE LA TABLE

Librairie de L. HACHETTE et Cᵉ, boulevard Saint-Germain, nᵒ 77, à Paris.

ÉDITIONS A 1 FRANC LE VOLUME

FORMAT IN-18 JÉSUS

BIBLIOTHÈQUE DES MEILLEURS ROMANS ÉTRANGERS

Ainsworth (W. Harrison) : Abigail. 1 vol. —
Crichton. 2 vol. — La Tour de Londres. 1 v.
Anonymes : César Borgia, ou l'Italie en 1500.
1 vol. — Les Pilleurs d'épaves. 1 vol. — Paul
Ferroll. 1 vol. — Violette. 1 vol. — Whitefriars.
2 vol. — Whitefriars. 1 vol.
Beecher-Stowe (Mrs) : La Case de l'oncle Tom.
1 vol. — La Fiancée du ministre. 1 vol.
Bersezio (V.) : Nouvelles piémontaises. 1 vol.
Braddon (miss M. C.) : OEuvres. 25 vol. — Au-
rora Floyd. 2 vol. — Henry Dunbar. 2 vol. —
Lady Lisle. 1 vol. — La Trace du Serpent.
2 vol. — Le Capitaine du Vautour. 1 vol. —
Le Secret de lady Audley. 2 vol. — Le Testament de John Marchmont. 2 vol. — Le Triomphe d'Éléanor. 2 vol. — Ralph Tinteniact.
1 vol. — La Femme du Docteur. 2 vol. —
Le Locataire de sir Gaspard. 2 vol. — L'Allée
des Dames. 2 vol. — Rupert Godwin. 2 vol.
— Le Bossu du Lilliequart. 2 vol.
Bulwer-Lytton (Sir Edward) : OEuvres. 19 vol.
— Devereux. 2 vol. — Ernest Maltravers. 1 v.
— Le Dernier des Barons. 2 vol. — Le Dés-
avoué. 2 vol. — Les Derniers jours de Pom-
péi. 1 vol. — Mémoires de Pisistrate Caxton.
2 vol. — Mon roman. 2 vol. — Paul Clifford.
2 vol. — Qu'en fera-t-il? 2 vol. — Rienzi. 2 v.
— Zanoni. 1 vol.
Caballero (F.) : Nouvelles andalouses. 1 vol.
Cervantes : Nouvelles. Trad. 1 vol.
Chodzko (A.) : Contes slaves. 1 vol.
Cummins (miss) : L'Allumeur de réverbères.
1 vol. — Mabel Vaughan. 1 vol. — La Rose
du Liban. 1 vol.
Currer Bell (miss Brontë) : Jane Eyre. 1 vol. —
Le Professeur. 1 vol. — Shirley. 2 vol.
Dickens (Charles) : OEuvres. 25 vol. — Aven-
tures de M. Pickwick. 2 vol. — Barnabé
Rudge. 2 vol. — Bleak-House. 2 vol. — Contes
de Noël. 1 vol. — David Copperfield. 2 vol. —
Dombey et fils. 3 vol. — La petite Dorrit.
2 vol. — Le magasin d'antiquités. 2 vol. —
Les Temps difficiles. 1 vol. — Nicolas Nick-
leby. 2 vol. — Olivier Twist. 1 vol. — Paris
et Londres en 1793. 1 vol. — Vie et Aven-
tures de Martin Chuzzlewit. 2 vol. — Les
grandes Espérances. 2 vol. — L'Abîme. 1 v.
Disraeli : Sybil. 1 vol.
Douglas Jerrold : Sous les rideaux. 1 vol.
Forgues (E.-D.) : Sandra Belloni. 1 vol.
Freytag (G.) : Doit et Avoir. 3 vol.
Fullerton (lady) : L'Oiseau du bon Dieu. 1 vol.
Fullon (S.-W.) : La comtesse de Mirandole. 1 v.

Gaskell (Mrs) : OEuvres. 8 vol. — Autour du
sofa. 1 vol. — Marie Barton. 1 vol. — Cran-
ford. 1 vol. — Marguerite Hale (Nord et Sud).
2 vol. — Ruth. 1 vol. — Les Amoureux de
Sylvia. 1 vol. — Cousine Phillis. 1 vol.
Gerstaecker : Les deux Convicts. 2 vol. — Les
Pirates du Mississipi. 1 vol. — Aventures
d'une colonie d'émigrants en Amérique. 1 v.
Goethe : Werther. 1 vol.
Gogol (N.) : Les âmes mortes. 2 vol.
Grant (J.) : Les Mousquetaires écossais. 2 vol.
Kacklander : Boutique et Comptoir. 1 vol. —
Le Moment du bonheur. 1 vol. — La vie mi-
litaire en Prusse. 4 séries.
Chaque série se vend séparément.
Hauff (W.) : Nouv. 1 vol. — Lichtenstein. 1 v.
Hawthorne (N.) : La Lettre rouge. 1 vol. — La
Maison aux sept pignons. 1 vol.
Heiberg (L.) : Nouvelles danoises. 1 vol.
Hildreth : L'Esclave blanc. 1 vol.
Immermann : Les Paysans de Westphalie.
4 vol.
James : Léonora d'Orco. 1 vol.
Kavanagh (J.) : Tuteur et Pupille. 1 vol.
Kingsley : Il y a deux ans. 2 vol.
Linnep (J. Van : La Rose de Dekama. 2 vol.
— Les Aventures de Ferdinand Huyck. 2 vol.
Lever (Ch.) : Harry Lorrequer. 2 v. —
L'Homme du jour. 1 vol.
Ludwig (O.) : Entre ciel et terre. 1 vol.
Lutfullah : Mémoires d'un gentilhomme mu-
sulman. 1 vol.
Marvel (I.) : Le Rêve de la vie. 1 vol.
Mathews : Légendes indiennes. 1 vol.
Mayne-Reid : La Piste de guerre. 1 vol. — La
Quarteronne. 1 vol.
Mügge (Th.) : Afraja. 2 vol.
Pouchkine : La Fille du capitaine. 1 vol.
Smith (J.-F.) : La Femme et son maître. 3 vol.
— L'Héritage (Dick Tarleton). 2 vol.
Solohoub (comte) : Nouvelles choisies. 1 vol.
Stephens (miss A.-S.) : Opulence et Misère. 1 v.
Thackeray : OEuvres. 8 vol. — Henry Esmond.
1 vol. — Histoire de Pendennis. 3 vol. —
Foire aux vanités. 2 vol. — Le Livre des
Snobs. 1 vol. — Mémoires de Barry Lyndon.
1 vol.
Tourgueneff : Scènes de la vie russe. 2 vol. —
Mémoires d'un seigneur russe. 1 vol.
Trollope (Mrs) : La Pupille. 1 vol.
Wieland (C.-M.) : Oberon, poème hér. 1 vol.
Wilkie Collins : Le Secret. 1 vol.
Zschokke : Addrich des Mousses. 1 vol. —
Château d'Aarau. 1 vol.

Coulommiers. — Typog. A. MOUSSIN.

www.ingramcontent.com/pod-product-compliance
Lightning Source LLC
Chambersburg PA
CBHW052006020726
47501CB00004B/1031